# 老外交官散文选

外交部老干部笔会◎编

世界知识出版社

图书在版编目（CIP）数据

老外交官散文选 / 外交部老干部笔会编著. -- 北京：世界知识出版社，2018.9
ISBN 978-7-5012-5818-5

Ⅰ. ①老… Ⅱ. ①外… Ⅲ. ①散文集—中国—当代 Ⅳ. ①I267

中国版本图书馆CIP数据核字(2018)第186027号

| | |
|---|---|
| 书　　名 | 老外交官散文选<br>Lao Waijiaoguan Sanwen Xuan |
| 主　　编 | 外交部老干部笔会 |
| 责任编辑 | 范景峰 |
| 责任出版 | 王勇刚 |
| 责任校对 | 马丽娜 |
| 出版发行 | 世界知识出版社 |
| 地址邮编 | 北京市东城区干面胡同 51 号（100010） |
| 电　　话 | 010-65265923（发行）　010-85119023（邮购） |
| 网　　址 | http://www.ishizhi.cn |
| 经　　销 | 新华书店 |
| 印　　刷 | 北京虎彩文化传播有限公司 |
| 开本印张 | 787 毫米 ×1092 毫米　1/16　　$29\frac{1}{2}$ 印张 |
| 字　　数 | 408 千字 |
| 版次印次 | 2018 年 9 月第一版　2018 年 9 月第一次印刷 |
| 标准书号 | ISBN 978-7-5012-5818-5 |
| 定　　价 | 49.00 元 |

# 前 言

今年是外交部老干部笔会（简称“外交笔会”）成立25周年，我们编辑出版这本《老外交官散文选》以资纪念。本书收集了84位外交部离退休外交人员的110篇作品，其中不少曾在全国各种报刊和图书中发表过，其余都是近年的新作。作者多是大使、参赞等资深外交官，也有一些是从事外交信使等专业的老外交人员。每篇作品都是他们从自己丰富外交经历中选取的一些片段，100多篇综合起来，就构成一幅展现中国外交人员工作和生活的复杂而多彩的壮丽画卷。

应该说，外交人员是一个相当特殊的工作群体。他们工作的对象基本都是外国人，要同各种各样的人打交道。他们的岗位经常是异邦他乡，环境大都错综复杂，有的政治生态困难，有的生活艰苦，有的疾病蔓延，有的战火连绵……但中国外交人员肩负祖国的使命、人民的委托，远离父母亲朋，坚守战斗的第一线，为维护国家和人民的利益与声誉，为传播友情，他们克服一切艰难险阻，不畏出生入死，英勇奋斗不息，可以称得上是特殊材料造就的英雄群体。同时，他们又是普普通通的人群，有同样的血肉之躯，同样的人情思维，知疼知苦，有爱有欲。但是，中国外交人员都积蓄着一种内在的强大力量，支撑他们在任何情况下都“富贵不能淫，贫贱不能移，威武不能屈”，那就是为祖国外交事业奋斗终生的坚强意志，对党和人民无限热爱的赤胆忠心。

由于种种原因，一般人们看到的往往是外交人员西装革履出入外交场合的风采，而较少了解他们工作和生活的另一面。本书文章的作者都是职业外交官，从纯文学角度看，这些作品可能算不上是上乘之作，但却都是他们外交生涯的切身经历和真挚感情的发抒。相信读过这本书，读者将能更加全面地了解中国外交人员工作和生活的酸甜苦辣，对这个被周恩来总理称之为“文装解放军”的群体产生新的感受和认识，并更加理解和支持祖国的外交事业。

外交部老干部笔会会长

马振岗

2018 年 7 月 1 日

# 目　录

## 名人风采

## 外事春秋

## 四海情谊

## 异域情韵

## 人生感怀

名人风采

# 我所认识的著名画家潘玉良

蔡方柏
（前驻瑞士、法国大使）

潘玉良（1895—1977）是我国现代画坛上一位富有传奇色彩的著名女画家。我国驻法国首任大使黄镇将军也是画家，自然同这位长期旅居法国的著名画家有不少交往。作为黄镇大使的秘书，笔者在20世纪60—70年代就有许多机会同她打过交道。

潘玉良给笔者最突出的印象是，她虽相貌一般，却画艺高超；身处异国，但高度爱国。据她本人向黄镇大使透露和华侨介绍，潘玉良原名陈玉清，后改名张玉良，1895年生于扬州。8岁时成孤儿，在舅舅家生活6年后被卖到芜湖的怡春院。17岁时，富有同情心的芜湖海关总监潘赞化为她的身世和才情所感动，将她救出火坑并与之结为伉俪，从此张玉良改名为潘玉良。在其丈夫的鼓励和帮助下，潘玉良于1918年以素描第一名考进上海美术专科学校。1921年毕业后，又考取公费津贴留法的资格，成为里昂中法大学的第一批学生，不久又投考国立美术专门学校，两年后成为巴黎国立美术专门学校油画班的插班生，与徐悲鸿等人同学。1925年她以毕业第一名的成绩获取罗马奖学金，得以进入罗马国立美术专门学校攻读油画和雕塑专业。1926年她的作品在罗马国际艺术展览会上荣获金质奖，成为第一个获得此奖的中国人。1928年她学成回国，在上海美专、中央大学艺术系任教。同年底举办回国后的第一次画展，中华书局出版了一本《潘玉良画册》，其中《壮士头像》被当时的外交部部长以1000银圆收购，轰动一时。1937年，潘玉良为参加巴黎举办的“万国博览会”和举办自己的画展再次赴欧，此后就客居巴黎40多年。她曾任巴黎中国艺术会会长，多次参加过法、英、德、日及瑞士等国的画展，并数次获奖。她虽屡遭时俗重压并在巴黎被德国法西斯占领时期生活陷入困境，但她始终不放弃艺术追求。20世纪60年代，她虽已逾古稀之年，还经常参加在巴黎举办的画展，笔者曾随黄镇大使参观过她展出的作品。特别是她1941年创作的《女人体》多次得奖，据她本人告，虽然生活拮据，但不愿出售这幅作品。潘玉良一生作品4000多件，其中一部分为巴黎市政府、法国赛努希博物馆、巴黎现代美术博物馆等单位和私人收藏。在艺术上，潘玉良提出“中西合于一治”的主张。对此，法国东方美术研究家叶赛夫先生做了很准确的评价：“她的作品融中西绘画之长，又富于自己的个性色彩。她的素描具有中国书法的笔致，以生动的线条来形容实体的柔和与自在，这是潘夫人的风格；她的油画含有中国水墨画的技法，用清雅的色调点染画面，色彩的深浅疏密与线条相互依存，很自然地显露出远近、明暗、虚实，色韵生动……她用中国的书法和笔法来描绘万物，对现代艺术已做出了丰富的贡献。”

潘玉良始终保持积极的爱国热情。抗战期间，她以极大的热情投身于当时美术界的义展、义卖活动，还发表讲话，谴责一些“知名人士”远离现实、话多画少，结果受到一些人诽谤和攻击。潘玉良不为所动，继续为国家民族危亡呐喊。她捐款救国，并致电南京政府，强烈要求收回和追偿被日寇在侵华期间抢劫和破坏的中国艺术品并创作了作品《屠杀》，揭露法西斯罪行。潘玉良保持了高尚的民族气节，一生拒绝加入外国国籍。新中国的成立让潘玉良欢欣鼓舞，她一直眷恋祖国，本想回国奉献自己的艺术才能，但由于国内发生政治运动等原因未能成行。中法建交后，她很快就来使馆换取了中华人民共和国的护照。中国第一颗原子弹爆炸成功后，她专程前来使馆向黄大使表示祝贺，说“中国强大起来，再也没有人敢欺侮我们了！”

晚年的潘玉良要靠卖画维持自己的生活，但因为她没有代理商代理出售作品，更不会宣传“推销”自己，所以卖画极少。当时她入不敷出，加之年老体衰，已与老华侨王守义共同生活，相互帮助、相依为命。王守义为人善良，富有同情心，他在巴黎开了一间中餐馆，总是默默地接济帮助这位老画家，给她带来温暖。

1977年临终前，王守义守护在她身旁，潘玉良费力地说：“兄弟，多少年来，有劳你照应，现在我不行了，我……还有一件事相托。这两样东西（怀表和嵌有同潘赞化合影的项链），请你带回祖国，转交给赞化的儿孙们……还有那张自画像，也带回去，就算我回到了祖国……拜托了！”潘玉良就这样结束了既艰难曲折又不平凡的一生。

她还特别嘱托一定将她的几千幅遗作运回祖国，捐给国家。驻法使馆领事部始终参与处理她的后事，1985年她的遗作和遗物经过多方努力，终于运回安徽博物馆收藏。笔者时任驻法使馆政务参赞，为此也尽了绵薄之力。

（写于2014年9月16日）

# 卡斯特罗的中国情结

陈久长
（前驻古巴、秘鲁大使）

1990年9月，我受国家主席杨尚昆之命出任中国驻古巴共和国大使。10月15日晚，我参加南斯拉夫大使举办的离任告别招待会。在那里，我有幸与古共中央第一书记、古巴国务委员会兼部长会议主席、革命武装力量总司令菲德尔·卡斯特罗同志首次见面相识。在此后的三年中，我经常出席古方举行的各种庆典、仪式和外事活动。卡斯特罗也多次来中国使馆做客，有时还不请自来。每次来了，他总得待上四五个钟头，不到尽兴之时不散。每年我馆举行“十一”国庆招待会，他通常会出席。在中国新春佳节之际，他年年给使馆送来古巴特产，如鱼翅、大龙虾之类。卡斯特罗同志与我们的多次往来增进了中巴之间的相互了解和友谊。

## 聚焦中国

为了认识和研究中国，借鉴中国经验，卡斯特罗连年派出国务委员会副主席、政府部长和专业技术人员赴华访问。他的哥哥、农业部顾问拉蒙就是其中之一。

与此同时，对来自中国的各种代表团，包括企业家、经贸界人士和专家学者，只要有时间，卡斯特罗都热情接见。会见中，他谈话范围广泛，提问具体。如在会见陈慕华副委员长、轻工业部长、卫生部长、国务院副秘书长和外交部副部长时，他一谈就是几个钟头。从中国的农业、水利、机械、粮食、经济作物到灾情；从工业生产、组织管理、产品销售到劳动工资；从能源到交通；从中医、中药到计划生育；从国有企业、乡镇企业、私人企业、个体工商户到中外合资企业；从对外开放城市到深圳特区；从进出口贸易、商品结构到外汇管理；从台湾、香港、西藏、华侨到中国统一，等等，他无所不问，连一些细节都不放过。

早在20世纪50年代，卡斯特罗在反对巴蒂斯塔独裁统治的武装斗争中，就十分注重研究毛泽东关于游击战争和人民战争的战略、战术思想及军队建设原则，并结合古巴实际加以运用。当时，毛主席的小册子和著名的“敌进我退、敌驻我扰、敌疲我打、敌退我追”的十六字诀，在古巴起义军中广为流传。

70年代末以来，中国的改革开放是卡斯特罗关注的焦点。凡是中国党和政府的重要文件、邓小平的讲话，他都及时阅读研究，还要求党政高级官员都这样做。为此，古共中央曾选编了中共十一届三中全会以来的重要文献，并在古巴公开出版发行。

1991年4月的一天，我请卡斯特罗到使馆做客。席间，他热情洋溢地说：“中国的改革是在坚持社会主义原则下有秩序地进行的，不同于其他国家的改革。”“中国只有1亿公顷的耕地，但解决了12亿人口的吃饭穿衣问题。这是非常了不起的，充分显示了社会主义制度的优越性。”他还强调指出，“解决如此众多人口的吃饭穿衣问题，旧中国做得到吗？我经常向外宾举这个例子，说明新中国取得的惊人成就。”“作为社会主义大国，中国的稳定和发展具有世界性意义，对古巴也是一个巨大的鼓舞。”他表示，相信中国一定会实现自己的目标，“在下一个世纪成为世界上的经济巨人”。

## 情系中国灾区

1991年5—6月，我国淮河流域和长江下游普降暴雨，致使安徽、河南等省发生了百年罕见的洪涝灾害。党中央、国务院及时向灾区军民发出了抗洪抢险的紧急动员令。从此，全国各地的救援物资一批批运往灾区，香港、澳门、台湾同胞和海外侨胞纷纷解囊相助，一些外国政府、民间团体和友好人士也从四面八方伸出了友谊之手。

7月12日，古巴国务委员会委员、部长会议执行秘书卡洛斯·拉赫紧急约见中国大使。我和译员张小强准时来到古巴党中央和政府所在地革命宫，进入拉赫办公室。

"我们知道中国发生了大水灾，是在什么地方？现在情况怎么样？"拉赫开口便问。

我简要地做了介绍，说明今年汛期来得早，汛情猛。安徽省在一个月内降下了全年雨量的近一半，全省倒塌民房数十万间，大部分农田被淹没，平地成了汪洋。安徽、河南、江苏和浙江等省灾情之重，百年罕见。

拉赫关切地说："菲德尔对中国的水灾十分关心。他要我立即找中国大使，转达他对受灾的中国兄弟的亲切慰问。同时，借此机会转告他的决定，古巴拟向灾区捐赠5000吨糖。但不知道这是否合适？"拉赫接着解释说："如你所知，目前古巴处于特殊时期，经济很困难，拿不出别的什么来，只能以这点糖来表达我们党、政府和人民对中国兄弟的声援和慰问。"我答应"尽速报告国内"。

7月22日下午，我去革命宫拜会拉赫。我首先代表中国政府表示"接受"卡斯特罗主席的这一番好意，并指出此举"充分体现了古巴党、政府和人民对中国人民的深情厚谊，是对灾区人民的一个极大支持和鼓舞"。

这时，桌上的电话铃响了。拉赫忙走过去，拿起电话交谈了一阵，然后回到座位上说："刚才的电话是菲德尔打来的，询问同大使谈话的情况。菲德尔同志还决定，除糖之外，再向灾区捐送一些东西，可能灾区人民用得上。这些东西包括干扰素、人体表皮生长素、乙型脑炎疫苗等药品，折合约1300万美元。如果中国政府同意接受，药品将尽快送去。"

此后不久，我应邀前去古巴外贸部。副部长佩德罗·阿尔瓦雷斯告诉我："拉赫同志把给中国运送药品的工作交给外贸部。为此，拟将派两名专家先去北京，同有关部门商谈具体交接技术问题。他们往返机票、食宿费用及空运药品的费用均由古方负责。"

几个月后，卡斯特罗又一次接见中国代表团。我趁机向他报告说：中国的抗洪救灾斗争已经取得了决定性胜利。灾区一没有饿死人，二没有冻死人，三没有发生流行性疾病。目前，灾区生产自救、重建家园的工作进展顺利，社会秩序正常良好。

卡斯特罗听后十分高兴，颇有感慨地说："这样大的灾害如果发生在旧中国，肯定会有成千上万的人饿死冻死，更多的人无家可归。你们的奇迹充分显示了社会主义制度的优越性。"

## 支持北京"申奥"

1991年，我国首都北京首次申办将于2000年举行的第27届夏季奥运会。德国柏林、澳大利亚悉尼、英国曼彻斯特、土耳其伊斯坦布尔等城市，也先后提交了申办报告。

1992年5月20日晚，我邀请古巴奥委会主席冈萨雷斯和国家体委领导人来使馆做客。我夫人和使馆文化参赞出席作陪。

在轻松愉快的宴会上，我对冈萨雷斯说："北京是我国的首都。她既是中国的历史文化名城，又是经济文化蓬勃发展、欣欣向荣的现代化大都市。她有条件和能力举办一次出色的奥运会。中古两国是友好国家，两国人民有着深厚的传统友谊。我们殷切期望能得到你们的坚定支持。"

"我们的态度很明确，古巴坚决支持中国举办奥运会。虽然申办的国家有好几个，它们也希望得到古巴的支持。但最后只能选一个，比较起来，我们更愿意选择属于第三世界的中国。"冈萨雷斯做了明确肯定的回答。

1992年8月，时任中国外交部副部长的刘华秋同志对古巴进行工作访问。17日晚，使馆为欢迎刘副部长访古举行宴会，我邀请卡斯特罗主席参加。在谈到北京申办奥运会问题时，卡斯特罗直率地说："我希望中国举办奥运会。目前竞争者不少，这些国家也要求我们支持。从历史上看，申办者会采取各种办法，有的甚至使用金钱来拉票。因此，我们面临着困难，需要做出巨大的努力。但古巴支持中国，这是我们最终的选择。"

卡斯特罗指出："奥运会的主办权不应由少数富国操纵或包办。中国举办奥运会对古巴和发展中国家都是一个鼓舞。"他还满怀激情地说："到2000年，我要去北京参加奥运会。那时，也许我已退休了。即使我死了，也请把我的遗骨带到北京去，让我的幽灵在那里游荡，亲眼看看北京的壮举和精彩！"

2008年8月，第29届夏季奥运会终于在北京胜利举行了。正在养病的卡斯特罗仍十分关注奥运会的进展情况，并热情洋溢地称赞中国出色的组织工作，祝贺"北京成功举办了精彩绝伦的奥运会和残奥会"。

## 饯行晚宴

1993年8月22日晚，菲德尔·卡斯特罗和劳尔·卡斯特罗两兄弟在我工作期满离任前夕举行饯行晚宴。宴会在哈瓦那小湖区的一座宾馆举行。古方还有国务委员会委员兼部长会议执行秘书、革命武装力量部第一副部长、外交部长等三位政治局委员及其夫人参加。

晚上11时许，刚刚处理完一桩急事的菲德尔·卡斯特罗匆匆赶到宴会厅。落座后，他便问我："大使是1990年来的吧？"

"是的。那年8月，我来哈瓦那之日，正值古巴宣布进入和平时期的特殊阶段之时。"

总司令说："三年顶过去了。你也和我们一起度过了这一段艰苦的岁月。目前，古巴仍处于困难时期，形势还很严峻。但是，困难和压力压不垮我们。我们有决心克服困难，坚持革命，誓死捍卫革命成果，誓死捍卫国家独立与主权，誓死捍卫社会主义。这是古巴唯一正确的选择。"

我告诉他："三年来，我在哈瓦那和外地结识了不少古巴朋友。他们虽然职业不同，经历各异，但有一个共同点，那就是对祖国的无限热爱，对主席的无比忠诚。越是在困难时刻，就越加显示出他们坚强、勇敢、团结和战斗的民族性格和英雄气概。"

"现在，拉丁美洲有越来越多的人钦佩古巴的勇气。我们的勇气不是自杀的勇气，而是胜利的勇气。"总司令动情地说，"我们有决心为理想而奋斗，直到剩下最后一个人，流尽最后一滴血！"

说到两国关系，我赞赏古巴在台湾、人权、西藏等问题上，不畏强暴，主持正义，旗帜鲜明地支持中国的立场，同中国人民战斗在一起。特别高兴的是，三年来，"中古关系得到了全面恢复和快速发展"。

"的确，古中关系近年来发展得很快，很好。这是双方经过坚持不懈的努力建立和发展起来的，应该而且能够长期保持下去。"卡斯特罗强调，"发展对华关系是古巴坚定不移的方针。愿古中友谊天长地久，像中国长城一样永存！"

这次晚宴，从始至终，我沉浸在友谊与欢乐之中。时至翌日凌晨三点多了，我才向卡斯特罗表示歉意："真对不起，我占用总司令太多的时间了。一顿饭竟然时跨两天，创下了最高纪录。"

"吃中国饭，对我来说是一种享受，也是一种休息。"卡斯特罗惬意地说。

见我告辞了，劳尔转身拿起一件工艺木雕给总司令看，说："这是以古巴革命武装力量部的名义送给大使的，是古巴艺术家的作品。"

卡斯特罗手举木雕，端详了一下，对我说："美人鱼，这是友谊的象征，作个纪念吧！"并让劳尔把木雕交到我手里。

卡斯特罗和劳尔陪我们走出餐厅，来到大楼前院。我和夫人镇坤站在卡斯特罗两侧，劳尔和夫人埃斯平靠着我们，大家一起在台阶上合影留念。

# 泰州人的梅兰芳情结

陈来元
（前驻莱索托、纳米比亚大使）

举世闻名的京剧艺术大师梅兰芳先生于1894年出生在北京的一个梨园世家。他8岁开始学戏，经刻苦钻研、不断实践，继承并发展了京剧传统艺术，形成了风格独具的“梅派”，成为我国四大名旦之首。梅兰芳先生虽出生在北京，但祖籍却在江苏泰州。1956年3月，他回到泰州寻根祭祖，并为家乡的父老乡亲献艺。人们从海报和广播里知道了梅兰芳先生要回家乡的消息后，无不欢欣鼓舞。

3月7日，梅兰芳偕夫人福芝芳和幼子梅葆玖到达泰州。在车队前往泰州当时最有名的乔园宾馆的途中，到处鞭炮声声，锣鼓喧天，十里长街沉浸在欢乐的海洋之中。只见街头巷尾欢迎的人群摩肩接踵，人山人海，笑声、欢呼声响成一片，人们都争相一睹这位艺术大师的风采。梅兰芳先生下车后，迎候的梅氏亲属、泰州市党政领导、各界知名人士和群众代表纷纷上前与之握手，热情问候，少年儿童向他献上了鲜花。梅兰芳先生紧紧握住族兄梅秀冬的手，深情地说：“大哥，我终于回家看你来了。”接着，他叫夫人福芝芳和儿子梅葆玖与梅秀冬见面，并对葆玖说：“快叫大伯！”

在当晚的欢迎宴会上，泰州市领导将受梅兰芳先生之托安排工作人员认真调查整理出来的梅氏族谱送到了他的手中。梅兰芳先生十分激动地说：“感谢家乡政府为我理清了家世，实现了我多年寻根的愿望，现在我终于可以认祖归宗了。”第二天，梅兰芳先生率爱妻幼子来到梅秀冬家中，瞻仰了梅氏列代祖宗的牌位，恭敬地点上三炷香，行了祭拜之礼。随后，副市长王石琴和族兄梅秀冬陪同梅兰芳和家人到位于泰州东郊“马家汪”的梅氏祖茔祭扫。梅兰芳先生率夫人幼子深深三鞠躬，并敬献了花圈。

1982年，泰州文化局会同泰州博物馆修整了梅氏祖茔，在近旁栽种了松柏，并立了一块简介梅兰芳及其祖先的标志牌。后来，为纪念梅兰芳先生逝世40周年，泰州有关方面又重修了梅氏祖茔，并于2001年8月梅先生逝世40周年前竣工，使之成为海内外京剧艺术研究人员和追崇梅兰芳京剧艺术之“根”的旅游观光胜地。

为家乡人民演出是梅兰芳先生的一大夙愿。在祭拜祖先后，梅兰芳先生在泰州人民剧场为家乡的父老乡亲们演出了《贵妃醉酒》《霸王别姬》《宇宙锋》《奇双会》和《凤还巢》等五出梅派名剧。泰州人对梅兰芳先生返乡演出早就翘首企足，望穿秋水，在梅兰芳先生抵达泰州前就在剧场前和一些公共场所打起了“欢迎梅兰芳先生返乡访问演出”的横幅标语。为买到戏票，许多戏迷在售票开始的前一天晚上，就冒着春寒，带着铺盖卷在售票处前排起了长龙。第二天，买到票的欣喜若狂，买不到票的则懊恼不已。梅兰芳先生知道这一情况后，又在计划外加演了一场《霸王别姬》，并让儿子梅葆玖再加一场日间演出。此外，为弥补票源的不足，市政府还在演出剧场外安装了喇叭进行现场直播，以让一些没有买到票的观众们也能欣赏到梅兰芳先生的优美唱段、唱腔和韵味。

泰州人以梅兰芳大师为骄傲。为了传承梅派京剧艺术，在梅兰芳先生返乡访问演出后，泰州人“学梅”“写梅”“唱梅”逐渐蔚然成风。为表达家乡人民对大师的纪念之情，泰州于1988年兴建了一座总建筑面积为1.2万平方米的梅兰芳大剧院。该剧院可容纳千名观众，并配有国际先进水平的影视厅、演员公寓、大型娱乐场等设施，是泰州文化艺术活动和对外文化交流的一个颇具特色的窗口。为进一步弘扬京剧文化，提高学术品位，泰州于2000年成立了梅兰芳京剧艺术研究所。从2008年开始，泰州又每年举办一次“梅兰芳艺术节”，以此缅怀京剧泰斗梅兰芳先生。到了2011

年，泰州市少年儿童京剧团正式成立，梅葆玖应聘担任该剧团的名誉团长。2014年是梅兰芳先生诞辰120周年，为此泰州举行了双甲子纪念活动。2016年3月，泰州又在梅兰芳纪念馆举办了以“梅韵千秋”为主题的纪念梅兰芳先生返乡演出60周年系列活动，梅兰芳先生的弟子、京剧名家范玉瑗和梅兰芳的曾孙梅玮等到泰州参加活动。梅葆玖因出席全国政协会议，无法回泰州。他特意写了一封信，让侄孙梅玮带到纪念活动开幕式上代为宣读，对家乡人民表示感谢。

说起泰州梅兰芳纪念馆，它始建于20世纪80年代，后由原梅兰芳史料陈列馆和原梅兰芳公园合并而成。它坐落在泰州城东鲍家坝村一座名叫凤凰墩的高地上，而鲍家坝村则是梅兰芳先生的祖先生活过的地方。纪念馆为园林式明清建筑风格，依坡就势造房置景：三面环水，亭台楼阁，水殿风榭，曲径回廊。满园绿树成荫，花香袭人，风景雅致，美不胜收，是“泰州城市八景”之一。纪念馆俗称梅苑，其景区分为入口区、梅兰芳塑像广场、史料陈列区、京剧知识长廊、仿古戏台、梅兰芳纪念亭、梅园区、滨河水榭、出口区等。史料陈列区又分为“梅开中华”“梅香四海”“梅骨铮铮”“梅德如玉”“梅根泰州”五大展区。1985年，时任国家主席李先念为纪念馆题写了馆名。该馆于1988年正式对外开放，2007年10月进行综合改造，2008年11月重新开放。

笔者也是泰州人士。不但如此，我老家所在的莲花池村与梅兰芳先生祖先居住的鲍家坝村还是邻村，两村相距不过一里之遥。但直到1956年我读小学六年级时梅兰芳先生返乡祭祖、演出，我才知道了邻村的梅家出了一位如此了不起的京剧表演艺术家。我既非常惊喜又十分自豪，也对梅大师充满了无限崇敬。梅苑建成后，我从北京返乡探亲期间，曾多次独自一人或偕夫人及儿孙到梅苑参观学习，缅怀这位享誉世界的梨园翘楚和一代宗师。

我将和所有泰州人一样，永远怀念梅兰芳大师。

（原载于《大公报》2016年10月6日）

# 菲律宾的“国父”

陈树培
（新华社前驻菲律宾记者）

菲律宾国父何塞·黎刹是华人，他的根在中国。

菲律宾首都马尼拉有个国家级公园，叫黎刹公园。公园里有个黎刹纪念碑，纪念碑上面耸立着黎刹铜像，铜像上的黎刹身穿大衣，左手置于胸前，目光炯炯有神地凝望着蓝色的马尼拉湾，神态自若而威严。

黎刹何许人也？他是菲律宾的民族英雄和革命先驱，因率众反抗西班牙殖民统治、争取独立而被菲律宾人民誉为“国父”。这位国父是华裔，其祖籍就是菲律宾华人的摇篮——福建晋江。难怪晋江上郭村有个“拷贝”的黎刹广场，占地 86 亩，广场中央树立了 18.61 米高的纪念碑和 3.3 米高的黎刹青铜塑像。广场奠基时，时任菲律宾总统埃斯特拉达还从菲律宾专程赶去参加。

中国和菲律宾华人的专家学者据菲律宾历史文献考证，黎刹的高祖父柯仪南（人们称他为柯南哥）于清康熙元年（公元 1662 年）出生于福建刺桐上谷村（今晋江罗山镇上郭村），300 年前移居菲律宾。当时菲律宾是西班牙的殖民地，他取西人名叫多明戈·南戈。这确凿表明，黎刹的根就在中国。

黎刹公园位于马尼拉国际机场通往菲律宾总统府的十里长街罗哈斯海滨大道（为纪念菲律宾独立后首任总统而命名）上。菲律宾人说，如果到马尼拉而不去黎刹公园，等于没到过马尼拉。黎刹纪念碑就在罗哈斯大道的显眼处，扼守马尼拉湾，位置显要，庄严肃穆，是马尼拉政治色彩浓厚的地标性建筑之一。

黎刹纪念碑是菲律宾人为缅怀这位国父于1898年修建的，是人们寄托哀思、凭吊英雄的场所。每逢节假日，菲律宾各界人士成群结队来这里缅怀先烈。到访菲律宾的外国政要也常常来这里敬献花圈，表达敬意。更重要的是，它是菲律宾新总统宣誓就职的圣地，每年6月12日独立节上午，菲律宾总统都在这里举行全国升旗仪式。

在纪念碑前拿出手机，摆个姿势，拍个照，留个影，很有纪念意义，是来菲律宾的游客之最爱。黎刹公园离我们新华社马尼拉分社办公室不远。在紧张的采访写稿之余，我总喜欢到那里去遛一遛，歇一歇，静一静，发发呆，让紧张的神经松弛片刻，让疲惫的身心暂时歇息。

一走到黎刹纪念碑前，耳边仿佛响起黎刹就义前所写的诀别诗《永别了，我的祖国》中掷地有声的诗句："别了，祖国，艳阳之土……失去的乐园，我乐于把这凋零之躯献给你……如果曙光无色，就拿我的血漂染，任你泼洒整个苍穹，把它染成一片瑰丽的鲜红……"这首诀别诗宛如嘹亮激越的号角，响彻在英雄为之捐躯的阳光抚爱的土地上，唤起了菲律宾千千万万人的民族觉醒。

黎刹在菲律宾妇孺皆知。他1861年6月19日出生于内湖省卡兰巴镇，14岁获文学学士学位，入皇家教会大学，攻读哲学，兼修美术，后因母患眼疾，遂改学医。18岁时他写出《给菲律宾青年》的爱国诗，获全国诗歌比赛一等奖，被誉为菲律宾青年诗人。

1882年，21岁的黎刹赴欧洲留学，后来取得了医学博士学位。他以文学尤其是诗歌为武器，先后创作了《社会毒瘤》《起义者》和《不许犯我》等著作，号召菲律宾人民同西班牙殖民统治进行不屈不挠的斗争。这些著作在我国均有中译本。

鲁迅先生多次高度评价黎刹及其作品。1918年，鲁迅在其《随感录》中动情地说，他"总愿听世上爱国者的声音以及探究他们国内的情状"。

他说，自己从黎刹的文学作品中听到了“爱国者的声音”、“真挚壮烈悲凉的”声音及“复仇和反抗”的呐喊，“真如时雨灌在新苗上一般，可以兴起人们无限清新的生意”。后来，鲁迅在《杂忆》中说，“飞猎滨（即菲律宾）的文人厘沙路（即黎刹），他的祖父还是中国人，中国也曾译过他的绝命诗。”由此可见，鲁迅先生早在一百年前就谈到黎刹是华裔。

黎刹先后遭到西班牙殖民当局的逮捕和迫害，直到1896年12月30日，殖民当局以“通过写作煽动人民叛乱”的罪名判处他死刑。他在现黎刹公园所址的草坪上被处决，英勇就义。当时他才35岁，正值青春年华。

令人钦佩的是，临刑前，黎刹还应纯洁美丽的未婚妻、英籍爱尔兰姑娘约瑟芬·布蕾肯的要求，在刑场上举行了婚礼。这是生死相酬的坚贞爱情，是人类正义事业可歌可泣的壮丽篇章。

临刑前夕，黎刹在圣地亚哥古堡牢房中写下了那首著名的诀别诗《永别了，我的祖国》。他把这首抒情长诗藏在酒精灯里，让来探监的妹妹带出监狱，再由妻子布蕾肯带到香港，终于1897年1月发表。

这是黎刹用热血写成的不朽诗篇，字字含血，句句豪放，既表达了诗人对祖国的无限热爱与眷恋，也展示了他为祖国宁可抛头颅洒热血的英雄气概。这首诀别诗在我国最早由梁启超先生翻译。

1898年，在摆脱西班牙殖民统治后，菲律宾人在黎刹牺牲的地方修建了黎刹纪念碑，竖起了铜像，供国内外游客参观游览，凭吊瞻仰。

如今，在公园左侧还屹立着黎刹被关押的王城古堡。每当人们到这里参观，摸摸古堡外面阴森森的墙壁，重温1896年12月30日早晨，西班牙殖民者把黎刹押出古堡的一间囚室到刑场处决的情形，仍有一种厚重的历史感。不管哪个国家，不管哪个民族，只要有压迫，就有反抗，就有英雄。黎刹就是这样杰出的英雄。

后来，为纪念为国捐躯的国父，菲律宾政府把这一天定为法定假日——“黎刹纪念日”。菲律宾各地也有“黎刹大道”或黎刹纪念碑，黎刹出生的内湖省也改名为“黎刹省”。

每天，人们从四面八方涌向不收门票的黎刹公园。不管是旭日初升的早上，还是椰风婆娑的黄昏，不管是繁星满天的夜晚，还是烈日当空的午时，一拨又一拨游人，在公园进进出出，熙来攘往，热闹非凡；像潮起潮落的马尼拉湾，像汹涌澎湃的巴石河水，永不间断，经久不息。

黎刹公园为何有这般吸引力，使人们对它情有独钟？是公园里挺拔的椰树和满是甘甜椰汁的累累果实？是蓝色马尼拉湾款款飘来的微风卷起了游人的衣裙，令人乐而忘返？是公园露天音乐会美妙的乐曲声听得游人沉醉？是公园巨型喷水池和广场四周绿草如茵的草坪令人留恋，久久不愿离去？是园中中国花园的九曲回廊和小桥流水令游客鱼贯而来、驻足观看？还是公园中的儿童乐园引得年轻的父母带着天真活泼的小孩来此嬉戏玩耍？也许都有吧，但最重要的还是黎刹纪念碑的历史意义。

夕阳西下，我站在黎刹纪念碑旁，瞅着夕阳的余晖洒在庄严肃穆的纪念碑上，不禁想起了黎刹诀别诗中的诗句：“我要在东方破晓的清晨死去，正当那旭日的光明冲破长夜的黑暗……”

（原载于《北京晚报》副刊 2017 年 5 月 31 日）

# 我印象中的龚澎

戴　严
（前驻加纳使馆政务参赞）

退休之后，我在整理笔记本和日记本时，发现1970年9月23日从《人民日报》第4版右下角剪下来的一份剪报，是新华社22日发出的“外交部部长助理龚澎同志逝世”的消息。消息说：“全国人民代表大会代表、外交部部长助理龚澎同志，于一九七〇年九月二十日因病逝世。龚澎同志一九三六年参加中国共产党，终年五十六岁。九月二十二日在八宝山举行了向龚澎同志告别的仪式。龚澎同志患病期间，国务院总理周恩来同志曾前往医院看望她。”这短短的文字勾起了我对龚澎同志的回忆和深切的怀念。

## 初次见面备感亲切

1965年8月，我从河北大学汉语言文学系毕业，被分配到外交部。到外交部后又被派到外交学院外事调研专修班学习英语。两年后，我被分到外交部新闻司。当时，龚澎部长助理是这个司的主管部领导。从那时起到1970年3月龚澎同志生病前大约两年多的时间里，我有多次机会近距离见到龚澎，并得到她的鼓励、关心和帮助，令人难忘。

“文革”初期，龚澎受到冲击。我进新闻司时，她刚恢复工作不久。当时，外交部每天上午搞业务，下午搞“运动”。一天下午，龚澎来新闻司参加全司大会。一到会场，大家立刻将她围了起来，相互问候，谈业务、议“运动”、聊家常。她发现司里来了几位新同志，便热情地和我们一一握手，并问我们的姓名、年龄、籍贯等情况。这是我第一次见到龚澎同志的情景，备感亲切。

1968年，原对外文化委员会撤销，其中文委宣传司、特稿图片社和展览工作室的部分业务移交给外交部新闻司。在龚澎同志主持下、我也参与了交接工作。国庆节后，我被外交部的群众组织“大联合委员会”临时借到政宣组，有机会参加了“解放”龚澎的一些预备会议。在上述过程中，使我进一步认识也更加崇敬龚澎同志，龚澎同志也逐渐了解了我这个年轻人。

## 亲临现场指导工作

龚澎同志工作细致，作风严谨。她几乎每周都来新闻司一次，每次都深入到各处，面对面地听取每位同志的汇报并悉心指导。1969年11月，我从“大联委”政宣组调回到新闻司二处，主管西北欧地区的对外宣传和文化交流业务。当时，原对外文委展览工作室留下来个案子：中国现代陶瓷艺术展览在北欧国家巡回展出后，展品运抵法国。由于展品已陈旧破损，我驻法使馆建议从国内充实些新展品，以便能继续展出。我与江西省景德镇联系，请有关厂家制作了一些新的艺术陶瓷运到北京。但运来的展品很不理想，特别是一组《沙家浜》瓷塑，做得比较粗糙。龚澎同志和主管司、处领导一道来逐一审查这些展品，同意我的看法——不宜展出。时值“文化大革命”，厂家又难以提供新的、适宜的展品。考虑到驻法国大使黄镇将军是位画家，懂艺术，我们建议驻法使馆从馆舍现有的陈列品中选择一些精致的艺术陶瓷，由黄大使审定作为补充展品继续展出，从而使问题得到解决。

还有一次，二处收到一个会签件：原对外文委为开展对外文化交流，在国内建立了一些狩猎队，猎取并饲养珍稀野生动物，以满足对外动物交换之需。“文革”开始后，对外文委很快瘫痪并撤销，狩猎队没人管，失去经济来源，难以为继。会签件中提出取消这项业务并引用了毛主席的“节省每一个铜板为着战争和革命事业”这条语录。韩念龙副部长批示：“我看这个铜板还是不要省吧。”经研究，大家同意韩副部长的意见，文件没有会签。为了说明国家间开展动物交换的必要性，龚澎同志给我们讲了一个故事：非洲有一种珍稀动物，有关部门请使馆为国内引进一对。由于价格较贵，使馆为了节约开支，只买了一只。没料到，这种动物雄雌之间很重“感情”，形影不离。这只动物在运输途中和运抵我国之后，一直“闹情绪”，不吃不喝，思念配偶，不久便抑郁而死。表面上好像省了些铜板，结果是白花钱。龚澎同志以此说明，要注意节约，但必要的钱还得花，国家间的动物交换还是应该进行的。

1970年年初的一个中午，龚澎办公室来电话，让我下午上班后到她的办公室去一下。原来龚澎同志正在审批我起草的一份电报。她对稿子不太满意，想改得更清晰些。她谈了想法并口授修改意见。我重新写时，她忙着其他工作。我写好后，她让我看报纸等待审定。忽然，她说有点头晕，很不舒服，需要到沙发上躺一会儿，让我再等等。大约休息了二十分钟，她很快起来把电报改好，说过去改这种稿子只要十几分钟，今天竟搞了半个多小时。就是在这种情况下，她还嘱咐我，写东西要注意让别人能看明白。我感到很愧疚，决心以后办事时要想得更周到些，文字表达得更清楚些。

## 让我学习英文“毛选”

我是学中文的，在中学和大学期间学过点俄语，但从未接触英语。1965年入部后，进外交学院学习英语。原拟两年毕业，再安排工作，从事外交调研，通过实践继续提高英语水平。1966年6月，“文革”爆发，我中断了学业，英语没能过关。

龚澎同志了解到我的情况，多次鼓励我要利用业余时间抓紧自修英语，与外宾接触时要大胆实践，并建议我阅读英文版《毛泽东选集》，这样既能学习毛主席著作，又能提高英语水平。在那动乱的年代，重视学习被视为有“个人考虑”，龚澎同志的鼓励和教诲给我指出了方向。那时我爱人在外地，我住集体宿舍，平时没有家务，业余时间几乎都给了英语。龚澎同志去世后，我不论是在“五七干校”劳动，还是调回新闻司工作，都坚持自修英语。1977 年至 1979 年，司领导安排我去外调班重新学习英语。结业后，开始了我向往的调研工作。而后的二十多年里，工作岗位多次变动，我始终坚持学习英语并用英语工作，从未放弃。龚澎同志的教导和鼓励，始终支撑着我，鼓舞着我。

## 关心青年同志成长

龚澎非常关心青年同志的成长。1964 年和 1965 年，新闻司来了不少年轻人，她看到年轻同志走上外交岗位，非常高兴，并花了不少心血对这些年轻人进行培养。1965年，为准备陈毅副总理兼外长举行的记者招待会，她特地安排年轻人参与。

1969 年新年前夕，机要秘书通知万永祥和我，龚澎同志约我们两位爱人不在北京的年轻人到她家晚餐。我们按时到达报房胡同 35 号。龚澎同志请我们吃三鲜馅饺子，喝鲜美的鸡汤，饭菜做得很精致。晚餐时，她询问“运动”的有关情况、大家的思想动态、我们的家庭情况，并嘱咐我们加强学习、搞好工作。到快吃完时，乔冠华副部长回来了。他和我们握手，对我们前来做客表示欢迎，然后去忙他的事情。

龚澎同志对年轻人很理解。1969 年 11 月我回到业务班子后，觉得应该静下心来好好钻研业务，再不能整天“运动”了，因此比较“沉默”。由于我对“运动”的态度，其他人对此有所反映。龚澎同志却肯定了我的

"沉默"，说小戴静下来思考问题是进步的表现，使我很受鼓舞。

## 我和爱人搬出地下室

1969年，我爱人带着1岁的女儿从齐齐哈尔来北京探亲，住在报房胡同35号的一间地下室里。龚澎同志知道后表示，年轻夫妇两地分居，过着牛郎织女般的生活，每年才相聚一次，安排住地下室不大合适。后来房管科让我们搬进部长助理董越千同志曾住过的房子，使我和我爱人很不好意思。

一天下班回到临时的家，不一会儿，有敲门声，来客是龚澎和乔冠华同志。他们来看望我们，询问我们的生活情况。龚澎还抱起我的女儿梅梅并看她玩。第二天早晨，他们上班前又来敲门。乔副部长递给我一个拨浪鼓，送给孩子。龚澎同志笑着对我说，这是老乔昨天晚上花不少时间从箱底翻出来的。我和爱人非常感动。后来我们回拜龚澎和乔冠华，对两位部领导这么关心我这个小科员表示感谢。

后来听龚澎同志说，这个拨浪鼓是1946年她去参加重庆谈判时买给儿子玩的。当时工作很忙，她每天早晨把儿子收拾干净，绑在床上，旁边放着拨浪鼓，晚上回来再给孩子洗澡、喝水、喂饭。这个孩子就是后来为外交部领导的乔宗淮同志。

## 积劳成疾英年早逝

一次龚澎同志在办公室感到头晕，我就隐隐约约地觉得她的健康状况不大好。一天晚上11点多，值班同志叫我去龚澎家送个特急件。那时，我住外交部附近的集体宿舍，遇有急事，值班同志往往叫我来跑腿。我很快来到龚澎同志家，但在厅里等我的却是乔副部长。他说，龚澎不大舒服，已经休息，我批吧，说着接过文件，瞄了一眼说："这事情我清楚"，顺手就用铅笔画了个圈，写上乔冠华三个大字，交还给我。

1970年3月，龚澎同志病倒了，脑溢血，十分严重，大家都很难过。新闻司的同志每天轮流到北京医院取她的病情简报，交外交部值班室上报部领导和周总理。

听说龚澎同志当时已经着手研究中美关系问题，更重要的任务在等待着她，但是她倒下了。

1970年9月20日，我参加了在八宝山举行的向龚澎同志的告别仪式，姬鹏飞同志致悼词。她的骨灰盒安放在八宝山革命公墓第一室。《人民日报》23日第4版右下角刊登了“外交部部长助理龚澎同志逝世”的消息。我将消息稿剪下，贴在自己的日记本上作为纪念，保留至今。

# 我陪大使走访韩素音

郭邦彦
（前驻吉布提大使）

闲来无事，翻阅过去的日记，无意间，我看到了一篇1987年拜访英籍作家韩素音女士的记载。这不禁让我回忆起那时的情景。

韩素音女士是世界知名英籍女作家，但她自称是“半个中国人”，其长篇自传冠名《我的根在中国》。可以说，中国是她一生的最爱。旧中国落难时，为求得国际援助，她奔走呼号；新中国诞生后，她激情满怀，奋笔疾书，为的是“把中国革命的情况，以及使这一革命成为可能的中国人民，告诉给全世界”。20世纪60年代，她去了瑞士，1969年定居洛桑。她同中国大使馆和历任大使及夫人建立了亲密的友谊。

1987年8月初，蔡方柏大使到任后，决定先去走访韩素音女士，我作为首席馆员陪同前往。15日，我们驱车去洛桑，下午3时，如约来到韩素音女士的寓所。我们在楼下按了电铃，随之乘电梯到四层，只见主人的房间一门大开，不见人影，叩门也无人回应。少顷，另一部电梯上来，韩女士走出。原来她是特意到楼下迎接，不想我们捷足先登，一上一下竟错过了。

进得门来，只见迎面墙上挂满了名家的字画，有著名民间外交家楚图南的手笔，有作家梁斌的水墨写意，还有一位天津画家的《猫》图。韩女士说，吴作人、黄胄的作品还未及挂出。客厅一角有一口大瓷缸，里面竖插着许多卷轴，其中恐有不少名家之作。在沙发对面的墙上，挂了一幅“难得糊涂”的拓片。“这是我多年前参观洛阳时买的。”韩女士边说边招呼我们落座，“许多朋友问我是什么意思。我告诉他们：C’est difficile d’être stupide（“难得糊涂”的法文直译）。”说到此，她笑了：“我常常用这句话对照检查，不要老觉得自己太聪明，对某些事，还是糊涂点好。”

我们与她虽是初次见面，但一见如故。韩女士对我们的拜访十分高兴，特意准备了糕点招待，我问：“这是您亲手做的吗？”她两手一摊：“我写文章还可以，做饭就难了。我丈夫（陆文星，印度人）的女儿病了，他到印度看她去了。佣人回意大利休假，家里就剩下我一个人，家务活也只好自己干了。”她说得对，干家务活对她来说确实勉为其难。她的天赋，她的灵感，她的才思，她的精力，全部凝聚和投入到了她的笔端。几十年来，她笔耕不辍，传记、小说不断问世。一本《爱情何等辉煌》使她驰名天下，描写她在中国“文化大革命”期间的经历的《再生凤凰》畅销中外。她的中文很流利，但不时插入几句法文和英文，更增添了她讲话的风趣。她时年已届 71 岁高龄，然而却不显一点老态，思维敏捷，动作麻利。她身着一件橘黄色的连衣裙，有两个大口袋，她习惯性地把手插在口袋里。她里里外外地忙活着，又摆小吃、口布，又斟茶、送水。我呷了一口茶，高兴地说：“在瑞士难得喝上这么好的‘龙井’啊！”她故意压低了声音说：“都是中国大使馆送的。”她的幽默引得大家都笑了起来。

那年适逢美国总统大选，我们的话题转到了里根的命运和美国的对外政策上，各人都做了分析和预测。之后，大家又谈了海湾局势。韩女士那时正忙于著书立说，可她仍不忘关注天下大事和热点问题。她的观点角度独特，很有见地。谈到中国的情况时，她流露出一种担忧，坦言道：“这几年，我跑了中国不少地方，接触了很多年轻人，发现他们不大了解中国的历史，用中国的成语来说就是有点儿‘数典忘祖’。他们对西方世界感兴趣、盲目追求所谓的民主自由。我觉得有必要加强对年轻人的教育，多为他们提供参加社会实践的机会。我对中国青年一代还是抱很大希望的。”老太太的这一席肺腑之言感动了在座的每一个人。她特别关心中国青年一代的成长，不惜拿出积蓄，建立基金，培养人才。对眼前的这位中国人民的诤友，我们不禁从心底升起敬意。

谈话间，电话铃声响了，是肯尼迪夫人打来的，谈出书的事。放下电话，韩女士说，她正在写《周恩来传》，9月去中国查找材料，力争10月杀青，交肯尼迪夫人主管的出版社出版发行。韩女士1956年重返中国后，几乎每年回国一两次，经常有机会见到周总理和邓大姐，对他们十分敬佩和爱戴。她在《我的根在中国》一书的中译本前言中说，周总理和邓大姐给我一些如此宝贵、如此有价值的启示，是我难以用词语来形容的。新中国的远景使我理解新中国伟大意义之所在。他们对我的关怀和挚情激发了我的创作力。我对敬爱的周总理和邓大姐致以诚挚的感谢和崇高的敬意。今天她之所以要写《周恩来传》，就是为了寄托她无尽的哀思和深沉的怀念。

韩女士自始至终精力充沛，时而妙语连珠，时而低声细语、时而仰天大笑。不知不觉中，1个小时过去了，我们起身告辞。主人按她的“礼宾规格”，坚持送我们到楼下。宾主同梯而下，相拥告别。

岁月匆匆，洛桑一别，已过了15个年头。算起来韩女士已到耄耋之年，我祝愿她健康长寿，期盼继续看到她的新作问世。

（原载于《人民日报》国际副刊2002年7月5日）

# 有幸与卡拉扬面对面

胡君亶
（前驻外使馆外交官）

## 初识卡拉扬

我很幸运。1979 年 4 月的一天早晨，领导派我到文化部去接待以音乐指挥大师赫伯特 · 冯 · 卡拉扬为首的柏林交响乐团。

我报到以后，第二天去机场接团。文化部的同志告诉我：有关该团指挥卡拉扬的一切接待任务，包括他的安全和一切事情都由我负责。

在机场，一见到卡拉扬，他那非凡的气质给我留下了“极深刻的”第一印象。说我幸运，是因为卡拉扬毕竟是世界上数一数二的音乐指挥家，和他每天在一起打交道，我能学习许多从一般人那里学不到的东西。再者，不论是在国外，还是在国内，就是在国外大剧院里，我也只是在很远的地方看过卡拉扬。这次有机会朝夕相处、目睹他的风采，应该是件幸运的事，就算我和卡拉扬“有缘”吧。

卡拉扬，个子不高，人瘦瘦的，一双眼睛闪烁着睿智的光芒。我接触的外国人太多了，知道他不属于那种夸夸其谈的人。他为人不太热情，使人有些“望而生畏”。不过，我这个人几十年来在外国人面前从未胆怯过。

我想，正经的任务就是卡拉扬的排练了。

# 在排练场上卡拉扬的“较真儿”

在卡拉扬排练时，我真正体会到了他的不讲情面、严厉、认真、一丝不苟。他让我站在他旁边，当然是让我随时准备被“召唤”。那天排练音乐厅里来了许多人要“亲历”卡拉扬的排练，目睹他的风采，于是不断地响起吱扭扭的开门声和椅子响的声音。这惹烦了他，于是忙问我：“他们都是什么人？如果没有事，都让他们出去！”我答曰：“他们都是‘慕名而来’，景仰你的大名，想一睹为快！”他思索了一下，对我说：“让他们靠边站，在远处听！不要坐在椅子上以免发出声音。”我照办了，把已经坐到椅子上的朋友叫起来，让他们到远处欣赏去。

然而，事情还没有完结。

当卡拉扬对全体演出的团员交代按排列好的当晚演出的曲目排练，一切准备就绪时，后面的大门“吱扭”的一声又开了，又进来一个观赏者，接着慢慢腾腾又是第二个，他们都要看一看指挥大师卡拉扬的风采嘛。而此时此刻，卡拉扬把要举起的指挥棒放下来，神速地转过头来对我喊道：“胡女士，快，快告诉他们，门不可以再开动！”我赶过去“处理”这事，让工作人员赶紧派人把守几个大门，然后让他们快速贴出一张布告“禁止入内”。几分钟之后，厅内终于安静下来。

卡拉扬这才举起了指挥棒，先稍稍偏过头来向我透露出一丝微笑，然后，头向上一“震”，就开始指挥这“千军万马”了。此时，全体演奏家们群情振奋，集中精力，就像每一根弦都被调动起来一样。优美的音乐终于响了起来，轻快的、优雅的、辉煌的曲调悠扬地充满了排练场的每一个角落。

卡拉扬微闭双眼，“训练有素”地指挥着，我真奇怪他经过飞机上“长途跋涉”的劳顿，如何能将这一场音乐会的“总谱”牢记脑海、挥之不去、丝毫不乱呢？真服了他！

排练一遍之后，卡拉扬用手心朝下摆了摆，告诉大家“OK”，这一声“OK”，使大家吃了“定心丸”。但他接着说，有两个地方音色不够美，下午再接着“过”一下就可以了，团员们这才嘘了一口气。

等到柏林交响乐团在京演出的音乐会真正开始了，我“沉重”的心也松弛了下来。因为我非常坚定地相信卡拉扬，经过他那一丝不苟的排练，乐团音乐家的素质又是高水平的，演出一定会百分之百地不出任何纰漏，完美无瑕！

结果正是如此。观众爆发出经久不息的雷鸣般的掌声、欢呼声，我国领导人最后上台祝贺演出成功，已然充分地证明了这一切；当晚的演出直播以及第二天各大报刊的报道也好评如云。这一切说明演出是多么精彩，多么成功！

## 卡拉扬关于“高山流水”的谈话令我吃惊

柏林交响乐团抵京的当天晚上，文化部负责人在当时北京最好的北京饭店的小礼堂设宴欢迎以卡拉扬为首的乐团全体朋友。不大的礼堂布置得优雅、得体，桌子上摆上了插在瓶子里的鲜花，团员们都穿着笔挺的西装，打着领带或领结来赴宴。我记得，那一晚卡拉扬先生穿的是一套考究的深黑色西装。席间有文化部姚仲明副部长和卡拉扬两人讲话，讲话没有稿子，是即席翻译，而这个任务，是临时给我加上的。

在卡拉扬起身答谢姚副部长热情洋溢的讲话之后，他又接着说：“我深知贵国有五千年的悠久历史和文化，有许多震惊世界的、用文字记载的音乐曲谱，有孔子的‘礼乐’，有可以吟唱的《诗经》，还有关于‘梁山伯与祝英台’的音乐等，中国有许多我要寻找的东西。”他还说：“姚部长刚才也说道‘高山流水’的故事，我很欣赏，并有同感。我就像那个弹琴的人，他弹琴就是要有知音。我就是那个弹琴的音乐家，是来中国寻找知音的！”此时，小礼堂爆发出此起彼伏的雷鸣般的掌声，对卡拉扬的讲话表示赞同。卡拉扬讲话完毕，也拿起桌上的酒杯一饮而尽。姚副部长马上过来又和卡拉扬碰杯，并说："碰杯一是庆祝演出成功，二是我们相信卡拉扬先生作为西方音乐的杰出代表人物，在中国会找到知音的！"在场的人们又鼓起掌来，气氛十分活跃和热烈。

过去，我对卡拉扬没有什么感性认识，听闻较多，书本上的认识较多；而这次有机会面对面接触，听到卡拉扬的讲话，才识庐山真面目。

## 卡拉扬无意中给我一份"问卷"

晚上，乐团的音乐家们，尤其是年轻乐手们都去寻找当时北京少有的可以在夜晚消遣的地方。他们无非是去酒吧和五星级酒店里的咖啡厅，或去逛逛茶馆，去戏院听听京剧折子戏。而卡拉扬哪里都不想去，他本想回去早些休息，于是我和他的秘书要把他送回房间去。一路上，卡拉扬格外兴奋，大概是受乐团演出时观众对这场音乐会的欣喜若狂的气氛影响，他迫不及待地问我；"你喜欢音乐吗？"我答："是，很喜欢。"我告诉他我从小就喜欢音乐，后来有机会在德国留学，之后又在我驻奥地利使馆工作了好几年。生活在维也纳这样一个音乐之乡，使我更加受感染，更加熟悉西方音乐了。卡拉扬听后笑了，他点了点头对我说："难怪，你翻译音乐方面的内容那样精准、熟悉，什么术语都懂，我很为你高兴……"

卡拉扬急于了解中国人是否喜欢西方音乐的心情，使我记忆犹新。他随后突然给我的一份"问卷"。见我们谈得很投机，他的秘书建议去他们下榻的宾馆的酒吧再聊一聊。我考虑的主要是卡拉扬要好好休息，于是说只能"稍坐片刻"。卡拉扬点点头说："好，胡女士愿意和我谈谈，我很高兴。"于是我们到了那个酒吧，要了咖啡就聊了起来。

卡拉扬从歌剧《图兰朵》问起："中国人熟悉《图兰朵》吗？你看过没有？"我答："我只知道歌剧《图兰朵》是关于一个中国公主用猜谜的方式选夫的故事。可惜我没看过这部歌剧，但我熟悉这个故事，并知道歌剧里引用了中国民歌《茉莉花》的曲调。”我告诉他：“我喜欢《微笑的国土》里优美曲调，特别是莱哈尔谱写的主旋律或称‘主题曲’。”他睁大了眼睛，问我：“你指的什么？”我不由得小声哼唱起《你是我的欢乐》那段曲调。

卡拉扬又向我微笑起来，此时，他已不像刚见到我时那么令人不可接近了。他说：“噢，你也喜欢弗兰茨·莱哈尔，真不可思议。”我感觉，这个“老头儿”此时特别开心，就像一个人终于知道了他想知道的“秘密”一样。我接着说：“在奥地利时，我就买了《微笑的国土》这张唱片，时常听听，百听不厌。”他点头小声嘟囔着：“真没想到。”

这时，卡拉扬又问我：“中国人多数都能欣赏、接受西方音乐吗？”我说：“卡拉扬先生，你提的是一个‘概括性’的问题。我只能讲：一般至少是读过大学的或有大学文化程度的知识分子、又喜爱音乐的都会喜欢西方音乐。但是，他们的欣赏水平各有不同，他们的音乐知识也有深浅不同。”卡拉扬高兴地说：“你回答得真好。我想你再举几个例子，一般人都爱好什么？比如说歌剧？交响乐？”我听了，感觉这问题容易回答，就马上说：“比如说我自己吧。我喜欢歌剧，但也喜欢交响乐。如威尔第的《阿依达》《奥赛罗》《茶花女》等我都喜欢，如柴可夫斯基的芭蕾舞剧《胡桃夹子》、歌剧《叶甫根尼·奥涅金》等，普契尼的《图兰朵》《蝴蝶夫人》等……噢，还有如比才的《卡门》，罗西尼、瓦格纳等大作曲家的歌剧我都喜欢。”

我告诉卡拉扬，他不必找出小本子记，如果需要我可以写给他。之后我讲到，中国人的一般欣赏水平都提高了。改革开放后人们都有机会接触国外名曲、名歌剧，比如对《茶花女》《蝴蝶夫人》《卡门》等都可以接受；但如果你突然给中国人送来生僻的，比如说《叶甫根尼·奥涅金》或《汤豪舍》之类的，那就需要媒体大力度推荐介绍，并帮助中国观众开拓“欣赏面”了。卡拉扬此时又用了一个“太好了！”他脱口而出：“胡女士，你帮助了我，我在家里苦思冥想，不如你的一席话。”我也赶紧说：“不必夸奖我，这是我应该做的。”

记得他当时的兴趣越来越大，一杯咖啡已然喝完，还要问我施特劳斯的歌剧《莎乐美》以及为什么中国人偏爱柴可夫斯基的芭蕾舞剧《天鹅湖》，等等。我说："卡拉扬先生，你的健康我看得很重要，你还是早些休息吧！"卡拉扬想到我还没谈交响乐便问起，我只好极为简单地说了两句。我说："中国有极为宏伟壮丽、气势磅礴的《黄河大合唱》，我们国家也有非常优秀的指挥家李德伦等。优秀的中国指挥家，我一口气能给你背出十几个来。外国的交响乐很早就被介绍到了中国，如贝多芬的第一到第九交响曲，我们都比较熟悉。特别是第三交响曲《英雄》和第四交响曲，简直太美了！我仿佛能倾听到平静的河流突然变得浪花四溅，突如其来的瀑布咆哮的声响。但是……"我话锋一转，"卡拉扬先生，我真不能讲下去了，你要休息！"

卡拉扬此时像个"老小孩"，嚷道："不，不，胡女士，妙极了！我要听下去……"他的秘书马上"悟"出来，就对卡拉扬说："胡女士也要回去了……"卡拉扬感到"意犹未尽"，轻轻地吸了一口气，耸了一下肩，无可奈何地不再坚持了。我忙说："好，下次一定再给你讲'第九交响乐'，你没想到中国人也喜欢和懂得欣赏你这样的指挥大师指挥的音乐会吧！"

我们送卡拉扬回到他的房间，互道了夜安。离开了卡拉扬，我回味着他的问话，也感到很兴奋！我兴奋的是，我们中国确实日益强大了，人们的文化素养也提高了。因此，卡拉扬看到中国人提高了音乐欣赏的水平，也懂得了欣赏外国的文化精品——包括音乐、艺术等各个方面。这都是中国人民很光彩的一面。

卡拉扬已经离开我们多年了。每一想到他，我就必然会回想起和他面对面的那几天，眼前就浮现出他与我的谈话，和他两次赠送给我极为珍贵的有他签名的照片。

每想起他，想起他的话和我所经历的一切，我再一次感受到卡拉扬真不愧是极有魅力的世界级的音乐指挥大师。他所指挥的交响乐团的演奏，真是令人震撼的、最优美动听的乐章。

# 我们的“老钱”外长

胡中乐
（前驻外使馆外交官）

对外交部的许多人来说，2017 年 5 月 18 日是一个悲痛的日子——我们送别了老外长、副总理钱其琛同志。苍松翠柏之间，被疾病缠身数年的老外长遗容消瘦，我们见之不忍，泪落成行。反倒是老外长的夫人、80 多岁的周寒琼阿姨，坚强地和我们挨个说着“谢谢”。

走出告别礼堂，只见和老外长搭过班子的原副部长杨文昌双眼通红，满眶是泪，独自驻足。我刚要安慰，一些记者认出了他，便上前采访。有人问：“钱其琛副总理去世，您的心情怎样？”“非常悲痛……”又有香港记者问：“请谈谈您对钱副总理的评价。”稍顿，杨文昌说：“钱其琛在上个世纪 90 年代前后，在那个特殊的危难时刻，挺身而出，是立了大功的。”

立了大功！没错，这句话打开了我记忆的闸门，20 多年前的一幕幕如在眼前。

1988 年，钱其琛就任外交部部长，第二年就赶上国内政治风波，第四年就遇到苏联解体的“八一九事件”。国内外风云突变，一时间电闪雷鸣，乌云翻滚，竟有“黑云压城城欲摧”的况味。那阵子，我刚调到外交部不久，在宣传处工作，经常骑着车来往于外交部、中宣部、中央国家机关工委之间递送文件，深感上上下下，众说纷纭，人们心中颇多担忧徘徊。

正巧，团中央、中央国家机关工委等组成联合调查组到了外交部，想了解青年干部的想法。我和部团委书记忻顺康找了8名35岁以下的青年外交官，谁料8人的发言里，竟有5人认为苏东剧变对中国并非坏事，而是好事。我心里直打鼓，“坏了！他们的观点与主流思想不一致啊……”当时的主流想法是：苏东社会主义阵营解体，对我们是坏事。

没多久，就听说邓小平同志亲自找钱外长过去深谈了，而且做了指示。很快，钱外长在部里做了一场关于国际形势的报告。他做报告，历来言简意赅，不啰嗦，不重复，时间控制在两小时之内。这一次，他开门见山地说：苏东剧变并非坏事，要历史辩证地看待问题。长期以来，苏共搞大党主义，苏联大兵压境，对我国安全上造成巨大威胁，苏联解体有助于减轻我国的压力，不要一荣俱荣，一损俱损；要摆脱意识形态外交，应以祖国综合利益为主；我们要坚定走自己的改革开放道路……

我观察到，台下的处、司、部级领导们，一开始个个神情凝重，结束时人人眉头舒展。后来，钱外长又应邀到各部委和中南海做报告。在中南海怀仁堂的那一次，我作为部里随行工作人员参加。当时大礼堂里异常安静，在京的省部级以上干部听得很专注，只有钱外长一字一句、掷地有声的声音在回响。

在那样人心迷茫的危急关头，这个声音让我终生难忘。苏联解体为15个国家后，钱外长又指挥大家与各国建交。建交速度之快，质量之高，都创下了外交部之最，成为一段佳话。

那段时间，为了打破西方制裁，一年365天，钱外长绝大部分日子都穿梭在各国之间。但那时外交部的工资很低，给钱外长的补助每天才1美元。所以钱外长走到哪个国家，都严格要求四菜一汤。有一次到某使馆，看到大摆酒肉筵席，他极其生气，当场要求撤掉，并狠狠地批评了使馆领导。

我自己也挨过钱外长的批评。刚到外交部的时候，我拿着一份特急简报找钱外长办理，在门口喊了一声“报告”，进去后，想敬礼又把手放下，很紧张。钱外长和蔼地看着我说：“你是从部队调过来的吧？咱们外交部，周总理定下了规矩，内部一律称‘老、小’。你下次见我，叫我‘老钱’就可以了。”随后，他迅速看完简报，先改了一遍，又拿起铅笔在他已改处再做修改，然后指给我看：“记住，外交公文，如同军队电报，要精准。你用的‘的’‘了’等字尽量少用，别啰嗦。”钱外长这几句教诲，我是受用了一生啊！

钱外长当了副总理后，有一年到某单位参加党组织双重民主生活会。我作为部机关党委的代表也参加了会议，一个细节引起了我的注意。那时，部团委书记忻顺康已经做了钱副总理的秘书，只见忻顺康先给开会的老大使们倒了水，最后才给钱副总理倒水。大家都是搞外交的，礼仪上很留心，都有点愣了：这不合规矩吧？抬头一看，钱其琛却微笑着向忻秘书点点头，表示赞许。大家谁也没说什么，心里是真感动。

开会时，钱其琛深情地说起周总理兼任外交部长时的往事，我的思绪却“开小差”了。我想起中国历史上的使节们，向齐桓公献“养乱为功”之策的管仲，被孔子赞为“不越樽俎之间，而折冲千里之外”的齐国晏婴，为秦王定“远交近攻”战略的范雎，“不辱使命”的安陵小国使者唐雎，“缒城说秦”的郑国烛之武，“完璧归赵”的赵国蔺相如，还有“合纵”的苏秦和“连横”的张仪……这些璀璨的人，只能在历史中回味。周总理那样鞠躬尽瘁、尽善尽美的外交大家，也是“君生我未生”，不能一见。但钱其琛力挽狂澜、精明智勇的外交风采，我何其有幸，亲眼目睹了。

钱外长的夫人周寒琼，原是我们宣传处副处长，后任组织处妇工委主任。有一回，我看到宣传处的老覃和周寒琼嘀嘀咕咕地说着什么。待老周走后，好奇心驱使我问老覃：“什么事？这么神秘？”老覃不说，在我反复追问下，才悄悄告诉我：“你知道，老周作为外长夫人，需要参加各种外事活动，不能总穿一套衣服，得不断换服饰才行。可她工资才几百块，哪买得起呀？这不，我常常去街头摆地摊的那儿买衣服，还能跟人家砍价，70块的我砍到50块，我就帮老周买，总不能让老周自己跑去地摊砍价呀……”

听到这个“秘密”，我既肃然起敬，又觉得酸楚。我对老覃说：“我是原总后军需部转业的，认识搞服装业务的，我去找他们，给老周和钱外长免费做几身。”老覃一听，坚决制止了我：“你不能乱来，老周那人，决不会答应的！”

后来有一年，妇工委举办驻外使领馆夫人的义卖活动。我负责布置会场，用毛笔写了会标。老周喜欢那几个字，跟我说：“你有空给我们家写一幅。”我心想，写什么好呢？想起周总理很喜欢《红楼梦》中“世事洞明皆学问，人情练达即文章”这句话，我就摘取了四个字“世事洞明”——这不就是对钱外长最准确的描摹吗？写成后，我给了老周。几天后，她回礼给我：“老钱很喜欢，挂在屋里了。同时，送你一个墨盒。”

从老外长的遗体告别仪式回来后，我打开那个黝黑的墨盒，墨盒上是二龙戏珠的图案，龙腾飞，中华在复兴，老外长，您安息吧！

（原载于《环球人物》2017年6月1日）

# 西哈努克亲王的中国情

郇心强
（前驻塞内加尔使馆政务参赞）

1970 年 3 月 18 日，美国策动朗诺集团发动政变，趁柬埔寨西哈努克亲王出国访问之机，宣布“废黜”国家元首西哈努克。政变发生后，毛主席和周总理高瞻远瞩，立即做出了继续支持西哈努克亲王的决定。3 月 19 日，西哈努克按原计划自莫斯科抵达北京，我国仍按国家元首规格隆重接待，他深受感动。

## 患难之中识敌友

5 月 5 日，柬埔寨王国民族团结政府成立，我国承认其为柬埔寨人民唯一合法政府，同时宣布正式断绝同政变集团的一切外交关系，并撤回金边使馆。但由于金边当局无理阻挠，撤馆工作 5 月 25 日才得以完成。

西哈努克在中国一住就是五年多，直到 1975 年 9 月才返回金边，成为在我国逗留时间最长也是广大中国人民最熟悉的外国元首。“患难之中识敌友”，西哈努克在最困难的时候得到中国的全力支持，深感中国是柬埔寨最忠实的朋友，“是可以信赖的”。

当时我正在驻柬大使馆工作，撤馆抵京后我被通知到外交部柬埔寨外宾接待办公室（柬接办）报到，并立即投身到接待西哈努克等柬外宾的工作中，直至 1974 年底我才离开了柬接办。

柬接办起初在钓鱼台宾馆三号楼办公，西哈努克亲王夫妇和王室成员住五号楼，宾努亲王夫妇住四号楼，其他柬埔寨外宾住友谊宾馆。柬民族团结政府成立后，友谊宾馆科学会堂辟为柬政府办公所在地。1971年1月，西哈努克亲王，夫妇和王室成员从钓鱼台国宾馆迁到东交民巷15号居住，柬接办随后也搬到了那里。

## 爱国亲王多才多艺

西哈努克亲王是柬埔寨杰出的爱国者。朗诺集团政变后，正当柬埔寨面临民族危亡的关键时刻，他发表了庄严的“五点声明”，号召高棉人民奋起抗击美国侵略者，讨伐朗诺卖国集团。他在国际舞台上为柬埔寨的解放和自由奔走呼号，出访了许多友好国家，并出席联合国大会，争取国际上的同情和支持，为柬埔寨人民的救国斗争和国际地位的提高做出了卓越贡献。

西哈努克亲王不仅是一位爱国的国王、出色的国际活动家、虔诚的佛教徒，而且是一位多才多艺的艺术大师。他除通晓法文、英文和拉丁文外，还喜欢写诗作曲，并能演奏萨克斯管、单簧管等多种乐器。1970年以前西哈努克编导了《仙女》《快乐的森林》《小王子》《吴哥的阴影》《黄昏》等多部影片，并与莫尼克公主一起担任《吴哥的阴影》等影片的主角。

西哈努克在中国逗留期间遍访了中国大江南北。从天山脚下到东海之滨，从黑龙江畔到海南椰林，从繁华的城市到偏僻的乡村，西哈努克的足迹遍布中国大地，所到之处受到中国人民的热烈欢迎，并拍摄了大量新闻纪录片。国内当时故事片很少，西哈努克访问全国各地的纪录片成了电影院的“常客”，西哈努克和漂亮的莫尼克公主成为我国家喻户晓的“电影明星”。

## 和蔼亲切　平易近人

在柬接办工作的五年，我同西哈努克亲王见面无数次，他的个人魅力和平易近人的作风给我留下了深刻印象。

西哈努克总是面带微笑，使人感到他不是君临天下的国王，而是和蔼可亲的朋友。无论是对我国领导人，还是对我们柬接办的一般工作人员、司机、厨师等，他都一视同仁、平等相待，没有架子，平易近人。

1972 年元旦，是西哈努克亲王乔迁新居之后的第一个新年，我们柬接办的同志到亲王官邸向西哈努克亲王夫妇拜年。大家祝亲王夫妇健康长寿，新年愉快，祝柬埔寨抗美救国斗争取得新的更大胜利。西哈努克表示衷心感谢，并与大家合影留念。

经周总理批准，在西哈努克住所修建了室内游泳池，亲王游泳时，请来了国家游泳队的运动健将当教练。为了锻炼身体，西哈努克亲王夫妇有时晚上在东交民巷 22 号宾馆礼堂打羽毛球或排球，刚开始时我们自愿陪同亲王打球，时间长了就排班轮流陪同。西哈努克亲王酷爱电影，在中国当时还禁止放映西方影片的时候，亲王夫妇仍可看到美国、法国等国的影片。在礼堂放电影时，我们柬接办的同志也同西哈努克亲王一起观看。

## 谱曲三首　表达友情

为了表达对中国的深情厚谊，西哈努克亲王为中国谱写了三首歌曲。1965 年 9 月，西哈努克亲王和夫人莫尼克公主应邀到四川访问，周总理和陈毅副总理陪同他们乘船游览长江。浩浩荡荡的大江和三峡两岸的美景令亲王心潮澎湃，感动不已，于是提笔谱写了歌曲《怀念中国》。

《怀念中国》情真意切，感情丰富，表达了西哈努克对中国的深厚友情。1973 年 4 月 13 日，周总理为西哈努克亲王夫妇对柬解放区进行视察返京在人民大会堂举行盛大宴会。席间中国军乐团演奏了《怀念中国》，周总理一听到这首曲子，便随着乐队哼起歌来。

1970年5月20日，我国在天安门广场召开了百万人大会，谴责美国对越南和柬埔寨的侵略，声援印度支那人民的抗美救国斗争。毛主席和西哈努克亲王并肩站在天安门城楼上。

为了表达对毛主席和中国人民对柬埔寨抗美救国斗争支持的感激之情，西哈努克创作了歌曲《万岁，人民中国！万岁，主席毛泽东！》。

1972年12月9日，西哈努克亲王夫妇到天津过周末。当时他在中国已度过近三年，中国成了他的第二故乡，触景生情，他谱写了第三首歌《啊中国，我可爱的第二故乡》。

（原载于《参考消息》2002年9月19日）

# 在格瓦拉家做客

黄志良
（前驻尼加拉瓜、委内瑞拉大使）

我的外交官生涯中，参加宴请是常事，但在格瓦家中的那次做客，却深深地铭刻在我的记忆中，让我终生难忘。记得那是1960年7月，当时我随以外贸部副部长卢绪章为首的中国政府贸易代表团访问革命刚胜利不久的古巴，古方负责接代表团并与卢绪章会谈的主要官员是埃内斯托·切·格瓦拉少校。那时他已不再担任首都警备司令，而奉调担任国家银行行长的要职。革命战争的硝烟尚未散尽，古巴人民又面临新的严峻挑战：重建经济，战胜美国封锁可能造成的困难。格瓦拉临危受命，担负起了革命政府中主管经济的重要任务。我们在古巴的第一个星期里，几乎同格瓦拉朝夕相处，白天会见、会谈、签约、参加宴会，晚上经常一起出席各种社交活动。我注意到格瓦拉在古巴人民中享有极高的威望，可以说仅次于卡斯特罗总理。无论他到哪里，群众都会发自内心地、亲昵地称呼他“切”，而格瓦拉本人则总是表现得十分谦和。 在我与古巴人接触中，听到过许多关于“切”的传奇式的故事。总之，大家印象中的“切”是一位伟大的革命者、勇敢的游击英雄、杰出的古巴国家领导人，他总是身穿橄榄绿军装，腰间佩着手枪，有一股让敌人望而生畏的威严。

在中国政府代表团访问哈瓦那期间的一天晚上，格瓦拉少校邀请卢绪章团长携带一名翻译到他家中“吃便饭”，于是，卢部长和我两个人走进了格瓦拉的家门。这次做客给了我一个宝贵的机会，使我得以窥见这位传奇人物个人生活中的另一个侧面。应该说，那是一次既平常，又不寻常的晚餐。说平常，是指那晚没有高规格的排场和过分丰盛的肴馔；说不寻常，是指它打破了外交礼仪，完全是一次家庭式的非工作便宴。格瓦拉从未在家中宴请过外国宾客。我们到了他家才知道，这次晚宴不单为款待中国朋友（古方欢迎中国代表团的正式宴会已在我们到达的第二天举行过），同时也为他次日即将返回阿根廷的老母亲饯行。所以，卢团长既是主宾，又是陪客。

格瓦拉的家就在市内著名的贝达多区，那里是革命前哈瓦那富豪们集居的高级住宅区。可是他住的那幢两层楼房却极其平常，既没有漂亮的花园，也没有豪华陈设，会客室同餐厅加在一起也不过四十来平方米，估计原房主至多是个中产阶级自由职业者。关于住房，格瓦拉有次曾向报界做过解释，说他作为起义军军官，月饷 125 比索（相当于 125 美元）是租不起豪华别墅的。同格瓦拉住在一起的是他的古巴夫人阿莱达・马尔奇、一个 2 岁多的女儿和临时来古巴探望他的母亲塞莉亚。家里没有专门的招待员，给客人送酒端水的是他女儿的保姆。我们一到，格瓦拉的母亲就从楼上下来，一同入席。格瓦拉解释说，他母亲身体欠佳，不能久坐，让我们边吃边谈。事后我们才知道，老夫人几年前做过乳腺癌切除手术，医生预言她至多还能活十六七年。

餐厅有一张长方形餐桌和五把椅子。格瓦拉安排母亲坐在主人的位置上，请卢团长坐在老夫人左侧，我坐在卢团长左边，他自己坐在母亲右侧，他右边是夫人阿莱达，但这个座位几乎一直空着，因为阿莱达一边忙着来回为宾主换盘上菜，一边还要照看尚未入睡的孩子。阿莱达是位美丽的古巴青年妇女，两年前时在游击区同格瓦拉认识并结婚，是他的战友和秘书。晚宴是地道的飨客西餐，一道菠菜汁奶油汤，一道凉拌海鲜，主菜是煎牛排。我们吃得很随意、很开心，席间气氛更是非常亲切。

格瓦拉的母亲 50 岁出头，鬓发已白，清癯的面容端庄慈祥，谈吐温文尔雅。老夫人名叫塞莉亚・德拉塞尔纳・约萨，出身阿根廷一个名门望族，受过良好教育，自从与建筑工程师埃内斯托·格瓦拉·林奇结婚后，她便把全部的爱倾注给了她的丈夫和五个孩子。切·格瓦拉是塞莉亚的大儿子，也是孩子中同母亲感情最深的一个。切·格瓦拉就生长在这个生活富裕而有民主社会主义思想倾向的家庭里，自小就受到了良好的教育和进步思想的熏陶。在西班牙内战时，格瓦拉家站在共和派一边，结交了许多西班牙反法西斯战士。第二次世界大战期间他们坚决拥护同盟国，反对纳粹法西斯。在国内，他们一向同情劳苦大众，但格瓦拉父子从未参加过阿根廷的任何政党。

我们和格瓦拉的家人虽系初次见面，却有一见如故之感。卢绪章副部长和老夫人亲切交谈着，问她多久没有见到儿子了，想不想念？

“六年没有见到这个儿子了，哪能不想念？”说起儿子，老夫人显得格外兴奋，眼睛都发亮了。她说 1953 年 7 月，她和丈夫老格瓦拉在布宜诺斯艾利斯火车站送别儿子远行时，“切”还是个毛头小伙子，现在变得成熟了。这六年里，她天天思念儿子，常为他的安危担惊受怕。儿子到哪里，她就关心哪里的时局，寻找报刊上有关的消息。格瓦拉也总是不忘给母亲写信，不管到哪里，他总要给老母亲写上两句，有时用调皮的口吻，有时用只有他们母子两人才能懂的双关语，这使母亲感到十分欣慰。说到这里，老夫人用慈祥的目光看了看儿子说：“我为儿子感到骄傲，不是因为他成了世界上有名的人物，而是因为他有崇高的革命献身精神。”

或许是因为这母子两人又面临着一次新的别离，老人家常常陷入对往事的回忆。她说，格瓦拉自小聪明好学，两岁上得了哮喘病，不能正常上学，由自己为他补课。他要比别的孩子付出双倍的努力，才能取得优异成绩。在母亲指导下，他读了大量课外读物，12 岁时就具有 18 岁青年的文化程度。“切”自小富有正义感，常为小伙伴受欺侮“打抱不平”而与大孩子打架。他从小就喜欢冒险，爱做一些一般孩子不敢做的危险事情，因而很早就培养出了沉着冷静、果敢处理危机情况的能力。为了战胜疾病和锻炼意志，少年格瓦拉特意参加足球、橄榄球、游泳、骑马、远足、登山等一类剧烈的运动。

微笑着在一旁静听母亲讲述他的少年往事的格瓦拉，这时打断了母亲的话头，亲了亲老太太的手，风趣地对我们说：

“我非常爱我的妈妈，她是一位很伟大的母亲，她把她所有好的东西都给了我，唯独这个不好。”他指了指自己的胸部，意思是说他的哮喘病。的确，格瓦拉的这一痼疾使他在战斗的一生中经受了比任何人都要多的痛苦，有好几次还差点因此而丧命。格瓦拉告诉我们，越是战斗激烈，情况危急时，这病越发作得厉害。他在那次“格拉玛”号远征途中就哮喘大发，他本应作为医生照顾别人，结果是一路上别人照顾了他。他还讲了个故事，说在马埃斯特腊山区，有次他率领一支游击队去袭击巴蒂斯塔军队中最凶残的莫斯克上校的部队。在完成任务撤退时，他的哮喘病突发，倒在地上，动弹不得，他再三命令部队撤走，留下他一人。他藏在一块巨石后边，躲避敌人搜山。他想，这回没有被敌人的子弹打死，也得被哮喘折磨死，幸亏没有被敌人发现。几小时后，他哮喘减轻，在一位躲藏在附近的战友搀扶下脱险回营。七年后，我在格瓦拉在玻利维亚打游击时写的《日记》中多处读到：“我的哮喘折磨得我好苦”，“我的哮喘病正在剧烈发作，经常剧烈咳嗽，痛苦难忍，多次像死了一样瘫倒在地。”据在玻利维亚实地采访的外国记者分析，格瓦拉在被俘前两三个月里病情很重，身体孱弱，有时不得不骑着骡子或马指挥战斗。要不是因为疾病和体弱，10月8日那次遭遇战中，格瓦拉是完全可能突围脱险的。可恶的哮喘病竟成了革命敌人的帮凶！

那晚，我们不便细问这个哮喘病是先天的还是后天患的。

“因为他从小有病，又特别聪明，我在几个子女中最疼爱的就是埃内斯托。”塞莉亚老太太继续说。

这时，格瓦拉给客人和母亲分别添了些菜，接过母亲的话，动情地说道：“这么多年里，妈妈为我的毛病和安危操碎了心，而我这个狠心肠的儿子却抛下了多病的老娘浪迹天涯。按照你们中国的传统道德观念，我该算是个不孝的儿子吧！”

卢团长忙说：“哪里，哪里，你们是革命的儿子、英雄的母亲，值得我们学习。”

格瓦拉接着又说，他非常希望跟母亲在一起再多待一段时间，但他和阿莱达工作都太忙，又常出差，实在照顾不了妈妈，不得不送她回家乡。这时，格瓦拉的女儿由阿莱达领着，喊着“爸爸、奶奶”走过来道晚安。格瓦拉一把将她抱到怀里，亲昵地吻了又吻，又让小姑娘跟奶奶亲亲，还教她喊我们中国“蒂奥”（伯伯，叔叔）。母子情、父女爱充满了这个温馨的家。我被眼前的情景深深感动了。在许多人看来，格瓦拉经过长期的残酷斗争，已变成了一个铁石心肠的硬汉子。有谁知道，这个革命战士的感情竟是那样的细致入微，心里装着那么多的爱。我相信，他不只热爱自己的母亲、女儿和妻子，更加热爱千千万万拉美人民的母亲、子女和家庭。他甘为美好理想献身的动力，不正是源于这种动人心弦的爱吗？

两个多小时的晚宴在不知不觉中结束了。我们担心老人会太累，而且，我们从心里觉得，应该把更多的时间留给这对即将别离的母子，便起身告辞。格瓦拉和他的家人把我们送到门口。怀着依依不舍的心情，我们和这位可敬的母亲热烈拥抱。同时，对格瓦拉这位革命者的伟大胸怀也有了更深刻的认识和理解。后来我从一些朋友处获悉，格瓦拉的母亲自 1961 年从古巴返回阿根廷后，在报刊上写了一系列的文章，并应邀到处做报告，介绍古巴革命的情况，受到了进步人士和团体的热烈欢迎。但她也遭到了政府当局的迫害，甚至被关了两个月监禁，还被迫流亡到邻国乌拉圭。她的唯一“罪过”就是因为她是切·格瓦拉的母亲！

斗转星移，世事变迁，格瓦拉英勇牺牲已 40 年了。然而，格瓦拉的革命精神、人格魅力和我在他家做客时的所见所闻，至今仍常萦回在我的脑海里。

# 胡志明的汉文诗

李家忠
（前驻老挝、越南大使）

越南的胡志明主席通晓多种外语，其中当属汉语和法语造诣最深。加之他的诗人情怀，无论走到哪里，都会趁兴写诗，故胡志明一生留下了多首汉文诗作，且广为流传。

1950 年 1 月，胡志明秘密前往中国，同中国领导人商谈援助越南抗法问题。路经广西南宁时，他偶遇西南军区副司令陈赓。1924 年至 1927 年胡志明在广州从事革命活动时，陈赓正在黄埔军校学习，两人早已相识。这次与老朋友重逢格外高兴，胡志明便乘兴写下了一首《赠陈赓》：

当年遇君一青年，
如今统兵握帅权。
雄兵百万悉听命，
捍卫革命固滇边。

越南抗法战争期间，应越方要求，中方向越南派出了军事顾问。1950 年 3 月，中央任命三野十兵团政委韦国清为中国军事顾问团团长。胡志明对此表示热烈欢迎。一次，胡志明在越北战区不远数十里前去看望韦国清，但不巧韦国清和其他顾问去了前线。第二天，胡志明便派人给韦国清送去一首汉文诗：

百里寻君未遇君，
马蹄踏碎岭头云。

归来偶过山梅树，

每朵黄花一点春。

1942年至1943年，胡志明在广西曾被国民党政府关押一年多。监狱的条件极为恶劣，当时国民党第四战区政治部一位叫伍甘华的职员，曾悄悄地对胡志明有过不少照顾。为此，胡志明曾写过一首汉文诗：

伍科长与黄科员，

两人见我太可怜。

殷勤慰问和帮助，

这像冬寒遇暖天。

1945年日本投降后，根据盟国的决定，由中国派军到越南接受日军缴械。伍科长此时的军衔已是大校，也跟着中国军队一起到了越南。而此时的胡志明则已是越南民主共和国主席。一天，伍甘华来到越南民主共和国临时政府驻地，求见胡志明主席。胡志明走进客厅，同伍甘华亲切握手，互致问候。二人交谈一阵，胡志明见伍甘华似有凉意，便对身边工作人员说："你先陪客人说话，我到那边去一下。"

说罢，胡志明快步上楼，几分钟后回到客厅，手上拿着一个用报纸包着的小包。胡志明用中文对伍甘华说："分手的时候，心情很激动，我没有什么送给你，十分不好意思。我们的国家刚刚解放，正如你看到的那样，困难很多。请你收下这件小小的衣服，穿在身上会暖和些，也算是我的一点心意。"

伍甘华起立，伸出双手接过小包。这时工作人员发现胡志明身上的那件毛衣不见了。伍甘华也看出了问题，无比激动。他满含泪水说："主席阁下送给我的既是无价的礼物，又是温暖真挚的感情，我将珍藏这神圣的纪念，永远不会忘记今天这荣幸的时刻。"

送走客人后，工作人员问："天气这么冷，您为什么不先让我们去准备一份礼物，却把自己身上的毛衣脱了下来？"胡志明说："你去看看仓库，还有什么东西可以送人？"

胡志明在广西坐牢期间，先后写下了一百多首汉文诗，后来由越南学者翻译成越文出版，名为《狱中日记》。半个多世纪来，《狱中日记》作为越南文学宝库中的珍品，广为传颂。1960 年 8 月，郭沫若撰写长文，高度评价胡志明的《狱中日记》。郭老先转引了胡志明的一首诗《读千家诗有感》：

古诗偏爱天然美，
山水烟花雪月风。
现代诗中应有铁，
诗家也要会冲锋。

之后，郭老写道："全部一百多首诗，二千七百多字，就只有这一个'铁'字。然而，如果我们仔细吟咏起来，却差不多首首都有铁，句句都有铁。为什么，就因为作诗的人有百折不挠的铁的精神，有冲锋陷阵的精神。""让我们放声高呼：铁的精神万岁！铁的文艺和铁的诗歌万岁！"

1990 年，人民文学出版社出版了《狱中日记》，作为对胡志明 100 周年诞辰的纪念。

# 周总理回延安

李家忠
（前驻老挝、越南大使）

1973年6月，越南劳动党第一书记黎笋率越南党政代表团访华。当时越南的抗美斗争正处在重要关头。虽然根据越美双方1月签订的《巴黎协定》，侵越美军已于3月全部撤离了越南南方，但南方尚未解放。十几年来，周总理代表大后方中国，为支援越南抗美，不知耗费了多少心血。他当时虽已身患重病，但仍亲自出面接待来自抗美前线的客人，除主持会谈外，还带病亲自陪同客人到延安参观访问。

这是新中国成立后周总理第一次回延安。专机抵达延安机场后，越南代表团成员和中方陪同人员的车队缓缓进入市区。尽管事先没有报道周总理回延安的消息，但不知怎的，至少有十几万延安各界群众不约而同地涌上街头，把道路堵得水泄不通，致使车队无法前行。北京陪同前往的公安部副部长于桑不得不走出汽车，站在人群中，为车队开路。半个多小时后，车队才到达宾馆。当时我作为翻译坐在越南副总理黎清毅的汽车里，他对我说："看得出来，延安人民是在欢迎周恩来总理。"

下午，在客人听取介绍延安情况前，周总理对接待人员说，中午趁大家休息，他要悄悄地登宝塔山。为了不让群众发现再造成交通堵塞，周总理换乘吉普车前往，并绕道而行。不料吉普车陷进了泥里，是当地的同志和警卫人员一起把车抬出来的。现在回想起来，那次周总理登上宝塔山，可能是要向延安的父老乡亲做最后的告别吧！

接着，周总理陪同客人参观延安革命纪念馆。当看到1949年10月26日毛主席给延安人民的复信时，周总理停下脚步，指着复信中的几句话说："早在20多年前，毛主席就嘱咐延安人民要'继续团结一致，迅速恢复战争的创伤，发展经济建设和文化建设'。但这一条我们做得很不够，很不够。"对于周总理谈到的延安经济情况，我们从北京去的接待人员并没有多少切身体会，但仅从几个小时的观察，便可看到当时延安的商品供应十分匮乏，宾馆的小卖部货架基本上是空的。为了表示对北京去的工作人员的一点心意，当地外办仍决定卖给我们每人两斤延安核桃。

当晚，延安革委会宴请越南客人，周总理和陕西省领导同志出席作陪。宴会上准备了当地的土特产，如煮玉米、煮土豆等。客人们吃得很香，越南总理范文同说，他一口气就吃了两个土豆。宴会进行到将近一半的时候，周总理站起来，当着越南客人的面说，解放都这么多年了，延安的经济还没有发展起来，人民的生活还这么艰难，我作为国务院总理，对此负有直接责任。今天我要当众做自我批评。说到这里时，在场的陕西省委书记马上站起来说，党中央、国务院和周总理对延安的工作和经济建设始终十分关心，是我们自己的工作没有做好。他表示一定记住周总理的指示，要尽快把延安的经济搞上去。

20多年后的1995年，我任驻老挝大使期间回国述职、休假。外交部组织我们部分正在北京的驻外大使、参赞到延安参观学习、考察。旧地重游，看到延安经过改革开放后的一片繁荣景象，回想起周总理抱病去延安的情景和总理的讲话，我无比激动。敬爱的周总理把毕生精力和心血都献给了党和人民，始终同人民保持着血肉联系，深受人民的衷心爱戴。正像一首诗所写的那样："人民的总理人民爱，人民的总理爱人民，总理和人民在一起，人民和总理心连心。"

（原载于《百年潮》2012年第2期，有删节）

# 访美国友人斯诺夫人海伦

林任杰
（前外交部参赞）

1981年的一天，美国纽约我常驻联合国代表凌青大使决定驱车前往康涅狄格州的麦迪逊镇看望并慰问埃德加·斯诺的前妻海伦·福斯特·斯诺，凌大使指定我陪同一起前往。晚年的海伦生活清苦、老弱多病，住在一幢普通民居里。据说那是用当年她同丈夫分别访问陕北革命根据地后出版的著作所得共同购买的房产，她同丈夫离婚后返回美国一直住在这里。她没有再婚，也无子女，只靠政府的微薄救济金生活。只见她床头放着一尊氧气瓶，以防万一疾病发作遭遇不测，此情此景令我们心酸。我们的造访给了她极大的安慰，她一再感谢中国老朋友的温暖慰问。凌大使同她一起重叙她在中国特别在陕北延安时的友情。大使一再就她对中国革命所做的贡献向她表示高度的赞扬和崇高的敬意。

埃德加·斯诺于1928年来华，1932年同海伦结婚并将家安在北平。1936年他在宋庆龄的安排下成为第一位进入陕甘宁边区的外国记者并发表了震惊世界的《红星照耀中国》一书，即《西行漫记》，从而使世界了解了中国共产党领导的革命根据地。从此斯诺的名字便如雷贯耳，刻印在中国人民和世界人民的心中。然而斯诺本人也不无遗憾地感到，当时人民熟知的“朱毛”是不能分离的，而他在陕北时却未能采访到朱德。因此他曾决心再去苏区一趟，以弥补此缺失。他的妻子海伦是位倔强的女性，她此时自告奋勇要亲自到陕北走一趟并将丈夫未来得及采访的中共领导人都采访到。

翌年，即 1937 年，海伦便悄然离开北平并历经千辛万险来到了延安。她用了 5 个多月的时间采访了许多红军领导人包括她丈夫未能采访到的朱德，这就大大地丰富了她丈夫正在撰写的《西行漫记》。她采访了 60 余位人物，特别同毛泽东提出要到前线采访。毛泽东因此给她写了一封介绍信，要她交给当时的八路军政治部主任任弼时和副主任邓小平，并请他们给予安排。1939 年海伦基于她在根据地的采访和所见所闻，撰写了一本名为《红色中国内幕》，即《续西行漫记》的书在英国出版。当时，由于《红星照耀中国》的出版已经震惊世界，斯诺的名字已为世人所熟知，而反动势力则对他恨之入骨。因此，海伦的《红色中国内幕》一书只好用了海伦的笔名尼姆·威尔斯出版。

海伦的一生同中国结下了不解之缘。她于 1931 年（时年 24 岁）来到中国并同埃德加一起结识了宋庆龄、鲁迅等人。他们当时在北平的住处掩护我地下党同志的事迹中，被人所熟知的是掩护邓颖超同志的故事。邓颖超同志当时正在北平治病，“七七事变”后，为了避免危险便决定离开北平。斯诺夫妇于是决定由埃德加亲自护送邓颖超同志离开。途中受到日本侵略者的严查，埃德加便以邓是他家保姆为由而险过严查。此后海伦便逐步投身在中国人民的抗日斗争和解放事业中。她和丈夫一起还利用在华外国人的身份掩护我地下党的同志和其他进步人士，对中国人民的抗日斗争和革命事业做出过不朽的贡献。她同丈夫离婚后返回美国，但她的名字中仍保持夫姓。她的后半生仍专注于写作，并完成了四五十部著作，其中半数是关于中国的。但是由于当时美国反共的麦卡锡主义盛行，她的绝大多数著作都未能出版。然而，她却对此并不以为然。她表示她的作品不是为出版商所写的，而是为中美两国青年人所写的。这就是这位中国人民的伟大朋友的胸怀，着实令我们大家敬佩。她最后于 1997 年在家乡去世，享年 90 岁。

1979 年 1 月，中美两国建交不到一个月，小平同志便应邀率团访美。

当时的驻美联络处主任柴泽民大使为小平同志访美举行招待会，我们这位老朋友海伦居然也拖着多病的身躯应邀前来出席。更令人感动的是，她一见到小平同志便说：真难找到你啊！我找你找了几十年居然在这里见到你了。说完，她便把当年毛主席给她写的致任弼时和邓小平的介绍信给小平同志看。原来当年她凭毛主席的介绍信去找小平同志时，他们已开赴前线而未能见到。而海伦将这封介绍信一直珍藏至今，小平同志也意外地看到42年前毛主席写给他的信。这段故事至今传为佳话，令人感动。

# 永远的曼德拉

陆苗耕
（前驻南非开普敦总领事）

今年94岁高龄的南非前总统纳尔逊·曼德拉的病情依旧处于危急中，南非民众自发为他祈祷。无以数计的人悬着一颗心，关注着这位世界级的伟人。

曼德拉是当代非洲政坛上最耀眼的一颗明星。他领导的南非非洲人国民大会（以下简称非国大）在推翻南非白人种族主义者统治的斗争中发挥了极其重要的作用，他因此于1993年荣获诺贝尔和平奖。1994年5月，曼德拉当选为南非历史上第一位黑人总统。

20世纪90年代，我先后两次被派往南非，常驻达6年之久，有幸近距离目睹曼德拉的风采，感受他的人格魅力。

## 关爱百姓　赢得尊重

不管是在异国他乡，还是在南非国内，只要曼德拉露面，往往会引来群情振奋、欢呼掌声。人们对他的爱戴与崇敬之情，超越了国家、民族、肤色、性别和年龄的差异。当年，曼德拉伟岸的身影出现在外国使团举行的大型招待会上，总是受到宾客们的热情欢迎，场上气氛格外活跃。他不忘老朋友、珍重友谊的情感常常溢于言表，我多次聆听过他铿锵有力的语言：新南非要与一切友好国家加强往来和合作，对过去支持和帮助过南非人民反对种族隔离的朋友，决不能忘记！当我主动介绍自己来自北京时，他微笑着答道，他访问过北京，印象非常深刻，并赞扬中国的飞速发展。他那大方之家的气度和亲切和蔼的样子，一直印在我的脑海里。

曼德拉的崇高声望同他一贯关心广大黑人民众的疾苦分不开。1994 年 12 月中旬，我以中国驻南非研究中心副主任身份应邀出席非国大第四十九届全国代表大会开幕式。当精神焕发的曼德拉出现在主席台上时，台下一遍又一遍地高呼他的名字。曼德拉发表主旨讲话，阐述了新南非政府将以《重建和发展计划》建设南非，解决广大人民所关心的住房、水电、教育、就业等问题。他指出，新南非政府在过去 7 个月中，为人民兴办的事情比以前任何政府都要多，并号召人民团结一致、艰苦奋斗，共同实现建设国家的新战略和目标。他的讲话多次赢得热烈掌声。开幕式结束退场时，曼德拉被人们围得水泄不通，代表们纷纷争着与他握手，曼德拉乐呵呵地一一回应，沸腾的场面长达半小时。晚上，他又与代表们欢歌共舞，像年轻人一样忘情地随着音乐的旋律跳了起来。

## 顺应潮流　中南建交

1993 年 8 月 9 日上午，曼德拉作为非国大领袖在办公室会见了我和两位同事。他身穿深色西装，精神矍铄、和蔼可亲，与我们一一握手问好。当时我是中国驻南非研究中心代理主任。曼德拉以非常认真、坦率的态度向我们通报其前不久访问台湾的情况。然后，他郑重地说，中国从 50 年代起就支持非国大反对南非种族隔离制度，给予了非国大所需的一切援助。非国大同中国的友谊将继续下去。联合国、非洲统一组织等都不承认台湾当局。非国大采取上述国际组织对中国所采取的同样立场。他还谈到台湾方面曾希望非国大在台北设立办事处，非国大已拒绝此要求。非国大希望在北京设立办事处。我对曼德拉的上述谈话当即表示赞赏，同时代表中国政府高度评价以曼德拉为首的非国大为反对种族隔离制度所进行的不屈不挠的斗争，希望他们取得更大的胜利，并祝愿中国与非国大的友谊和合作不断加强和发展。会见结束时，我征求曼德拉意见，可否将上述谈话的主要内容予以报道，他以坚决的口气回答："可以！"

曼德拉当时显示出的果断气魄和对中国传统友好的念念不忘，使我确信中国与南非实现建交将是大势所趋。后来，由于台湾当局不断施加影响，曼德拉想以"双重承认"来处理南非与中华人民共和国及台湾当局的关系。由于中国政府坚持一个中国原则，加之非国大绝大多数成员赞成与台湾"断交"，曼德拉放弃了一度的想法。1996 年 11 月 26 日，曼德拉邀请中国驻南非研究中心主任顾欣尔共进午餐，郑重表示，他已做出了南非不晚于 1997 年年底与台湾当局"断交"、与中华人民共和国建交的决定。1998 年 1 月 1 日，中国与南非正式建立外交关系。曼德拉为实现南中建交发挥了关键性作用。

1999 年 5 月，曼德拉以南非总统身份访华，向江泽民主席表示，南非与中国人民之间存在传统友谊。中国的万里长征和中国人民为解放全中国进行的英勇斗争曾给南非人民反对种族隔离斗争以巨大的鼓舞。南非政府对中国政府和中国人民给予的宝贵支持表示衷心感谢。曼德拉在会见朱镕基总理时高兴地说，南非人民对毛泽东、刘少奇、周恩来、邓小平等老一辈中国领导人的名字非常熟悉。尽管他将很快离开总统职位，但他相信南中友好合作关系会不断巩固和加强。

## 博大胸襟　急流勇退

曼德拉铁窗生涯 27 年，后任总统 5 年多，1999 年 6 月主动隐退，但仍然关心非洲与世界和平，关爱弱势群体。联合国前秘书长安南称赞曼德拉是"和平与和解的楷模"。曼德拉成功地为南非赢得 2010 年世界杯足球赛举办权，国际足联主席称赞他是"慈悲和高尚的典范"。2010 年联合国将曼德拉的生日 7 月 18 日确定为"曼德拉国际日"，此前很少有人享此殊荣。

2000年年初，南非议会在开普敦举行年度例会，新任总统姆贝基发表国情咨文。当晚举行了盛大宴会，我作为中国驻开普敦总领事应邀出席。宴会上，姆贝基首先致辞，接着曼德拉偕新婚夫人步入宴会厅。曼德拉在主宾席上向大家招手致意，然后从容讲话，赞扬姆贝基年轻有为、知识渊博、精力旺盛，相信他会带领南非人民取得更好的成绩。紧接着他不无幽默地大声说，“我现在失去了一份工作，但得到了一位新娘”，一下子把全场来宾逗得大笑起来，欢腾的浪潮再度掀起。曼德拉不恋权位，展现了一位政治家的远见卓识。

从囚徒到总统，又从总统回归平民，曼德拉的一生充满传奇。他以岩石般的坚韧性格、大海般的广阔胸怀，赢得了世人景仰，他的名字将永远铭刻在人们心间。

（原载于《人民日报》国际副刊2013年6月30日）

# 结识奥林匹克巨人——萨马兰奇

汤铭新
（前驻玻利维亚、乌拉圭大使）

2001年7月13日，我作为北京奥申委网站的主编，和奥申委留守人员一起在北京奥申委办公地度过了一个永远难忘的夜晚。当晚10点10分，当电视屏幕聚焦国际奥委会投票现场，传来了国际奥委会主席萨马兰奇一声“北京当选为2008年奥运会主办城市”时，在中华大地上顿时爆发出雀跃欢呼。人们在抒发对申奥成功的喜悦心情的同时，也在传诵着一个灿若星光的名字——萨马兰奇。因为，他不仅是国际奥委会主席，在他担任国际奥委会领导职务的26年中，他还为发展奥林匹克事业做出了巨大的贡献。更重要的是，从1979年中国恢复在国际奥委会的合法席位，到2001年北京申奥成功，在这国际奥运史上两大事件所经历的漫长岁月中，无不透露着萨马兰奇对中国的深厚情谊。固然，这两件大事反映了我们国家综合国力大大增强，国际地位大大提高，在国际体育界的地位得到举世公认的事实；但另一方面，萨马兰奇在其中发挥了重要影响和可贵的作用则是有目共睹的。他真正是我们一位伟大的朋友。所以，萨马兰奇在中国人民心中倍受尊敬自不待言，他的名字在中国可谓家喻户晓。尽管他享有西班牙侯爵的高贵称号，但我们根据自己称呼尊敬人士的习惯，更亲切地称他为“萨翁”。

20世纪70年代，为恢复我国在国际奥委会中合法席位的斗争进入了关键阶段，萨翁对中国的友谊也正是从那时开始的。而在萨翁心目中播下对华友谊第一粒种子的是当年我国驻苏联大使王幼平。那时萨马兰奇是西班牙驻苏联大使，“兼任”国际奥委会副主席。想到中国在世界最大、最有权威的体育组织国际奥委会的席位尚被台湾当局所占据，恢复我合法席位是我国体育工作和外交工作的一项重大任务，王大使决心通过做萨翁的工作来推动中国返回国际奥委会问题的解决。经过几年的交往，萨翁对中国有了进一步的了解。于是，他对王大使说，国际奥委会内中国代表权问题未获解决是不合理的，“因为不能忽视8亿中国人民和为数众多的中国运动员”，他坚定地说，“我要为改正这种状况而努力”，并提出愿意访问中国以了解实际情况，寻求解决途径。面对当时国际奥委会内一股顽固的反华势力，萨翁的这种态度的确可谓有“横空出世”的气概，也隐隐约约让人感到，有一种信念在支持着他。

说起来还真有缘，我结识这位奥林匹克巨人正是23年前，从我国恢复在国际奥委会合法席位斗争的关键时刻开始的。1978年4月萨翁受国际奥委会的委托，以第一副主席的身份第一次来中国访问。而我那时受组织上的委派，到国家体委参加接待任务，担任翻译工作。

萨马兰奇和夫人是那年4月21日抵达北京的。在和体委副主任路金栋、国际司负责人何振梁见面时，萨翁表示，他此次访华负有重要使命，是为了工作而来的。因此，访问期间他可以一直在北京会谈，同时根据需要参观一些体育设施。他强调，此行的目的不是来游览的，若会谈紧张，可以由他夫人代表他去外地访问。他那一心扑在工作上的高尚品格一开始便给我留下了深刻的印象。会谈开始后，萨翁首先回顾了奥林匹克运动的发展历史。他说，奥运会是得到世界上广泛承认的体育赛事，也是各国运动员和人民友好交往的文化聚会，它以广泛性和参与性赢得了各国人民的欢迎。中国作为一个拥有数亿青年和包括数以万计运动员的大国，理应在奥林匹克大家庭中占有她的位置。奥林匹克运动没有中国的参加也是不完整的。萨翁的这番话说得铿锵有力，是他深思熟虑的肺腑之言，表明他对我国的真诚友好，而这最后一句话则清楚地表明他弘扬奥林匹克精神的坚强决心。

会谈中最棘手的自然是如何处理台湾问题。根据这种情况，何振梁同志利用陪同活动的各种机会，向萨马兰奇进一步做工作，从介绍台湾问题的由来，谈到联合国恢复中国合法席位的决议，以及国际奥委会对中国的态度。萨马兰奇在琢磨这些道理的同时，也在思索着解决问题的方案。经过几轮会谈的交流，最后他说，他相信台湾问题在不远的将来会得到解决。他表示，如果通过投票驱逐台湾，但表决结果没有把握。因为国际奥委会委员都持独立立场。所以，思路敏捷的萨翁转而又提出了另一个解决方案。他说，可以提出要求台湾改名，去除“中华民国”的称号。他估计台湾不会接受，这样，国际奥委会可以顺理成章地把台湾除名或者停止会籍。他对此显得很有信心，相信这既是我们可以接受的方案，也是国际奥委会容易操作的办法。由此，他还进而谈到中国国际奥委会合法席位恢复以后，台湾委员的资格如何处理的问题，也谈到中国方面应尽快准备，以便一旦时机来到，便可向国际奥委会推荐一位新的中国委员。

可惜的是这次会谈最后没有形成结果，因为当时我们对国际奥委会的政策虽已有积极的姿态，但仍坚持不由我方提出要求台湾改名这样一种斗争策略。主持和萨翁会谈的路金栋对萨翁提出的改名方案未置可否，而只是表示，他相信国际奥委会会找到合适的方法来解决台湾问题。萨翁对我方的立场有些迷惑不解，问我为什么他那么一番好意的设想没有得到中方积极的响应。我深感事关重大，于是在这茫然之中立刻把萨翁的疑惑告诉了陪同的何振梁。何振梁当然觉得此事非同小可，所以又找机会婉转地继续做萨翁的工作，并对他为解决中国参与国际奥林匹克运动做出的真诚努力表示感谢。这样才使萨翁对我国那时的立场有了一些理解，气氛变得较为融洽。

通过几天来的紧张会谈和个别接触，我更清楚地看到，萨马兰奇是一位对世界事务和时代潮流有敏锐观察力的政治家，他对恢复中国在国际奥委会中的地位是真诚热情的。他作为一位致力于奥林匹克运动的国际活动家，高举现代奥林匹克运动之父顾拜旦创立国际奥林匹克委员会的理念，矢志不渝地为之奋斗，要把“通过体育及竞技比赛使和平、友谊和全世界青年大团结的理想普及全球”，使我开始看到了站在我们面前的是一位奥林匹克巨人。后来一连串的重大事件，都无不印证了我的这个评价。我对他强烈的钦佩和崇敬也就油然而生。

萨翁访华回去以后，在国际奥委会执委会和几次全会上又做了大量工作，明确地提出要台湾改名的方案。他说，“国际奥委会应该尽一切努力承认中华人民共和国。建议第一步要求‘中华民国奥委会’改名，因为它根本不能代表中国。”

在萨翁和其他一大批主持正义的朋友们的坚决斗争之下，国际奥委会执委会终于在 1979 年 10 月 25 日通过了名古屋决议，恢复了中国在国际奥委会中的合法席位。屈指算来，从 1951 年新中国准备参加赫尔辛基奥运会开始，这场在国际体育界争取维护中华人民共和国合法权利、捍卫国家主权和领土完整的斗争，整整经历了 28 个年头。这是我们在国际体育组织中的一次意义深远的巨大胜利。从此以后，再也没有什么势力可以阻挡中国在国际体育舞台上大展雄风，为加深世界人民的友谊和世界体育的发展，充分贡献自己的力量了。

随着我国体育事业的迅速发展和在国际体坛上的地位日益上升，在中华大地上点燃奥运圣火的憧憬成了上至国家领导人，下至亿万民众共同的心愿。而我们的朋友萨马兰奇在 1984 年参加我国庆 35 周年活动时，也提出了北京应考虑申办奥运会的建议。1990 年 9 月 22 日，第 11 届亚运会开幕式之前，国家主席杨尚昆在接见已担任国际奥委会主席的萨翁时，正式把我国申办 2000 年夏季奥运会的愿望告诉了萨马兰奇。萨翁很高兴中国做出如此重大的决定，表示愿尽绵薄之力给予帮助。虽然那次申办中国仅以两票之差失之交臂，但它有力地推动了中国走向世界和世界了解中国的伟大历史进程。萨马兰奇对何振梁说，北京未能申办获选成功是可惜的事，但中国是最理解时间的相对价值的。他希望北京不久将再次提出申办，并相信中国一定会获得成功。现在，北京申奥成功，萨翁的一大宏愿已经实现。2001 年 12 月 14 日，即北京奥组委成立的第二天，我在北京奥组委网站收到了萨翁发来的一篇庆贺专文：《奥林匹克运动全球化的进程来到北京》。他在文中说："中国 2001 年决定申办 2008 年奥运会，很明显这并非易事。多伦多和巴黎都是强劲的竞争对手。但北京以重量级的千钧之势横扫莫斯科，成为 2008 年奥运会的主办城市。这是一个明智、正确的决定，将奥林匹克精神进一步普及到了中国。"他接着说："还有一件未完成的大事，那就是在非洲大陆举办奥运会。到那时，奥林匹克运动全球化就臻于完美。"萨翁的这番话，是在向世人传达他一贯主张的奥林匹克运动属于全人类的崇高理想。他认为北京申奥成功是奥运史上的里程碑。他所给予我们的宝贵支持，使他的一大宏愿在我国返回国际奥委会 22 年后开出了灿烂的花朵。那么，他对非洲良好的祝愿和对奥林匹克运动普及全球的追求，也会有一天结出丰硕的果实。

2010 年 4 月 21 日，传来了前国际奥委会主席、国际奥委会终身名誉主席萨马兰奇不幸逝世的消息，引起了举世莫大的悲痛。我在此谨奉上小诗一首以致悼念：

世纪巨擘兴奥运，
叶落苍穹忆萨翁。
洞穿沧桑倾伟业，
和平友谊架彩虹。
心系北京圆奥梦，
弘扬理想建奇功。
仙鹤飘起任飞翔，
萨翁精神永称雄！

# 记毛主席1972年同我的谈话

王　殊
（前驻联邦德国、奥地利大使）

1972年7月24日晚上，毛主席在中南海寓所接见了我。在场的有周恩来总理、姬鹏飞外长、乔冠华副外长、王海容部长助理和唐闻生副司长。当时，中国同联邦德国还未建交，我在波恩担任新华社常驻记者。毛主席自晚上10时到凌晨1时从国际问题到国内问题一共谈了3个小时。从谈话看来，他当时最关注的一个是我国国家安全的问题，另一个是我国国内稳定的问题。那时，中苏在1969年3月珍宝岛地区发生武装冲突后，双方都增加了边境的兵力，边境形势十分紧张。中苏边境冲突发生以来，在西方出现了一种幸灾乐祸的论调，认为苏联战略将会东移，转向中国。

毛主席一开始就谈到了苏联的战略问题。他说，西方不少人正在讨论苏联的战略究竟是向西还是向东，还是声东击西。有的人还幻想把苏联这股祸水推向东。欧洲是一块肥肉，大家都想吃，我们没有资格。美苏争夺的重点在欧洲，正由于这个原因，双方都一直把重兵摆在欧洲，谁也不肯丢掉这块肥肉。

毛主席准确地列举了美苏双方在欧洲的兵力数字后说："我看苏联就是声东击西，麻痹西方。西方国家太多，太散，太软，不能单靠美国，应该联合起来，共同对付苏联威胁。"

毛主席谈到两次世界大战的经验说，德国威廉皇帝和希特勒在世界大战中都最终遭到了失败，主要原因都是吃了两面出击的亏。威廉皇帝1914

年在西线同英法军队还处在对峙状态，第二年又把大量兵力从西线调到东线进攻俄国，幻想先打败俄军，迫使俄国沙皇签订和约退出战争，再来收拾法英。这个目标未能实现，第三年又把大量兵力调回西线。但情况已发生很大变化，英法军队已得到加强，美国也参战在即，最后他吃了败仗，不得不签订和约。希特勒也是一样，被最初的胜利冲昏头脑，西线还没有全部解决，又在 1941 年 6 月发动了对苏联的进攻，结果也陷入了被两面夹击的境地，最后也遭到了失败，连柏林也丢掉了。在中外历史上，这样的教训还有不少。

毛主席接着引用了唐朝诗人刘禹锡的诗《西塞山怀古》的前半段：“王濬楼船下益州，金陵王气黯然收。千寻铁锁沉江底，一片降幡出石头。”不要以为长江上有千寻铁锁而高枕无忧，放松警惕。

（原载于世界知识出版社 2007 年出版的《外交纪实（二）》一书）

# 学者大使张毅君

张　兵
（前驻外使馆外交官）

1992年，张毅君被任命为中华人民共和国驻加拿大特命全权大使。此前的3年多，他一直任外交部北美洲大洋洲司司长，我有幸在他的领导下工作了多年。他的渊博学识、幽默谈吐、学者风度及举重若轻的工作作风，都给我留下了深刻的印象。

## 枵腹从公

当时美大司美国处的工作异常繁忙。一次，美国一个高级代表团来访，住在钓鱼台国宾馆。参加接待的同志们在会谈完了要写简报，一晚上要赶出数期简报，并要赶在第二天会议前将印好的简报送到有关领导手中，所以接待人员常常通宵达旦地工作。凌晨2时左右，张司长忽然慢条斯理地来了一句："枵腹从公"。大家不明白什么意思，便追问。张司长仍是慢条斯理地答："回去查《新唐书》或者陆游的《剑南诗稿》就懂了。"

大家饥饿难耐，不再吱声。当时的刘华秋副部长求情道："给大家说说吧，也算鼓励！"张答："不讲，越讲越饿。"同志们不懂"枵腹从公"为何物，可还得继续工作啊！凌晨4时左右，简报总算写完了，大家像泄了气的皮球，瘫在椅子上，话也不想说。"民以食为天，进餐喽！"张司长又来了一句，众人方才想起来尚未吃夜宵。但"枵腹从公"如鲠在喉，大家又来追问张。张道："进餐了不必枵腹从公了。"大家咂咂嘴，终于有点明白了。刘副部长当即建议，将这个"枵腹从公"写进简报。

第二天，司里的同志聚在阅报室时，分享到了"枵腹从公"这个成语，为确切理解词意，又想到应去查查出处。但一下子又到哪里寻找《新唐书》和《剑南诗稿》呢？我突然想到可以查《辞源》，便急急地翻找，在第838页，终于找到了注解：枵（xiāo）：空虚。《新唐书》90《殷开山传》："粮尽从枵，巧可图"，此指腹空饥饿之意。枵腹：空腹、饥饿。宋代陆游《剑南诗稿》69《幽居遣怀》："大患元因有此身，正须枵腹对空囷（囷，古代一种圆形的谷仓）。"随后，我又在常晓帆编的《实用成语词典》第494页，找到了"枵腹从公"的最近出处：《晚清文学丛钞·糊涂世界》卷9："一路上人烟零落，无处买东西吃……这些兵倒成了枵腹从公了。"

听写简报的人说，"枵腹从公"一词，张大使是随口甩出来的。

## 举重若轻

美大司因有美国处而"块头大"，分量重。就本司而言，美国处一个处的工作量，几乎相当于其他处工作总量的数倍。不管世界上什么地方出了事，美国的铃声一定会响，所以司里的业务量可想而知：每天批阅的文件、电报、会签件有一二尺高；汇报会、务虚会、领导会见、陪见、陪访、出访等千头万绪。作为一司之长，我真不知道他是三头六臂，还是千手千眼！可每到中午休息，司长办公室的桥牌照样进行，并经常能见到张司长的身影。1992年，我女儿考上了北京第二外国语学院，按我事先的承诺，要请处里的同事吃一顿。为了节约时间和金钱，我按人头，每人一份肯德基。当我拿着4个食盒走进司长办公室时，那里静悄悄的，然而却"大战"正酣。只听一声"谢了"，便再无声息。

张大使看章回小说出了名，特别是武侠小说。他常到各处搜罗，凡能找到的，他都借去看。有一阵子，当年二处成员章均赛（曾任钓鱼台国宾馆管理局局长）成了他的“供应商”，张大使三天两头找他借书还书。我不知道张大使是怎么看的，厚厚的一本，两三天就看完了，一目十行，一目十页？反正快得惊人。有一次他向我借，我说：“有新编《儿女英雄传》，看不？”他答：“不看，我看明清小说。”“《老残游记》？”“看过了。”“《二十年目睹之怪现状》？”“看过了。”“《封神演义》？”“看过了。”“《说岳全传》？”“看过了。”“《三言两拍》？”“家里有。”我无言以对。

听参加接待的同志讲，领导人有时喜欢引用一两句古诗词或成语，言简意赅地把会谈中的主要观点或问题点出来，或是外宾要去中国哪座名城参观访问，做点画龙点睛的介绍。由于同志们对会谈中引用的诗词知之甚少，会谈结束后，便不约而同地来请教张司长。他语重心长地对大家说，搞外交只懂外语还远远不够，政治、历史、哲学、文学、艺术等门类都应涉猎；也应该多读点古文、诗词、成语典故一类的书，提高自己的文学修养，并把它们融会贯通，用好、用活。接着他便把领导人引用的诗词的出处、作者、背景等向大家一一介绍，同志们都觉得很受益。在一次全司会上，张司长就周总理对外交人员的要求：“站稳立场，掌握政策，熟悉业务，严守纪律”的 16 字方针，谈了自己的体会。当讲到“熟悉业务”一条时，他举了原苏欧司司长余湛的一个例子：赫鲁晓夫在苏联当政期间，动不动就在谈判桌上发火、训人。有一次，周总理对中方参加会谈的人说，应该找句话点点他。余湛想了想说：“少安毋躁。”总理听后，连连点头称许。

我不知道，为什么有的人能举重若轻？这是一种气质、能力、胆量？还是别的什么？反正能做到这一点的人不多，我佩服张大使的儒将风度。

## “Securities”的故事

张大使在任驻加拿大大使时，曾多次到温哥华总领事馆视察工作。记得 1993 年年初，我们夫妇刚调到温哥华总领馆工作不久。陪同张大使来总领馆的一位同志，晚饭后忽然来找我丈夫，说有事情要请教。原来当日下午，张大使见了温哥华市的一些经济界人士，交谈中，他们反复使用了“Securities”这个词。这位同志不懂，在谈经济时，为什么要反复强调“安全”“安全感”或是“治安防卫”等事项呢？他知道我丈夫于1988年出版过一本中国最早的关于证券的书《股票、债券、期货知识》，可能懂点经济，便来找他。我丈夫听了他的介绍后笑了，说道：“这个英语单词用的是复数，这里指的是证券，就是股票和债券的总称，不是‘安全’的意思。假如讲Government Securities就是指公债券，我们叫国债券。”那位同志顿开茅塞，很快就把简报写好了。原来读英语专业的人，对经济学用语不太注意。而改革开放后，对外交往中，政治要讲，但话题更多地转向经济方面了。在外交部工作，不仅要懂政治术语，还要懂经济用语，才能适应新时期工作的需要。

据我所知，张大使在加拿大交了许多经济界的专家学者、名人朋友，其中最著名的要属德马雷家族。以德马雷家族为主要股东的鲍尔公司，从事广播电视、出版、金融、采矿等业务，总资产达318亿加元，是加拿大第一大财团，其1995年获纯利就是2.14亿加元。1994年，当时的朱镕基副总理冲破“西方制裁”，成功访问了加拿大。在促成这次访问中，德马雷先生应该是起了一定作用的。

在某些情况下，经济就是政治。

## “我算服了”

温哥华西蒙弗雷泽大学有一位“中国通”，英文名字叫J. Walls，中文名字叫王健。20世纪80年代，他曾在加拿大驻华使馆主管文化工作，后来是温哥华林思齐国际交流中心的主任、教授。他讲一口纯正的中国普通话，绕口令、快板书、俗语样样精通。

我第一次与他接触是在庆祝中国传统节日春节的一次小型聚会上，当时出席的贵宾包括加拿大前驻华大使夫妇等外交官，王健夫妇也在场。我陪王健的夫人李盈，她是一位华裔比较文学家，祖籍辽宁锦州，算是我的同乡。我丈夫陪王健先生。席间，山南海北，古今中外的闲聊中，我们得知王健正在翻译一本《王安石诗选》，并相约他译成后送我们一本。此后，我们有过多次交往，英文原版喜剧电影《窈窕奶爸》就是他们夫妇请我们一同去欣赏的。1993年秋，张大使出差到温哥华，我建议他会一会这位“中国通”。当天下午，张大使正好有空，我便约了王健夫妇。他们听说张大使要见他们，很高兴，各自中止了他们手头的工作，立即赶来。

交谈果然在“似曾相识”中进行。王健听说张大使曾在英国任职，话题又转到英国。但让王健惊讶的是，他这个英国人的后裔，竟不如一位中国人更了解英国。于是，他原有的友好“攻势”变成了尊敬的“守势”。我趁机插话，告诉张大使，王健正在翻译《王安石诗选》。张大使话意正浓，便说：“你的译文中包括王安石的《咏史》吗？那可是他的封笔之作，终生的追求和思想的结晶啊！”王健有些汗颜说：“没有这首。今天听大使指教，我一定将此篇排入卷首，但不知张大使还记得这首诗否？”张大使把头一扬，略加思索，一首诗缓缓地流淌出来：

自古功名亦苦辛，
行藏终欲付何人。
当时叆叇犹承误，
末俗纷纷更失真。
糟粕所传非粹美，
丹青难写是精神。
后儒不识前贤意，
独守千秋纸上尘。

（叆叇，读 ài dài，云多而昏暗的意思——作者注）

只见王健夫妇低头不语，笔在本子上飞快地移动着。待张吟诗后，他们还不断问其中的某些字词和含义。

说老实话，我当时都听呆了，事后王健对我说：“用纯粹的中国话讲，我对张大使‘算是服了’！”从此他们也成了好朋友。

2002年1月29日，退休后的我在外交部碰到了张大使，重提当年旧事，并请他抄出王安石那首诗给我作个纪念。他掏出笔迅速地在外交部的一张便笺上写起来，一边写一边对我说：“我读书，喜欢读原著，绝不读别人的分析解读，王安石不是说‘糟粕所传非粹美，丹青难写是精神。后儒不识前贤意，独守千秋纸上尘’吗？拂去尘土，挖掘真意才是真难啊！”

# 到尼雷尔家乡做客

张宏喜
（前驻坦桑尼亚大使、驻纽约大使衔总领事）

朱利叶斯·坎巴拉吉·尼雷尔，1922年4月13日生于坦噶尼喀马拉省穆索马县布蒂亚玛村。他早年就献身于民族独立运动，1962年12月9日坦噶尼喀宣布独立成立共和国时，他就任开国总统。1964年4月26日坦噶尼喀和桑给巴尔联合，并于同年改名坦桑尼亚联合共和国时，他仍任总统。他是我国在毛泽东、周恩来时代结下的老朋友，是中坦两国友谊的奠基人之一。1985年他辞去总统职务，1990年又辞去执政的坦桑革命党主席职务。他于1987年担任南方委员会主席，1996年担任布隆迪冲突国际调解人，仍活跃于本国和国际政治舞台。尼雷尔被坦桑人称为“国父”和“导师”，是世界著名政治家。

1997年9月1日，我抵达坦桑担任我国驻该国第九任大使。一到这里我就注意到，凡挂有姆卡帕总统肖像的地方，必挂有尼雷尔的肖像，下面用斯瓦希里文写着“国父”，这使人感到尼雷尔的影响仍无处不在。

10月5日，我偕夫人及使馆主要官员去拜会尼雷尔。他住在达累斯萨拉姆市的姆沙沙尼海湾边。大门很简陋，从门外往院子里看可一目了然。有士兵持枪站岗，但车可一路无阻地开到院内的楼前。楼为两层，客厅在一层，仅有一面墙壁，其他为柱子，坐在这里可以欣赏院内的风光：一些热带树木，一个神龛内立着圣母像，一条小径通向十米远的后门，后门之外便是海滩。坐在这里挺凉爽，有些在树荫下的感觉。

客厅内除简单的几件沙发、木椅、茶几之外，别无陈设。有两个当地人常坐的那种用牛皮作垫子和靠背的很破旧的木摇椅，牛皮已磨光，明晃晃的，好像我国老农民家里的家具。

尼雷尔先生从楼上下来了。他中等偏高的身材，清瘦矍铄，腰板挺直，肤色算不上太黑，白发小髭，身着浅灰色短袖衫和西装裤，赤脚穿拖鞋。后来我多次见他，包括同使团一起见他，他大多是这身打扮。他面带笑容，热情地与我们一一握手，然后请我们就座。他就坐在客厅角上的一个旧牛皮摇椅上，以后多次见他，他总是坐在这里。整个谈话友好亲热，谈到与我国第一代领导人的交往和友谊，他兴致勃勃，神采飞扬。他尤其关心两国关系的现状，还问起在他关注下近两年两国兴建的合资项目友谊纺织厂的情况。最后大家合影留念，谁同他单独照相他统统满足，连我们的司机和雇的当地黑人司机也不例外，大家都很高兴，特别是那位黑人司机高兴极了。

这是我第一次见到尼雷尔先生，这年他 75 岁。他给我的印象是十分健康，思路清晰，平易近人，生活简朴，对华友好始终如一。他自己都记不起已多少次访华了，我根据资料帮他计算的结果是，如加上 1997 年 7 月 1 日他出席香港回归交接仪式的话，他已 13 次访问我国了。他说，他还要去中国的，特别是想到经济特区去看看。

后来我才知道，他在国内的大部分时间并不住在这里，而是住在自己的家乡布蒂亚玛村。

1998 年 2 月 2 日，我率上海电视台采访组第一次来到布蒂亚玛村。上海电视台要制作“走进非洲”专题片，所以来非洲采访。采访非洲不能不到我们的老朋友坦桑尼亚来，采访坦桑尼亚不能不采访我们的老朋友尼雷尔，采访尼雷尔我不能不出面。这时他不在首都，而在布蒂亚玛村。到他的家乡采访他，不是能更好地向中国人民介绍今日的尼雷尔吗？

从穆索马到布蒂亚玛村有 40 公里的路程，差不多一半柏油路，一半土路。有一位西方大使告诉我，尼雷尔的廉洁为国内外所称道，其中的一个例子就是通往他家乡的这段土路，政府要修成柏油路，他不让，说不能为他一人修一条路。

这里是丘陵地带，雨后洼处有水，不好走，车子在两座山丘之间停了一下。有人说前面山包上就是布蒂亚玛村，望去有一座高高的铁架，上面有几个小锅，是微波通讯站。

上坡后往右拐就进了村，看不出同其他村子有何不同。到路的尽头再往右拐，再上个坡，就进了院子。除了有人指挥车外，没有看见警卫。院内有一座拐角二层楼，一座四方亭子，一座草顶圆粮仓。

有人引导我们进入室内，尼雷尔夫妇在门口迎接。客厅十分狭窄，在两边沙发坐下，已无多少空间。加上摄影的、照相的，显得十分热闹和拥挤。房角有一块沙发大小的石头从墙里伸出来，看得出是建房前自然存在的，建房时保存下来了。不破坏原貌是整个院子的特点，高的就让它高，低的就让它低，石头原地不动，包括房子里面的。这表明尼雷尔是个酷爱大自然的人。

我首先代表大家向尼雷尔表示问候，并感谢他多年来为两国友谊所做的贡献。他又说起友谊纺织厂的事，希望双方合资办更多这样的厂。我谈了该厂近况，他听了很高兴。我接着说："今天上海电视台要采访您，采访情况要在中国播放，因此您今天所面对的是12亿中国人民，他们将要看到您，但您却看不到他们。"他听了哈哈大笑，说有什么问题尽管提，他非常高兴回答，非常欢迎上海电视台的朋友们来到这里。接着采访就开始进行。不久，尼雷尔说为什么不到院子里坐呢，那里空气要比室内好。

于是我们就来到院子里的亭子中坐下。这里果然很好，海拔一千多米的地势使这里很凉爽，在亭子里坐着尤其舒适，有一种回归大自然的美的感受。这时我才体会到为什么尼雷尔大部分时间喜欢回到这里：二月份是达累斯萨拉姆最热的季节，稍一活动就汗流浃背，而这里的凉爽竟如同春秋。

采访中我曾到室内二楼去卫生间，趁机会透过窗户向外打量了一番。

楼房坐落在山包最高处，居高临下。往下看先是树木，接着是草地，最下面是农田，一层一层层次很分明；往远看平地上的庄稼绿油油，山坡上的树林郁郁葱葱，美丽的农村大自然风光一览无余，尽收眼底。“真是神仙住的地方”，我想。按我们中国的说法，这里的风水太好了，孕育了坦桑的“国父”不是偶然的。我还注意到楼下坡上有两个接受卫星信号的大锅，可见退休的尼雷尔身在家乡仍心系世界。还未进村就看到的那个微波通讯站，也把这个小小的村庄与整个坦桑和全世界联系了起来。

采访无所不谈，我们的记者，毫无顾忌也什么都问，包括当年为何想起修建坦赞铁路，又为何找到中国，甚至问尼雷尔如何评价自己过去的一生，等等。人们都知道他为坦桑的独立和长期稳定立下了历史功勋，但坦桑经济却没有搞好，记者连这也不放过。而尼雷尔对所有问题都坦然相答，功是功，遗憾是遗憾。他说有些事只能寄希望于年轻一代了。给我们印象最深的是谈到他与我国老一代领导人的交往，说起往事他喜形于色，侃侃而谈，几十年前的事记得清清楚楚，对我国的深厚情谊溢于言表。记者问他为何主动辞去总统职务？他的回答言简意赅，说对不发达国家来说，领导人的过渡关系重大，搞不好会引起混乱，所以他要趁自己健康时把这个问题处理好，亲眼监督交接好班。这话表现出一个政治家的眼光，使我记忆犹新。1998 年 4 月 12 日坦桑时任总统姆卡帕访华时，江主席在接待客人前问我的唯一的一个问题就是尼雷尔为何主动辞职，我把尼雷尔自己的话向江主席做了报告，江主席听后频频点头。

几个小时下来，尼雷尔毫无倦意。有人提醒午餐时间到了，于是大家就来到餐厅。餐厅太小，只得分为两摊。尼雷尔夫妇先在胸前画十字，然后才为我们夫妇夹菜。饭菜都很简单，但味美量足。

我问尼雷尔午饭后是否有休息的习惯，他说要看情况，今天就不打算休息，等送走我们后下田干活。我说我也是农民的儿子，对土地不陌生，是否可以同他一起到田里看看。他听了乐不可支，电视台的同志更是喜出望外，如能拍到尼雷尔在田间耕作的镜头岂不珍贵。

尼雷尔换上了农装，头戴太阳帽，足蹬防水靴，穿起夹克，拿起手套，扛起农具，俨然老农民一个！农田离村子几公里远，必须乘车去。尼雷尔请我和翻译王森坐在他的英国小吉普上。路上小王拿起尼雷尔的手套给我看，已磨出了几个洞。我问土地有多少，所有权属谁。尼雷尔说了一个不小的数字，说土地属国家所有，他从村里得到使用权，雇有几个工人，有一台意大利产的拖拉机。他是贵族出身，他的父亲是酋长，估计他家原来的土地就少不了。

到了田里，尼雷尔向我讲解起庄稼，并拔下一棵开满蓝色小花的草，说这种草样子很好看但其实危害很大，且很难根除。土地处于两座山丘之间的开阔平地，水分充足，土壤肥沃，主要种的是玉米，长势相当好。我们又来到一片不到膝高的庄稼田里，尼雷尔说这是谷子，多数尚未出穗，所以不好辨别庄稼和草，但他可以告诉我区别的办法。我回忆起小时候在故乡下田劳动的情况，立即看出了二者的不同，从田里拔起一棵草给他看。他高兴极了，拍着我的肩膀大加赞扬。我对尼雷尔说，今天能同您一起到田里实在太高兴了，真想同您一起干一阵，但事先不知道，所以穿着西装皮鞋，哪像个干农活的样子。他哈哈大笑，同我们握手告别，扛起家伙向田间深处走去。电视台的同志扛着摄像机紧追不舍，跟踪拍下了尼雷尔在田里干活的真实镜头。当地工作人员说，这还是外国电视台头一次来到田里拍他干农活的情景。我亲眼目睹的事实是，这位世界著名的政治家、退休总统的的确确是在耕种他的土地。所以他了解自己国家的主体——占总人口 80% 以上的农民，了解自己国家的所有公民，他始终生活在自己的人民之中。

（原载于《共和国的朋友》一书，有删节）

# 另一个戴高乐

张锡昌
（前驻法国使馆政务参赞）

一个人的住所往往是他灵魂的窗口。戴高乐故居正是如此。

由巴黎驱车东南行约280公里，远远望去，只见在树木葱茏的高地上，作为“自由法国”象征的洛林十字架像巨人一般背负青天耸入云霄。科隆贝双教堂就在眼前了。

这是一个只有700多居民的偏僻小镇。“双教堂”其实只有一座教堂，因小教堂有双尖顶、双十字架而得名。戴高乐故居就在小镇尽头。

故居是一栋法国常见的石墙瓦顶的二层小楼，系19世纪初期的旧建筑。1934年，时为中校的戴高乐购得此房，主要看中此地天地空旷、僻静幽雅。二战期间，此地先是被维希政府查封，德军撤退时又被烧毁一半。战后修复时，增建了戴高乐的书斋。寓所后面是一大片草坪和树林。戴高乐惯于在这里漫步。第一次下野退隐的12年间（1946—1958年），他在园子里“徘徊了一万五千次”（《战争回忆录》）。

戴高乐在富丽堂皇的爱丽舍宫一住10年有余，却始终像住旅馆似的，随身只有替换衣服和几本正在看的书。每逢周末，他必从爱丽舍宫的“禁闭”中解脱出来，回科隆贝自己的天地。即便途中曾几次遭爆炸、枪击、险遭不测，他也在所不顾。每当需要做出重大决策时，他就回乡间寓所闭门静思。“凝视远处的地平线或辽阔的天空，我是心情得以恢复平静”。

1979年11月9日，即戴高乐逝世9周年之际，故居正式对外开放。

戴高乐当了10年总统，寓所却并未因主人青云直上而生辉，其外观和陈设与主人在野时并无二致，仍然是那样平常、简朴。

进入小楼，迎面便是通向二楼卧室（不开放）的楼梯，楼梯下面有一扇小门，里面安放着全楼唯一一部电话。当年身高1.95米的戴高乐只能欠着身子在这个角落里接打电话。

沿着窄窄的过道往前几步便是客厅。空间不大，沿墙摆着一排普普通通的沙发，显得颇为局促。1958年9月，戴高乐与联邦德国总理阿登纳的"历史性会晤"就在此举行。在戴高乐看来，"一个陈设简朴的家庭环境比之富丽堂皇的宫殿更能赋予这次会晤以非同寻常的意义"。这间小小的客厅成了法德化世仇、宿敌为友邦、盟国的历史见证。

紧挨着客厅是图书室。环墙而立的书柜顶上，放着各国元首、政府首脑亲笔题赠的照片。一张蒋介石的照片也赫然陈列其间。其实，他们两人从未谋面。1944年10月10日，国民党政府承认戴高乐临时政府后不久，蒋介石接见法国大使贝志高，请他将这张照片转赠戴高乐。戴高乐没有忘记，二战期间蒋介石曾同"自由法国"站在一起。

图书室也是戴高乐一家的起居室。每天晚饭后，戴高乐照例在这里喝咖啡，看电视。戴高乐夫人陪伴着他。靠墙的一角，陈放着一只中国针线箱，配有一幅中国刺绣，其紫红色缎面上用金线绣着"龙"的图案和"祝福"两个汉字。这是戴高乐夫人16岁生日时收到的礼物，她一直珍藏着。图书室中间放着一张桥牌桌。1970年11月9日傍晚，戴高乐坐在桥牌桌前摆弄纸牌算卦，等待开饭，他突然惨叫一声："我痛，背上……"随即斜倒在座椅上，从此不省人事。戴高乐猝死的原因，说法不一。我特地问过戴高乐的孙子让·戴高乐，他立即用法文写下确切死因：动脉瘤破裂。

过道的尽头是戴高乐的书斋。坐在书桌前，透过两扇落地窗远眺，辽阔的旷野无遮无拦，极目处是起伏的山峦和茂密的森林，令人心旷神怡。戴高乐两次下野归隐的大部分时间在这里度过。皇皇巨著《战争回忆录》和未完成的《希望回忆录》均诞生于此。

步出故居，穿过小镇，来到教堂近旁的一片高低错落的墓地。这里几乎全是当地村民一家一户的合葬墓。总统的陵墓在哪里？我沿着墓丛曲径来回寻觅两圈，竟未能找到。蒙一位热心的法国人指点，才在墓地边角找到一方高出地面不足一尺的长方形墓石，后面竖着一个石头凿成的十字架。墓石上方并排镌刻着三个名字，中间是夏尔·戴高乐（1890—1970），两边是伊冯娜·戴高乐（1900—1979）、安娜·戴高乐（1928—1948）。这就是法国现代史上叱咤风云的政治家戴高乐和其夫人、爱女的合葬墓。它的最大特色，就是在于毫无特色。普普通通的白色石头，没有任何雕饰，没有任何显赫的头衔。如何处理墓葬，体现一代伟人的品格和最后的智慧。朴实无华，岂不更见其不同凡响！这方寻常的墓石，覆盖了戴高乐多么不寻常的一生。

戴高乐几十年波澜壮阔、跌宕起伏的政治生涯极富传奇色彩。我有幸曾两次在爱丽舍宫总统办公室零距离见过戴高乐。他气宇高昂，威仪凛然，颇有睥睨一切的气概，给人的印象是一位孤傲、刚毅又带有几分神秘感的领袖人物。而故居之行让我见到了另一个戴高乐，加深了对这位伟人的品格的了解。平凡、质朴，这就是戴高乐的品格。戴高乐的伟大之处，不仅在于他立下的历史功勋，更在于他平凡、质朴的风范。当年，他大权在握，却自奉俭薄，不谋私利，不搞特权，不图浮名，拒绝为他树碑立像。晚年，他只领取一位退休准将的年金，谢绝本可享有的离任总统的优厚年金和高级住房。他拒绝国内外任何追加的荣誉和财物，过着淡泊的生活；死后不要国葬，不要悼词，不要政要到场，同普通村民一样，薄葬在教堂墓地的边角上。

有道是“唯大英雄能本色”。平凡，岂不更见其伟大！

# 红色外交官的苦乐人生

周晓沛
（前驻乌克兰、波兰、哈萨克斯坦大使）

2018 年 1 月 20 日夜，外交部的一位优秀外交官关恒广同志不幸病逝，享年 78 岁。他的同事、朋友无不深感震惊和悲痛，纷纷致电慰问。俄罗斯驻华大使杰尼索夫也在第一时间发来唁电，对亲密朋友的辞世表示深切哀悼，对其外交生涯予以高度评价，称他为“资深俄学家，经验丰富的外交官，优秀、忠诚的中国儿子”。我转发到微信群后，受到普遍点赞，夸俄罗斯大使“有情、有义”。

关恒广经历曲折，20 世纪 70 年代因中苏两国发生“间谍”风波而名扬天下。关大使是我的良师益友，退休后我们俩还经常就国际形势和中俄关系问题进行交流切磋，我也不止一次地听同事们讲起冷战时期老关的传奇故事。

## 回国途中陷入间谍风波

1968 年 3 月，关恒广到中国驻苏联大使馆工作。有一个星期天，使馆政务参赞刘述卿买了大西瓜，准备犒劳一下使馆研究室的年轻同志。关恒广提出，要去莫斯科郊外放松放松，并自告奋勇开车带路。他是近视眼，出城后七转八拐迷路了，稀里糊涂地闯进了苏联的一个“军事禁区”，结果被两个便衣轰了回来，并挨了一顿训。当时中苏两国关系不好，对方警惕性很高，以为中国外交官是来刺探什么情报。他们打开车门检查，发现了那个西瓜，问这是什么东西。老关终于逮住了机会，挖苦了一句："你连西瓜是什么东西都不知道？"我听后捧腹大笑，看来这件事肯定被克格勃记录在案了。

1974 年 1 月 15 日，关恒广随员结束任期离馆。按当时规定，只能乘坐莫斯科—北京的国际列车回国。四天后火车到达伊尔库茨克，苏方人员上车检查，佯称车厢内发生了"瘟疫"，要求所有乘客下车接受检疫。检查到老关时，"检疫人员"称他脸色不好，眼睛发红，需要等待复查。过了一会儿，一个中年妇女迎面走来，用中文询问有无画报，老关说没有，她顺手塞过来一份。此时，突然有人高喊"不许传递情报"，应声拥上一帮彪形大汉，当即将这位中国外交官强行扣押。老关马上表示抗议，谴责这是诬陷，并要求立即与我国大使馆联系。对方根本不予理睬，后将他押到当地警察局进行审讯。除了继续抗议外，老关拒绝接受非法"审问"。一直折腾到晚上，苏方安排了一架飞机，将他押送回莫斯科。在"灶王爷"机场，苏方又上演了一出所谓有各界代表出席的"听证会"。除重复"企图向苏联公民索取情报"外，还给老关增加了一项新罪名，指控他六年来非法搜集各种苏联情报，并出示了平时他与苏联公民交谈接触的一沓照片，包括在使馆招待会上拍的。老关理直气壮，用已喊哑的嗓子严词驳斥道："中国外交官光明磊落，从未做过任何违反苏联法律的事情，所有这些指控都是胡说八道。而且，这些照片恰恰证明我是在进行正常的民间友好工作。"对方也未纠缠，"听证会"草草收场。随后，苏方将老关带出机场，交给等候在外面的中国使馆代表。

我方当即向苏方提出严正抗议，谴责这起明目张胆的非法绑架事件，指出这是对中国驱逐苏修间谍的"无耻报复"。此时老关才明白，这是怎么一回事。那次事件的主要原因是，我们在北京驱逐了苏联驻华使馆从事间谍活动的 5 名外交官，而苏方决定象征性地进行外交报复。刚好碰上关恒广任满乘火车回国，在半路上却成了替罪羊。

当晚，苏联外交部对外宣布，由于中国外交官从事与其身份不相符的活动，限其72小时内离境。老关离开莫斯科时，刘新权大使亲自到机场送行。大使把一朵大红花戴在他胸前，并向记者发表谈话，强烈抗议苏修特务对中国外交官的迫害，赞扬他不屈不挠的斗争精神，是中国人民的优秀儿子。中国外交部副部长余湛也亲自到北京机场迎接，苏联东欧司代表向老关献花。中国外交部就此事正式向苏联驻华大使馆递交了抗议照会，《人民日报》等均对"苏修"迫害中国外交官的事件进行了广泛报道。

## 外交间谍案不了了之

后来，当我撰写外交回忆录时，这次事件的苏方当事人之一沃罗比约夫大使正在上海合作组织秘书处工作，我特地请他帮助核实此章节的内容。他看完后，笑着对我说，那时是"奉命行事"，并表示引用这话时可以把他的名字写上。这位老朋友沉思了一会儿，又意味深长地说："在当时的背景下，这一事件发生了。但重要的是，从此之后再也没有发生过类似的事件。"

在那时特殊的历史背景下，老关虽然成了"红色反修战士"，但他内心深处毕竟还是有点懊恼和失望。因为他清楚，按照外交惯例，一旦被驻在国宣布为"不受欢迎的人"而限期离境，就不可能再回到那个曾经工作、生活过的国家了。

老关是满族，东北人，性格豪放，说话幽默，且多才多艺。除爱好绘画外，他还擅长弹钢琴、拉二胡和手风琴，对音乐颇有造诣。他从小就喜欢俄语，热爱俄罗斯文学和苏联抒情歌曲。1965年黑龙江大学外语系毕业，他以优异的成绩分配到外交部。他精通俄语，为人正直，思想活跃，长期在驻莫斯科使馆工作，一直从事对苏研究，是一位地道的"苏联通"。从莫斯科回来后，组织上对他非常关心，特意安排他到外交学院进修英语，毕业后又派他在驻巴基斯坦卡拉奇总领馆工作。老关任满回国，原拟分配到其他地区司工作，但他本人要求还是回苏欧司。

80年代中期，我和老关都坐在苏联处的同一个办公室，负责中苏关系的调研工作。有一次聊天时，我对他说："老关，看来苏联是回不去了，你干吗不改换门庭，脱离我们俄语圈呢？"他未假思索地答道："我学俄语出身，有一种难以割舍的情结，就是死也要当'俄罗斯鬼'！"他的一席话让我瞠目结舌，从此再也不敢提及此事了。后来，中苏两国关系逐渐改善转暖。苏欧司领导非正式地向苏联驻华使馆提出，要求考虑平反老关的"冤假错案"问题。对方很快就反馈说，同意平反，但要求将当时被驱逐的苏方5名外交官也一并解决。如果这样，问题就复杂化了，只好搁置下来。老关本人对此也表示理解，并说"以假换真，坚决不干"。但对一位兢兢业业、忠于职守的外交官来说，一直背着"间谍"的黑锅，总让人心里不平啊！过了不久，我们又对苏方进行了新一轮的试探。第一步，先安排老关参加接待苏联方面来访的一个普通文化团组，经观察，对方没有做出异常反应；接着，又让他参加苏联外交部访华代表团的接待工作，也一切如常，就像什么事情都没有发生过一样；最后，老关还参加了戈尔巴乔夫访华接待工作。这表明，苏方已非正式默认了。这样，我们大家也都放心了。这件曾经引起两国关系轩然大波的外交"间谍案"，从此也就不了了之了。当时，我们还有第四步方案，准备寻找合适的时机，安排老关参加访苏代表团，重返莫斯科。但尚未付诸实施，苏联这个国家已在地球上消失了。

## 时隔23年重返莫斯科

苏联解体后，关恒广同志被任命为驻新独立的乌兹别克斯坦首任特命全权大使。1992年秋，我随同钱其琛外长访问中亚时，看到在乌兹别克斯坦使馆大厅中央悬挂着一幅气势恢宏的油画《万里长城》，右上角题字为"中乌友谊似长城永世长存"。这是老关专为使馆开馆典礼亲手精心绘制的大型油彩壁画，长6米，宽1.5米。据使馆同志说，原拟从国内定制长城壁毯，但因时间来不及，大使只好自己动手。而且，当地油彩颜料紧缺，调色油还是他用每月限量供应的两瓶食用棉籽油配制的。

1997年年初，因工作需要，老关被调任接替我担任驻俄罗斯使馆公使。时隔23年重返莫斯科，老关的激动心情可想而知。许多俄罗斯老朋友也又惊又喜，都对他表示热情欢迎。这里馆大、人多、任务重、节奏快，老关也驾轻就熟。他是真想为发展两国关系多做些事，由于工作过度劳累，他几次病倒，最后，不到一年就不得不离任回国。经过一段时间的休养调整，他又出国当了一任驻立陶宛大使。那时，我在乌克兰工作，我们还经常保持电话联系。

2002年老关退休。因积劳成疾，他身体不太好，但他总是非常乐观，每天都在继续关注国际上的大事小情，有时住医院治疗回来，还要打听期间发生过什么重要新闻。这也成了我们许多老外交官的一个职业病。老关除了担任中国中亚友好协会副会长外，还有雅兴从事业余创作。这也是他的一个主要爱好——用画笔追忆那些渐渐逝去的时光和印象，在绘画艺术中自寻其乐。他的油画代表作《天鹅湖》重现了我国驻俄罗斯使馆大院的优美情景，还经常被外交部老干局举办的各种书画展征用。

在芳城园老干部活动中心，他举办过个人油画精品展览。我们许多老同事都前往参观助兴，并纷纷题词留言。老部长田曾佩也欣然写道："好画出自爱画人。关恒广同志暨夫人画展成功！"至今印象深刻的是原驻奥地利大使刘昌业观画后的感言："俄京白桦不留泪，巴国碧海可观潮。出使中亚阅甘苦，驻节东欧历辛劳。卌年报国多少事，丹青梦回也英豪。"句句朴实无华，形象地勾画了老关献身外交事业的灿烂生涯。

2012年1月，在和谐雅园老干部新春联欢会上，老关宝刀未老，用他几十年前从苏联带回的老式手风琴，为我们伴奏了俄文男声小合唱《莫斯科郊外的晚上》。不过，背着沉重的手风琴，他已站不住了，只好坐在一把椅子上演奏。"深夜花园里，四处静悄悄，树叶儿也不再沙沙响。夜色多么好，令我心神往，在这迷人的晚上。"他满怀深情拉出的悠扬琴声，再次把我们带回令人难忘的莫斯科郊外迷人的晚上……

2018 年 1 月 24 日，恰逢农历腊祭之日，外交部主管领导和老关的亲朋好友冒着严寒前往八宝山参加告别式。我们以“中俄老朋友俱乐部”的名义敬献了花圈。一位年过八旬的好友挥泪写下了《泣挽恒广》的挽联：

外交场上，纵横捭阖，青史已载君魂去；

艺术域中，洒脱超逸，赤子当入我梦来。

（原载于《北京晚报》2018 年 1 月 31 日，后被《作家文摘》等转载）

# 听毛主席做报告

朱祥忠
（前驻秘鲁、智利大使）

1957年11月2日，毛主席率中国党政代表团抵达莫斯科参加十月革命四十周年庆典活动并出席世界各国共产党和工人党首脑会议。我们留苏的同学们一直关注着代表团的活动，希望能见到毛主席。果然，中国驻苏联大使馆通知我们，17日上午到莫斯科大学听报告，毛主席要见我们了。

17日一大早，在莫斯科学习的本科生、进修生、实习生，还有部分军事学员3000多人早早挤到学校礼堂，希望目睹一下毛主席的风采。

上午10点左右，驻苏联留学生管理处负责人李滔宣布，请中宣部部长陆定一做国内形势报告。陆定一的无锡口音很重，很多人听不懂，讲了好几个小时，同学们有点坐不住了。但主要还是大家最想见毛主席，他能否来、何时来，还没有确切消息，所以听报告思想不集中。大家不断向主席台递条子，主持报告会的刘晓大使则不断地翻看，微笑着对陆定一说："都是一个内容：要求见毛主席。"

后来听使馆的同志讲，其实毛主席对留苏学生很关心。他一到莫斯科就向刘晓大使询问我们的学习和生活情况。刘晓大使汇报说同学们非常想见到毛主席。毛主席听后高兴地说："我也非常希望见到他们。我今年5月在北京就与到访的伏老（伏罗希洛夫）说过，我不想当国家主席，想到大学当一名教授。我非常愿意同青年们在一起，他们年轻，思想活跃，很开朗，常听听他们的意见，很有好处。我想麻烦你这位大使，去安排一下和学生们见面。”

陆定一的报告直到下午3点才结束。大家利用这一休息时间，吃了点随身带来的食品。这时刘晓大使向大家通报说，由于各国共产党、工人党代表会议进入关键阶段，工作十分紧张，昨天毛主席忙了一天，夜里又通宵工作未眠，今天早晨才睡下，等毛主席醒后才能来会场见大家。这个消息使我们深受感动和鼓舞。毛主席太辛苦了，应当让他好好睡一觉，只要他能来，我们等多长时间都行。

下午6点，水银灯突然都亮了起来，把会场照得如同白昼。每人都使劲地睁大眼睛向主席台望去。幸福的时刻终于来了，毛泽东、邓小平、彭德怀、杨尚昆、陈伯达、胡乔木、乌兰夫等党和国家领导人，在刘晓大使陪同下，依次走上主席台就座。顿时全场的人都站了起来，“毛主席万岁”的欢呼声和暴风雨般的掌声响彻大厅，沸腾的情绪久久平静不下来。毛主席走到讲台的前沿，从左边走到右边，含笑着向大家频频招手问好，并示意大家坐下来，开始讲话。

毛主席的讲话完全不同于一般的政治报告，而是同大家聊家常一样，有问有答，台上台下欢声笑语连成一片。

毛主席的第一句话就是：“世界是你们的，也是我们的，但归根结底是你们的。”毛主席发现有些同学听不懂湖南话“世界”两个字，便用英语说：“世界就是world。”那时同学们会英语的不多，多数人还是听不懂。

毛主席又问刘晓大使：“世界”俄文怎么说？刘答：“米尔。”于是毛主席就解释说：“米尔是你们的，当然我们还工作，在管理国家，米尔也是我们的。但是，你们看，我们都老了，好像下午三四点钟的太阳，就要落山了。”（台下高呼：“毛主席万岁！”）毛主席接着说：“你们年轻人朝气蓬勃，正在兴旺时期，好像早晨八九点钟的太阳，希望寄托在你们身上，未来是属于你们的。”

这时全场又响起暴风雨般的热烈掌声。

毛主席说，有些外国人说我们思想改造是洗脑筋。我看也说得对，就是洗脑筋嘛！我这个脑子也是洗出来的。参加革命后，慢慢洗，洗了几十年。我从前受的都是资产阶级教育，还有一些封建教育。孔夫子的书读了不少。我们那时根本不知道马克思、恩格斯，只知道华盛顿、拿破仑。你们就好了，你们很幸福，像你们这么大的娃娃就知道了马克思、恩格斯、列宁、赫鲁晓夫、多列士、杜克洛、陶里亚蒂等。我们那时对中国革命如何搞法，有谁知道？

毛主席说，我们大家都要割尾巴。中国有句古话："夹起尾巴做人。"这句话很有道理。现在人都进化了，摸起来都没有尾巴了，但无形的还有。青年人应具备两点：一是朝气蓬勃，二是谦虚谨慎。

毛主席对我们还提出三点希望：第一，要身体好，这是革命的本钱。他说，爬山和游泳是锻炼身体的好方法。他问大家："你们会游泳吗？"许多人回答："会！"毛主席说，在你们这个年纪，我已游过不少江河湖海，爬过不少山岳了。他列举自己游历过的江湖山岳的名字，并询问在场的是否有来自那些省份的人。他每提到一个地方，台下就有人站起来，大声地回答："有！"台上台下笑语交流，气氛十分活跃。毛主席说，这样做不仅能锻炼身体，也有利于见世面，接触老百姓和了解社会情况。要在全国推广，把国内的江河湖海中一切能游泳的地方，都开辟成游泳场，让广大人民群众去游泳。他还建议大家，利用留学机会到苏联各地去走走，看看，可以了解苏联人民的生活，建立友谊，增长知识。

第二，要学习好，学好建设国家的本领。毛主席说，苏联有许多先进的科学技术值得我们学习，要虚心向他们学习。他说，学习不一定每门课都考 5 分（当时苏联学校考试实行 5 分制），重点课考 5 分、4 分，非重点课考 3 分也可以。一个人的时间精力有限，与其门门功课平均用力，不如把力气花在重点课程上，不学则已，学就要把问题解决得透彻些。对次要课程了解个大概，及格就可以了。

第三，祝你们将来工作好，为国家做出有益的贡献。做好工作是不容易的，将来你们去当厂长、党委书记、校长、教授、工程师……试试看。

一做工作，就会有错误，有错误就要认真地改。世界上怕就怕“认真”二字，共产党最讲“认真”。这是毛主席第一次提出这一著名论点。

毛主席说，真正的社会主义革命不是一朝一夕可以成功的。也许你们认为我国地大物博，人口众多，很了不起。可是要知道，我们中国是个大国，又是个小国。在政治上和人口上是大国，但在经济上是小国。我们现在生产力还很低，钢产量还比不上一个小国比利时呢！你们大概不高兴吧？（台下答：“不高兴！”）但又有什么可以不高兴的呢？比不上就是比不上。苏联提出 15 年内要赶上美国。英共总书记波立特同志告诉我，15 年后英国钢产能力为 3000 万吨。我国现在钢产量只有 520 万吨。那么，再过 3 个“五年计划”或多一些时间，就能超过英国。不过，按人均水平就不行了，因为我国人口比英国多 20 倍。这个责任就落在你们身上了，你们重任在肩啊！

毛主席说，我也有个“五年计划”，再活 5 年，如能活 15 年就心满意足了（台下高呼：“毛主席万岁！”），能超额完成计划当然更好。可是天有不测风云，人有旦夕祸福，这也是自然辩证法。要是孔夫子现在还不死，两千多年前的人还活着，那还成什么世界？所以，开始我就和你们说了，世界是你们的，我再说一遍，祝贺你们，世界是属于你们的，希望寄托在你们身上。

毛主席在讲话中还介绍了国际形势和国际共产主义运动等问题，阐述了“东风压倒西风”和“中间地带”的思想。

毛主席在主会场讲了一个半小时。随后他又到分会场，见了在那里等候的几百名同学。在那里他讲了三句话：第一，青年人既要勇敢，又要谦虚；第二，祝你们身体好、学习好、工作好；第三，要和苏联朋友亲密团结。

毛主席讲完话后，还视察了莫斯科大学经济系女留学生的宿舍，和住在这里的同学们进行了亲切的交谈。交谈涉及她们的籍贯、父辈等有关情况。毛主席得知坐在身旁的沈宁同学的父亲叫沈端先（夏衍的原名）时，高兴地笑起来："是沈端先啊，他还有这么一个漂亮的女儿呢！"惹得大家都笑了起来。毛主席还询问了同学们的学习和生活情况，并鼓励道，"要努力学习"建设祖国，加强和苏联师生的友谊。

毛主席指着站在旁边的邓小平说："他还是你们的老学长哩！"这时坐在毛主席身边的苏红同学才发现，人群后面还站着邓小平同志，她不好意思地站起来请他坐下。毛主席却一把拉住她，打趣地说："邓小平是党的总书记，让他为人民服务，站一会儿没关系。"小平同志操着浓重的四川口音说："我是于1926年初由党组织决定从法国到莫斯科学习的。"同学们惊叹道："这么早啊，那时我们都还没有出生呢！"

毛主席见到桌子上有几份《人民日报》，拿起来翻了翻，询问大家平时能看到国内哪些报纸，国内报刊到莫斯科需要几天……同学们一一做了回答。毛主席对远离祖国的同学们能经常关心国家大事感到十分高兴。

晚上8点多钟，毛主席离开学生宿舍，乘电梯下到一层。电梯门一打开，就见到许多外国同学等候在那里，热烈的掌声响起来。毛主席热情地同他们握手致意。正要往前走时，毛主席看见有两个外国青年手里举着什么东西，从走廊那一头跑来，便停下脚步，想看个究竟。原来是两个外国留学生，一个是捷克人，另一个是保加利亚人，他们每人拿着一本俄文版的《毛泽东选集》赶来请作者签名留念。毛主席欣然满足了他们的愿望。他们高兴极了，回去后还得意扬扬地向其他人展示扉页上有毛泽东签名的书，说要把它留作纪念，终生珍藏。

毛主席在莫斯科大学师生的欢呼声中，恋恋不舍地离开了列宁山。据毛主席的俄文翻译李越然事后回忆，在接见完留学生回克里姆林宫的途中，他问毛主席："您讲了很长时间的话，累不累？"主席挺起胸脯很愉快地说："你看我一点不累，跟这样生动活泼的年轻人在一起，我自己也显得年轻了。这些年轻娃娃在这里学成之后回国，都会成为国家有用的人才。"

（原载于《百年潮》2015年第3期）

# 我看到的挪威领导人的平民作风

朱应鹿
（前驻突尼斯、埃及、挪威大使）

1994 年至 1998 年，我出任驻挪威大使。挪威的领导人与群众的地位和待遇差别不大，没有多少特权和等级。尤其是挪威领导人的平民作风，甚至偶尔有点绝对平均主义的味道，予人至深印象。

## 一

我是 1994 年 2 月下旬抵达奥斯陆的，正赶上冬奥会在挪威中部小山城利勒哈默举行。国王哈拉尔五世喜爱体育，我多次在电视里看到国王坐在普通观众席上，同国民一起观看比赛。他出访外国或在国内参与活动都不乘专机。有一次，我从首都出发到西部城市卑尔根出席一个国际文化节，跟随其他旅客上了飞机，猛然发现国王及其随从就坐在前舱里。

挪威王室的平民风格，在世界上久负盛名。哈拉尔五世的祖父哈康七世和父亲奥拉夫五世在 20 世纪 40 年代领导了历时 5 年的抗德战争，深受人们爱戴。现国王担任王储期间，有一次开车违反交通规则，不仅交了罚款，第二天还登报向国民道歉。一时间，王室成员的遵法规、无特权传为佳话。王后宋雅平民出身，从事慈善事业，与普通百姓保持接触。

我与国王哈拉尔五世几次交往中，感到他了解国内外大事，非常务实。1994 年 3 月 1 日，他在王宫不到 40 平米的办公室里接受我的国书，没有仪式。他谈话亲切，表示一直关注中国经济上的迅速发展，还提到 1985 年作为王储访华时，结识了当时陪同他的周南副外长。1997 年 7 月访华前，他向我提出主要想了解中国这样人口众多、情况复杂的大国是怎样处理自己面临的问题的。访问中，他和王后除北京、上海外，还专门要求去云南丽江古镇参观。国王对当地保护自然文化遗产的做法赞赏有加。1998 年 5 月，我还是在王宫这间小办公室向国王辞行。他除了友好的临别话，还有准备地提出两个关于我国国内形势的颇具深度的问题：一是如何解决这个改革开放中碰到的工人下岗和少数官员腐败；二是亚洲金融风暴对大陆尤其是香港的影响。

与多数欧洲君主不同，挪威国王是参与国事的。国王出席并主持内阁正式会议。内阁的决议须经国王批准，首相副署方能生效。国王经常参加国内重大政治活动，如在议会听取首相的工作报告，出席诺贝尔和平奖授奖仪式等。

## 二

布伦特兰夫人曾四次连任挪威首相，达 10 年之久。1996 年她辞去首相，出任世界卫生组织总干事 5 年，此前还担任过联合国环境和发展委员会主席。她是挪威和国际上著名的女政治家。

布伦特兰夫人是我接触最多的一位挪威领导人。她对涉及个人的问题态度严谨。如她在挪威中部的家乡有一处不大的别墅，有一年她想在上面加盖一层，为此向地方当局提出申请。地方当局根据市容、环保等有关规定未与批准，布伦特兰夫人没有利用自己的首相地位施加影响，而是马上放弃扩建计划。20 世纪末，她退休后就居住在这套乡间小别墅中，专心撰写自己的回忆录。

布伦特兰夫人当首相时的亲民作风，我听到不少。有一次她下班后，在从首相府回自己官邸途中，突然发现路旁有人在车祸中受伤。她立即停车，毫不犹豫地让人把伤员扶上自己的车直送医院急救，第二天还派秘书去医院送鲜花慰问伤员。

另一回，她在国内乘飞机出差，遇到一位旅客突发心脏病。从政前，布伦特兰夫人当过6年医生，所以立即自告奋勇地对大家说："我是医生，我来抢救。"随即她采取了急救措施，病人的状况得到控制和缓解。直到飞机降落，病人被安全地送往医院治疗后，她才放下心来。

1966年10月，布伦特兰夫人辞去首相职务。那天她到王宫向国王告别，仪式简单，但很感人。我从电视里看到布伦特兰夫人向国王递交辞呈书后，以平民身份走出王宫。王宫前甬道两边站满了自发赶来的群众，纷纷向她挥手表示欢送。十多年来，她为国家发展与稳定做出的不懈努力得到了肯定，虽没有一纸荣誉证书，但在王宫前无声地流淌着温情的送别。随后，她的丈夫开了一辆私家小车来接她回家，拉开车门的一刹那，我看到布伦特兰夫人的脸上露出真挚的笑容。或许群众挥手作别的场景令她动容，或期待许久的梦想终于来临，安然回归享受天伦之乐和宽松自由的平民生活，于她来说别有一番滋味在心头。

## 三

议长格伦达尔夫人，按礼宾次序仅次于国王。她有很强的亲和力，能团结各派人士，国内威信很高，多次连选连任。

1995年3月，她率领议会代表团访华。代表团出发时，我到机场贵宾室送行。一进屋，我看到议长议会秘书（代表团唯一的工作秘书）和6位团员（均是议员，也是各党派负责人）正分散坐在房间自由交谈，没有安全人员随行，也没有负责人送行。议长招呼我坐在她身边，问了北京气候、习俗等有关情况。

没过多久，机场工作人员前来通知登机。代表团坐的是班机，登机口离贵宾室相当远，他们要穿过候机大厅步行一段路。只见团员们迅速起身拿起自己的物件，不分顺序往外走。那位秘书拎着装有全团材料、证件的手提箱，自顾不暇，根本无心照顾议长。而议长倒也从容，左臂夹挎着大衣，右手提着公文包，走在中间，与议员们随便交谈，显得轻松自在。整个队伍三三两两，说说笑笑，不时还有别的旅客穿插其中，若我不是驻挪威大使，真看不出里面竟有国家主要领导人。

代表团回国时没有订贵宾室，我只好在普通出口处迎候。飞机落地多时，代表团其他 7 位成员陆续出来，和我打招呼后就各自回家了，唯独不见议长出现，我心中有些焦急。许久，议长终于出来了。她五十多岁，拎着两个手提包，走得慢一些，看上去有点疲惫，但面露笑容。一见我十分高兴，马上停下来，摸索着从包里取出一小袋龙井茶，告诉我这次访问很成功，茶叶是她自己在杭州买的，礼轻情意重，送给我聊以回报我的辛劳。我表示感谢，连忙帮她提一个大一点的包，一直送她到候机大厅外她的汽车旁。那天来接议长的，除我之外，只有她的司机。

## 四

最后，我想回述一下拜访挪威诺贝尔和平奖的评委、前国家领导人努利的情况，作为本文的结束。

1994 年 12 月 10 日下午，诺贝尔和平奖颁奖仪式在奥斯陆市政厅举行。由于这一年和平奖得主是巴勒斯坦国总统阿拉法特、以色列总理拉宾和外长佩雷斯，出席的人特别多。我和夫人在活动开始前一个多小时，冒着寒风在市政厅前排队等候。突然，一位新到任的某国大使经过我们的队伍时匆忙往前走，边走边念念有词："外交官享有特权，可以优先进场。"一位老大使赶紧上前把他拽住，指着前面的队伍说："你看奥斯陆市长也在排队"。无奈，这位新大使只好回到队尾。

说到诺贝尔和平奖，我想到了努利。他在 20 世纪 80 年代中期当过挪威首相，快 80 岁了，德高望重，访问过中国，对华友好。20 世纪 90 年代初退休后，他担任挪威诺贝尔委员会成员（负责评奖）。晚年他住在离首都200公里的一个中部山区省会城市里，也许与他曾在那里当过省长有关。

参加完上述和平奖的颁奖仪式，我拜会他老人家的愿望愈加强烈。1995年2月一天中午，天下着小雪，我们驱车穿越盘旋而上的山道前往该省拜访努利。他在省政府大楼一间窄小的偏厅里见我，没有服务人员，沏续茶水也是他自己张罗。我们交谈甚欢，最后我送他一幅松鹤图案的织锦画，祝他长寿。他激动地说："您今天冒雪远道来访，说明中国人不忘老朋友。"接着他面露失望，不无抱怨地叹气道："中国尊敬老人，不像挪威，我退休后就无人照管了。"

谈话结束时已近黄昏，天开始下雨，努利从楼上陪我走到下面，几乎看不到人，只剩下门口一名守卫在执勤。他担心我们不认识回首都的路，亲自驾车带路，一直把我们送到通往首都的公路交叉口，然后下车道别，并一再叮咛我的司机："天下雨，山路滑，车子开慢些，拐弯尤其要小心。"暮色苍茫，细雨霏霏，望着这位当过首相、省长的老人，步履蹒跚地走向他的汽车，背影渐渐在我的视野中模糊、消失。这位慈祥老人的平易、友情一直感动着我，他那天的亲切形象至今仍清晰地留在我的记忆里。

挪威领导人的平民作风，在一定程度上反映了其社会的某些特点。中世纪，挪威没有像其他欧洲国家（含邻国丹麦）那样，出现过人身依附的封建佃农制，农民一直保有自由农的地位，所以恩格斯称挪威农民是"倔强"的。近一百多年来，挪威推行社会民主主义，人民长期接受民主的锻炼与熏陶，领导与群众之间，逐渐形成一种平等、随和、自然的关系，这是十分可贵的。

在这种社会环境和气氛下，下面的真实情况和不同意见比较容易反映上来，有效避免了因问题和矛盾长期积累而酿成全国性大失误，或者严重的社会动荡。

# 外事春秋

# 珍贵的镜头　美好的回忆

## ——亲历邓小平同志复出后的首次外事“亮相”

安惠侯
（前驻阿尔及利亚、突尼斯、黎巴嫩、埃及大使）

1973 年 4 月 12 日，人民大会堂宴会厅灯火辉煌。宴会厅前面是长长的主桌，下面设十几张圆桌。各国驻华使节及中方人员，已经按外交部礼宾司的安排在圆桌就座。应该在主桌就座的中方陪同官员及重要外宾分散站在宴会厅入口处附近，等待主人和主宾的到来。在中方陪同人员中，有一人特别引人注目。他身材不高，身穿灰色中山装，平头，显得沉稳而坚定，他就是邓小平同志。

今晚是周恩来总理宴请不久前秘密回国视察柬埔寨解放区后，返回北京的柬埔寨民族统一战线主席西哈努克亲王和夫人。这也是邓小平同志自 1967 年被“打倒”销声匿迹近 6 年，于 1973 年 3 月底复出后，以国务院副总理的身份，第一次在公开场合会见中外人士。当时，我在外交部柬埔寨外宾接待办公室当翻译，事先就知道小平同志将出现这次宴会，并有幸亲历了他复出后的第一次亮相。以前我未曾近距离地见到小平同志，这次和其他工作人员一样，两眼总不愿离开这位传奇式的人物。

周总理陪同西哈努克亲王、宾努亲王以及他们的夫人，于 19 点 30 分随着迎宾曲乐声缓缓走进宴会大厅。全体宾客起立鼓掌。中方主要陪同官员迎了上去，总理一一向两位亲王和夫人介绍。总理见到小平同志，用深情的目光打量他，微笑着说："身体不错，好！接力赛跑，接力赛跑。"当时我就在他们身边不远，总理的话听得清清楚楚，真真切切。短短几句话所表露出的战友和兄长般的关切、欣慰和期盼之情，令我感动。小平同志没说一句话，默默地与柬埔寨贵宾握手致意。

席间，总理两次向西哈努克亲王敬酒，两次都大声对小平同志说："小平同志，替我喝了这杯。"小平同志拿起酒杯，一饮而尽，仍是一言不发。总理看着小平同志豪爽地饮干杯中茅台，脸上又泛出由衷的高兴和欣慰的笑容。

说实在的，我当时对总理向小平同志连说两次"接力赛跑"，似懂非懂。直到过了若干年，看了一些有关那段时期的回忆录和纪实文章后，才明白了这"接力赛跑"的真意。1972 年 5 月周总理发现自己患有癌症。他抱病工作，却已是力不从心。在这次宴会前，周总理刚检查治疗了两周。毛主席想起了邓小平，在周总理的安排下，小平同志 1973 年 2 月从江西返回北京。中共中央政治局做出恢复邓小平同志党的组织生活和国务院副总理职务的决定。周总理所说"接力赛跑"的含义，就是期待小平同志接替他全面主持中央工作，总理要"交棒"给邓小平。

30 年过去了，周总理和小平同志这两位伟人已作古多年，我也退休。随着年龄的增长，许许多多的经历已经记忆模糊，甚至忘却了，但小平同志复出后第一次公开亮相，总理的话语和眼神，小平同志的沉稳和坚定，却是经常闪现脑海的珍贵镜头，美好回忆。今年是小平同志百年华诞，我以这篇短文记述这次不平凡的事件，以表达我对两位伟人的思念和崇敬。

（原载于《光明日报》2004 年 8 月 13 日）

# 接待尼克松访华随团记者工作中的多个“第一”

江承宗
（前驻巴巴多斯、安提瓜和巴布达大使）

1972年2月美国总统尼克松访华被誉为“破冰之旅”，当时我在外交部新闻司记者工作处任副处长，参与接待随团采访的美国记者的工作。此次我亲身经历了许多个“第一”，终生难忘。

## 一

为美国总统访华做筹备工作过程时，美国白宫新闻办公室向我方提出，美国将会有1000个记者来华进行采访。我方表示北京连旅馆房间都不够（当时北京能够接待外宾的旅馆只有北京饭店、民族饭店、新侨饭店）。美方说，那么800人呢？我方说也不行，最后确定为500人。这是我方经过调查研究后才同意的。这个数字是新中国成立以来接待外国记者采访外国领导人访华最多的，当属“第一”。

## 二

我方特别商定民族饭店，把住店客人撤走，完全腾空让美国记者住。

为了给美国记者的工作提供方便的条件，我方商定民族文化宫腾出位于西面的大厅作“新闻中心”。这也是“第一次”。“新闻中心”大厅两旁由电话电报局装置了电话、电报设备，大厅中间摆着桌椅，记者随时可以到那里写稿和发稿。大厅前端的舞台上摆着小桌椅，记者可以买咖啡、饮料和点心。“新闻中心”24小时开放。在当年的条件下，这样提供工作方便和人性化的服务也是“第一次”。

## 三

在“新闻中心”的“第一次记者招待会”是在访问开始前两天举行的。外交部新闻司司长对美国和其他国家的记者们表示了欢迎之意，并表示愿意向记者们提供方便和协助。然后由一位处长说明将为他们配备陪同兼翻译，并介绍“新闻中心”的设施和服务。记者们热烈鼓掌表示满意。这次“记者招待会”没有现在人们常见的新闻性问答。

## 四

尼克松总统到达北京机场（首都机场的老机场）时，对中外记者采访的安排共分为三线：一线为近身采访，约10名记者，主要为文字记者和少数摄影记者；二线是停机坪边上搭了一长排木架，电视台记者、其他摄影记者和文字记者共有数百人；三线是在机场旅客候机厅外面的阳台上工作的美国电视实况转播记者。这一场活动的安排规模最大，分工细致，也是空前的“第一次”。

## 五

美国记者向美国国内进行电视实况转播，在我国也是“第一次”。我当时就在候机厅外面的阳台上照料三线记者。十二年后我奉调到我国驻美国大使馆工作，同美国朋友谈起尼克松总统访华的情况，他们都对机场迎接、人民大会堂的国宴场面等印象很深。更令我惊讶的是，许多人对茅台酒也知道。原来他们当时都看了电视实况转播，美国电视台对周恩来总理在国宴上祝酒用的茅台酒做了专门的介绍，他们才知道了“Mao Tai”。

## 六

“第一次”在我国设立地面卫星站。当时我国尚没有这种技术设备。美方提出，要把他们淘汰下来的一座小型地面卫星站运来我国安装使用，除了供他们代表团的官方使用外，还要供新闻记者发稿，特别是电视实况转播使用。经商讨，我方同意了。为此专门在北京机场附近盖了一幢房子，把美方运来的地面卫星站安装在里面。安装完毕，在运行测试时，我方配合美方技术人员工作的电话电报局负责人把我也叫去。因为我懂英语，他们叫我同大洋彼岸的美国技术人员也通了电话。令我很感意外的是，电话里对方说话的声音非常清晰，比当时北京当地的电话声音强多了。我可能是最早同大洋彼岸的美国人通电话的中国人之一吧。

## 七

周恩来总理在人民大会堂举行国宴招待尼克松总统，我陪同部分美国记者也出席了。我们的席位在最后一排，紧挨着军乐队。军乐队除了双方祝酒时演奏中美两国国歌外，席间还演奏一些轻音乐助兴，除中外流行乐曲外，还特意奏了一首美国民歌“美丽的亚美利加”。尼克松听了特别高兴，宴会结束时，他举着酒杯，从大厅前排主桌一直走到后排军乐队跟前，为他们祝酒表示谢意，全场宾客为之高兴而鼓掌。美国记者抢着拍照，随后做了报道。外国元首为军乐队祝酒在我国还是“第一次”吧。

## 八

尼克松总统上午到达北京，出人意料的是，毛泽东主席下午就在中南海会见了他。毛主席会见尼克松总统的消息，按理说本应由美国记者先发报道，但却被常驻北京的其他外国记者抢先报道了。这引起美国记者的不满意，因为外国记者每年在国际上要评比谁最多、最先报道重大新闻。怎么会发生这种事呢？原来驻京外国记者特别精，他们熟悉北京的情况。尼克松一到北京，他们就联合派人在中南海门口蹲点，一见总统车队开进中南海，就知道是毛主席要会见尼克松，立即做了报道。而毛主席会见宾客时除新华社摄影记者外，一般是不安排外国记者现场采访的。周总理同外国领导人会见、会谈都是在人民大会堂进行的。这可能是美国记者随团采访其国家元首活动“第一次”没有争到“第一”。

为了在某种程度上做弥补，尼克松访华结束前，双方发表《上海公报》时，中方特意让总统顾问基辛格下午在下榻的上海锦江饭店先举行记者招待会。当时我也在场，只见基辛格宣布了发表《上海公报》，一些美国记者们一拿到分发的公报稿，立即纷纷跑步出会议大厅，奔向设有发电报设施的另一幢大楼发新闻稿了。我方则在当晚联播节目中公布关于“上海公报发表”的消息。

## 九

访问期间，尼克松总统游览了长城。他兴致很高，在长城上对记者发表了谈话，大意是赞扬中国人民在许多年前就修筑了宏伟的长城，希望世界各地的人们都来长城看看，增进同中国人民的交流沟通，增长相互了解和友情。近身采访的美国记者的首席——美联社女记者海伦·托马斯（她现已 80 多岁，至今仍然是美国白宫采访记者的首席。美国总统举行记者招待会时，按惯例由她提第一个问题）向我提出，她想在长城找一部电话，向市内民族文化宫的新闻中心发一篇有关总统在长城谈话的新闻稿。我当即多方努力打听，“第一次”发现当时在长城居然一部电话也没有。我只得告诉托马斯，到下一站“十三陵”再去找电话。到了十三陵，我和托马斯没有追随总统一行去参观地下宫殿，而是去“陵园管理处”找电话。几经周折，终于找到了一部电话，电话设在一间办公室小屋里。我和托马斯走到小屋跟前，看见小屋空着电话也没有人在用，想进去用一下，却被一个年轻的解放军战士挡住了。我做了自我介绍，说明了情况，请他让托马斯用一下电话。不料那个战士直摇头，说：“对不起，上级给我下了命令，这部电话只让安全保卫人员用，别人一概不能用。”托马斯听了直着急，我劝她说别急，我去想办法。也巧，我很快找到了主管安全保卫的最高首长杨德中将军，向他说明情况后，他一口答应说没有问题。我们三人来到年轻战士跟前，杨将军做了自我介绍，向战士说，让这位美国记者用一下电话。那个战士看了看杨将军还是摇头：“我不认识你，我不能违反上级下的命令。”原来当时仍在文化大革命期间，军官所佩带的军衔都被取消了，从服装上看不出军衔，军官的服装同士兵的一样，唯一区别是上衣多了两个口袋。没有办法，我们再经周折，终于找到了战士直接上级的一位连长，由他下了命令，托马斯才用那部电话发了她的新闻稿。士兵拒绝服从将军下的命令，这恐怕也是一个“第一次”吧。后来，我同美国朋友谈起这段趣事时，他们都说，那是一个好士兵，说不定是一块当将军的料。

## 十

尼克松总统游览十三陵后，有些外国记者滞留在后面还没有撤离。他们发现，总统车队刚一离开，在十三陵园里“游览”的中国“游客”，纷纷收起拿在手里的收录机，登上大巴离去。北京2月下旬，天气很冷，十三陵哪里来的那么多男女“游客”？显然是事先布置安排来的。美国记者对此事做了讥讽的报道。周总理获悉此事后，在一个适当的机会向美方坦然表示了歉意。这种做法的用意是好的，但“做假”的做法不妥。周总理的道歉得到美方的理解和好评。一个国家的总理为这种事情向外国代表团表示道歉，看来又是一个“第一次”吧。

## 十一

在杭州期间有一项活动，是周总理和尼克松总统种植美方赠送的红杉树。由于两位领导人分别住在不同的地方，浙江省外事办公室事先安排得不够周密，那一天两位领导人的车队找不到种树的确切汇合地点。那时又没有手机，转了几圈才找到了汇合地点，完成了种树仪式。事后美国记者在报道中戏称，周总理和尼克松总统玩了一场“捉迷藏游戏”。这是两国领导人“第一次”玩这种游戏。

## 十二

浙江省领导在杭州为尼克松总统举行了宴会，宴会上上了道有当地特色的名菜——醉虾。谁知道事隔34年后，2006年我随一个民间代表团访问美国中西部时这件往事又被提及。在堪萨斯城，美方主人举行的有数百人出席的一次盛大宴会上，主人请了当时采访尼克松总统访华的全国广播公司（NBC）知名主播丹·拉塞尔（已退休）做主旨演讲，拉塞尔的演讲内容很友好，大概为了增加演讲的趣味性，他回忆当年采访的情景时，提到中国主人的热情好客，还在杭州给他们上了一道“醉活鱼”，但客人们实在难以动箸去品尝。这话引起了在场宾客的一阵骚动。考虑到他在这么大的范围内散布中国人吃活鱼，影响太坏，我决定当场做一个更正。在他说完之后，我向宴会主持人举手表示要讲话。主持人同意后，我做了自我介绍，说当年我是美国记者的陪同人员，杭州的宴会我也在场。当时上的不是“醉活鱼”，而是“醉活虾”，是江南的一道传统名菜，深受大家的喜爱。我还说，我欣赏拉塞尔先生的演讲，因此做一点小的更正，使他的话更精确一些。因为美国新闻人员工作中都是讲究真实、精确的。我讲完后，只见有些宾客微微点头，表示理解和赞赏。事后，代表团的其他成员对我讲，这样做得对，效果是好的。这是我“第一次”当面更正美国知名电视主播的话。

## 十三

美国总统尼克松的访华很成功，他此行被誉为“破冰之旅”，双方还发表了《上海公报》。美国记者做了大量正面的报道，我们对美国记者的接待工作也是顺利的。美国新闻界为了感谢中方新闻界同行与他们的配合和协作，以美国新闻媒体主编协会的名义，特地邀请新华社的社长朱穆之于 1973 年率领中国新闻代表团访问美国。我有幸同新闻司一位司领导一起参加中国的新闻代表团“第一次”访问美国。这是后话了。

# 忆中日和平友好条约缔约谈判

江培柱
（前驻外使馆外交官）

今年（1999年）是中日两国缔结和平友好条约21周年。回忆在东京、北京参加缔约谈判工作的全过程，我深感这一条约的签署，具有重大的现实意义和深远的历史意义。

## 缘起与战略考虑

1972年金秋，应周恩来总理邀请，刚刚组阁不久的田中首相偕大平外相、二阶堂官房长官等来华访问。中日两国政府经过认真坦诚的谈判，发表了联合声明，宣布正式恢复外交关系，实现了中日邦交正常化的伟业。随后，中日双方依据联合声明进行了贸易、交通运输、科技文化和渔业等领域的谈判，分别达成了相应的协议。联合声明还规定，双方将进行以缔结和平友好条约为目的的谈判。

当时我方认为，随着邦交正常化后两国关系的顺利发展，缔结和平友好条约将进一步推动和增强两国睦邻友好关系的发展，符合中日两国人民的根本利益，而且此时缔约的时机业已成熟。就当时的国际形势而言，尼克松访华后，中美关系正日趋缓和；而苏联霸权主义的扩张野心与势头却有增无减。因此，反对霸权主义，消除对和平、安全的威胁，就成为我国对外战略的核心。中日谈判缔约既能推进两国的和平友好，也可牵制苏联的军事威胁与扩张势头。

1974年9月，我国以乔冠华外长的名义，正式向日本外务省提出尽早开始和平友好条约缔约谈判。同年12月，韩念龙副外长前往东京，与日本外务省事务次官东乡文彦就此进行了接触。国内还决定，中日和平友好条约预备性谈判在东京进行，由陈楚大使负责与东乡文彦谈判。于是，驻日使馆上上下下，特别是研究室立刻忙碌起来，夜以继日地为谈判进行有关材料、报批文件、预案、发言稿等资料的准备。预备性谈判成为当时使馆最重要的任务之一。

日本方面虽然对缔约谈判做出了积极响应，但其内心比较复杂，尤其不愿因两国缔约而涉及和得罪苏联。早在中日复交之时，田中首相即派大平外相前往苏联，解释日中建交不针对第三国。田中很希望利用日中复交的有利地位及其技术优势，打开日苏关系僵局，推动苏联归还北方四岛，但被苏所拒。1974年12月，就在中日缔约谈判即将开始之际，田中陷入“金权政治”风波而被迫下台。继任的三木武夫首相，虽然对中日缔约表示积极，但对苏联的态度更为慎重，在自民党内反对派和苏联强大压力下退缩不前。这就预示了中日缔约谈判的困难。

## “最高指示：不能让”

1975年新年开始，中日缔约预备性谈判正式开始起步。会谈尚属顺利，陈楚大使和东乡次官分别代表本国政府陈述原则立场，双方都表达了通过缔约把两国关系推向新阶段、为和平友好做出贡献的愿望和决心。“总论”之后进入“个论”，分歧逐渐显露。特别是对照双方条约草案案文，对于是否将“反霸”条款写进条约，成为双方的最大分歧。我方原以为在中日联合声明中，已包含“双方不谋求霸权，也反对任何国家或国家集团建立这种霸权的努力”的内容，据此，将反霸写入条约应当不成问题。但日方从一开始就想方设法回避，不愿将任何涉及、影射第三国的内容写进中日两国的条约。日本虽承认面临的现实威胁，但只承认泛泛而论的霸权，担心和不愿因具体提及反霸，被摆在“敌视别国”的位置上。因此，谈判在条约案文内容上碰到了难题。外交部及时电示：“一定要坚持原则立场，但谈判刚开始，也不要把话完全说死。”之后，国内又来电告，陈永贵副总理访问墨西哥将途经东京，一切以陈永贵副总理转达的指示为准。

1975 年 3 月 27 日，陈永贵副总理途经东京，有两个多小时的停留时间。以陈楚大使为首的使馆主要官员、研究室参加预备性谈判的人员都到机场迎接，并聆听指示。傍晚时分，在机场贵宾室，陈副总理与陈大使等稍事寒暄后，即转入缔约谈判的话题。陈副总理抬高声音说道：“最高指示：不能让。就是这些。”陈大使希望他再详细说说，陈副总理又重复了三个字“不能让”，并要使馆坚决贯彻。此时全场一片肃静，没有谁再说什么话。这一简单明了的指示，无疑让大家都想到了在谈判中认真贯彻指示的天职。

## “没有条约，天也塌不下来”

陈副总理离开东京后，缔约谈判深入展开。中方坚持原则立场，就把“反霸”条款写入条约，进行了有理、有力的多方论述。而日方则力图说服中方放弃这一主张，对此双方立场明显对立。四五月间，陈大使与东乡次官两次谈判均无进展，谈判陷入僵局。

在谈判桌外，苏联对日施压、牵制缔约的活动一刻也没有停止。苏联驻日大使特罗扬诺夫斯基（后换为波利扬斯基）软硬兼施，多次约见三木首相施压、发表声明、提交备忘录等。他还递交了勃列日涅夫的亲笔信，提出就日苏和约进行谈判，并缔结日苏睦邻合作条约，以此牵制中日谈判。在此形势下，日方立场进一步后退。三木首相一面通过驻华大使或派外务省官员来华向中国领导人表示他对缔约的热情；一面又抛开外务省，亲自发表“首相见解”，强调日方遵守世界普遍适用的反霸原则，企图抽掉反霸条款的实质和针对性而使其“空洞化”。

9月下旬，宫泽外相和乔冠华外长出席联大会议期间在纽约会晤。宫泽抛出了所谓的“反霸四原则”：1. 反霸不针对第三国；2. 不得与《联合国宪章》相矛盾；3. 不意味着采取联合行动；4. 范围不限于亚太而在全世界。这一论调显然与三木如出一辙。对此，乔冠华外长表态说：“如果日方有困难，不必勉强。没有条约，我们也相处得很好，天也塌不下来。”至此，中日缔约谈判，由于在反霸问题上的分歧而实际上宣告中断。

## “只要下决心，一秒钟就可以解决问题”

到了20世纪70年代后期，随着岁月的推移，国际局势和中日两国国内形势都发生了很大变化，使得搁置的中日和平友好条约缔约谈判重新出现了转机。

在我国，粉碎“四人帮”后，邓小平同志复出并主持中央工作。我国对外政策也在酝酿逐步进行重大调整，既服务于消除现实威胁、反对霸权主义的战略，又有利于为实现现代化创造和平稳定的国际环境这一战略目标。此时缔结中日和平友好条约，无疑符合我战略全局利益。

在日本，福田赳夫继三木下台后组阁，逐渐对恢复谈判和缔约表示出了积极的姿态和信心。当时美国卡特政府推行“联华制苏”战略，正在为美中建交采取行动，这对日本接受反霸条款也有推动。卡特在福田访美时，规劝日本应积极行动。对于以日美关系为基轴的日本来说，有了美国的支持，便不把苏联的威胁放在眼里了。福田在进一步协调内部意见后，逐步下了决心。

1978年7月，中断2年10个月的中日缔约谈判重新在北京开始。正如当时邓小平副总理对来华访问的日中友好议联会长滨野清吾所说，“就中日缔约而言，只要下决心，一秒钟就可以解决问题”。

以韩念龙副外长和日本驻华大使佐藤正二为团长的中日双方代表团在

北京钓鱼台国宾馆先后举行了14次事务性谈判，所涉及的焦点仍是反霸原则及与此有关的第三国条款。经过多次讨论，日方已接受将反霸条款写入条约正文，只是提出将这一原则的范围扩大至“世界任何地区”，淡化其针对性。此外，对中方提出的“本条约发展与加强友好”，“不是针对第三国的”案文，日方认为这与反霸条款联系不密切，提出改为“不影响缔约各方同第三国关系的立场”。邓小平副总理在看了上报的材料后，当即拍板同意，并说：“这不是很简洁的表达嘛。”

1978年8月8日，园田外相来中国与黄华外长进行最后会谈。当他得知中方接受日方关于与反霸相关的第三国条款的表述，同时《中苏友好同盟互助条约》到期将废除的消息时，顿时笑逐颜开。8月12日，两国外长分别代表两国政府正式签署《中日和平友好条约》。之后不久，我国人大常委会和日本众参两院各自批准了这一条约。

1978年10月，邓小平副总理应邀访问日本，中日双方互换了条约批准书，为长达4年的谈判和缔约画上了圆满的句号。这一条约以其巩固发展两国睦邻友好关系的重要标志和对威胁国际和平安全主要根源的霸权主义的沉重打击而永垂史册。

（原载于世界知识出版社2007年出版的《外交纪实（三）》一书）

# 乒乓外交

廉正保
（前驻纳米比亚大使）

1971年春，长期以来处于对抗状态的中美关系正在酝酿着重大变化。中美双方都以不同方式表示两国领导人有意举行会晤的意向，双方都在寻找一个合适的突破口。3月下旬到4月上旬在日本名古屋举行的第31届世界乒乓球锦标赛为此提供了机会。中国邀请美国乒乓球队访华，这件事引起很大轰动，被称为“乒乓外交”。

乒乓球运动在中国非常普及，被人们称为中国的“国球”。从“文化大革命”以来，在世界乒坛享有盛誉的中国乒乓球队，已连续几年没有在国际大赛中露面。日本乒乓球协会会长后藤钾二长期致力于中日友好，鉴于第31届世界乒乓球锦标赛将在日本名古屋举行，他专程来华邀请中国派团参赛。中日两国乒乓球协会进行了会谈，中方表示同意应邀派团参赛。双方准备签订一个会谈纪要，中方代表坚持要把台湾问题写入会谈纪要。当时中日关系还没有正常化，日本国内情况也比较复杂，后藤对此感到为难。周总理得知后，严厉批评了中方人员的做法。周总理说，你们对这样的朋友要求太过分了。会谈要看对象，台湾问题在这里没有必要提，你们不要给后藤出难题。

在周总理直接关怀下，中日乒乓球协会会谈纪要于2月1日在北京签字。随后，中国乒乓球代表团组成，正式向第31届世界乒乓球锦标赛组委会报名参赛。

中国乒乓球队一向受到周总理的关怀。过去几次球队出国比赛归来，他常设家宴招待参赛队员和教练员，并说："我请你们到我家吃饭，钱我出，但要自带粮票。"席间，周总理和大家谈笑风生。饭后，他有时还和大家一起打球。

1971 年 3 月中旬，中国乒乓球队各项参赛工作准备完毕。14 日，周总理召集外交部、国家体委等部门负责人开会，听取关于中国队赴日参赛问题的汇报。当时，体委内部出现了去和不去两种不同意见，不赞成去的还占多数，理由是得知国外有几股敌对势力想破坏中国队参赛，去了危险性很大。周总理沉思片刻后说："不去怎么能行？我们怎么能不守信用呢？"接着，他耐心地阐明派队参赛的理由，果断地说："我们信守诺言，参加第 31 届世乒赛。"此次出国参赛，已成为一次重要的国际斗争，并提出"友谊第一，比赛第二"，即使输了也不要紧，反正政治上占了上风。随后他给毛主席写报告。15 日，毛主席在周总理的报告上批示："照办。我队应去，并准备死几个人。不死更好，要一不怕苦，二不怕死。"

3 月 28 日至 4 月 7 日，中国乒乓球队如期赴日参赛，一举荣获四项冠军，使世界为之震动。在短短的几天时间里，中国运动员同美国运动员进行了友好接触。4 月 4 日那天，美国球员科恩偶然上了中国代表团的大巴车。中国运动员庄则栋看到大家都用好奇的眼光注视着科恩，车上没有一个中国人和他说话搭讪，便过去同他说了几句话。这两名运动员握手的照片，顿时成了日本报纸的头条新闻。毛主席从《参考消息》上得知这个消息，笑着赞许说："这个庄则栋，不但球打得好，还会办外交。"随后，在日参赛的美国队向中方提出了访华请求。

对美国队的访华请求，外交部、国家体委有关部门进行了热烈讨论，有赞成的，有反对的。4 月 3 日，外交部、国家体委就是否邀请美国队访华的问题写报告给周总理，报告认为目前时机还不成熟。4 日，周总理将圈阅后的报告送毛主席审批，毛主席在报告上圈阅，但将报告放在桌子上，一直没有退回主办单位。经过三天的考虑，毛主席终于在世乒赛闭幕前夕做出决定：邀请美国队访华。

邀请美国乒乓球队访华的消息一传到名古屋，立刻在全世界引起轰动。日本各大报纸都在头版显要位置登出有关报道，并大加评论。这件事产生的影响，已“超过三十一届国际比赛的消息”。消息很快传到白宫，美国总统尼克松后来回忆道：

> 这个消息使我又惊又喜。我从未料到对华的主动行动会以乒乓球访问的形式得以实现。我们立即批准接受了邀请。中方做出的响应是发给几名西方记者签证，以采访球队的访问。……4月14日，我宣布结束已存在二十年的对我们两国间贸易的禁令。我还下令采取一系列新的步骤，放宽对中华人民共和国的货币和航运管制。同一天在北京，周恩来亲自欢迎了我们的乒乓球运动员。

7月14日，周总理在北京人民大会堂接见了由美国乒乓球协会主席格雷厄姆·斯廷霍文率领的美国乒乓球代表团全体成员。周总理同时接见的还有应邀来访的加拿大、哥伦比亚、英格兰、尼日利亚等国的乒乓球代表团。

对这次接见，周总理交代外交部礼宾司和国家体委国际司做了精心的组织和安排。显然，周总理把重点放在美国乒乓球代表团，但为了不分主次，平等相待，周总理要求礼宾司巧妙地把接见安排在同一个大厅。各国代表团分坐各边，围成一个圆圈，按国别字母先后分别接见。周总理同每一个代表团合影留念，同他们谈一刻钟左右。我当时被安排为周总理接见美国代表团和哥伦比亚代表团做谈话记录。

周总理来到美国代表团面前，代表团全体成员起立鼓掌欢迎。谈话开始后，周总理问斯廷霍文：“团长先生是第一次到中国来吧？”斯廷霍文回答说：“是的。我们代表团的每一个成员都是第一次到中国来。”周总理说：“中国有句古话：‘有朋自远方来，不亦乐乎’。”斯廷霍文说：“在美国也有这样的说法——不论在哪个地方都可以找到很好的朋友。我们欢迎中国朋友去美国访问。”周总理说：“是啊，罗德里克先生（美联社记者）就来过中国。我和他比较熟悉。我和你们国家的一些新闻记者比较熟悉，他们都要求来中国。当然，一次不能都来，就分批来嘛……过去有很多美国朋友来过中国，以后还会有不少朋友来。”斯廷霍文说：“我想，如果能够受到像我们这样的热情欢迎和款待，碰到这样好的中国朋友的话，一定会有很多美国人要来中国访问。”周总理谈到前一天中美两国乒乓球队的友谊比赛时说：“你们的球打得不错。”斯廷霍文说：“我们的选手是尽力而为。同时，我们从你们的选手那里学到不少东西，对我们很有帮助。你们的选手花了很长时间教我们的年轻选手技术。他们对我们非常照顾，而且很有礼貌。”美国乒乓球队的领队杰克·霍华德说：“我希望中国乒乓球队能够在最近的将来访问美国，以便给我们一个机会来报答你们的好客精神，并在美国进行友谊比赛。”周总理说：“你的希望是好的。这个问题要决定于你们的团长。他是有权威的，所以还是保留给团长来回答。”斯廷霍文表示同意。1972 年 4 月，尼克松总统访华以后，由庄则栋率领的中国乒乓球代表团访问了美国。这是中美关系解冻后访问美国的第一个中国代表团，引人关注。庄则栋一生坎坷，功过皆有，是位传奇式的人物。值得一提的是，由于他在“乒乓外交”中的不俗表现，2009 年 1 月，中国人民外交学会邀请他出席了在人民大会堂举行的纪念中美建交 30 周年招待会。那时我见到了这位当年叱咤乒坛风云、现今脸上布满沧桑的世界冠军，“乒乓外交”的共同亲历驱使我邀他合影留念。

会见中，美国队员格伦·科恩询问周总理对目前在美国青年中流行很广泛的“嬉皮士”运动有什么看法。周总理说：“第一，我对这个运动不很清楚。第二，如果要问的话，我只能说一点我粗浅的、表面的观察。可能现在世界青年对现状有点不满，想寻求真理，青年思想波动时会表现为各种形式。但各种表现形式不一定都是成熟的或固定的。因为，寻求真理的途径总要通过各种实践来证明是对还是不对。这在青年时代是许可的。

各种思想都要通过实践检验一下。我们年轻的时候也是这样，所以我们懂得青年人的心理：特别好奇。别的国家的青年来访问时，我们发现他们不一定和你们同一派，但是我们看到也有这样的形式，比如留长发，等等。我碰到过英国青年也有留长发的，碰到过日本青年也有这样情况的。”周总理说：“按照人类发展来看，一个普遍真理最后总要被人们认识的，和自然界的规律一样。我们赞成任何青年都有这种探讨的要求，这是好事。要通过自己的实践去认识。但是有一点，总要找到大多数人的共同性，这就可以使人类的大多数得到发展，得到进步，得到幸福。我只能回答这些了。”科恩表示同意周总理的看法，说：“这些表现形式是许多日子思考的结果，它比表面看到的更深刻。这是一种新的思想，没有很多人熟悉它，可能有少数人熟悉。”周总理说：“如果自己通过实践证明是错误的，就应该改。正确的坚持，错误的改正。这是我们的认识。作为朋友，我们所以有这个建议。”

周总理说：“我请你们回去把中国人民的问候转告给美国人民。中美两国人民过去往来是很频繁的，以后中断了一个很长的时间。你们这次应邀来访，打开了两国人民友好往来的大门。我们相信中美两国人民的友好往来将会得到两国大多数人民的赞成和支持。”周总理对随同来访的美国记者约翰·罗德里克说：“罗德里克先生，你打开门了。”罗德里克说：“我首先感谢你邀请美国记者访华。美国记者访华，经过这么长时间的中断，终于实现了。同时，我赞成你刚才的看法，我们的关系打开了新的一页。如果我们两国间有更好的谅解，这新的一页将更加美好。我希望通过记者的通道，这种关系会得到改善。”

周总理的好客、谦逊和睿智的风度，给第一次来到这块被认为是“神秘国度”的美国人以深刻印象，并引起全世界舆论的关注。

美国队员格伦·科恩当时几乎成了明星。科恩回美国不久，他母亲还专门给周总理写信，对周总理同他儿子富有哲理的谈话表示感谢。

美国乒乓球队访华后，中美双方通过秘密渠道接触的进程明显加快。

双方商定，美国总统国家安全事务助理基辛格博士于1971年7月9日至11日秘密访华。在基辛格访华的两天时间内，周总理同基辛格进行了17个小时会谈。基辛格访华的公告一经公布，震动世界。“小球推动全球”，国际格局随后发生了重大变化。这充分显示了由毛主席果断决策、周总理精心组织实施的“乒乓外交”的威力，令人赞叹！

（原载于《纵横》2016年第2期，有删节）

# 黑云翻墨未遮山

刘静言
（前驻外使馆外交官）

这是我们第二次飞越安第斯山……

透过飞机舷窗向外望去，上面是浩渺而湛蓝的天空，下面则是绵延起伏的山峦和莽莽林海，其间，时而有团团白云飘过……这就是纵贯南美大陆的安第斯山脉。飞机飞得很平稳，然而，我的内心却难以平静。看了看坐在身边的丈夫志良，他头靠在座椅上，仿佛陷入了沉思。

“你在想什么？”我问。

“难忘的四年呀，过得不易！”

是的，四年前我们第一次来到南美洲的智利，历经了外交生涯的酸甜苦辣。20 世纪 60 年代的新中国，虽然已与众多亚、非、欧等多个国家先后建立了邦交，但与这遥远美洲的关系，依然处于寒冬季节。被称作美国后院的拉丁美洲，除了加勒比海岛国古巴外，在新中国的外交版图上还是一片陌生的、未曾开垦的处女地。这种状况直到 1964 年春天，才出现冰雪消融的迹象。智利奉行温和的民族主义政策的弗雷政府同意我国在智利建立商务代表处，在当时，的确称得上是又一次外交突破。代表处由时任外交部美大司副司长的林平同志出任代表，我和丈夫也被列入了担任这项特殊任务的工作人员名单。而且，在代表处的全部六名成员中，我们夫妻二人是仅有的能讲西班牙语的两名年轻干部。此时的拉美，刚刚发生过我国九名在巴西筹备展览会的同志和新闻记者遭迫害被捕入狱事件，弥漫着一片白色恐怖，政治局势云谲波诡，更增加了我们登陆南美的艰难。

“就要进入阿根廷国境了，这可是那封信里指定的‘接头’地点，咱们要加倍小心了。”我低声提醒。

其实，从登机那一刻起，我们最担心的正是与“那封信”有关的各种可能。在当时南美的外交棋局上，台湾当局显然还占着绝对优势：台湾“大使馆”遍布拉美各国，敌特势力盘根错节，兼有美国情报部门配合和撑腰；而中国商务代表处在智利只是个不受外交特权保护的非官方机构，带着“赤色标记”的“中共人员”，从一开始便成了美国和台湾当局谍报部门监视和追猎的目标。敌特通过各种手段和渠道，无孔不入地对我们进行跟踪和策反：安放窃听器，外出跟踪……我们在南美举办第一个国庆招待会时，敌特就散布了大量假请帖进行破坏，是我们一次次针锋相对的斗争，才挫败了他们的挑衅。敌特势力策反我驻外人员的手段更是明目张胆，不择手段，每天商代处的邮箱里都会塞满各种策反材料，利用我国内暂时经济困难和“文革”造成的混乱，煽动我人员“弃暗投明”。商代处人员无论到哪里，他们都会如影随形，进行策反骚扰。而此时让我们感到不安的“那封信”，便是美蒋特务在我们行将离开智利时布下的又一张罗网。

1968年春天，我发现自己有了身孕，领导批准我们夫妇提前回国。就在我们怀着回家的喜悦，向航空公司预定好了回国机票、即将踏上归途的前夕，收到了一封神秘来信。信中以深谙内情的口吻吹捧了一通我们的“才干和学识”，列举了“大陆”的种种“暴政”和“黑暗”，鼓动我们“当机立断”“投奔自由世界”。信是用中文写的，但署名却是“你们的美国朋友”，最后一句话是，他们将在我们途经的阿根廷首都国际机场接应我们。

“狡诈的敌特份子嗅觉真灵，又出手了，怕是来者不善呀！”看完信，志良皱了皱眉头说。

“他们什么事干不出来？恐怕不只是说说，我们不可掉以轻心，要有所准备。”根据几年来和这伙人较量的经验，我们预感到他们是不会轻易放过我们的。于是立即将这一突发情况报告了商代处的领导老林同志。领导考虑的结果是，我的身体状况已不能久等，回国的计划不便更改，但为了迷惑敌特和摆脱跟踪，决定临时更改行期与航班，给他们来个出其不意和措手不及！

就这样，到了离预定行期还有三天时，我们突然通知法国航空公司更换机票，提前当天下午就走。

临行时，老林紧握着我们的手，一再叮咛路上要多加小心。

飞机飞行了大约两小时，越过了险峻的安第斯山，进入阿根廷领空，这里是一个右翼军政府掌权的国家。当机舱广播传出“飞机将在布宜诺斯艾利斯国际机场停留两小时，请过境旅客到机场候机室休息”的轻柔女声时，我们心中的那根弦也一下子绷得更紧了，这里就是敌特份子约我们见面的地方！我们内心默默期待着，这次金蝉脱壳之计能瞒过敌特的耳目，能一路平安地返回久违的祖国……

目送所有的旅客走下飞机后，志良告诉航空小姐，因太太身体不适，我们需要留在机舱休息，不下飞机了，请谅解。那位空姐含笑应允了。

空荡荡的机舱中只剩下了我们孤零零两个人。透过舷窗，看得见外面地勤人员正在机场上忙碌，一切似乎都很平静。然而，萦绕心头的祸福难卜的阴影却是挥之难去。

“请问两位是黄先生和太太吗？”身后突然传来一个中国人的说话声。

我们心头一愣，急忙回头看，只见身旁站着一个穿深蓝色西服的中年男子，瘦削的脸，两眼直勾勾地盯着我们。没等我们回答，他躬身递过来一封信说：“黄先生，黄太太，这是你们的朋友写给你们的信，他们已经在下面等候你们。”

果真来了！我与志良迅速交换了一下目光，是惊愕，更是彼此提醒沉着应对。

“对不起，你弄错了，我们在这里并没有认识的朋友。”志良淡淡地回答来人。

“我想我没有弄错。他们就是前些天给你们写信的朋友，已经在下面恭候你们多时了。这是他们的信，请你们过目。”来人以尽量温和的语气坚持着将信递到我们面前。

“不必看了！”志良蔑视地推开他的手，“告诉他们，我们根本没有他们这些朋友，叫他们不要白费力气！”

“他们说是你们的朋友，约好了在这里见面，他们是如约在这里等你们的，务必请二位下去见见面！”来人还在坚持。

“我们已经说过了，那些人不是我们的朋友，我们也不会下去！先生，请你快走吧，不要再纠缠了！”我忍不住冲着那个阴阳怪气的家伙高声说道。接着，我们都别转脸望向舷窗外，不再理睬他。

“你们……真的不肯下去？那我只好如实报告你们的朋友了。”来人的语气中带着几分威胁。片刻沉寂后，我们听见了渐渐远去的脚步声。

“怎么办？你听他那口气，是不会善罢甘休的。”我焦急地对志良说。

“只能以不变应万变了，我们无论如何不能离开飞机。”志良答道。

正当我们商量对策时，一位身着法航制服的小姐走进了机舱，我们想不起在飞机上见过此人。她面带寒霜，来到我们面前，用西班牙语大声对我们说：

“现在飞机在机场停留，任何旅客不得继续留在机舱内，请你们立即下去。”

哦，明白了，他们在变换新的花招，要逼迫我们下飞机。

“我已经向另一位空姐说过了，我太太怀孕，身体不适，需要留在飞机上休息。”志良向那位咄咄逼人的空姐解释着。然而，对方的回答仍然是冷冰冰的“不行！”

“你们法航就是这样照顾旅客的吗？刚才那位小姐同意我们留在飞机上，你却说不行，这是什么道理！你去把机长叫来，我们要当面跟机长谈，机长有责任保障旅客的安全！我们要找机长！”在我们的强烈抗议声中，“空姐”的气焰渐渐低落了下去。将我们“驱离机舱”的伎俩眼看无效，此人只得悻悻地离开了机舱。

两个回合下来，我们进一步意识到那伙人能量不小：他们在南美拥有一个跨国的情报网，从我们通知航空公司换票到飞机降落阿根廷机场，总共不过四五个小时，而他们竟能及时掌握情况变化，迅速调整行动；他们还有一个广泛的关系网，可以随时调动各种身份的人员配合行动。此时的我们，也更意识到了自己处境的危险。

“他们要是强行绑架怎么办？说什么也不能让他们把我们带走！”我们想到了最坏的情况。这些年国际上曾发生过的一桩桩绑架我外交官事件：设计陷害，或打一针麻醉剂后强行架走，然后再伪造一份反共“声明”……

“他们要是强行绑架，我们拼了命也得和他们斗……”我喃喃说道。

看着瘦小的怀有身孕的妻子，志良内心更多了一份不忍与焦虑。

此时，从机舱入口处又传来了吱喳、吱喳的皮靴声，两名全副武装的警察出现在机舱门口。来人的长相像拉美人，他们向机舱内扫了一眼后，便径直向我们走来。

“我们是阿根廷的国际刑警，要查看你们的证件，请出示你们的护照！”

“我们乘坐的是法航的飞机，连阿根廷的机场都没有进，你们凭什么上飞机来查看我们的护照？你们是奉了谁的命令来查的？”

“我们是国际刑警，有权检查你们的证件，快把你们的护照交出来！”

“不行，你们无权这样做！你们去把机长找来，我们要问问机长，你们到底是些什么人？想要干什么？”志良高声说。

看着面前两名警察凶相毕露的样子，像是真要硬干了。我们心里明白，他们是想以检查为名，抢走我们的护照，再以“无合法证件”为由拘留我们，把我们交给正在下面等着的敌特分子。

“决不能让他们抢走护照！”这点我和志良都十分清楚。于是，我们一面和他们理论，坚决不交出护照，一面高声叫着要找机长。混乱的争吵声终于引起了一些乘务员的注意，他们开始疑惑地向我们这边张望并走过来。机舱外，我们看见旅客们正三三两两向飞机走来，准备登机……我高兴得心都要跳出来了：旅客们回来了！走在最前面的是我们在飞机上新结识的一对智利夫妇。此刻，在我们眼里，他们不啻是天上掉下来的救星。

“你们看，乘务员和旅客都回来了，你们要是再纠缠，我们可要叫喊有人要绑架旅客了！”我大声警告那两个刑警。那两个家伙当然也意识到了情势不利，再纠缠下去不会有好结果，于是透过牙缝低声骂了句：“便宜你们了，该死的赤色分子！”便匆匆转身从机舱入口处溜了出去。

此时的我，深深出了口气，跌坐在座位上。志良回过身来，我们激动地握住彼此的手：脱险了，谢天谢地！

经历了这一次惊险的机上对峙，从阿根廷到巴黎将近10小时的飞行途中，飞机多次停歇加油，我们始终没有离开过机舱。直到抵达巴黎奥里机场，见到了我国驻法国使馆前来迎接我们的同志，我们这才怀着几乎是劫后余生般的喜悦走下了飞机。

半个世纪过去了，斗转星移。如今的中国与众多拉美国家已成为战略合作伙伴和兄弟，“帝国后院”的世界地缘政治已然改变。作为推动中拉关系的参与者，我记不清后来又有多少次飞越过那莽莽苍苍的安第斯山脉，穿越于大洋的东西两岸。然而，留在我记忆深处的却是最难忘的这一次，它留下的是新中国外交人员登陆南美的艰难足迹。

# 重返千岛之国

刘新生
（前驻文莱大使）

1990 年 8 月 8 日，是中国和印尼两国关系史上令人难忘的一天。就在这一天，钱其琛外长和阿拉塔斯外长代表两国政府在雅加达签署了《关于中国和印尼恢复外交关系的谅解备忘录》，从而向全世界宣告：中断 23 年之久中国和印尼之间的外交关系从今天开始正式恢复。笔者当时作为李鹏总理出访印尼的随行人员之一，出席了这一历史性文件的签字仪式，目睹了这一重要场面，实在是终生难忘的幸事。此后不久，我受命出任中国驻印尼使馆临时代办，从而开始踏上重返“千岛之国”的历程。

## 难忘的故地情怀

1990 年 9 月 12 日，我带领一个 7 人先遣组赴印尼筹建大使馆。在前往印尼途中，我们在香港停留了数日。9 月 16 日，我们乘坐印尼“鹰记”航空公司 GA875 航班续程飞往雅加达。座机从香港启德机场起飞后，穿过云层腾空而起。当飞机升高平飞时，茫茫云海，平铺长空，从机窗瞭望，真有天上人间之感。4 个多小时后，飞机进入印尼海域的上空。从机上俯瞰，碧波万里的洋面上，撒落着无数美丽晶莹的岛屿，“千岛之国”展现出妩媚动人的丰姿。当地时间下午 6 时，飞机平稳地降落在雅加达“苏加诺—哈达”国际机场。下飞机后，前来迎接我们的印尼外交部礼宾司官员协助我们非常顺利地办理了各项入境手续。稍事休息后，我们一起驱车前往市区。

雅加达这座城市对我并不陌生。60年代我曾在该市的印尼大学文学院留学进修印尼文学，继而在我国驻印尼使馆工作数年，直至1967年两国中断外交关系回国。如今时隔23年重返故地，我感慨万千，回想当时我还是一个初出茅庐的小字辈，如今已是知天命的老外交人了，而作为我外交生涯起点的雅加达——这座古老的城市倒是显得更年轻了。

记得我60年代在这里时，雅加达还是一个较为落后的普通城市。时隔20多年，我发现这座城市已今非昔比了。雅加达的快速发展主要是80年代以后，印尼政府着力建设，大兴土木，美化市容，使其成为一座占地650平方公里、人口近800万、各种设施齐全的现代化城市：路旁树木成荫，苍翠欲滴；超级市场与各类商店鳞次栉比；一幢幢风格迥异的高层建筑——豪华公寓、星级旅馆和写字楼拔地而起……当我们从机场乘车驶向市区时，我探头窥视道路两侧，已难以找到我过去熟悉的建筑或街景了。现在，这里晚间华灯齐放，五颜六色，闪烁变幻的霓虹灯与街心公园喷洒的水花银柱交相辉映，更是一派繁荣景象。我暗自思量，雅加达确实是“旧貌换新颜”了。

## 五星红旗重新飘扬

中国与印尼是亚洲的近邻，自古以来两国人民就有着友好往来的历史传统，结下深厚的情谊。1950年4月13日，印尼同中国建交，成为同我国建交最早的国家之一。两国之间曾有过良好的合作，共同为维护亚洲地区的和平与稳定做出了积极的贡献。尽管两国关系出现过一段曲折，但这与两国友好交往的悠久历史相比，毕竟只是一段短暂的插曲。

根据印尼外交部政治总司长建议，大使馆临时馆址暂设在市中心的“普罗浮屠旅馆”。该旅馆是一个20层的高层建筑，属五星级，设备齐全，娱乐、健身和服务设施应有尽有。旅馆院内绿草如茵，灌木青翠，花卉繁多。低低的栅栏上攀缘着茂密的青藤，其间点缀着各色鲜花，相映生辉。旅馆底层后院有一个很大的游泳池，池旁的桌边支着五颜六色的太阳伞。伞下摆放着一排排折叠椅，供旅客游泳后休息。旅馆虽地处闹市，但“闹中有静”，是个很好的休闲之地。可是我们几名先遣组人员肩负着建馆的重任，很少有时间享用其中的娱乐和健身设施，大家都把精力放在建馆初期千头万绪的事务上。这个旅馆对我们来说，最大的优点是离印尼外交部仅五六百米。当时我们几乎每天都要与印尼外交部联系，由于临近，我们有急事时便往往步行前往。旅馆的另一个优越性是它给中国大使馆 30% 的房价优惠，可给国家节省一笔外汇开支，而且旅馆上至总经理，下至服务员，对中国大使馆工作人员均非常热情友好。

经过双方协商，中国大使馆定于 1990 年 9 月 27 日正式开馆。在开馆仪式上，一面崭新的五星红旗在旅馆二楼阳台的旗杆上冉冉升起，迎风飘扬。使馆全体外交人员在庄严的中华人民共和国国歌乐曲声中，向代表着国家尊严、象征着国家主权的国旗行注目礼。在升旗仪式上，我发表简短讲话说，中国与印尼是海水相连的近邻，两国人民之间有着长期友好交往的历史。由于双方的共同努力，现在这两个亚洲大国之间恢复了正常的外交关系。这不仅符合两国人民的共同愿望和根本利益，而且也有利于亚洲地区的和平、稳定和发展。希望大使馆全体人员为维护和发展中国与印尼之间的友好关系而努力工作。

印尼外交部礼宾司负责官员应邀出席了开馆仪式，不少新闻记者也闻讯前来观看和采访。在宽阔阳台上，仪式完毕而人不散，来宾们主动与使馆工作人员握手欢谈，共享复交后的喜悦。一些记者围住我，问我此时此刻有何感想，对中、印尼两国关系发展前景有何看法，等等。我笑着回答说，今天我很高兴。两国互设使馆标志着经过将近四分之一个世纪的隔绝之后，两国关系完全正常化了。中国同印尼都是发展中国家，尽管国情相异、社会制度不同，但这不应该成为两国发展关系的障碍。应该说，中国同印尼之间的共同点还是很多的，可以合作的领域相当广阔，潜力很大，在维护世界和本地区和平、发展民族经济等许多重大问题上的看法是一致或相似的。我对两国友好关系发展充满信心。次日，雅加达各大报纸在头版报道了中国大使馆正式开馆的消息，刊登了使馆升旗仪式的大幅照片，其中所用的标题和导语有："五星红旗重新飘扬在雅加达上空""中国人又回来了"等。

## 首次国庆招待会

我离京赴任前，外交部领导向我交代了两项"政治任务"：一是抵达印尼之后，要设法尽快开馆，正式对外办公；二是要举办 41 周年国庆招待会。当时，我向有关领导表示，我将尽力去完成。但心里还是在嘀咕，要在短短半个月时间内，既要开馆，又要搞国庆招待会，任务确实艰巨。

抵达印尼后，我向先遣组 7 名同志传达了这两项"政治任务"，并研究了具体落实的办法。按照部领导国庆招待会"小型、双边、官方"的有关指示，我约见了印尼外交部亚太司和礼宾司负责官员，请他们予以协助。他们均表示，"请代办先生放心，外交部将全力协助大使馆筹办国庆招待会"。先遣组 7 名同志在筹备有关开馆事宜的同时，全力以赴准备国庆招待会。国庆招待会日期定为 10 月 2 日晚 7 时。参照印尼外交部礼宾司提供的名单，我们发出了近百张请帖。

我们"因地制宜"，在"普罗浮屠旅馆"租用了一个小宴会厅，搞了一个冷餐招待会。旅馆方面，按照我们的要求进行了一番布置：宴会厅正面悬挂一幅写有"庆祝中华人民共和国成立四十一周年"的横幅，两边竖立着中、印尼两国国旗，冷餐台上放着刻有" 41 "字样的冰雕，宴会厅内一派喜庆气氛。晚 7 时，客人们陆续光临。7 时 30 分，印尼国防部长兼代理外长贝尼 · 穆达尼将军作为主宾在外交部礼宾司总司长卡达里斯曼先生陪同下步入宴会厅。在播放中、印尼国歌之后，招待会正式开始。穆达尼将军对我说，阿拉塔斯外长去纽约出席第 45 届联合国大会，他作为代理外长向我表示“双重祝贺”，一是祝贺中国大使馆正式开馆，二是祝贺中华人民共和国成立 41 周年。当他看到出席招待会仅有五六十人时，问我为什么不多请些客人。我说，因为我们刚来印尼，时间仓促，相信明年的国庆招待会会有更多朋友光临。我转而又说，将军阁下的光临使我们的招待会光彩大增，我要向您表示衷心感谢，并说，我还要向将军阁下祝贺。他愣了一下问我：“你要向我祝贺什么？”我说：“今天是将军阁下的生日，我祝您生日快乐！”将军对我刚到印尼不久，竟知道他的生日，感到既惊讶又高兴。次日，我们在旅馆定做了一个生日蛋糕，派专人送到他府上。此后，穆达尼将军见到我时，对我赠送他生日蛋糕之事多次表示感谢。

在穆达尼将军抵达 15 分钟后，卡达里斯曼总司长通知我，穆迪奥诺国务部长要来出席招待会。1989 年 2 月 23 日，钱其琛外长在东京出席日本天皇葬礼期间曾会晤过穆迪奥诺国务部长。会晤后，钱外长和穆迪奥诺国务部长曾共同会见记者，就中、印尼两国关系正常化问题发表了“三点意见”。此次会晤意味着两国关系正常化进程的开始。卡达里斯曼总司长还告诉我，穆迪奥诺国务部长有“两个特点”，一是他除陪同苏哈托总统出访外，本人很少出国访问；二是他很少出席外国使团的国庆招待会这类社交活动，今天国务部长亲临中国大使馆国庆招待会是个“例外”。

一见到穆迪奥诺国务部长，我首先转达了钱其琛外长对他的问候，并感谢他为实现两国关系正常化所做出的积极贡献。我说，部长阁下是两国关系正常化的开路先锋。他谦虚地说，决策者是苏哈托总统，他只不过是做些具体工作。他还愉快地向我叙述了 1989 年 2 月同钱外长“东京会晤”的一些情景，并一定要我转达他对钱外长的问候。接着，他向我询问了正在北京举行的第十一届亚运会一些赛事情况，并说，10 月 4 日和 5 日将要举行网球女双和混双决赛，他是印尼全国网球协会主席，他要赶到北京，为印尼运动员助威。由于时间和航班关系，他决定 10 月 4 日绕道东京去北京，而且下飞机后，从机场直接去比赛场地，观看女双和混双两场决赛。

我当即表示欢迎部长阁下去北京观看比赛，并允将此事立即报告国内有关部门（事后得知，女双和混双两项金牌均为印尼运动员摘取）。

一个半小时国庆招待会时间已过，但来宾们个个不愿离去。前来出席招待会的除印尼内阁两位“重量级部长”外，还有雅加达特区省长、卫戍司令和外交部的一些高级官员。印尼外交部礼宾司一名官员对我说，“你们招待会出席人数虽不多，但出席的印尼官员规格之高，恐怕在雅加达使团庆祝国庆招待会中也不多见。”他祝贺中国使馆首次国庆招待会取得成功。

结束过去，开辟未来，中、印尼两国关系的前景正像一首中国民间诗歌所说的那样，春梅已著一枝，繁花盛开的时节已经不远了。

# 碑前一跪泯恩仇

## ——写在勃兰特跪碑请罪35周年之际

刘彦顺
（前驻波兰大使）

第二次世界大战的硝烟早已散去，但时至今日，在日本国内仍然有那么一小撮人不时地颠倒历史，到甲级战犯灵前顶礼膜拜，为日本军国主义招魂，不承认发动侵略战争和屠杀无辜的血腥罪行。与日本不同，发动战争的另一个国家——德国——在二战问题上，上至国家元首和政府总理，下至黎民百姓都有一种清醒的认识。他们敢于面对历史，勇于承担历史罪责；不仅在口头上而且在行动上承认历史的判决，向受害国人民低头认罪。他们这种正确对待历史的态度，赢得了受害国人民的谅解和信任，也赢得了国际社会的普遍称赞。

说起德国的认罪，人们会不约而同地想起1970年12月7日。这一天我在华沙。正是这一天，联邦德国总理勃兰特在华沙犹太人起义纪念碑前跪拜请罪，成为化解波德民族仇恨的历史瞬间，成为人类文明史的千古佳话。

### 一、纳粹占领血雨腥风

华沙犹太人起义纪念碑坐落在以英雄莫·阿涅莱维奇命名的街边。阿涅莱维奇是1943年4月19日华沙犹太人起义的领导者。当德国纳粹血腥镇压起义、占领了起义指挥中心的时候，阿涅莱维奇及其同志“宁为玉碎，不为瓦全”，用留下的最后的子弹，结束了自己的生命，表现出一个民族不可侮辱和不可欺凌的高贵尊严。华沙犹太人起义纪念碑就是用这种高贵的民族尊严，用数以万计的牺牲者的热泪和鲜血铸造的。它从1948年4月19日华沙犹太人起义5周年落成之日始，就高高地耸立在华沙犹太区的废墟上，记载着民族的苦难、悲愤和抗争。

如今犹太区的废墟早已不见踪影，代之以开阔的广场和宁静的草坪。但人们不会忘记，德国侵略者占领时的残暴和屠杀。德国纳粹曾在这里修建起3米高的围墙，将45万犹太人集中在一片狭小的街区，称之为犹太区，实行其种族灭绝政策。他们日复一日地从这里将犹太人，不分男女老幼，用火车押送到奥斯威辛等地的集中营，实施集体屠杀。他们杀人手段之凶残、高效，远远超出人们的一切想象。仅奥斯威辛集中营的焚尸炉，一日之内即可焚烧万具尸体。

在波兰的土地上，有多少个大大小小的纳粹德国的奥斯威辛！在一个只有3000万人口的波兰，纳粹德国的杀人机器吞噬了多少无辜的生命！这是一串惊人的数字——全波兰死亡人数600万，首都华沙死亡人数80万。可以说波兰家家户户，都有殉国者和死难者，无一幸免。这是德国纳粹以其反人类的滔天罪行，在波德两个国家和两个民族之间制造的仇恨、挖掘的鸿沟。

## 二、边界问题又添新恨

二战结束了，正义战胜了邪恶，历史做出了结论。根据波茨坦会议的安排，跻身战胜国行列的波兰的疆域西移，战前德国奥得—尼斯河以东的土地划归波兰，奥得—尼斯河成为波兰和德国之间的边界线。这片土地约占现今波兰领土的三分之一，构成波兰的西部和北部地区。由于历史上这片土地曾属于波兰皮亚斯特王朝，所以波兰把它称为“收复地区”。

1949年在德国的土地上诞生了两个德意志国家：德意志民主共和国和德意志联邦共和国。两个德意志国家对奥得—尼斯河边界问题持有截然不同的两种态度。

民主德国从诞生之日起即同波兰建立了睦邻友好关系，承认奥得—尼斯河是波兰的西部边界，是两国间的“友好边界”“和平边界”。

与民主德国相反，联邦德国在相当长的时间里对奥得—尼斯河边界持有异议。他们援引波茨坦议定书中有关的规定和提法，坚持波德边界的“最后划定应由对德和约解决”；不承认奥得—尼斯河边界是波德之间的最终边界，不承认波兰对收复地区的主权，也不承认1950年民主德国和波兰签订的边界条约。

随着领土变化而来的是波德两国居民的大迁徙。350万德国人从奥得—尼斯河以东地区迁往德国英占区和苏占区。475万波兰人则从原属波兰的西乌克兰和西白俄罗斯等地迁回收复地区定居。这种数以百万计的人口大迁徙，给波德关系带来了新的冲突和紧张。一些德国人对《波茨坦协定》愤愤不平，对割让出去的土地恋恋不舍，对被迫迁徙耿耿于怀，甚至从不掩饰其复仇情绪和愿望。一些波兰人虽然回到了收复的土地，但心怀疑虑和恐惧，整日间惴惴不安，担心有朝一日会得而复失。波德之间的矛盾和对立尖锐复杂，双方争吵不休，无疑是旧仇未了又增加了新恨。

联邦德国不承认奥得—尼斯河边界的立场，引起波兰的严重关切和高度警惕。波兰认为，在联邦德国存在一股企图修改边界的势力，直接威胁着波兰的边界安全和领土完整。波兰强调，波兰和联邦德国之间“只有和平问题，没有边界问题”；联邦德国是否承认波兰西部边界线，是检验联邦德国是走和解之路还是走复仇之路的试金石。

俗话说“冤家易结不易解”。从1945年第二次世界大战结束，到1970年波德《两国关系正常化基础条约》的签订，奥得—尼斯河边界问题一直成为波德双方争执的核心和关系紧张的根源。这是在历史仇恨的伤口上又撒上的一把盐。25 年来，波德两个国家、两个民族深深地陷入旧仇和新恨的困扰之中。要走和解之路，谈何容易！

## 三、碑前一跪化解千仇

到了 20 世纪 60 年代末，勃兰特在联邦德国开始执政。他提出了“新东方政策”，试图通过同波兰等东欧国家的修好，重塑德国的国际形象，争取为联邦德国在欧洲和国际社会中发挥更大的作用打开新的局面。对勃兰特的“新东方政策”，波兰也采取了迎合的态度。双方开始就两国关系正常化问题进行谈判，并就签订《两国关系正常化基础条约》达成协议。

勃兰特终于敲开了波兰的国门。

1970 年 12 月 7 日，勃兰特首次访问华沙，他在华沙做了两件载入史册的大事。一是他同波兰总理西伦凯维奇签署了《两国关系正常化基础条约》。该条约确认了波兰的西部边界及其不可侵犯性，并保证两国彼此无条件地尊重对方的领土完整，现在和将来都不向对方提出任何领土要求。条约的签订，开辟了联邦德国和波兰关系新的发展阶段，标志着两国关系出现了历史性的转折，两国国家关系随之走向正常化。二是他在犹太人起义纪念碑前跪拜请罪。如果说这第一件事，从政治和法律层面上开始解决了两国间历史遗留的边界和领土纠纷，它引起了世界各国的瞩目，那么这第二件事，则从道义和感情的层面上开始抚平了波兰人心底的历史伤痕，它震撼了世界各国人民的心灵。

碑前一跪泯恩仇。回忆这一历史瞬间，谁人不称赞勃兰特这位德国总理的胆识和勇气，谁人不认为正是这位德国总理在现代国际关系史中为世界留下了一个值得记忆的日子——1970 年 12 月 7 日。

这一天，寒风凛冽，砭人肌骨。勃兰特按日程安排，前往华沙犹太人起义纪念碑前敬献花圈。当他缓步登上石阶时，映入眼帘的是栩栩如生的群像，是 45 万华沙犹太人的血和泪、绝望和反抗、仇恨和怒吼。他献好花圈后，默默地肃立在纪念碑前。周遭一片寂静，时间也好像冻结了，只见他突然弯下高大的身躯，双膝跪拜在冰冷冷的大理石上。来自敌对国家的一位领导人跪下了，向受害者忏悔、请罪。这并非礼宾规定的举动，使他的随行人员惊呆了，波方的陪同人员惊呆了，围观的人们也惊呆了。从惊呆中猛醒过来的摄影记者，急忙地用相机固定了这一具有划时代意义的历史瞬间。

碑前一跪泯恩仇。这一瞬间，勃兰特重塑了德国的形象。从这一瞬间开始，犹太人起义纪念碑成为波德关系转化的历史见证人。从此之后它向人们诉说的，不仅有纳粹德国的残暴和屠杀，而且还有战后德国的忏悔和认罪。世人真切地看到了联邦德国的“另一种德国人”，他们不仅不是杀人不眨眼的纳粹屠夫，还真心诚意地为纳粹德国的滔天罪行向受害者跪拜请罪，决心同受害国重修于好，不再做伤害受害国人民的民族感情的事。

“常常有人问，这是不是事先设计好的举动?”勃兰特回忆说，“我告诉他们：不是。事先没有这样的计划。当我面对德国人的历史灾难、面对千百万受害的生灵的时候，只是做了语言已经苍白无力时人们所能做的事。”一位记者报道说：“他跪下了，他是一位不必为那些应该下跪而未下跪的人跪下了，因为那些人没有这样的勇气，不会有或不想有这样的勇气。”20年过后，我仍然难以找到比这更好的表述。勃兰特的话是真诚的。在纪念碑前，他跪下了，因为语言已无法表达当时他内心的感受。在纪念碑前，他跪下了，因为他既要为前人赎罪，又要为波德两个民族、两个国家祈求和解。

精诚所至，金石为开。这一瞬间拉近了波德两个国家及其人民的距离，扫荡了压在波兰人心头的阴霾。波兰总理西伦凯维奇在机场送别勃兰特时，紧紧握着勃兰特的手，激动地说：“你昨天的举动，打动了许多波兰人的心。我夫人打电话到维也纳告诉她的朋友，她们两人在电话中都情不自禁地哭泣了。”

德国总理勃兰特跪碑请罪的形象，深深地铭刻在各国人民的记忆中，早已传为民族和解和世界和平的佳话。是勃兰特以其智慧和勇气、语言和行动，为第二次世界大战战败国的一些政要树立了一个如何正确对待历史的榜样。但不能不看到，在世界人民反法西斯战争胜利60周年的日子里，仍有人如日本的小泉之流，执意去靖国神社向甲级战犯的亡灵顶礼膜拜，一再伤害亚洲各国人民的民族感情。他们的这种行径，同勃兰特跪碑请罪相比，两者之间何止是天壤之别！人们不禁要问，在国家之间要和平、民族之间要和解、国际社会要和谐的当今世界，小泉之流要把日本人民引向何方？

（原载于《中国民族报》2005年12月2日、《报告文学》2006年2月号）

# 帕米尔纪行

马保奉
（前驻外使馆参赞）

1997 年，我国与塔吉克斯坦共和国达成两国边境公路实行对接的协议。当年 7 月 6 日，我作为我驻塔使馆参赞、临时代办，受塔方邀请，与塔副总理艾什米尔佐耶夫一行，由杜尚别乘直升机穿越帕米尔，在中塔边境地区参加了议定书签字仪式。

## 丝路南道

丝绸之路的南道（穿越帕米尔通向现今塔吉克斯坦和阿富汗）远比北道（至唐代已开辟 4 条。即翻过天山通向哈萨克斯坦、吉尔吉斯斯坦）困难得多。南道比北道发展严重滞后，直至 21 世纪初，基本还是数千年前的老样子，既无铁路，也无公路。

塔吉克斯坦自 1991 年独立以来，同苏联原有的经济联系基本中断，社会经济发展一落千丈，与邻国阿富汗、乌兹别克斯坦、吉尔吉斯斯坦经贸往来有限。处于封闭状态的塔吉克斯坦要发展，要前进，就必须打开通向中国的大门，因而对塔中公路对接十分热心。

自独立以来，塔主动同我谈判，商讨开辟边境公路对接问题。其实，我新疆境内的喀喇昆仑公路干线，距中塔边境最近处只有 13.93 公里。而且我方一侧，已有一段沙石路基通向中塔边境地区，我方修路工程量不大。

双方决定，1997 年 7 月 6 日塔吉克时间中午 12：00，在中塔实控（当时未定界）边界地区的帕米尔高原东侧，在双方拟定的边境公路对接处，即阔勒卖山口，北纬 38°08′59″，东经 74°48′20″ 处，举行公路对接议定书签字仪式。

## 险峻的西帕

塔方艾什米尔佐耶夫副总理带领的工作组，有塔交通部长穆赫金诺夫、巴达赫尚州州长尼亚兹马马多夫，以及塔方数名工作人员。塔吉克的巴达赫尚州虽然人口稀少，但面积广大，占据了在塔境内的整个帕米尔高原。修筑公路，联通中国，巴州表现得更为积极主动。

7 月 6 日一早，我和我馆二秘彭小安来到杜尚别机场，同塔工作组一起乘塔政府的直升机向东飞去，很快便进入迷魂阵般的帕米尔崇山峻岭之中。先是顺着山谷向东，之后再向南飞行。我对西帕米尔的个人印象是，山高谷深，峰陡壁峭，似是无数利刃，直插苍穹。河谷狭窄，坐在直升机上，两旁青色、黑色、暗红色的山石，历历在目，似可伸手可及。雪水顺着悬崖缝隙飞奔直下，形成水帘。山间草木青青，不时会看到小片农作物以及山民低矮小屋。

直升机飞行平稳，没有不适之感，我们甚至可以稍稍拉开一点玻璃窗缝，呼吸一下窗外的新鲜空气。飘在山谷中的云雾，在直飞机螺旋桨的扫荡下，瞬间不知踪影。时值盛夏，更高处的山顶背阴处，积雪却纹丝不动，无精打采地泛着亮光。

不一会儿，飞进喷赤河谷，从阳光判断，是在朝南飞行。喷赤河上游的左岸，就是阿富汗通向我国的瓦罕走廊。喷赤河两岸分属阿富汗和塔吉克斯坦，都是帕米尔的一部分，两边的行政区域名称都叫巴达赫尚。巴达赫尚是个老名字，我国明朝人把它译作“八答黑商”。现今塔吉克斯坦的巴达赫尚州，历史上其东部的大片地区，曾在清朝的控制之下，19 世纪末被沙俄蚕食过去，今天人们在这里仍可偶尔看到中国式庙宇的遗迹。

正当我冥思遐想之际，已经到达巴达赫尚州首府霍罗格。尼亚兹马马多夫州长在此登机，并以丰盛的早宴招待从首都来的客人。

## 平缓的东帕

10 时许，从霍罗格起飞，很快进入帕米尔高原东部。东帕景象与西帕迥然不同，山势呈南、北方向延伸，地形相对平缓、开阔，馒头状的山包片片相连。由于降水量少，地面上没有树，甚至连荆棘也不生长，真是寸草难见。极目所及，尽是一片片灰色或黄褐色的荒原，好像是到了月球。不过，随着继续东进，绿色慢慢映入眼帘，荒原中点缀着片片绿洲，有牧羊人在放牧。

飞越几道山脊，在一处向阳的山坡上，出现一排平房，房前停着几辆绿色卡车，还有穿迷彩服的军人走动。那是塔边防军哨所的一个营房。直升机降落在一片较为平坦的空地上，离哨所约有 200 米。这里海拔 4000 米以上，空气稀薄，喘气急速，再加上螺旋桨煽起黄褐色沙尘，呛得人更加难以呼吸。哨所距边境尚有 10 多公里，下机后，即改乘三辆破旧的吉普车前往预定的地点。

没有道路，任由司机开去，一路颠簸不堪。只见司机忽左忽右，尽量躲避坑洼之处，但是地面实在糟糕，司机无能为力。我双手死死抓住座位，否则脑袋就会无情地碰到车顶的金属板。

越过数道山梁，看到一些稀疏的耐旱荒草，还有几具野山羊骨骸，其头部两根长而弯曲的羊角依然朝天。车子驶过一条涓涓小溪，一眼看去，流水干净清澈，溪边还长着青草，可是司机却说，那水有毒，人畜不能饮用。

车行近半小时，到达阔勒卖山口，中塔双方将在这里举行公路对接议定书签字仪式。这里是中塔接壤地区，景象奇特而壮观。根据中午日照方向，往西约略为丘陵，往东是几座“白头山”。虽然在7月的盛夏，山顶上的积雪也不融化，因而山头都是白色的，像是几位戴着白帽子的巨人脑袋。山后就是我国新疆。这里大体上处在南北狭长平坦地带，地面上仍是沙石，杂有一些不怕干旱、叫不出名字的矮小植物。其中有一种，厚厚的叶子长约4厘米、宽约2厘米，叶子边缘上长着刺。

此地，7月的阳光和煦温暖，清风徐徐。我穿着短袖衬衫，感觉凉爽而舒适，气温当在20℃以上。

中方人员已经按时到达，并已列队等候在那里。塔方比预定的时间晚了半个小时。中方工作组由新疆外办、军区及喀什地区的代表组成。五辆崭新的草绿色军用吉普车，整齐地排在一旁。

中方在一片较为平坦的空地上已布置好签字仪式的现场：签字桌面朝太阳，桌上铺绿色台泥，桌上正前方置旗架，上挂中、塔国旗。供签字人就座的是两把折叠椅，其不锈钢支架和红色的人造革椅面，在太阳照射下熠熠生辉。签字桌右前侧，摆放20把同样的椅子，是双方出席仪式的负责人员的座位。左前侧约10米处是招待会区，餐台是四个长条桌围成的正方形台面，台面上显然已经摆满各种食品，因为上面罩着雪白的桌布。

双方人员握手互致问候后，即开始坐下来核对文本。塔方文本中，除了双方已经谈妥内容外，我方发现，他们又增加一些与塔国内形势有关的内容。双方文本不一致，如何处理？现场没有打字机，没法改动。邢铁隆副专员等新疆同志与我商量，认为应向塔方指出双方文本不一致之处，但最后还是同意签字。塔交通部长穆赫金诺夫和我喀什地区副专员邢铁隆分别代表双方签署了议定书。塔副总理和我等双方人员，见证了双方签字的全过程。签字后，双方共饮香槟酒，相互祝贺。

按照议定书规定的对接具体方位的经纬度，我方人员当场用卫星定位仪加以确认。“对接处”海拔4700米左右，标志物是半埋在地下的一块青色巨石。议定书强调，由于当时中塔边界尚未划定，对接处的确定，与将来划定国界不相关联。

签字仪式结束，中方举办的冷餐招待会开始。塔方告，他们也准备了午餐，不过离此尚有一段距离。吃完中方的招待会，塔方也邀请中方参加他们的招待会，但中方感谢了他们的好意，没有应邀前往，于是双方握手告别。我同彭小安自然也随同塔方一起离去。

## 帐篷做客

我们又在吉普车上颠簸了半个多小时，来到一座帐篷前。这里地势平缓，青草茵茵。这时我才明白，帕米尔深处也有如此美好的地方。只见帐篷顶上炊烟袅袅，主人在帐篷外忙碌着。我们在帐篷前下车，一位牧人老汉热情地迎接我们，握手之后，招呼其他家人过来相见。其中有两三人各自提着一壶水，示意为我们洗手。他们讲的话，连塔方陪同也听不懂，他们是吉尔吉斯族人。

吉尔吉斯牧人老汉面孔黝黑，圆圆的脸，高高的颧骨，头上戴着典型的吉尔吉斯民族毡帽。帽顶高而尖，白底镶黑边，帽檐微微向上翻起。热情的老汉不断重复着一个词，发音近似“曼达曼”。我按当时的情景，理解为“请”的意思。我们不是洗，而是冲了冲手，就被请进帐篷。帐篷中央的地毯上，摆满了各种各样的民族食品：煮得烂熟的牛羊肉，各种油炸面食等。

中亚各民族都有席地而坐的习惯。我们把鞋留在帐篷门口，在食品周围盘腿坐下。我和彭小安都不习惯这么坐，虽已入乡，但却随不了俗，腿盘不起来，只好把腿伸到一边，斜着坐。由于刚吃完中方的招待会，没有任何胃口，而老牧人一个劲地“曼达曼”，盛情难却。艾什米尔佐耶夫副总理带头，大口大口吃得很香；尼亚兹马马多夫州长作为当地的父母官，也不断地请大家别客气；再看看穆赫金诺夫部长，脸色煞白，一口未吃，身体斜靠在帐篷角上的棉被上，微闭双眼。我示意小安向部长那边扫一眼，小安悄悄对我说："高山反应。我也感到不舒服。"出于礼貌，我用叉子叉起一块牛肉，就着馕吃进肚里，味道蛮不错。

不到一小时，大家草草吃完，便在副总理带领下告别盛情的主人，又跳上吉普车赶路。直升机到达霍罗格已是下午 5 点多。尼亚兹马马多夫州长热情好客，执意要尽地主之谊，请首都的客人留住一宿。

## 中塔公路

中塔公路对接协议签字后，历时 7 年，双方终于在 2004 年 6 月实现公路对接，并开始客货运营：公路在我国新疆喀什和塔吉克斯坦的巴达赫尚州首府霍罗格之间，全程 669 公里（在我国境内 219 公里），通过我方口岸卡拉苏、对方口岸库里玛，经过塔东部最大的城镇穆尔加布；每月有三班车对发，全程客票为 35 美元。可以预见，这条虽然暂时还不忙碌，但是意义重大的国际公路，一定会给两国人民和后世子孙带来巨大方便。

# 中国元素在联合国大放异彩

## ——联合国总部里的中国“四大件”

万经章
（前驻外使馆参赞）

联合国不仅是当今世界最大、最权威的国际多边舞台，同时也是世界瑰宝荟萃最齐全的地方。在第二次世界大战废墟上诞生的联合国，给世界和平和经济复苏带来了希望。世界各国对这个新的国际组织寄予厚望，纷纷送来本国最具意义的艺术品以示祝贺，联合国秘书处为此还建立了一个艺术委员会，专职处理礼品的接收和管理。这些艺术赠品成了联合国大厦一个不可或缺的组成部分，把联合国总部变成了一个美轮美奂的多元文化艺术殿堂。

在联合国收藏的众多艺术赠品中，中国元素历历可见，来自中国的四大瑰宝更是占据着显要的位置。

### 一、万里长城挂毯

1971 年 10 月 25 日，联合国大会通过了具有划时代意义的第 2758 号决议，承认中华人民共和国是联合国等国际组织中中国的唯一合法代表，恢复了中华人民共和国在联合国的合法席位和一切权利。在三年之后的 1974 年，新中国向联合国首次赠送了一幅具有国家象征意义的艺术挂毯

“万里长城”。这件巨幅挂毯高 5 米，宽 10 米，以北京居庸关长城为模板，展示了中国长城蜿蜒万里的雄姿，绿色的山峦沐浴在金色的阳光之中，象征着中国大好河山一片欣欣向荣。

几十年来，这幅挂毯一直高高悬挂在联合国大厦二层宽敞的代表休息厅的主墙上，居高临下，见证了联合国数不尽的跌宕起伏的风云变幻，经历了五洲四海冷暖无常的春夏秋冬。这个大厅在联合国大楼内占有重要地位，是各国常驻联合国外交官和联合国秘书处官员休息交往的地方。每年 9 月联合国大会以及其他重要活动期间，各国政要摩肩接踵，上百位国家元首和政府首脑纷沓而至，代表休息厅便成了世界各国政要和权贵的聚会社交场所。从邓小平开始，历届中国领导人都在这里留下过他们的足迹。中国的万里长城巨幅壁毯高挂在联合国代表休息室南面的主墙上，阅尽了无数的英雄豪杰；长城脚下，上演了无数的国际历史大剧。长城挂毯已成为联合国大厦的当家瑰宝。

我在联合国总部工作期间，曾多次与联合国同事以及驻联合国代表团官员在这里商谈工作。有一次应美国代表团政务参赞之邀在代表休息厅喝咖啡，席间美外交官戏问：“中国的毛主席说过‘不到长城非好汉’。现在我就站在长城挂毯下面，是不是也算好汉了？”我笑答：“是也，非也！能来到这里的人当然非等闲之辈，但现在的你毕竟只是站在挂毯上的长城脚下。等到有一天你真的登上了远在大洋彼岸的万里长城，那才是名副其实的英雄好汉！”美友人耸肩笑之。

## 二、成昆铁路象牙雕刻

同年（1974 年），新中国还向联合国赠送了另一件绝世工艺品：一座展现中国成昆铁路雄姿的大型象牙雕刻“成昆铁路”。

这里需要说明的是，国际象牙贸易在历史上一直是合法存在的，直到 1989 年，《濒危野生动植物物种国际贸易公约》（CITES，又称《华盛顿公约》）才正式发布了象牙贸易禁令。中国的赠送发生在1974年，在当时完全是合法的。

这座牙雕底宽长160厘米，高100厘米，由98位牙雕艺人用了8根象牙、耗时两年雕琢打磨而成，精致无比，巧夺天工，栩栩如生地刻画了我国成昆铁路穿越崇山峻岭的宏伟场景，是1100公里长的成昆铁路沿线风光的缩影。

这件大型的象牙巨雕是历史留下的宝贵艺术品，原来一直陈放在联合国大会堂三层宽阔的过道大厅里，外面罩着装有防盗设施的巨型玻璃柜，供来自世界各地的游人参观。在联合国陈列展示期间，这座牙雕是联合国导游向八方来宾重点介绍的艺术品。看到如此精妙的雕刻艺术，游人无不叹为观止！

几年前，联合国大厦的翻修工程分期分批地拉开序幕。为了保护这件稀世珍宝，联合国主管部门与中国协商后决定将其移至中国常驻联合国代表团驻地，由中方妥为保管。在国际象牙贸易已被禁止的今天，由中方对其善加保护，或许是一种最好的安排。目前，这件代表中国非物质文化遗产高超水平的艺术巨作已成为旷世绝品。

## 三、青铜巨器“世纪宝鼎”

1995年秋，联合国为纪念成立50周年举办盛大的庆典活动，不少国家为联合国送去了精美的礼品。作为历史悠久的大国，中国的礼品既要反映中华古老的文明和泱泱大国之风，又要切合时宜，为世人认知。几经筛选，中国政府决定为联合国铸造一尊承载中华文明的青铜大鼎，并命名为“世纪宝鼎”。

宝鼎由上海博物院监造，重约5吨，鼎高210厘米，象征即将到来的21世纪；鼎底座高50厘米，象征联合国成立50周年；鼎上铸有56条夔龙纹饰，代表中国的56个民族；鼎座上铸有“世纪宝鼎”和“中华人民共和国赠”的金文篆字，鼎内壁铸有金文“铸赠世纪宝鼎，庆贺联合国五十华诞”。世纪宝鼎造型古朴，工艺精湛，再现商周青铜器的古风古韵，是一件集古朴、典雅、浑厚、庄重于一体的艺术珍品。

承载着中华五千年文明的世纪宝鼎气宇非凡，独一无二，安放在联合国花园后，立即成为联合国人士及各国游人争相观赏的宝物，是游人驻足拍照留念的好地方。美中不足的是鼎上和安放宝鼎的基座周边都没有英文说明，外国游人赞叹之余，对它的出处和含意感到困惑。每当看到这种情况，我便自告奋勇，当起了救场的“志愿解说员”。

## 四、景泰蓝礼器“和平尊”

2015年9月27日，习近平主席在纽约联合国总部出席纪念联合国成立70周年大会之际，代表中国政府向联合国赠送了景泰蓝礼器“和平尊”，表达中国对联合国的重视和支持，传达13亿多中国人民对联合国的美好祝福。

“和平尊”以中国非物质文化遗产景泰蓝工艺制成，尊高165厘米，最大直径79厘米；尊体以中国红为主色调，尊身上饰以中国传统吉祥纹案，并辅以丝绸之路等元素；尊顶端的龙饰象征守望和平，两侧的象首、凤鸟寓意天下太平人民安康，尊体上有七只展翅高飞的和平鸽，代表联合国为世界和平而奋斗的70年。和平尊展示了中华民族的悠久历史，体现了不同文明和文化之间交流互鉴、兼容并蓄、共同进步、传承发展的理念，即传递了中国人民爱和平、谋发展、促合作、图共赢的愿望和信念，也呼应了联合国以和平和发展为主旨的宪章精神。

赠送仪式上，习近平主席发表讲话时指出，在联合国迈向新的10年之际，中国愿同世界各国一道，继续为实现联合国的梦想而共同努力。时任联合国秘书长潘基文感谢中国为世界和平与发展事业所做的贡献，认为

“和平尊”代表了中国同联合国的共同价值观和密切合作关系，表示联合国愿在新形势下与中国加强合作，为实现联合国千年发展目标、为全球减贫、应对气候变化而共同努力。

2016 年 8 月，笔者重回纽约联合国总部时看到，中国的“和平尊”就摆放在联合国大厦二层代表休息厅的入口处，与悬挂在大厅南墙上的长城挂毯一起遥相呼应，同室展陈，供世界各国领导人观看景仰。

在联合国大会堂外面这个最显赫的大厅里，同时展陈着两件巨型中国艺术赠品，它们让中国元素在联合国备受青睐，大放异彩。从某种意义上讲，这不恰好也凸显了中国影响力在国际事务中的大幅提升吗?

（原载于《党史博览》2018 年第 2 期）

# 中德建交亲历记

王　殊
（前驻联邦德国、奥地利大使）

1999 年 10 月 1 日和 10 月 3 日，中国和德国政府分别庆祝了建国 50 周年。德国社会民主党、绿党联合政府总理施罗德于 11 月初到我国正式访问，推动了两国各方面关系的进一步发展。

中华人民共和国和德意志联邦共和国成立后，由于各自的原因，彼此一直采取相对冷淡的方针，贸易的数量也比较少。20 世纪 60 年代后期国际局势发生了很大变化，美苏在欧洲争夺激烈，中苏关系在珍宝岛边境冲突后更为恶化。两国的国内局势也出现了变化，因而经过 23 年的观望后，终于在 1972 年 10 月迅速建立了外交关系，双方的经贸关系得到了很快的发展。作为这一段历史的亲历者，回顾两国建交的经过常让我激动不已。

在 60 年代后半期，联邦德国国内发生了很大的变化。社民党在 1969 年 9 月的联邦议会选举中取得了很大的胜利，战后第一次出面同自民党组成了以勃兰特为首的联合政府，战后执政了 20 年联盟党（基督教民主联盟、基督教社会联盟）成为反对党。勃兰特多年来反对联盟党僵硬的东方政策，主张实行“新东方政策”，改善同苏联、东欧的关系，建立两个德国的内部关系。这是战后联邦德国外交的一个重大的变化。

同时，毛泽东主席根据已变化了的国际局势，对我国外交做了新的战略部署。1971 年 7 月，基辛格秘密访华；10 月，中国恢复在联合国的合法席位，随后很多国家同我国建交。1972 年 2 月，美国总统尼克松访华，中美双方签署《上海公报》。中国在国际上的威望和影响进一步提高。

中德两国没有利害的冲突，也没有历史遗留问题。在我国国际地位日益提高的形势下，联邦德国的执政党和反对党在原则上都愿意发展同我国的关系，没有什么分歧。但当时，执政党正在推进新东方政策，担心如果同中国发展关系，可能会造成苏联、东欧的猜疑，因而把同中国的关系放在同苏联、东欧的关系之后。反对党就利用这样的情况将政府的军，批评政府不应把东方政策“终止于莫斯科”，而应“延伸到北京”。不少重要领导人还在内部或公开表示要到北京同中国领导人就两国关系交换意见，对政府施加压力。由于这样的情况，两国建交经历了非常有趣的事。

现在，德国报刊在谈到两国建交的内幕时还说，有趣的是两国的关系不是由外交官而是由记者来联系完成的。这是因为两国关系一直比较冷淡，没有常驻的机构，只有新华社同联邦德国的德意志新闻社在 1958 年达成了交换记者的协议，所以新华社驻波恩分社成了我国在联邦德国的唯一机构。我是在 1969 年到波恩担任新华社常驻记者的，因历史的机遇，我成了当时两国之间传递信息和进行联系的“主要渠道”。当然，我只是一个联系人，而真正部署和指挥的是我们的周总理。尼克松访华后中美关系得到了改善，毛主席和周总理当时最关心的是我国同两个经济大国——日本和联邦德国的关系问题。

本来，两国建交是两国政府之间商谈的事。但当时联邦德国政府由于顾虑重重而并不积极，而反对党的一些主要领导人却纷纷向我表示愿意到北京来。周总理经过再三考虑，觉得曾担任过外长和国防部长的格哈德·施罗德是我们可以邀请的人选，因为他是反对党基督教民主联盟副主席：对他邀请，一方面支持了反对党发展两国关系的努力，推动政府同我国建交；另一方面他又有议会的身份，也不会搞僵同政府的关系。在邀请的时间上我方也做了研究，也有同执政党竞争、争取选票的考虑：联邦德国将在年底举行联邦议会选举，施罗德希望在年内访华。因此，周总理决定以外交学会的名义邀请他以联邦议会外交委员会主席身份在 1972 年 7

月中旬访华两周。这是战后联邦德国级别最高的领导人第一次访华，在联邦德国和包括苏联、东欧在内的整个欧洲引起了极大的震动。

格哈德·施罗德如期到了北京。周总理估计，建交的条件基本成熟，应不失时机地利用施罗德访问的机会推动两国建交的进程，因此同意乔冠华同志在第三次会谈时同施罗德达成双方为早日实现建交而努力的内部谅解，并邀请谢尔外长在达成建交原则协议后到北京正式签署协议。周总理两次会见施罗德，谈得很好。周总理在谈话中指出，联邦德国与台湾当局一直没有“建交”，这是阿登纳有远见的表现。现在中德两国建交的时机已成熟，应尽快就此进行接触。我们欢迎谢尔外长在大选前来华访问。这些情况经媒体大量报道后在联邦德国引起了很大震动。正在奥地利休假的谢尔也非常高兴，先给还在我国各地访问的施罗德发来了明码电报，说已准备好了军用专机，邀请他一回到国内后立刻乘飞机到他休假的地方去商谈。作为自由民主党副主席，谢尔指示内政部要秘书打电话给新华社分社希望会见我。

当时，我参加施罗德在北京的会谈后还留在北京。周总理要外交部写了我国拟同联邦德国谈判建交的报告，请毛主席批准，还建议毛主席接见我。毛主席在7月24日夜晚接见了我，并批准了报告。周总理要我尽快赶回波恩去，首先去见施罗德，了解他回国后同谢尔谈话的结果和联邦德国政府对建交的态度。如果谢尔外长和根舍内长要见我，都可以见，除听他们的意见外，可提出我国愿意同联邦政府商谈建交，并邀请谢尔外长来访。周总理还要我带去我国同其他国家建交公报的两个方案，请德方考虑。

我经根舍内长的安排会见了谢尔外长。他说，施罗德已向他通报了访华的情况，他同意立即举行建交谈判，地点和人选请中方提出意见。他很乐意在达成原则协议后访华。几天后，中国外交部建议双方谈判在波恩举行，但出乎意料的是任命我为中方谈判代表。我又约见了谢尔，他表示同意我方的建议。因此，两国谈判在1972年8月18日开始。本来，两国没有历史上遗留问题，也都同意建交，但由于联邦德国在西柏林问题上纠缠不清，谈判一直拖延到9月27日才顺利结束。双方代表草签了两国建交公报，并同时发布了宣布谈判顺利结束和谢尔外长将在10月10日到15日访华的公报。这个公报与由周总理和田中首相代表中日两国在北京签字建交的公报同时刊登在9月30日《人民日报》第一版上，引起了国内外的广泛关注。谢尔在10月10日参加完联合国大会后到达北京，第二天同姬鹏飞外长正式签署了两国建交公报。几个月来戏剧性的努力终于最后完成，中德关系翻开了新的一页。

（原载于湖南人民出版社2006年出版的《惊心动魄的外交岁月：中国外交官手记》一书）

# 忆驻美联络处工作点滴

王红宝
（前驻外使馆外交官）

时光似流水，自 1979 年中美建交至今已 37 年，但建交前我赴美国华盛顿建驻美联络处的工作经历仍历历在目，令人难忘。

## 抽调人员组建联络处

1973 年 4 月，我在外交部西欧司英国北欧处主管对挪威工作，正忙于准备接待挪威首相一行访华。一天，司领导通知我去检查身体，并告诉我，接待完挪威首相访华后立即交接工作，转调去驻美联络处工作。当时我以为忙完挪威首相接待工作后，会有一两个月时间熟悉有关美国的情况，谁知 5 月 18 日刚接待完挪威首相从广州回到北京后即接到通知，让我 5 月 28 日随黄镇主任夫妇等首批工作人员赴华盛顿驻美联络处工作。当时，我的心里非常紧张：其一，对美国的情况不甚了解，只晓得一些报刊上报道的有关美国的情况；其二，在西欧司主管对挪威工作主要用挪威语，英语用得少，而到美国则主要用英语，不知自己能否马上适应和胜任。

建立联络处是中美关系正常化前的特殊安排。1973 年 2 月，基辛格第五次访华时中美双方达成协议，约定 1973 年 5 月底前相互在各自首都建立联络处。毛主席亲自点将任命黄镇大使为驻美联络处主任。黄镇主任赴任前，毛主席予以接见并指出驻美联络处是“比大使馆还大使馆”的外交机构。通常，大使馆只设一名特命全权大使，而驻美联络处主任和副主任均为大使级的外交官，足以说明我国对联络处的重视。

我们作为第一批随黄镇主任夫妇赴美国华盛顿的工作人员，除了个人行李外还带了不少驻美联络处所需的办公用品，包括驻美联络处铜牌和国旗等，还有客厅和会客室等陈设用的艺术珍品。其中有些是黄镇主任专门请示中央、经周恩来总理批准，从故宫博物院借用的26件堪称国宝级的古代文物和艺术珍品，如商朝青铜器、唐朝三彩陶、北宋《清明上河图》、明清的名瓷器以及现代徐悲鸿、吴昌硕等大师的书画。因为是国宝级文物，托运不安全，我们就要求航空公司准许将这些文物、珍品随身携带坐飞机。在飞行过程中，我们每人两小时轮流值班监管文物安全，途中换机时也一一清点数目，以防丢失。

## 赴美受到高规格礼遇

5月29日，我们一行安抵华盛顿，200多人的欢迎人群已在机场等候，美国国家安全事务副助理斯考克罗夫特、国务院助理国务卿帮办恒安石、礼宾司长斯莫克和中国处处长等美方代表以及友好国家的驻美使节到机场迎接。当地华人华侨代表也到机场欢迎来自新中国的首任外交代表，但美方出于安全考虑，没让华人华侨代表靠近，只让他们在远处挥手致意表示欢迎。这是新中国外交代表第一次踏上美国首都华盛顿的土地。整个欢迎场面友好、热情、激动人心，气氛甚为热烈。次日，美国友好人士夏仁德（Randolph Sailer）全家自掏腰包在《华盛顿邮报》上刊登大幅广告，热烈欢迎驻美联络处黄镇主任一行光临华盛顿。不少美国友好人士向联络处送来鲜花，表达他们的情意和祝贺。

经美方推荐，韩叙副主任率领的先遣组已将联络处驻地安排妥当。我们下榻“五月花”旅馆，这是华盛顿最好的旅馆之一，离白宫、主要政府机构和国会都不远。“五月花”旅馆成为驻美联络处的第一个馆址。那时，我的工作主要包括每天早上9点给黄镇主任读报刊，包括《华盛顿邮报》《纽约时报》《华尔街日报》《基督教科学箴言报》等英文报纸以及《时代周刊》《美国新闻与世界报道》等杂志；负责安排黄主任夫妇和韩副主任外事活动和发照会以及处理两位正副主任信件等外交文书工作，还兼职黄主任夫人朱霖的翻译。黄主任抵华盛顿后，美方当天下午就安排他会见了基辛格。当晚，恒安石在国务院举行晚宴为黄主任洗尘。次日上午，美方就安排车辆接黄主任到白宫会见尼克松总统。会见中，他们除了公开交谈一些话题以便让记者报道、拍照外，还单独交谈了近半小时。尼克松“希望黄镇大使在华盛顿好好安顿下来”，他还简要介绍了“五月花”旅馆名字的来历：1620年9月共有102名英国清教徒自称“朝圣者”、乘“五月花”号船离开英国前往北美洲殖民地。“五月花”是英国一艘载运清教徒移民驶往北美洲殖民地的船只。“五月花”象征着美国的开始，尼克松称“黄大使也是开辟新天地”，黄主任即表示“愿五月花为中美两国人民开放”。

7月4日是美国独立日，即美国国庆日。当晚，基辛格在国务院7层的大厅设宴招待黄主任夫妇、韩副主任等联络处全体工作人员。晚宴后，他又邀请大家在国务院顶层观看焰火。这种独一无二的礼遇，当时只有中国驻美联络处享受得到，由此可见美方对中美关系的重视。

7月6日，黄主任夫妇应尼克松总统邀请，乘总统专机到加利福尼亚州圣克利门蒂岛的“西部白宫”做客，基辛格出席作陪。尼克松总统夫妇像对待好友一样热情地接待了黄主任夫妇。

在黄主任赴任第一个月的日程上，排满了同美国高层领导人的会见。他还先后到国会拜会参众两院的共和党和民主党派袖和一些重要的参议员、众议员。其在华盛顿所受礼遇之高，在美国外交史上是罕见的，各国驻美国使节都无法比拟。那时，联络处不仅两位正副主任，即使参赞、秘书等官员，与美国白宫、国务院各级官员之间往来也都是相当频繁而友好的。

## 举办第一次国庆招待会

10月1日，驻美联络处在“五月花”旅馆宴会大厅举行第一次国庆招待会。旅馆屋顶上挂起一面五星红旗，联络处全体同志都激动万分，无比兴奋，所有参加招待会的华人华侨同胞都感到扬眉吐气。

参加招待会的来宾约有500多人。美国官方以总统国家安全事务助理、国务卿基辛格为首，还有副国务卿拉什、总统助理齐格勒、总统国家安全事务副助理斯考克罗夫特将军、助理国务卿理查森、助理国务卿帮办恒安石、众议院议长艾伯特、参议院两党领袖曼斯菲尔德和斯科特、参众两院外委会主席及一些重要参议员如杰克逊、小肯尼迪等，以及华盛顿市长等各界代表。基辛格曾对黄镇主任说过，他不参加任何大使馆的招待会、宴会，因为华盛顿有150多个使馆，此例不可开，否则就得跑遍所有使馆。黄主任当即答称：“我们可不是大使馆而是联络处。”基辛格风趣地说：“驻美联络处的邀请，我都接受。”从此，基辛格成了联络处的常客。记得当时还有一段花絮：华盛顿著名记者安德森不请自来，主动跑到“五月花”旅馆参加招待会并一一采访从旅馆老板到服务员、安全官、附近建筑工人（在附近修地铁的工人）等各界人士，了解联络处中国人的情况。后来，他写了一篇文章，刊登在《华盛顿邮报》副刊《大观》上，用许多具体事例客观介绍了联络处外交人员的新风格、新面貌，盛赞新中国外交人员的良好作风，深得美国民众好评，在美国各界产生了广泛影响，不少人都因读到此文而上联络处同中国人接触交友。

## 享受到优惠待遇

为确保使馆区安全，美方每天派警车在使馆区巡逻。驻美联络处下榻“五月花”旅馆7个多月，美方派了一组安全官（保卫总统级的Secret

Service）24 小时轮流守卫，并留出旅馆的一部电梯供联络处专用。同时，美方在联络处两位正副主任房间的楼上楼下，用电线和现代化设备将上中下 3 层房间连接起来，以防止坏人爬窗破坏。联络处工作人员外出有安全官跟随保卫，美方还提供防弹车供黄主任对外活动使用。当联络处搬离该旅馆、迁入“温莎公园”旅馆后，美方才撤回这一级别的安全保卫，改派两名警察在联络处门前值岗直至该址在中美建交正式成为我驻美大使馆。

设立驻美联络处是一种特殊的安排：中美两国虽未正式建交，其不是大使馆，但享有一切外交待遇，实际上待遇更特殊些。譬如，美方规定某些驻美使馆（主要针对社会主义国家）的外交官和工作人员外出超过华盛顿市 25 英里外，需提前 3 天向经国务院提交书面申请，经美方批准方可成行；然而，中国驻美联络处只需打电话给国务院礼宾司提出口头申请，美方电话批准即可。周末、节假日时美方还安排我们参观游览华盛顿的景点和附近的历史古迹，如哥底斯堡战场、威廉斯堡、华盛顿总统故居等。美方还经常在我们居住的“五月花”旅馆的走廊处放映一些美国电影，如介绍美国情况的《今日美国》和美国地理学会拍摄的美国地理风光，还有如《爱情故事》《教父》《谋杀戴高乐》等当时的热门电影，既丰富了我们的业余文化生活，又帮助我们了解了美国。

旅馆老板威廉姆·哈勒特对我们十分友好，深知中国人喜爱乒乓球，还专门为联络处购买了乒乓球桌和拍子等放置在走廊，后又腾出一个大房间供我们锻炼身体用，希望我们在旅馆过得愉快，如同在中国一样。

在联络处搬“五月花”旅馆前夕，旅馆老板还为联络处全体人员举行了欢送会。按照美国的民俗风情，他招待大家吃烧烤牛肉、热狗等美食，并请了乐队演奏乡村音乐，还给我们每人赠送了一顶牛仔帽和一条小布围巾，气氛甚为友好热烈。当时，黄镇主任夫妇回国述职，韩叙副主任率领大家出席并代表联络处向旅馆老板赠送了中国的手工艺品表示答谢。旅馆老板还给了韩副主任一张他亲自签名的名片并告称，韩副主任到任何他开的牛排馆都可免费享用牛排。旅馆老板还特地在黄主任夫妇住的那套房间的门上钉下一块铜牌，说明黄主任夫妇在此居住的时间，以作永久纪念。

（原载于《湘潮》2016 年第 10 期，有删节）

# 中英关系的一大盛事

## ——记英国伊丽莎白二世女王对中国的访问

王义浩
（前驻博茨瓦纳大使）

1984年12月，中英两国政府签署解决香港问题的协议，消除了两国关系中最大、也是最后的障碍。1985年起中英各方面的关系与合作迅速发展，一度被誉为中英关系的“历史最佳时期”。这段时期的高潮之一，是1986年英国女王伊丽莎白二世对中国进行的国事访问。这是历史上英国君主对中国的第一次访问，具有重大意义。笔者当时任外交部西欧司英国处处长，全程经历了中英关系史上的这一盛事。

### 女王出行礼仪多

女王出访是一件兴师动众、讲究繁文缛节的事情，中英两国早在前一年就商定并开始准备工作。英方提出，女王将乘坐专机BAE146来华，还要动用有“流动王宫”之称的皇家游艇“不列颠尼亚”号——这是一艘设施完美的豪华轮船，女王曾乘坐它出国访问600多次。随同女王来访的队伍庞大，除她的夫君菲利普亲王外，有英国外交大臣杰弗里·豪及其夫人、王室成员16人以及女王的私人秘书和新闻秘书，还有总管、侍从、医官、服装师、美发师、司库、女佣、男仆等照料女王生活起居的20人。此外，还有皇家游艇的护卫舰上的乐队、官兵和其他王室服务人员600余人。

在讨论访问细节过程中，英方还向我方通报了一系列希望注意的事项，如觐见女王时握手不可太用力；女王忌食油腻，喜清淡菜肴；女王身材不高，所献花束不可太长；女王不接受商业公司和机构馈赠礼品，以免日后被做广告宣传之用等。双方最后商定了日程：女王先坐专机飞抵北京，然后到西安和上海访问，再去昆明和广州参观，在广州结束访问后换坐皇家游艇去香港。

## 中英关系史上的里程碑

1986年10月12日上午，中国国家主席李先念在北京人民大会堂东门外举行盛大仪式，热情欢迎英国女王伊丽莎白二世和菲利普亲王来华访问。仪式结束后，笔者和外交部同事随同李先念主席陪英国女王一行进入人民大会堂大厅，两国元首进行礼节性会见。李先念主席对女王说："在第二次世界大战中，中英等许多国家的人民为反对法西斯曾一起并肩战斗。"他特别提到，"英国国王乔治六世和王室其他成员，留守本土，同人民共患难，坚持了抵抗法西斯的英勇斗争。"欢迎宴会上，李先念主席在讲话中对伊丽莎白女王的访问给予高度评价，称这是"中英关系史上的一个重要里程碑"。他指出，女王的访问将有力地推动两国关系的深化和两国人民友谊的进一步发展。中英两国在维护世界和平事业以及通过全面贯彻《中英联合声明》以维护香港的稳定和繁荣等方面，都有着共同的利益和责任。

伊丽莎白女王表示，到中国来访问是她的一个夙愿，她一直热切地期待进行这次访问。现在亲眼目睹了中国的实际情况，她感到比千言万语所描绘的要好得多。她说："我们之间的合作建立在两国人民友谊的基础之上，应该珍视。现在中英两国的关系比以往任何时候都更加密切，这主要归功于我们双方解决了香港的前途问题。我们两国做出了承诺，要尽力保证香港的繁荣和稳定。”女王还追溯了中英两国交往的历史。她回忆道:“大约390年以前，我的祖先伊丽莎白女王一世给万历皇帝写信，表示希望英中之间的贸易能够得到发展。送信的信使遇到不幸，所以那封信就一直没能送到。”她风趣地说：“幸运的是1602年以来邮政事业已经进步，您邀请我们到这里来的信件平安地送到了，而且接受这一邀请给了我们极大的快乐。”她当场把当年伊丽莎白一世写给明朝万历皇帝的那封信的复印件送给李先念主席作为纪念。

## 邓小平谈笑风生

当时任中共中央顾问委员会主任的邓小平在钓鱼台国宾馆养源斋会见并设午宴款待英国女王和她的丈夫菲利普亲王。邓小平特意走到古色古香的庭院中欢迎女王一行，他笑容满面握着女王的手说：“能请你们来很高兴，请接受一位中国老人对您的欢迎和敬意。”邓小平热情款待客人，席间谈笑风生。他妙趣横生地说：“北京天气太干燥了，要改变一下，能借一点伦敦的雾就好了。”菲利普亲王解释说，雾是英国工业革命的产物，现在伦敦已经没有雾了。邓小平说，那就借点雨，雨比雾更好。菲利普亲王接过来说，那你们也可以借点阳光给我们。说罢大家哈哈一笑，宾主之间生疏感顿消。邓小平对女王说，以前香港问题是一个阴影，笼罩在两国的头上，现在这个阴影消除了，我们之间的合作和两国人民之间的友好关系前景光明。女王事后回忆说，邓小平虽然年事已高，但思想如此敏捷，充满活力，给她留下了非常深刻的印象。

活动中还有一段小插曲。大家知道邓小平烟瘾很大，平时会见客人谈话时不断吸烟，几乎一支接一支。当他得知女王不吸烟，于是在整个会见宴请期间他居然未吸一支烟，表现了极大的自制力，令客人十分感动。女王在访问后写给邓小平的感谢信中特别提到此事。她写道：“但愿未吸一支烟没有使您太难受！实际上我们不会介意的，但我们仍感谢您的好意。”

## 着眼经济关系和学术交流

英国女王此行也着眼于促进中英之间的经济关系和学术交流。其时中英签订了第二个经济技术合作协定、核能合作协定和投资保护协定。就在女王访华前几个月，两国签订了一项协议，英国政府向中国提供3亿英镑的长期软贷款，用于建设广东大亚湾核电站，其是当时中英之间最大的经济合作项目。

访华期间，女王把皇家游艇提供出来作为活动场地，在游艇及和平饭店等地举行了大规模的两国经贸合作座谈会。英方有英国海外贸易局等单位和100多名英国企业家参加；中方有中央和地方有关部门、机构的300多名代表。座谈会取得丰硕成果，签订了十余项合作项目的意向书或协议。

女王本人在访问中宣布，英国皇家协会决定设立一项研究员基金，资助中国科学家赴英从事研究工作，与英国科学家进行学术交流。

## 皇家游轮上的答谢宴会

与其他国家元首不同，英国女王对中方的答谢宴会是在停靠在上海的皇家游艇“不列颠尼亚”号上举行的。女王在北京和西安访问时，皇家游艇已驶入上海码头停泊。为此，李先念主席和夫人打破惯例，专程到上海去出席宴会，这也说明中方对女王访问的重视。

笔者还记得那天傍晚和外交部同事去参加女王答谢宴会时的情景。我们在皇家舰艇上乐队欢快的音乐中登船，一踏上二层旋梯就排起了长队，客人大概有两三百人，行进缓慢，等了近一个小时。后来才发现，原来女王站在二楼船舱门口，与来宾一一握手，有时还交谈几句，算是一次小型接见，所以时间就拖长了。在英国大使的介绍下，女王与我们握了握手，没有说话。我们进入宴会厅，只见穿着整齐的皇家服务人员托着盘子穿梭于客人之间，提供着饮料和食品。盘内饮料有果汁、葡萄酒、香槟酒等；食品是制作精美的西点，还有袖珍的小面包、小泥肠、小玉米卷等，特点是小巧玲珑，用牙签插住放进嘴里一口吞食。一些期待品尝英国宫廷美食、准备大快朵颐的客人，可能会感到失望。

## 菲利普亲王失言

这次访问还发生了一个小插曲，是女王丈夫菲利普亲王惹起的。此公言谈诙谐，不拘小节，在英国也是有名的。他陪同女王在西安参观时，抽空会见了来自爱丁堡的十几名英国留学生，他们是西安和爱丁堡结为友好城市后到西安的第一批英国留学生。菲利普亲王问了问他们在中国的学习情况和生活起居，对他们开玩笑说，如果他们在中国留学时间太久的话，他们的眼睛就会变得斜的，像中国人那样。闲聊中他又不假思索地脱口而出："北京阴沉沉的，令人厌烦。"

亲王的这一番言谈被随行的英国记者抢先报道，一些报纸把这条消息登上了头版，引起强烈反响。不少随访的记者私下表示，亲王太不礼貌，很愚蠢，这些话很不友好，不是一个好客人。

菲利普亲王自己也觉失言，事后向中方表示：他"无意中做了一件错事"，对此感到抱歉。后来在昆明的记者招待会上，中国外交部的新闻官员被问及此事，说了这样一段话："中英关系发展很好，女王和亲王这次对中国的访问进行得很顺利，是成功的。女王和亲王已多次表示，他们在中国过得很愉快。至于你所提到的话，我当时不在场，没有听见。"这一表态受到英国记者的普遍赞赏。这位新闻官员不是别人，正是后来曾担任中国外交部长的李肇星。

# 女王见证历史

访华期间，女王夫妇参观了气势宏伟的北京故宫，戴上眼镜仔细观赏了当年从英伦三岛远渡重洋来到东方的古老自鸣钟和天文仪器。他们还登上万里长城，互相为对方拍照留念。他们对西安秦兵马俑庄严威武的队伍感到震撼，为江南园林的秀丽而陶醉。他们还参访了黄浦江畔的儿童乐园，在云南和美丽热情的少数民族姑娘合影。

访问结束时，女王给李先念主席亲笔写了封感谢信，信中说："我们所到之处都能感受到贵国的深情厚谊，对中国的古老文明及其充满活力和生机勃勃的人民的所见所闻，使我们神往不已。"她还表示，"希望这种良好关系能继续下去并得到发展。毫无疑问，这次访问已在英国国内引起了人们的极大关注。我相信，这将有助于两国人民和政府认识到未来建立更密切关系的潜力。"李先念主席告别时对女王说，这次访问"在中英关系史上写下了重要的一章，必将对两国和两国人民之间友好关系的进一步发展产生深远影响"。

这次访问在国际上也引起了强烈的反响。舆论认为，中英关系经历了一百多年的风风雨雨，现在英国同意把香港交还中国，英国君主亲自远道来华访问，是 20 世纪历史上最具有象征意义的转折之一。

# 出差去古巴——外交信使的惊险旅程

谢君桢
（前驻芝加哥副总领事）

20世纪60年代，世界上同中国建交的国家还不是很多，外交部信使通常要换几次飞机，辗转好几个国家才能到达目的地。1960年9月我国和古巴建交后，出差古巴成了令信使最担心的旅行，对此我深有体会。

## 出差只能轮流休息

当时我们要乘苏联民航由北京飞莫斯科，稍事停留，再换乘瑞士航空公司的班机抵达苏黎世，驻瑞士使馆外交官驾车接我们到在伯尔尼的使馆。在使馆休息两天后，我们重上征途，下午从伯尔尼乘汽车出发，两个多小时后抵苏黎世国际机场，乘荷兰航空公司星座号班机由苏黎世飞里斯本。到达里斯本机场已是夜晚，机长宣布飞机发生故障需修理，旅客进城过夜。当时我国与葡萄牙尚未建交，葡政府执行反共政策。我们向机场移民局出示护照，却被告知不准进城，同机还有几个持匈牙利、波兰护照的东欧旅客也不准进城。荷航代表把我们安排在飞机上过夜，说飞机是荷兰的浮动领土，对你们安全有利。我们向他提出三点要求：第一，确保我们的人身安全；第二，每隔2小时和我们联系一次；第三，在停留期间为我们提供饮料、食品。他都表示同意。我们两人在飞机上轮流休息，幸亏还有几个东欧旅客作伴。第二天早上荷航班机从里斯本起飞，飞越大西洋到达大洋彼岸的荷属圭亚那（即现在的苏里南）的首都巴拉马里博，飞行 9 个多小时。巴市气候湿热，令人难受。在巴市机场换乘荷航双螺旋桨的小飞机、飞荷属东印度群岛的一个小岛——库拉索岛。

库拉索是旅游胜地，风景优美但我们重任在身，无心观光。而且不久前有中国信使路过该岛，在旅馆发生了几个反卡斯特罗政府的古巴流亡分子企图绑架我一名信使的事件。当时由于我信使竭力反抗，大声呼救，旅馆职员出面干预，才使信使免于劫难。因此，以后我信使凡路过该岛时，都待在旅馆房内闭门不出，连吃饭也让服务员送到房内。我们两人在旅馆过夜，轮流值班，困倦时用冷水洗脸，保持清醒，毫不懈怠。次日晨，荷航代表陪同我们乘车去机场，以保证我们的安全。我们再乘小飞机飞往牙买加的首都金斯敦，下一站即是哈瓦那。但这班飞机的终点是美国南部城市迈阿密，万一天气不好，飞机就直飞迈阿密了。当时中美是敌对的关系，新中国信使怎么能去美国呢？所以我们在飞机上很关注哈瓦那的天气情况，经常向空姐询问，心中老是提心吊胆。

## 中国驻古巴大使险些踏上美国领土

最担心的情况信使没遇上，但险些发生在中国大使身上。1960 年 12 月，我国首任驻古巴大使申健偕夫人去古巴上任。谁知天有不测风云，哈瓦那上空乌云密布，雷电交加，大雨如注。申大使一行乘坐的荷航班机在哈市上空一直盘旋，不能降落。机组人员开始还安慰中国旅客，表示正在做最大努力着陆，但不久他们就告诉申大使，飞机无法在哈瓦那机场降落，只能飞往美国迈阿密停靠。

申大使感到情况严重：当时美国是我们的敌对国家，新中国首任驻古巴大使怎么能飞到美国去！申大使表示绝对不能去迈可密，让同行的外交官与机组交涉，请他们尽一切可能与哈瓦那机场联系，设法降落，同时让随行人员立即准备销毁文件。机组人员见中国外交官从手提包中取出文件准备销毁，态度坚决，也意识到了事态的严重性，显得相当紧张，于是答应做最后的努力。经过一段难熬的时刻，机组终于与机场联系好，在地面雷达的指挥下强行着陆。

班机徐徐滑行至停机坪，透过雾蒙蒙的舷窗，看到大雨中有两个身穿橄榄绿军装的人与欢迎的人们站在一起。原来是古巴革命政府领导人格瓦拉少校和土改委员会主任希门尼斯上尉亲自来机场迎接申大使。走下飞机，申大使在舷梯旁紧握着格瓦拉的手说："我们差一点就飞到迈阿密去了。"格瓦拉说："我们决不会让他们把中国大使送到美国去的。"说完，两人就亲密地拥抱在一起。由于格瓦拉的干预，荷航终于在哈瓦那强行着陆，避免了一场严重的外交事件。

我们乘坐的荷航班机终于降落在哈瓦那机场，总算一切顺利，我们如释重负。我们到达使馆，同志们都早已聚集在大门口翘首以待，像对待凯旋的英雄一样夹道欢迎我们。大家十分兴奋，期待着来自祖国的信息，来自亲人的问候、嘱咐和祝福。这一刻，我们成了带来欢乐的天使，感觉自己的信使工作，亮丽而美好。然后我们默默告别那些兴奋的脸庞，放下行囊准备休息。已经 48 小时未能好好休息，我们在周身袭来的困倦中酣然入梦。

## 紧急销毁机密文件

回国后，信使队领导看到信使乘荷航赴古巴这条路线并不安全，于是考虑让信使乘坐苏联的货轮走海路去古巴。苏联当时每月向古巴派出一艘万吨级货轮运送石油和其他物资。货轮自乌克兰敖德萨港出发，沿里海航行，穿越博斯普鲁斯海峡和达达尼尔海峡进入爱琴海，再穿越地中海，经过直布罗陀海峡进入浩瀚的大西洋，航行 17 天最后抵达古巴东海岸的圣地亚哥港。

信使周敬寸、刘令湖曾搭乘苏联货轮去古巴。在航行前期，虽然海浪颠簸使他们感到难受，有时呕吐，但还能坚持进餐。当货轮进入大西洋海区航行时，遇上 9 级大风，风高浪急，货轮在海上颠簸摆动，两位信使呕吐不止，躺在床上动弹不得。经十几天的航行，货轮终于抵达古巴圣地亚哥港。当两位信使和船长握手告别时，两腿已经发软，就像大病初愈，浑身没劲。信使这趟出差太辛苦了！后来信使队领导决定不再走海路去古巴。

1962 年苏联民航开辟了由莫斯科直飞哈瓦那航线，大型客机图-114 中途不着陆、连续飞行 14 个小时到达哈瓦那。于是我信使就乘坐该班机去古巴。但有一次信使张澄明、刘贞标乘坐的苏联班机，因载客货太多、飞行途中遭遇强风，顶风飞行耗油过多，油箱存油不够，飞机不得不请求降落在纽约机场。

当时中美两国不仅没有建立外交关系，而且互相是敌对的。信使向机长表明我们是中国信使，要求确保其人身和文件安全。为了不让国家机密落入敌手，信使到机上的厕所里撕毁绝密件并在洗脸池内用水一一泡烂，丢入马桶内。机密件撕烂后仍装在外交邮袋内。苏联驻纽约的外交官赶到现场，处理苏机紧急降落事件。大批纽约警察包围飞机，并用大探照灯对着飞机，如临大敌。

所有旅客都不准下飞机，我信使也在飞机上等待，如坐针毡。询问空姐飞机何时起飞，空姐回答说要等待美国的领航员，但她不知道领航员这个英文单词，把“美国领航员”说成了“美国领导人”。信使更是忐忑不安，心想美国领导人要上飞机，情况更加严重了！在停留 10 小时后，飞机加满油，并在美国领航员的登机监督下才准许苏机离境。我信使这才如释重负。

如此看来，这条航线也有风险。后来我信使选择从捷克首都布拉格乘捷航前往古巴。飞机型号是英制的“不列颠尼亚”型客机，有四个螺旋桨，可载乘客 100 多名。飞机途经爱尔兰的夏侬，再经过 9 小时的长途飞行抵达加拿大东海岸的甘德，稍做停留，再飞行 3 小时抵达哈瓦那。

有一次，上一班的信使在一个月前为我们预订机座，因已订满，捷航把我们两人列入候补名单。怕不保险，上一班的信使在莫斯科也为我们订妥了苏联去古巴的机座作为备用。我们原定乘坐的捷航班机在甘德机场降落时因天寒地冻，跑道结冰，飞机着地时滑出跑道而失事，70多名旅客死亡，30多名旅客受伤。次日各大电视台和报纸都报道了捷航空难的消息。我驻古巴使馆闻讯派人去捷航驻古办事处查询，发现我信使姓名在旅客候补名单上，于是发急电询问外交部我信使是否乘捷航飞古巴。国内迅速复电："因未订上捷航机座，信使改乘苏联班机去古巴。"驻古巴使馆这才放心。命运之神似乎做了巧妙的安排，让我们与死神擦肩而过，避开了这一劫难。

## 外交信使因公殉职

但是我的一些战友们却没有这么幸运。有6位中国信使在三次苏联民航班机的空难中牺牲。第一次空难发生在1958年10月17日，肖武、宁开逸同志牺牲在北京到莫斯科途中。飞机在莫斯科以东的喀山市上空，遇到大气涡流而失事坠毁。中国驻苏联使馆两名外交官按国内指示赶到飞机失事现场，见到我信使牺牲后双手仍紧抱外交邮袋，他们为之动容。第二次空难发生在1959年12月13日，何平、张慕先同志从阿富汗喀布尔到苏联乌兹别克共和国首都塔什干的途中，在乌阿边境的铁尔梅兹附近高山区，因飞机与地面导航失去联系，撞山失事。由于冬天大雪封山，罹难旅客的遗体在次年春天雪化时才被发现并入殓。第三次空难发生在1963年7月13日，周敬寸、隋玉珊同志牺牲在北京到莫斯科途中，飞机在伊尔库茨克机场降落时，离跑道顶端2600米处触地，起落架左轮撞在草地后又弹起，冲向旁边麦田爆炸起火，我两位信使等29人全部遇难。隋玉珊同志牺牲时，爱人已怀孕，留下遗腹子；周敬寸同志还是我的入党介绍人。让我难以忘怀的是，周恩来总理多次为烈士的后事做出指示，陈毅副总理和夫人张茜亲自向烈士致哀并慰问家属。至今，我仍铭记那几个哀痛的日子，仍深深怀念安放在北京八宝山英烈堂的6位烈士。

（原载于人民政协报《春秋周刊》2004年4月1日）

# 使节赤脚下稻田

徐明远
（前驻斐济兼驻基里巴斯、瓦努阿图大使）

稻米本非斐济的传统食物，它是伴同近代外部移民而进入斐济的。斐济1970年独立以后，才开始大规模地种植水稻。尤其是斐济总理马拉于1978年第一次访问中国并参观了中国的水稻种植后，回到斐济就搞起了水稻试验田，并大力号召种植水稻。至1987年，斐济的大米自给率达到50%。从斐济的气候、土质，尤其是那丰富的水利资源看，其种植水稻的条件堪称优越，所以马拉总理提出了要在斐济实现大米完全自给的目标。20世纪80年代以来，为了扩大水稻种植面积、提高大米自产的比重，斐济政府除了在投资和税收等方面制定相应的优惠政策和措施外，每年1月，都要在全国发起一次“水稻周”，推广和鼓励水稻的种植。水稻周期间，政府会邀请一些水稻种植国家的使节，分别到首都附近的几处水稻种植区出席水稻周开幕仪式，并请使节和当地官员及人民群众一道下到水田来示范插秧。

在我任职期间，曾几次受邀出席水稻周开幕仪式。最后一次受邀，是在雷瓦河流域的塔依莱武地区。按照惯例，这次开幕式仍然是在水稻周的第一天举行。在一个名为纳塞莱的山村中，主办方搭起了一座大棚作为会场。因为这时正值斐济的雨季，开幕式又是在乡间举行，农村土路变成了一片泥和水，汽车离会场很远就不能开动了，我们不得不下车涉泥水前往。到达会场时，主持这次开幕式的斐济中部地区专员和塔依莱武的地方官员以及当地酋长都迎上前来，200多当地群众则已在那里等候多时。当我们一坐定，会议主持便宣布大会开始。首先，我要接受当地酋长献来的斐济人视为宝物的“塔布阿”（鲸鱼牙）和被誉为国粹的传统饮料“洋格纳”，然后发表讲话。我在讲话中感谢了当地政府对我的邀请，表示中斐两国在农业合作方面已经有多年的成功经验，今后将继续加强这方面的合作，并祝斐济水稻生产蒸蒸日上和水稻周举办成功。当地主人在讲话中，回顾了斐中两国在水稻合作方面的成就，感谢了中国提供的各项援助，并希望继续发展和中国的友好合作。双方讲话之后，中部地区专员宣布水稻周开始。接着，我们走出会场，脱掉鞋袜，挽起裤腿，和当地官员一同下到水田示范插秧，从而揭开了这一地区水稻周的序幕。

此时，雨虽停但云未散。举目四望，青翠的山冈，云雾笼罩，白云飘逸，犹如仙界；山间田野的雨水，在小溪和沟渠中静悄悄地流淌，散发着大自然诱人的魅力和浓郁的田园情趣。如此美妙的意境，使我蓦然想起苏轼在《失题二首》中的佳句：“浮云有意藏山顶，流水无声入稻田。”当我和当地官员埋头插秧的同时，稻田周围的几百名群众接连发出一阵阵热烈的欢呼和掌声，然后又齐声唱起了民歌。斐济和其他国家的记者也蜂拥而至，有的抢最佳镜头，有的现场采访。他们普遍认为，一年一度的外国使节下水田插秧是一大新闻，尤其每每担心使节们不堪如此劳作之苦。《斐济时报》的一位记者下到水田问我，在泥水中插秧，此景此情，感觉如何？我答曰：“能和斐济朋友一同下稻田非常高兴，感觉正常。”此记者在当天的《斐济时报》上对此做了如下报道：“当中国大使下到约半米深的泥水稻田中动手插秧示范时，大约有 300 名农民、妇女和儿童唱着民歌观看。中国大使回答记者采访时说，他来自中国北方的农村，那里习惯于种小麦。但他也在南方种植过水稻，适于农业劳作，所以下到水田插秧，感觉正常。”当我带着满腿满脚的泥水回到使馆时，有同志打趣说，在斐济也能重温“五七干校”的生活，再当一次“五七战士”，机会难得。

（原载于《环球》2016 年第 12 期、《北京青年报》2013 年 5 月 20 日 C2 版）

# 吉隆滩头归来忆沧桑

徐贻聪
（前驻厄瓜多尔、古巴、阿根廷大使）

2月中旬，中国戊戌年的春节期间，我利用在哈瓦那探亲访友的机会，请朋友帮忙，驱车约200公里，专程去到古巴中部省份马坦萨斯省南海岸的吉隆滩，探考历史、抚思国际风云的变幻，别有一番感触和思绪。

吉隆滩不大，但名气很大，主要是因为在那里曾经发生过让全世界都很震惊的历史事件。20多年前，受实地了解“吉隆滩事件”的愿望的驱使，我就曾去过那里一次。因为我早在它变成为世界上知名地方的时候就对它有所知晓，还参加过声援和庆祝古巴人民胜利的游行等多类活动，所以对它怀有深深的敬意。此次不顾距离和年迈，再度前往，可以说是“情怀依旧”，但也加上了对古巴与美国关系今日演变的担忧。从北京出发之前，我还读到一条消息，说古巴全国人民代表大会正式通过决议，将劳尔·卡斯特罗主席本应于3月结束的任期延长至4月19日，让我猜想应该也与“吉隆滩事件”有所关联，更增添了去那里再走一趟的念头。沿着蜿蜒曲折但完好平坦的公路，我们从哈瓦那经由中央公路，径直驶向吉隆滩镇。沿途风光旖旎，海水出奇的平静。丽日当空，处处笼罩着平静、宁和的气氛，给人以朗朗乾坤、心旷神怡的感觉。

接近中午时分，我们的车进入吉隆滩镇。小镇不大，街上多为蓝色基调的民居，整洁、悦目，但行人稀少，与我20多年前留下的印象明显不同。朋友轻车熟路，将车直接开到“吉隆滩战役博物馆”。博物馆的工作人员听说我是一个“老观众”，向我表示了热烈的欢迎，还免收了我的门票。

我谢绝了馆方的陪同和讲解，独自漫步于博物馆的展厅里，从头至尾慢慢观赏，时时有所忆思和感慨。

我清楚地记得，古巴的新政权是经过多年的浴血武装斗争、于1959年年初建立的。让美国独霸古巴的美梦破灭的卡斯特罗建立起来的这个新生政权逐渐深入民心，国家在百废待兴中内建外联，呈现出欣欣向荣的初步景象。不甘心失败的美国政府，在美国本土和无理霸占的古巴领地关塔那摩基地上，以及中南美洲和加勒比的他国土地上，招募和训练雇用人员，准备对古巴进行武装入侵，图谋摧毁这个新生的政权。1961年4月17日凌晨，经上任未几的美国总统批准，一支拥有飞机、军舰和精良装备的雇佣军“突击旅”在吉隆滩附近实施登陆，企图利用那里滩浅易入、人烟稀少、邻近地段多为沼泽、与陆地联络欠畅等地理优势，迅即占领滩头，以期建立基地，逐步向周边延伸，很快形成指挥中心。美国雇佣军登陆后，野蛮屠杀无辜，一度控制了一些近海地段。与此同时，美国还在古巴首都哈瓦那等重要城镇开展放火、爆炸、暗杀等活动，希冀制造全国性的混乱，引起大范围的紧张气氛，以与雇佣军的入侵行动相策应。闻讯后的古巴军民，在卡斯特罗总司令亲自、果断的指挥下，迅即开始反击，英勇捍卫国家的主权、独立，喊出了“无祖国，毋宁死”的正义最强声，震撼了全世界，也赢得世界范围的同情、支持和声援。古巴军民同仇敌忾，不畏牺牲，在不到72小时的时间里，击毙雇佣军近300人、打伤约700人、俘虏1100多人，缴获了大量枪支弹药和军用设备，于4月19日取得了一场卫国战争酣畅淋漓的伟大胜利，彻底粉碎了美国的颠覆图谋。

吉隆滩是猪湾的组成部分，故此事在史书上也被称之为“猪湾事件”。

走出纪念馆，伫立在院内曾经击落过美国战机的高射机枪前，我依旧在沉思中。

从世界范围上看，吉隆滩事件本身并不算大。但是，面对一场从军事到政治都完全失败的事件，美国政府进一步恼羞成怒，随即开始了对古巴最为严厉、时间也最长的全面野蛮封锁，给古巴造成了巨大冲击和全方位的损害。世界为之震惊，世界也为之愤怒。

60多年过去了。世界上的一切都在变化，原因各异，但少有不变的事例中，就有美国对古巴的封锁和美古关系的实质。吉隆滩，或许是美国和古巴紧张关系的症结之一。显然，古巴方面在其间应该不负有任何责任，古巴由此而获得的广泛同情、声援和敬佩也属理所当然，凛然进入史册。

侵略和反侵略，控制和坚持独立，正义与非正义，划分的原则是很清楚的。当年的“吉隆滩事件”就给了世界人民以十分明确的认知和理解。在当今的世界上，这些原则依然很为需要。吉隆滩再次给了我以这样的原则划分和明确提醒。

在回程的路上，我想到，经常重温历史，应该大有裨益。

（原载于《大公报》2018年2月24日）

# 亲历尼泊尔王室血案

曾序勇
（前驻尼泊尔、科威特大使）

2001 年 6 月，我作为中国驻尼泊尔大使即将离任，不料尼泊尔发生了一桩震惊世界的惨案：比兰德拉国王等多名王室成员惨遭杀害，而凶手竟是国王的长子、王储迪潘德拉！这一事件改写了尼泊尔王国的历史，导致其有 200 多年历史的沙阿王朝和君主制迅速走向覆灭。

那是 2001 年 6 月 2 日凌晨，一位尼泊尔朋友向我使馆通报称：昨晚王宫发生惊天血案，王储迪潘德拉开枪打死了比兰德拉国王和王后等多名王室成员。闻听此事我十分震惊，马上召集政务参赞、武官等紧急开会，要求他们立即了解情况，跟踪媒体报道。我随即同老朋友、尼泊尔前首相比斯塔通了电话，他证实国王、王后等王室成员中枪被送往陆军医院，多人已不治身亡。我立即第一时间电告了国内。

随后我们从各种途径了解到王宫惨案是由于国王和王后不同意王储迪潘德拉与恋爱多年的女友德芙雅尼结婚，在 6 月 1 日晚王宫例行的家宴上，迪潘德拉在醉酒的情况下向国王等开枪射击，然后饮弹自尽。

当天要紧急处理的另一件事就是及时了解尼方葬礼的安排，特别是是否邀请外国领导人参加葬礼，因为这涉及中央及时决策的问题，无疑是国内急切关心的事情。但是当天上午我多次同尼泊尔外交部电话联系，都被告知：有关国王葬礼的安排由尼泊尔内政部负责，目前外交部不了解情况。

直到下午一点半，尼泊尔官方才在电视台宣布：比兰德拉国王等8人已于6月1日晚去世；按照宪法程序，王储迪潘德拉为新国王，但鉴于迪潘德拉仍处于昏迷状态，暂由贾南德拉亲王摄政；当日晚些时候，将举行比兰德拉国王等王室成员的葬礼。接着，尼泊尔电视台播放了尼泊尔内政部的紧急通告称，下午2时30分在陆军医院举行国王和王后的遗体告别仪式，请尼政府高级官员和外国驻尼使节前往出席。至此，比兰德拉国王的葬礼安排已经明确，即当日举行，不邀请外国领导人出席。我立即将有关信息报告了国内。

王宫血案在首都引发了一些骚乱。数万群众涌到街头，聚集到王宫门前的大道，向遇害的国王和王后致哀。由于政府迟迟未就此事件发表声明，部分愤怒的青年聚众示威，高呼反政府口号；还有上千人在首相府附近集会，与警察发生了冲突。尽管当时加德满都气氛紧张，考虑到中尼两国的亲密友好关系，我仍决定偕夫人前往陆军医院出席国王和王后的遗体告别仪式。

下午我和夫人乘车从使馆出发前往尼泊尔陆军医院。沿途商店大多关闭停业，行人和车辆都很少，主要路口执勤的军警比平时明显增多。大约两点半钟，我所乘坐的插着中国国旗的黑色奔驰车抵达陆军医院。医院主楼前已站满了尼泊尔高级军政官员。我下车后，同一些熟识的内阁大臣等握了手，大家除了表示震惊和悲痛，大都相视无语。外国使节除了联合国开发署代表外，没有其他国家驻尼使节。

医院主楼的院子里临时搭起了两座帐篷，比兰德拉国王和艾什瓦尔雅王后的遗体分别停放在两座帐篷里。文武百官都到齐后，大约3点钟，军乐队奏起哀乐，遗体告别仪式开始。首相、议长、大臣等依次徐徐向两个帐篷走去。我和夫人也按尼方礼宾官安排，排在内阁大臣之后慢慢前行，先后向王后和国王的遗体告别。我们按照尼泊尔的礼节，向遗体献上一束鲜花，双手合十并鞠躬致敬。国王躺在绿叶和花丛中面容还算安详，而王后全身和左脸全部用鲜花覆盖（据报道，王后头部中枪伤及左脸，被严重毁容），仅可看见右脸，她右眼圆睁露出惊恐状，此情此景令我们十分难过。就在3个月前，我们曾连续7天从海南到北京、杭州、上海全程陪同国王和王后访华；半个月前还出席过国王和王后在王宫为朱镕基总理举行的晚宴，他们的音容笑貌犹在眼前，而今已是阴阳两界，我们不由地心情沉重、感慨万千。

由于尼方并未邀请外国使节出席随后在帕苏帕提神庙前举行的火葬仪式，我们随即驱车返回使馆。返馆后，打开电视观看了给比兰德拉国王送葬和火化仪式的实况转播全过程。下午4时许，送葬队伍从陆军医院出发，王室成员、军政要员、各界人士数万人参加送葬。行进在送葬队伍前面的有仪仗队、军乐队和王宫卫队等，其后由身穿白衣的婆罗门僧侣抬着比兰德拉国王和王后等人的遗体。送葬队伍经过市区几条主要街道，浩浩荡荡长达数里。沿途数十万加德满都市民伫立在街旁和阳台、窗口。送葬队伍来到时，许多人向灵床抛撒鲜花和哈达，这万人空巷为国王送行的壮观场面令人感动，乐队奏起的哀乐让人为国王悲惨的结局而叹息。行进缓慢的送葬队伍到达城东的印度教圣庙帕苏帕提纳特寺时，夜幕已经降临。在寺前巴格玛提河边的五座火化台上铺满了鲜花彩带，送葬官员肃立于河边的台阶上。身着白衣的婆罗门僧侣抬着国王、王后等人的遗体，绕火化台三周，然后把遗体放在火化台上。晚上9时50分，火化仪式开始。一名男性王室成员双手捧着火把，绕行放置国王遗体的火化台三周，并做祈祷，然后将火把放在遗体颈部。这时，乐队高奏尼泊尔国歌，众人肃立，军警将官敬礼，士兵朝天鸣枪致敬。五座火化台上火焰熊熊燃起，映红了神庙前的巴格玛蒂河岸。这时礼炮开始鸣放，代表比兰德拉56年生命的56声礼炮每隔一分钟鸣响一声，沉重的炮声响彻加德满都夜空，直至午夜。

当天，除向国内及时报告国王葬礼的情况、各方对王宫惨案的反应之外，我还建议以我国国家领导人的名义向尼方发送唁电。

王室血案发生后，官方成立了调查委员会并公布了调查报告。根据该调查报告和媒体披露，王室血案缘于国王和王后与王储迪潘德拉在婚姻问题上的尖锐矛盾。迪潘德拉与其美貌的女友德芙雅尼相恋了十多年，但是德芙雅尼的家庭与印度有很深的渊源：她的母亲原是印度中央邦的王宫贵族；她的舅舅辛迪亚是当时印度主要反对党的领导人之一。长期以来，印度与尼泊尔关系密切，但各种矛盾冲突不断，尼泊尔国内人民反印情绪非常严重。尼泊尔王宫不愿意迎娶一位有印度血统的未来王后。艾什瓦尔王后为了拆散这对恋人，用尽一切办法，并且为王储物色了一位名叫苏普里雅·沙阿的女孩。但王储却不喜欢母亲选定的女孩，更没有娶她的意思。王储对王后反对他与德芙雅尼结婚十分苦闷，心生怨恨。

据说，在王室血案发生前四天，国王和王后向迪潘德拉发出“最后通牒”，告诉他有两条路可选择：一是同王后选定的女孩结婚，同时允许他同女友德芙雅尼保持情人关系，这样可继续成为王位继承人；二是坚持娶德芙雅尼，那就必须放弃王位，由其弟尼拉真王子继承王位。迪潘德拉对德芙雅尼的爱已到了非她不娶的地步，难以移情别恋。而德芙雅尼虽然也爱王储，但她出身名门，坚持明媒正娶地嫁给王储，而不是当他的情妇，她的家庭也坚决反对。这样，迪潘德拉被逼到墙角，他心灰意冷，产生了玉石俱焚的可怕念头，最终在家宴上喝得酩酊大醉，制造了这场血案。

尼泊尔是我国的友好邻邦。比兰德拉国王在位近 30 年，为中尼友好合作关系的发展做出了重要贡献，是中国人民的真诚朋友。比兰德拉 1945 年 12 月生于加德满都，1972 年继承王位后坚持奉行对华友好的政策。他继位后为中尼友好做了一件大事，那就是在 1974 年调动皇家军队，围剿盘踞在尼北部边境的数千名西藏叛匪，一举解除了这股叛匪的武装，恢复了尼中边境的和平安宁。比兰德拉曾十次访华，他最后一次访华是在他去世前三个月（2001 年 2 月 26 日至 3 月 4 日），应江泽民主席的邀请作为唯一外国元首和特邀嘉宾，出席了在海南博鳌举行的亚洲论坛成立大会并对中国进行了国事访问。同年 5 月 15 日，比兰德拉国王和王后在王宫亲切会见并宴请对尼正式友好访问的朱镕基总理夫妇，这也是国王生前最后一次接待外国政府首脑。正因为如此，6 月 1 日尼泊尔发生的王室血案引起中央高度关注。6 月 3 日，江泽民主席和朱镕基总理分别以发表谈话和致唁电的方式对比兰德拉国王不幸罹难表示深切哀悼和痛惜，高度评价他为中尼睦邻友好关系所做的卓越贡献，表示中国人民将永远怀念他。

6 月 4 日凌晨，迪潘德拉（按宪法程序仅当了三天名义上的国王）在医院因伤重不治身亡。当天由摄政的贾南德拉继承王位。

我离任之前向贾南德拉国王做了辞行拜会。他在谈话中除表示要继续执行对华友好政策外还谈到他对国内局势的不满，表明他有可能采取镇压反对派、恢复国王实权的强硬手段。这使我十分不安。因为我认为，王室血案不仅使尼泊尔失去了比兰德拉国王这位有较高威信、能稳定局势的政治家，而且使国王的权威和王室的威望遭受重创；而贾南德拉的威望远不及比兰德拉。如果他真的采取强硬政策，激化国内矛盾，恐怕尼泊尔君主制就难逃覆灭的命运了。我在我的离任报告中也陈述了我的上述分析和看法。不出所料，就在贾南德拉继位后的第二年，他就采取了解散内阁、推迟大选、亲自执掌政府等措施，并派军队直接镇压尼共（毛派）的武装斗争，导致国内矛盾激化，政局日益恶化，最终他被迫下台。2008 年 5 月，尼宣布建立尼泊尔联邦民主共和国，废黜国王。至此，尼泊尔君主制彻底终结。

（原载于《北京青年报》副刊 2013 年 5 月 27 日）

# 忆毛主席会见金日成

张庭延
（前驻韩国大使）

金日成一生，与中国缘分甚深。14岁时，因日本侵占朝鲜，他曾随父越过鸭绿江来到中国。抗日战争时期，他参加中国东北抗联，与中国人民一起反抗侵略。新中国成立后，他先作为内阁首相，后来作为国家主席，正式或秘密访华达40余次，是外国领导人中罕见的。

1970年10月上旬，北京西郊机场降落了一架大型专机，机舱门打开，走下一位身材魁梧、身着深色服装的中年男子，他就是朝鲜内阁首相金日成。等候多时的周恩来总理忙走上前去，与他握手问候。时隔多年，金日成又来到中国。

金日成已好几年没有来北京了。由于“文革”的发生，中朝传统友好关系受到不应有的影响。为了改变这种情况，一年前中国20周年国庆时，金日成就派遣最高人民会议常任委员会委员长崔庸健去北京，祝贺中国国庆，并探询改善两国关系。次年4月，作为对崔庸健访华的回访，周恩来总理访问了朝鲜。他与金日成举行了会谈，介绍了中国的情况，消除了双方间因“文革”产生的不少误解。那之后，金日成先后派内阁第二副首相朴成哲和人民军总参谋长吴振宇访华，并取得了圆满成功。这样就为金日成秘密来北京会见毛泽东主席和周恩来总理创造了条件。

其实，金日成与中国领导人有着不同寻常的关系。新中国成立初期，金日成曾多次来北京，与毛主席、周总理商谈朝鲜问题。1950年6月朝鲜战争爆发后，美国打着联合国的旗号，组成所谓的联合国军参与朝鲜战争，并指使美军在仁川登陆，使战局发生重要变化。1950年10月金日成写信给毛主席，请求中国派军队支援朝鲜。当时，新中国正值创建初期，百业待兴，但还是克服重重困难，派出中国人民志愿军开始“抗美援朝，保家卫国”的壮举。朝鲜停战后，为了实现朝鲜半岛的持久和平，1958年2月周总理访问朝鲜，经与金日成会谈商定，中国人民志愿军当年全部撤出朝鲜回国。1961年7月金日成访华，与周总理分别代表两国政府签署了《中朝友好合作互助条约》，为两国关系的发展做出重要贡献。不幸的是，“文革”的发生使两国领导人的来往中断。而这次时隔多年，金日成怀着兴奋的心情又踏上了中国的土地。

周总理陪同金日成乘车穿过北京市区，来到钓鱼台国宾馆18号楼，金日成在这里下榻。当年的18号楼，虽也是用来接待外国元首和政府首脑，但与现在改造后的18号楼有天壤之别：大门门厅没有那么宽敞，进门后的走廊也比较窄别；会客厅、宴会厅、住房就更不考究，内部采光较暗，色调也不明快，完全没有今天18号楼色调高雅、金碧辉煌的感觉。但是，金日成此前多次来北京都是住在这里——毕竟是他熟悉的地方，也是当时接待的最高规格，他还是很满意的。到达18号楼后，金日成与周总理简单寒暄后就上楼进入房间休息。

对于这次金日成来访，中央是十分重视的。毛主席决定设晚宴欢迎金日成，而且为了表示对客人的尊重，地点选择在金日成下榻的钓鱼台18号楼。此事决定后，周总理亲自安排。当年的18号楼，没有一个像样的宴会厅，只在入门走廊尽头有一个较大的房间，本来是个休息厅，临时决定把那个房间布置一下，摆一桌宴会，请毛主席宴请金日成。关于宴会菜单，也一再斟酌，精心考虑，准备就绪后报送给了周总理。但周总理仍不放心，还是到现场做了查看，并对菜单做了修改，甚至对宴请的一些细节做了指示。

宴会安排在金日成到达北京的当晚。金日成得知毛主席要来驻地宴请他，心情也不平静。他与毛主席不知会见过多少次，但每次宴请和谈话都是在毛主席居住和办公的中南海，这也是一般的国际仪礼，十分正常。然而这次不同，他是多年之后与毛主席相见，而且毛主席要到他的住处来，他内心不能不引起波澜。

尽管毛主席到达的时间还早，金日成却急忙更衣，不顾身边人劝阻，下到一楼大厅等候。他与毛主席的关系确实不一般。朝鲜于新中国成立后的第六天，即 1949 年 10 月 6 日即宣布承认新中国，中朝自此建立了外交关系。那之后金日成凡遇到什么重要问题，就到北京会见毛主席，两人坐下，平等商谈。仅朝鲜战争期间，他就来过北京多次。现在毛主席要到住处来看望他，他怎能不到楼下恭候呢。

傍晚 7 点刚过，毛主席乘车来到钓鱼台 18 号楼，服务员上前开开车门，毛主席走了下来。那年毛主席曾在北京和上海分别接见了朝鲜的两个代表团，与他们进行亲切的交谈时，还不忘问候金日成。当时毛主席已经 77 岁高龄，穿着一身宽大的灰色中山装，身材魁梧，脸色红润，缓缓走入 18 号楼。礼宾官员和服务员全神望着他，轻轻地鼓起掌来，但又怕惊动他。毛主席看着每一个人，微笑着点头问候。

等在楼廊尽头的金日成看到毛主席走进楼内，遂走上前去迎接。这样，毛主席与金日成在楼廊中间较宽的地方相会，两人久久握手相视。毛主席问金日成:“你好吗?”金日成答道:“很好，主席好吗?”毛主席回答:“还好，只是年纪大了。”金日成说：“你的气色很好，我是年轻人。”两人拉着手，边往前走边交谈，缓步进入宴会厅。

宴会厅里有一个圆桌，凉菜已经摆好，色泽亮丽。毛主席在靠里中间落座，金日成坐在他的右边，周总理等陪同人员围桌而坐。金日成感谢毛主席设宴招待，说他已经有几年没有来北京了，但一直想来见毛主席。毛主席欢迎金日成到来，说今天准备了纯正的中国菜，请金日成品尝。金日成说，他已经有几年没有吃到中国菜了，谢谢毛主席。这时，毛主席将一块红烧肉夹到金日成的盘子里，金日成十分感谢。这次宴会进行了一个多小时，宾主谈笑风生，气氛活跃。

宴会后，毛主席又拉着金日成的手走进旁边的大会客厅。按照习惯，毛主席坐在中间靠右边的一个单独沙发上，金日成坐在中间的双人沙发靠毛主席的一侧。这时毛主席与金日成开始讨论国际问题，毛主席先开口说：“现在世界很不太平。”金日成点头道：“是这样，我这次来，是想听听毛主席的意见。”毛主席听后，开始缓缓分析国际形势，谈了他对苏联和美国的看法，他特别强调美国和苏联争夺世界霸权，是世界不太平的根源。他还指出，中朝两国有着共同的目标，应该团结起来，共同斗争。金日成很感兴趣，听得很认真。毛主席说完后，指着身边的周总理对金日成说，你在北京多住几天，周总理会和你好好谈谈。金日成听后一再表示感谢。

那次访问，金日成在北京停留了4天，与周总理举行了两次会谈，纵论天下大事，深入探讨相互关心的问题，每次都谈四五个小时。

这次之后，金日成恢复了对中国的访问，有几年每年来中国一次或两次，与毛主席、周总理会见，表达了他对中国的情谊。

（2014年4月24日写于北京）

# 亲历为陈冯富珍助选世卫组织总干事

赵振宇
（前驻巴布亚新几内亚、牙买加大使）

## 破常规加快选举总干事程序

2006年5月22日，在第59届世界卫生大会于日内瓦开幕的当日清晨，世界卫生组织（WHO）总干事李钟郁博士不幸病逝。

李钟郁的猝然逝世，使世卫组织陷入了领导真空。由于人类正面临着禽流感等重大传染病的威胁，总干事职位不宜空缺太久。世卫组织决定打破常规，搁置总干事提名过程需经过6个月时间的规则，加快选举程序：自当年6月1日起至9月5日，由世卫组织各成员国推荐总干事候选人；9月6日，世卫组织将候选人名单知会各成员国；11月6日至8日，由34个成员国组成的世卫组织执委会将在日内瓦开会，以无记名方式逐轮投票，最终遴选出一名总干事人选；11月9日提交世界卫生大会特别会议审议批准。

可以看出，要想成功获任世卫总干事，有关成员国除了要确保推荐的候选人之优秀资质外，还须做到三点：一是要获得有投票权的34个执委会成员国半数以上的支持；二是要多争取铁杆支持者，获其在各轮投票中的力挺；三是要把握投票进程，在从第二轮投票后开始的“转票战”中有效收获新的支持者。所以，世卫组织新任总干事的选举既是候选人之间的能力博弈，更是有关国家彼此外交实力的角逐。

9月6日，世卫组织正式宣布了参选总干事职位的候选人名单。共有11人参与竞选，他们分别来自亚洲的中国、日本、土耳其、缅甸和科威特，欧洲的法国、西班牙、芬兰和冰岛，拉美的墨西哥，非洲的莫桑比克。

中国政府提名的候选人是时任世卫组织助理总干事、前香港特区政府卫生署长陈冯富珍女士。其他10位候选人包括来自日本的世卫组织西太平洋区主任尾身茂、墨西哥卫生部长弗伦克、西班牙卫生大臣萨尔加多和法国无国界医生组织创始人库施纳等。

## 国内指示我为陈冯富珍助选

2006年7月下旬，时任中国驻牙买加特命全权大使的我接到国内指示，我国政府决定提名陈冯富珍女士参选世卫组织总干事职位。由于牙买加是世卫组织34个执委会成员国之一，拥有选举世卫总干事的投票权，国内指示大使亲自做牙买加政府及关键人物的工作，力争牙方在世卫组织总干事选举中投票支持陈冯富珍女士。

生于香港的陈冯富珍时年59岁，拥有在加拿大西安大略大学获得的医学博士学位，以及在新加坡国立大学获得的理学硕士学位。她于1978年加入香港卫生署，并于1994年6月成为香港卫生署首位女署长。任职期间，在禽流感暴发初期，香港采取了全城杀鸡的果断措施，及时控制住了疫情，也有效防止了禽流感在香港及向境外蔓延。当时这一颇具魄力的做法就是陈冯富珍提出来的。为此，泰国国王普密蓬·阿杜德向她颁发了玛希顿亲王公共卫生奖，表彰其卓越贡献。在管理和控制“非典”疫情中，她也出色地发挥了领导作用。由于陈在公共卫生领域的工作获得国际认可和赞赏，她曾荣获英国女皇伊丽莎白二世授予的官佐勋章。

2003年8月她从香港卫生署长任上退休之后，应李钟郁之邀出任世卫组织助理总干事。李坦言“世卫组织有许多纸上谈兵的专家”，但他需要的是像陈冯富珍这样“具有管理公共卫生危机能力的将军。”

世卫组织是联合国属下最重要的专门机构之一，这个雇有8000名员工、年预算高达22亿美元、关乎全人类健康福祉的机构的最高领导人的选举，历来为各国政府所关注。

此前，中国人从未出任过联合国专门机构的一把手，更遑论由香港人担任。此次我国政府提名香港人士参选，尤具重大政治意义。然而对我而言，要争取到牙买加的支持，难度非常大，因为早在两个月前的2006年5月，竞选呼声颇高的日本、墨西哥和西班牙等国就已先于我国提名候选人参选，并早已开始了拉票活动。国际上有一条潜规则，竞选中各国通常首先支持本地区的候选人。牙买加与墨西哥同属拉美地区，且墨西哥的参选人是其卫生部长，也很熟悉卫生事务。指望牙买加放弃墨西哥，转而支持亚洲的中国谈何容易！

## 努力寻求牙方支持陈冯富珍

我立即分别紧急约见了牙买加卫生部长达利和外交外贸部长希尔顿，表示中国政府希望牙政府从中牙两国友好关系大局出发，同时也出于对牙买加和加勒比国家自身利益的考虑，支持中方候选人陈冯富珍竞选世卫组织总干事职位。

我和牙方两位部长平时保持了顺畅的工作关系，也建立了良好的友谊。他们是我重要的人脉资源，尤其是卫生部长达利，届时将代表牙买加赴日内瓦投票，我锁定将达利作为做工作的关键人物。

对中方寻求支持的请求，达利部长甚感为难，称中方迟至7月下旬才提出参加竞选，而早在中方宣布参选之前两个月，牙方及他本人就已承诺支持同为拉美国家卫生部长的墨西哥候选人了。达利的表态是实事求是的，听起来也有道理，但我必须克服困难，扬我之长，避我之短。我从多方面对他晓之以理，动之以情，着重指出陈冯富珍拥有远在所有竞争对手之上的独特优势：具有中国香港、加拿大和新加坡多元文化教育背景，医学专业知识丰富，拥有管理公共卫生危机的领导能力，熟悉世卫组织机构运作特点，了解发展中国家对世卫组织的期待，深谙其未来发展目标，等等。

对陈冯富珍来说，有投票权的仅34个国家，每一票都重如千钧。如何才能争取到牙买加这一票呢？我与达利部长进行了私下磋商，最后达成了共识：除了大使积极做牙方工作外，要设法请陈冯富珍本人亲自来一趟牙买加。这既表明中方对牙买加和加勒比地区的高度重视，也可使牙卫生、外交两部的高官们能一睹陈的风采，当面聆听她精彩的竞选理念。

在我的邀请下，陈冯富珍于9月19至21日访问了牙买加。我陪同她分别拜访达利和希尔顿两位部长，并在大使官邸主持了由他们携各自主要助手出席的餐前酒会和工作晚宴。这样的安排把会见和做工作的场所从办公室延伸到吧台前和餐桌旁，同时也给予陈冯富珍一个更加充分亮相的机会，取得了绝佳的效果。她丰富的医学知识、先进的管理理念、对发展中国家卫生事业的倾情关注、流利的英语、优雅的气质等，给牙方所有人员都留下了极为深刻的印象。我从达利和希尔顿等人发自肺腑的赞许声中，明显感到了他们对陈冯富珍的认可、敬佩与支持。

## 牙内阁决议支持中方候选人

我为陈冯富珍助选世卫总干事的努力，还不能止于仅争取到牙方两位关键部长的支持，因为牙买加是否投中国候选人一票，既要仰仗牙方主管部长的支持，更要取决于牙内阁的最后决断。于是我又抓紧做牙买加新任总理波西娅·辛普森－米勒夫人和其他主要内阁成员的工作。

在米勒夫人担任总理之前，我就与她保持了友好交往。当她还是候任总理时，就偕丈夫和几位主要部长，以朋友身份，出席过我和夫人在官邸为其举行的小范围庆贺宴会。她曾友好地对我说，以后有事，可以随时找她。在一次酒会上，我见缝插针，把她拉到一旁，向其表示中国政府希望牙方能支持陈冯富珍女士竞选世卫组织总干事。她笑答已闻中方提名陈冯富珍女士参选事，并会心地和我碰了一下酒杯，好像一切尽在不言中。面对中、日、墨、西等国陆续派人来牙买加密集游说，牙内阁于10月底开会做出重要决定：在世卫组织各轮投票中均支持中国政府提名的候选人陈冯富珍。得知此消息后，我心里悬着的一块石头终于落地。

11月8日，在日内瓦出席世界卫生大会的牙卫生部长达利从前方向我传来消息：继西班牙、科威特和日本三位候选人先后出局之后，在同日进行的最后一轮投票中，陈冯富珍获得24票，淘汰了仅获10票的墨西哥卫生部长，成为下一任世卫组织总干事的唯一候选人。

11月9日清晨，清脆的电话铃声将睡梦中的我惊醒，我从电话里听到了达利部长激动的声音："大使阁下，陈冯富珍女士刚刚获得世界卫生大会的批准，已正式当选为世界卫生组织新任总干事！"

达利部长在日内瓦现场第一时间向我通报了陈冯富珍竞选世卫组织总干事成功的好消息，我高兴地一下子从床上坐了起来，连声答道："太好了！请允许我代表中国政府，向牙买加政府和部长阁下，对陈冯富珍女士的支持表示衷心的感谢！"

（原载于《党史博览》2018年第1期，有删节）

# 苏丹建馆记

## ——走进世界“火炉”

郑达庸
（前驻北也门、伊拉克、沙特阿拉伯大使）

### 接受使命

1959年5月的一天下午，西亚非洲司三处处长刘英仙找我谈话，说组织决定派你去苏丹使馆工作，先遣组6月份出发。听到这突如其来的消息，我愣住了。我前一年刚从北大东语系毕业入部，时仅半年就要出国工作，难免有些不知所措。不久，我参加了首任驻苏丹大使王雨田召集的建馆人员会议，大使说，新中国成立十年了，我们在努力打开对外工作的局面，东北非还没有我们的工作据点，要做好苏丹的工作，也要开拓东北非工作的局面。去一个新地方，要学的东西很多，要努力掌握第一手材料，用自己的头脑去看，去听，去说。

### 头枕匕首睡觉

6月中旬，先遣组抵达苏丹首都喀土穆。苏丹之“热”名不虚传：室内没有空调，只有一种用水降温的电风扇；晚上热得睡不着觉，白天洗了衣服第一件挂在太阳底下，去挂第二件的时候第一件已经干了；千万不能用手摸大铁门，粘下一层皮不是闹着玩的……我们开始时租了一家平房小院，每天冒着高温出去跑，一天吃两顿饭，没有办公桌，在大木箱上写字。

为了安全，先遣组带了双筒猎枪。携带武器入境必须办理准入手续，猎枪作为打猎工具不作武器论，必要时可防身。双筒猎枪交机要员保管。我分到一把匕首，睡觉时放在枕下，听到动静立刻行动。

当时国民党在非洲有“使馆”，并发生过对我人员绑架事件，西方国家的特务和情报部门也在苏丹有活动。我有生头一次“枕戈待旦”。大家都在地上的床垫上睡觉，担心如果哪位同志“梦游”，其他人将他当不速之客动起家伙，可就惨了。

我们还要防窃听。买车、修车、买家具，乃至接受礼品，都要防范被安装窃听装置。美国驻莫斯科新使馆建成后又拆了重建。有的国家建馆舍，一砖一瓦拆查。外交工作中，窃密和反窃密是条无形战线，斗争激烈。

使馆在官邸旁租用了一座平房，原是两层楼地基，因工作需要加盖了一层。施工期间使馆监督施工没发现异常，但过了段时间，底层屋子的墙壁不时发出响声，引起了我们的注意。为探究竟，我们索性把墙面打破，在水泥隔层里发现了深入地下的电线，并顺藤摸瓜在不少房间发现了窃听器。电线对外伸向何处？我们又掘地两米，发现电线通向后墙进入邻居院内。院内一对夫妇在某国际组织工作，我们掘地时，两人在阳台上用不安的眼光看着我们，似心中有鬼。一位常来工地的外国工程师，也暗中做了手脚。

## 第一次给大使当翻译

先遣组抵喀土穆后，为选馆址对外联系和购买食品用品等我经常要往外跑，也在实践中学会了一些土语。大使到任后去苏丹外交部礼节性拜会，我给大使做翻译时相当紧张，担心出误。记得刚进亚非司工作，我抄一份上呈文件时把“否则影响两国友好关系”抄成“否则影响两国外交关系”，幸好领导上报前发现了。事后领导找我谈话说：外交文件是政治性、政策性很强的文字表达，你第一次犯错误可以原谅，如一而再、再而三地犯错，就要考虑你是否有政治上的问题。领导谈话口气平和，并无恫吓之意，但这些话我记忆至今。

令我更紧张的一次翻译工作是大使向苏丹元首阿布德中将呈递国书。王大使检阅仪仗队后进入大厅，在阿布德中将面前朗读颂词。仪式后，中将和大使步入客厅叙谈，这时往往是对方领导人通过大使向我方传达信息的机会。阿布德行武多年，说话直率，幸亏他讲的是阿拉伯官方语言，我听得懂，较好地完成了这次翻译任务。

这真的要感谢周恩来总理和陈毅副总理的远见卓识，他们对培养阿语干部给予了极大关注。20世纪50年代初，阿拉伯地区访华代表团增多，阿语翻译要请北大的阿语老师协助。我的恩师马坚教授和刘麟瑞教授都给周总理做过翻译。当时国家开始培养阿语和小语种干部，我是第一批入北大学阿语的高中毕业生。

递完国书，王大使正式开始对外工作，很快和苏丹外长赫尔成了好朋友。赫尔是苏丹著名律师，又是军政权对外政策的军师智囊，在政界和社会上层很有影响。他出生于喀土穆以北的望族，身材瘦高，皮肤棕褐色，脸上两颊各横向划有长而宽的三条刀痕。这是他的部落标志，据说过去部落之间打仗，为避免伤害同族，从小在脸上刻有标记。

赫尔说，中国有台湾问题，我们有南苏丹问题，背后都有大的国际势力作祟。谈到接受外援问题时，王大使强调要自力更生，西方援助往往带有附加条件。赫尔说，你说的对，苏丹刚刚独立，全靠自己样样从头做是不可能的，我们接受外援，一只眼睛盯住援助，另一只眼睛盯住阴谋诡计。

陈毅副总理访问非洲国家时曾夜过喀土穆，并提出同赫尔外长见面。当时通过官方渠道来不及联系了，使馆派我去赫尔的住宅直接约见。赫尔穿着睡袍、戴着眼镜、光脚穿着拖鞋亲自开门。我说明情况后，他立刻前去会见陈副总理。

## 听马赫迪后代讲家史

19世纪初叶，苏丹民族英雄马赫迪率众武装起义抗英，直至苏丹独立。建馆时马赫迪的后代西迪克·马赫迪是安萨教派领袖，他的儿子萨迪克毕业于剑桥大学，回国后反对军人独裁，要求民主，是新一代的领军人物。王大使请萨迪克给我们讲马赫迪起义，萨迪克于是邀请我们到他家中做客。

太阳落山前，大家围坐在他家院中的树下。萨迪克说，今天中国朋友到我家来，听我讲祖辈的反殖斗争，我非常高兴。中国是苏丹真诚的朋友。他首先介绍了苏丹沦为英国殖民地的背景，然后讲马赫迪起义的过程；以反殖为主线，条理清晰，有些情况书中是读不到的。王大使让调研室把谈话整理成册，这是少有的深入第一线、掌握第一手资料的外交调研，体现了老一代大使严谨扎实的工作作风。

马赫迪府邸坐落在奥杜曼，市博物馆陈列了马赫迪在起义时期用过的刀枪武器和盔甲。在一个柜橱里我们意外地看到过一件有些发暗的金黄色的中国马褂。原来这是当年慈禧太后奖励给镇压太平天国起义军有功的洋枪队司令——英国人戈登中校的一件御制黄马褂。戈登离开中国后，英国政府又把他派到苏丹任总督镇压马赫迪起义。起义军攻入喀土穆总督府后用长矛刺杀了戈登。苏丹朋友说，他们的先辈为中国起义军报了仇。

## 亲历南苏丹黑人暴动

建馆第二年，一天我同大使的司机老赵上街办事，突然听到震耳欲聋的叫喊声。只见前面不远处，数以千计的南苏丹黑人手持棍棒、铁条和石头，打砸玻璃、路灯，用棍棒砸外国人的汽车。当局出动骑警，施放催泪弹驱赶。一枚催泪弹落在我们身边，发出刺鼻的白色浓烟，老赵和我眼泪直流。怎么办？说时迟那时快，老赵拽着我跑向使馆汽车，打开车门还未坐定，车子已冲出去。这时有黑人追上来打车尾后备厢，老赵见岔路急忙转弯驶入小道，加速向使馆开去。我有生第一次经历这个场面，当时手足无措，完全是个书呆子。司机赵善理同志出身贫寒，从小在车行打工，曾给韦国清上将开车。他平时言语不多，但临危不乱，关键时刻机敏果断。

南苏丹黑人问题由来已久。苏丹九个行省中南方占三个，居民为非洲黑人血统。源自坦桑维多利亚湖的青尼罗河流经南部，那里丛林茂密，多沼泽地，部落人赤身裸体地在原始林中以狩猎为生。我在喀土穆街头见到的南苏丹黑人，几乎全是干粗活的壮工。烈日炎炎之下，他们靠手举肩扛把水泥和砖瓦木料运上高层建筑，其主食是经过发酵制作的高粱饼，吃到水煮的牛内脏已是一顿美餐。

南北战事持续多年，南苏丹共和国最终于 2011 年宣告独立。

## 周总理访问苏丹

1963 年 12 月 13 日至 1964 年 2 月 5 日，周恩来总理和陈毅副总理出访非洲十国，首次提出中国同阿拉伯和非洲国家友好关系的五项原则，以及中国对外援助的八项原则。苏丹是周总理访非的第八个国家，官方做了热情的接待。周总理和苏丹元首举行了会谈，还访问了产棉区，离开时苏丹百姓夹道欢送，总理站在敞篷车上向群众挥手致意。

总理和陈老总来访，是使馆的头等大事。全体馆员出动，轮流值班去机场看守总理的专机。周总理和陈毅副总理住在共和国宫，我作为联络员住在宫里，随时同接待方保持联系，那几夜基本没合眼睡觉。

两位总理同苏丹领导人阿布德中将举行会谈时，为尊重对方讲阿拉伯语，要我当翻译。我做事务性的、生活方面的翻译尚可，做政治会谈翻译却心里没底。“军中无大将，廖化当先锋”，只能硬着头皮上。我紧张极了，总理说的话我听得清楚，阿布德将军讲官方阿语我也能听懂，但当他激动起来语速很快还夹着土语时我懵了。由于我从来没有给国家领导人当过翻译，既无经验也无技巧，更不敢要求对方再说一遍。这时冀朝铸同志坐了过来，用英语翻译，帮我解了围。我羞愧难忍，没有完成任务，很感不安，但又很兴奋，因为给周总理当过翻译了。

时间过了午夜12点，共和国宫二楼有一房间尚未熄灯，那是总理的卧室。总理离开北京近20天了，旅途劳顿，每天会谈参观，深夜仍阅读文件、思考工作。我方警卫人员昼夜值班，他们也常问，总理太累了怎么还不休息。总理屋内灯熄了，他们也轮流打个盹。

第二天天蒙蒙亮，尼罗河一片寂静，河水缓缓地向北流去，大地还在沉睡，此时是清晨四点。我们看见总理已站在走廊，面向尼罗河，身披中山装，活动着手臂。警卫立即走向前去说：我们去叫醒陈老总吧。总理立即阻止，轻声地说：“让他多睡会儿吧。”总理也只睡了不到四个小时。这一幕十分感人，深深地触动了我。总理精力过人，严于律己，更体贴入微地关心老战友。短短一句话，包含了多么深厚的革命情谊，这是贯穿总理一生的美德。

周总理在非洲和苏丹享有崇高的声誉。20世纪50年代我参加亚非人民团结大会工作，在开罗街头听到埃及百姓高呼“周恩来！周恩来！”60年代，全国政协常委屈武率领上海杂技团到苏丹访问演出，喀土穆商业街两旁的行人驻足招手。人群高喊：“周恩来！周恩来！”在亚非人民心目中，周恩来就是新中国，周恩来的形象就是新中国的形象。他的名字超越国界、跨越亚洲，响彻在非洲城市的上空。

总理在苏丹的时候万里无云、气温很高，使馆熬了绿豆汤给代表团解暑。总理和陈老总的衣服拿回使馆清洗时我们发现他们的内衣已经很旧了，陈老总的文化衫上面还有破洞。使馆女同事洗着衣服深情地说，看看，我们的领导出国还穿旧的破了洞的衣服。陈老总说话不多，但也很敬重周总理，有刚直果断、一身正气的将帅风度。

新中国培养了年轻的一代外交官，并把他们派往亚非拉艰苦地区经受锻炼、增长知识和才干。苏丹是我从事外交工作的启蒙地，一干就是六年。这段经历使我开阔了眼界，增长了知识；不仅看到了苏丹的政治和社会生活，又透过苏丹了解了阿拉伯国家及西方国家的外交，是我学习国际政治和外交业务极具实践意义的生动大课堂。

在苏丹建馆的故事，是新中国外交史册中的点点滴滴，反映出外交工作所需要的各种素质和才干。如今，我国已登上大国外交的舞台，国际形势日益复杂，挑战无处不在，谨祝我外交事业风雨无阻，大展宏图。

（原载于《党史博览》2017年第6期，有删节）

# 驻美使馆散记

周溢潢
（前驻外使馆外交官）

1985年到1989年，我在驻美使馆工作了四年多，印象深刻的事不少，现撷三则，以飨读者。

## 芭芭拉一进院像自己家人一样大声喊“韩叙”

韩叙大使和老布什有深厚的友谊。韩叙在20世纪70年代任驻美联络处副主任时即结识了老布什。以后老布什来京任美国驻华联络处主任，与时任中国外交部美洲大洋洲司司长，后任副部长的韩叙有了更多的交往。1985年韩叙出任驻美大使，和时任美国副总统布什在华盛顿重逢，友谊更深了。按照惯例，美国总统、副总统一般不出席外国驻美使馆的活动。但布什副总统却破例每年圣诞节时来中国大使官邸做客，韩叙大使因此受到很多驻美大使的羡慕。

1987年圣诞节，布什偕包括长子小布什夫妇在内的全家人，应韩叙的邀请兴冲冲地来到官邸。还未进门，以直言不讳和幽默著称、十分受美国民众欢迎的布什夫人芭芭拉即像对自己家人一样大声喊着:“韩叙！韩叙！”早已等候在门厅的大使夫妇热情欢迎，布什和芭芭拉向韩叙夫妇一一介绍了同来的儿子、儿媳，韩叙和夫人葛绮云同他们一一握手，互致问候。

那天大使夫妇请使馆厨师用北京烤鸭等名菜招待他们。小布什当时还很年轻，兴致很高，食欲也旺，他一连吃了四个烤鸭卷，吃得津津有味，连声称赞："好吃，好吃。"和他坐在同桌的芭芭拉对葛绮云说，小布什已经40岁了，还没有取得什么成就。葛绮云安慰她说："中国有句古话，'三十而立，四十而不惑'，他以后的前程不可限量。"果不其然，小布什以后当选得克萨斯州州长，之后又当选了美国总统。

那天餐后还有一些余兴活动。先是参加招待的江承宗参赞写了一首歌颂中美友谊的诗，当他用英文朗诵完后，客人们都热情鼓掌，深表赞同。接着是一等秘书卞庆祖的夫人韩文君（出国前是总政歌舞团演员）演唱了一首赞美圣母的英文歌曲。卞庆祖拉小提琴伴奏，声情并茂，深受客人们欢迎。最后，大使夫人葛绮云（现为中国书法家协会会员）亲自挥毫，在一块红缎子上书写了"龙鹰"两个大字（龙是中国的象征，美国的国徽是双头鹰），旁边再写了八个小字"中美友谊，万古长青"，抬头是"芭芭拉女士"，落款是"葛绮云"，写完后她双手送给芭芭拉女士。老布什夫妇及全家人都为得到这样一份珍贵的礼物而兴高采烈，宾主欢叙未尽。

## 与毛主席故友李振翩的女儿李家瑞的交往

我到使馆不久，我的前任云雨霖同志即把他三年多来的好友李家瑞女士介绍我认识。李家瑞是华盛顿华人中颇有影响的医学家李振翩博士的女儿。1919年，毛主席在湖南组织学生联合会并领导"驱张"运动（当时北洋军阀委任的湖南督军张敬尧）时，李振翩是长沙湘雅医学院的学生领袖，他们一起搞学生运动，成为挚友。李振翩是湘乡人，毛主席的家乡紧靠湘乡，幼年时他还在湘乡外婆家生活了很长时间。两个会讲湘乡话的青年学子碰在一起，感情更深一层。以后李振翩到美国留学，获得医学博士学位，在美国国家医学研究院从事医学研究。两人虽远隔重洋，但友情却深深地留在心中。

1973年3月中美互设联络处后，黄镇被任命为驻美联络处主任。他到华盛顿上任的第二天，李家瑞即给他打电话要求会面。第二天下午，黄镇抽出二十分钟会见了她。李家瑞提出的唯一要求，是希望黄镇拨冗与其父李振翩见一面。黄镇为其真诚所感，当即表示同意。

4月中旬的一天，黄镇在联络处临时驻地“五月花”饭店会见了李振翩夫妇，李振翩希望早一天回到祖国看一看，黄镇答应马上报告国内。当周总理把黄镇关于李振翩回国的请示报告送到毛主席案头的时候，很快就得到欣然同意的批示。

1973年7月，李振翩一家在黄镇的精心安排下顺利地抵达北京。8月2日下午，毛泽东在中南海亲切接见了李振翩一行。交谈时毛主席开口就问李振翩是否还喜欢吃湖南的苦瓜，李振翩感动地说：“主席，我在美国连做梦都想吃湖南的苦瓜和冬苋菜呀。”毛主席还和李振翩共同回忆起1921年以前他们在长沙的几次见面，以及后来毛主席前往上海从事革命斗争，两人在分手前曾经彻夜长谈的场景。李振翩记得他当时对毛主席的表示：“虽然我不能追随你前去上海，可是请你相信，我专心研究医学也是为着爱国爱民。”次日，毛主席和李振翩在火车站话别时说：“虽然你搞医学，可是我们将来也许会殊途同归的。”

李振翩返回美国以后，和黄镇依然保持着良好关系。黄镇特指派他的秘书负责和李家的联系，以后就成了联络处和驻美大使馆的惯例。我到使馆时，李振翩博士已经去世，我很快就成了李家瑞和她丈夫吉金瑞博士的好朋友。我是湖南汨罗人，友情加乡情，情谊就更深了。

李家瑞和她父亲一样爱祖国、爱乡土，她以李振翩不多的遗产作为基础，成立了“李振翩基金会”，在李的家乡建了一所小学，被当地政府命名为“李振翩小学”。这项基金还被用于资助湖南省湘雅医学院的医学专家来美国进修或进行学术交流。1987年李家瑞为了给基金会募集资金、在华盛顿办了一场书画义卖活动，经我联系，黄镇大使捐献了一幅亲笔绘制的国画、韩叙大使和夫人各捐献了一幅书画作品。她特地请我们夫妇出席了义卖活动的酒会。黄大使的国画在开幕式上即被美国友人购买了。

他们夫妇很喜欢看国内出品的电视连续剧，我就经常为他们借使馆准备的录像带，他们对《红楼梦》等片子赞不绝口。

我们一年总要聚会几次，有时是我们夫妇请他们和家人来使馆做客，更多的是他们开车来接我们去游览华盛顿的名胜古迹。1986 年的圣诞之夜，他们就带我们到华盛顿郊区有名的摩门教教堂去欣赏圣诞夜景，让我们体味美国人的宗教文化。1988 年春节期间，他们盛情邀请我们去他们在美国南方佛罗里达州奥克兰市的避寒别墅过春节。吉教授和与我同去的一位年轻馆员轮流开车，从华盛顿沿着美国东海岸一直往南，途经好几个州，饱览了沿路风光。在奥克兰我们浏览了迪斯尼乐园、观看了海洋馆里的海豚表演。我们第一次穿着短袖衬衫度过了一个难忘的春节。李家瑞待人的热情令我们不能忘怀。

## 到傅泾波的女儿傅海澜家中做客

1988 年在使馆举行的一次招待会上，我和夫人结识了傅海澜女士。她说她的父亲是傅泾波，我听后立即告诉她，我在研究中美关系史的时候，早就知道傅泾波先生是解放前美国驻华大使司徒雷登的私人秘书，南京解放后他们两人都想同新中国的领导人接触，建立美国同新中国的关系。这一下，就拉近了我们之间的距离，她邀请我们到她家里去做客。

不久，我们就驱车去了傅家，傅女士十分热情地欢迎我们。寒暄一阵后，她搬出几大本相册让我们欣赏，边看边向我们聊起她父亲的许多往事。她说，她父亲在世的时候，跟她们讲得最多的是他在新中国成立前夜，如何奉司徒雷登之命与中国共产党方面接触。早在 1948 年 12 月，他就给曾在南京认识的周恩来、董必武、邓颖超写了一封信，托人带到香港转送，以告知司徒雷登想和中共方面联系。

傅海澜回忆道，1949 年 3 月初，司徒雷登建议美国政府授权他以“个人资格”和中共领导人进行接触，“建立新的关系”。这年 4 月下旬，傅泾波即受司徒雷登派遣，求见南京市军官会外事处处长黄华。黄华曾就读于南京大学，和傅一样与司徒雷登有师生之谊。5月初，黄华接见了傅泾波，傅说司徒雷登留在南京不走，就是希望与中共方面接触，因此很想和黄华会见。5月中旬，黄华前往司徒雷登住处会晤，傅泾波在座。司徒雷登表示，美国愿同新中国建立新关系。以后，司徒雷登又两次派傅泾波面见黄华。6月初，黄华约司徒雷登和傅泾波到外事处第二次会晤。黄华说，司徒雷登先生热衷建立中美人民新的外交关系，中国方面已经声明，任何国家与新中国建立外交关系的前提是其武装力量撤出中国，不能援助国民党政府，断绝同国民党政府的关系。6月8日，傅泾波再次见到黄华，说司徒雷登和他研究后认为，美国现在对与新中国的关系很难做正式表示，只能待司徒雷登返美后再做努力，并希望在返美前能赴北平与周恩来会见一次，顺便看看燕京大学。6月底，黄华会见了司徒雷登及傅，告知已获北平来电，同意他去燕大一行，他希望的与周恩来会面事亦有可能。司徒雷登表示，获此消息他极为高兴，但不巧的是国会于7月底即将休会，恐怕来不及；而且当时国会内部派别复杂，此时去北平很易引起评论，增加不便。他决定将此事报告国务卿艾奇逊，由艾做决定。7月初，艾奇逊来电要司徒雷登现在不去北平，于7月25日以前赶回华盛顿。

司徒雷登北平之行由此夭折，中美失去了一次建立联系的机会。傅海澜说，她父亲一直对此感到遗憾。

1949年8月初，傅泾波偕家人跟随司徒雷登到达美国。司徒雷登晚年就住在傅家。傅海澜说他们全家都把司徒雷登当成家人，很好地照顾他的生活。

傅海澜的相册中有一张她与哥哥傅履仁的合影，由此也聊到傅履仁。傅海澜说，她哥哥到美国后进入了美国名校乔治城大学和华盛顿大学学习，以后参了军，是美国陆军的第一位华裔将军。20世纪80年代他曾回到北京一次，公务活动之余，在友人的陪同下寻找到了他们居住过的砖塔胡同20号。他说常常在梦里回到故居和当年就读的盛新小学（现名西什库小学），忆起小时候常去溜冰的北海公园、骑自行车去动物园的情景。我们对傅海澜说，也欢迎你有机会时到故乡北京去看看。

那天，我们吃了她亲自下厨做的家乡菜，聊天聊了很长时间，然后才尽兴而归。

（原载于《北京青年报》2015 年 10 月 4 日）

# 四海情谊

# 华人在小国的大影响

高广灵
（前驻外使馆外交官）

在中南美洲，有一个名不见经传、被称为苏里南的小国，历史上曾为荷兰的殖民地。就其地理位置而言，本应属于南美洲，因为其坐落于南美大陆的北端，毗邻巴西。但它却舍近求远地把自己定位于加勒比国家，执意要入伙加勒比诸岛国，成为加勒比经济共同体中的一员。这个只有区区50万人口的小国，大约只相当于中国的一个普通县，其国土面积竟达16万平方公里之多，是其原宗主国荷兰的四倍。广袤富饶的原始森林，得天独厚的天然氧吧，取之不尽的山珍海味，蕴藏丰富的矿产资源，使之成为世界上人口密度最小、河流水系最多、森林覆盖率最高的国家之一。目前，已开发部分只约占其国土面积的10%，其余尚未开垦的处女地，是亚马逊河及其支流流域浩瀚的原始森林。

## 华人先民的足迹

就是这样一个常常被国人误以为在非洲的小国，却于1853年迎来了第一批黄皮肤的华人。他们的登陆地点为新阿姆斯特丹。新阿姆斯特丹位于苏里南河畔，是当年荷兰人守护苏里南（时为荷属圭亚那）的一处要塞堡垒，河岸上几尊当年列强争雄时使用过的大炮，如今仍气宇轩昂地矗立在炮位上，直指大西洋的方向。临河而居、风景秀丽的新阿姆斯特丹小镇的河边，矗立着一座纪念碑，系为纪念华人抵苏150周年而建，以此见证一段可歌可泣的历史，记录一个半世纪以来华人在此地的沧桑往事。碑文写道："一八五三年十月二十日，在这块被称为'新阿姆斯特丹堡垒'的地方，住有第一批来自中国的合同工人，他们在这里建造了各式各样的种植场，从此这些华人就在苏里南开始创业生根。" 当年，一批只有18人的契约华工（即合同工人，其中4人不幸死在途中），从远在亚洲的荷兰殖民地印度尼西亚来到苏里南，这就是第一批来此的华人先民。其后，一批又一批的华人，先后从广东、澳门、香港来到这里。那时，他们与从非洲贩到这里来的黑奴一起，在政府经营的种植园从事种植业。由于人手不足，劳动强度大，过着与黑奴并无多大区别的牛马一样的生活。劳动力的短缺，加之非洲黑奴因忍受不了奴隶主的残酷折磨而大批逃离或死亡，为补充劳动力，又有新的华工相继来此。那时来苏的华工全部为男性，生理上的需要，当然也为繁衍生息、传宗接代，同时也需要产生劳动力后备军，他们不得不与异族（主要是黑人）女子通婚生子，成为苏里南这个多民族、多宗教、多文化并存国度的组成部分。

## 华人的社会地位不断上升

一个半世纪过去了，从当年的十几位华人在苏里南这块土地上落脚开始，华人数量不断增加，如今已达5万人之多，在这个不足50万人的小国，华人竟占了十分之一。华人是来苏里南最早的族群之一，比之印度人还早7、8年。最初来苏的华人主要是广东的客家人。先来的人落下脚后，看到了这里的发展空间，找准了自己的定位，便一批又一批地把家人、亲友、同乡接了过来，携手闯荡江湖，繁衍生息。早在1880年成立的苏里南最大的华侨华人社团"广义堂"，已在风风雨雨中走过了130多个春秋，她的历史，就是一部旅苏华人自强不息、扶危济困、生存与发展的真实记录。具有远见卓识的客家先驱们，正是看到了团结起来才有力量、组织起来才有影响，毅然决然地成立了侨团。此后，华人越来越多，不知从何时开始，人们发现来苏里南的已不再只限于客家人，福建、浙江、海南、山东、东北等地的非客家人也渐渐多了起来。特别是20世纪90年代以后，随着国家改革开放政策带来的机遇，国内想出来闯一闯的人骤然增加。迄今，来苏的新移民中，仅浙江人就达7000人之多，从而改变了苏里南客家人一枝独秀的格局。

## 华人族群不断壮大

不能不佩服这些人的胆量，一个多数国人叫不出其名，也不知其在何处的小国，离中国万里之遥，且跨海越洋，无陆路相连，语言不通，竟然也敢贸然一闯。正因为有了这些勇敢的弄潮儿，才使华人遍布世界各个角落，得以在海外传承中华文明和民族文化。如今的苏里南，不仅有了华人自己的中文电视台、中文报纸、中文学校，还有规模不小的体育场。与此同时，华人的参政意识也在不断增强。近些年来，华人中的佼佼者有多位当选国会议员，跻身于政坛，他们为华人奔走呐喊，让当局了解华人的关切和心声。历史上也不乏华裔总统、总理、内阁部长和国会议员。随着旅苏华侨华人的增加，以及籍贯的不同，更多的侨团或同乡会次第成立起来，如今已有十几个，在苏里南社会形成了一支不可低估的群体。

## 华人为苏里南做出了巨大贡献

如前所述，最初来到苏里南的华人身份是契约华工，有约在先，毕竟有别于黑人奴隶，因而，5年合同结束之后，他们便是自由之身了。这些人中的一部分没有选择返回故乡，而是留了下来，并与当地人通婚，成家生子。有人继续从事种植业，而更多的人则改行做了别的。当有了一定的经济基础之后，他们便独立门户做起了买卖，开业经商，这就是华人商铺的雏形。此后来苏的华人基本上走的都是从打工到经商这个模式。曾几何时，苏里南的商铺是印度人的一统天下，老板几乎全是印度人，而华人只有打工的份。如今则完全不同了，大批的集装箱源源不断地从中国（或转口）运抵苏里南，大大小小的华人商铺、餐馆、工厂随处可见，遍布苏里南的城市和乡村，一些商铺索性直接用中文作为店名，如循义公司、志军餐馆等。在苏里南，据说各类华人商铺达4000余家，其中约半数在首都帕拉马里博。有人说苏里南的超市80%—90%为华人所开，虽然不免有些夸张，但相信70%—80%应不过分。而且华人已不满足于只开超市、餐馆，还开始涉足于更多行业和领域，如金融业、木材开采与加工、进出口贸易、建筑装修、饮料生产、渔业水产等，以及黄金的开采与经营，甚至跻身于铝矾土、石油等采矿业。华人的勤奋节俭，中国商品的强劲竞争力，使印度人望尘莫及。这些商铺的存在，既活跃了苏里南市场，又丰富了百姓的生活，日常生活中所需的一切几乎应有尽有。加之苏里南经商政策比较宽松，只要申请一个营业牌照，几乎任何商品都可以经营，致使每个超市都是包罗万象。这些物品大都来自中国大陆、台湾、香港，或者转口于美国的迈阿密。即使不是华人商铺，货架上也同样摆满了中国货，中国产品成为这里的抢手货。很难想象，如果没有华人商铺，没有“中国制造”，苏里南人的生活会是什么样子。

从十几年前开始，一些中资公司陆续进入苏里南，在很多领域都有了一席之地。譬如以修路为主的“大连国际”公司，就是一个成功的典范。在他们到来之前，苏里南没有几条像样的公路，这些年来，大连国际为苏里南修建柏油公路达千余公里，并且其公里数还在不断增加，新的建设项目也在进行当中。如今，他们已不再拘泥于一条“路”，正向多领域、多项目扩展，例如接过了建造低造价住房的工程，直接造福于苏里南下层人民。由于大连国际为苏里南的基础设施和公益慈善方面做了大量的好事，在当地有极好的口碑，且影响不断扩大。特别是在首都帕拉马里博，它几乎是家喻户晓，据说只要报上大连国际的名号，连违章司机都可免吃罚单。

其他公司，诸如“中木”在造船方面、“中水”在渔业方面，都有自己的不凡表现。中国的企业为苏里南建造了多个标志性工程，如外交部大楼、安东尼体育场等。与此同时，它们也为苏里南解决了大量的就业问题。苏里南本国除了农业和一些矿业外，工业基础相当薄弱，制造业能力很差，旅游业也不发达，因而就业机会并不多。华人商铺和中资企业雇用了大量的当地人，每家少则两三人，多则几十人，那么多家华人商铺和中资公司，可想而知，给当地提供了多少个就业岗位。仅“大连国际”一家就雇用了几百个当地工人。如果没有华人商铺和中资企业，我敢说，当有一大批人会失业，带来诸多难以预知的社会问题。华人社团和中资机构对苏里南的慈善事业也是贡献斐然，发展自己的同时，也为当地公益事业和公益活动提供了大量资助和支持。

## 华人影响不可小觑

由于华人为苏里南社会做出了巨大贡献，其作用越来越重要，社会地位也在不断上升。苏里南有大小 40 余个政党，各政党或政党联合体，无论在朝还是在野，都与中国保持着良好的关系，谁也不能轻视中国的分量。特别是中国改革开放以来，综合国力不断上升，在国际舞台上发挥着举足轻重的作用；华人在苏里南的影响也在不断扩大，这是一支不容忽视的社会力量，无论从国家安全、社会发展还是从政治上考量，都是可以借重的群体。因此，不管谁上台，都一定不能轻视华人。近些年来，无论是中国大使馆的重要活动，还是华人的重大节日，苏里南的头面人物（总统、副总统、议长及各重要部长等）大都参加，2010 年中国大使馆的国庆活动，新上台的各方面首脑、政要，从总统、议长到各部部长几乎悉数到场。这是前所未有的，即便是在此地颇具影响力的美国，也未曾享受过如此殊荣。历年华人社团举行的春节活动，总统一定会到场祝贺，2010 年春节（笔者刚到任不久），前任总统费内希恩一天之内赶场参加了几个主要侨团的节日庆祝活动。2011 年也不例外，新上任的总统鲍特瑟亲率议长和多位内阁部长参加最大华人社团——广义堂的春节活动。不仅如此，在苏里南华人社团和中国大使馆的共同努力下，2011 年首次将中国的春节列为苏里南国家公共假日，让苏里南人与华人一道共享假期。这是一件具有重要意义的决定，这样，在苏里南这个中南美洲小国，华人第一次有了属于自己的民族假日。为了这个来之不易、值得庆贺的公共假日，旅苏各主要侨团都举行了比往年规模更大、更加隆重热烈的春节活动。特别是广义堂，一场多达 198 桌、声势浩大的春节招待会，场面十分壮观，2000 多人占满了现场所有可利用的空间。

（原载于《海外文摘》2012 年第 8 期）

# 废墟前的思考

郭天禄
（前驻卢旺达使馆政务参赞）

本不想去，最后还是去了。

在长崎这个地方，除了和平公园和海滨景点，几乎没有什么可看的。

和平公园建于20世纪50年代中期，旨在纪念1945年8月9日长崎遭原子弹轰炸而丧生的魂灵。公园花木扶疏，绿荫如盖，占地面积尽管不大，但却涵覆着极为丰富的内容。这里有日本和世界其他著名艺术家的杰作，有来访的各国显要们种植的纪念树，有友好团体赠送的石块等物。尤其是市政当局刻意保留下的一段原子弹轰炸后的废墟，颇引人注目。

距公园入口处不远的绿树丛中矗立着中国领导人20世纪80年代赠送的一尊“和平少女”石雕。雕塑不像园内其他纪念性建筑高大逼人，但构思凝重，制作精细，优雅祥和的少女和洁白雪亮的和平鸽在绿树的辉映下分外引人注目，充分表达了中国人民希望和平的强烈愿望，体现了泱泱大国的气度。然而，就是这座凝集着中国人民心愿的和平象征，在它安座不久却蒙上了被人用漆涂抹的厄运。漆虽然擦掉了，但投在中国人民心灵上的阴影却难以抹去。

在原子弹爆炸废墟前，一队儿童肃立着聆听老师或者导游的讲解。孩子们瞪大眼睛，天真的目光中流露出缕缕恐惧。从解说者那低沉的声音中，孩子们似乎听到原子弹爆炸的轰鸣，似乎看到屋倾楼颓的惨状。望着眼前的情景，我真想对孩子们大声说：这只是历史背影的一角，只是高山下的一粒沙啊！你们可曾听到中国南京城下几十万冤魂的呐喊？可曾看到万人坑中的累累白骨？可曾知道日本军国主义给亚洲一些国家的人民造成的妻离子散、家破人亡的惨景？

我问一名站在身旁的少年知道中国的南京吗？他摇摇头。不知有南京，何论南京惨案？当然，沉重的十字架不该让孩子们背负，但他们应该知道历史的本来面目，应该了解自己的祖辈们曾经给人类造成的沉重灾难。

随着老师的一声招呼，孩子们跳着叫着奔向花丛，走入绿荫，而我站在原地久久凝视，苦苦冥思。我想起小时候听老人讲抗日故事时总称日寇为“小日本鬼”，后来读书时又知道日本民族是伟大的民族的论断。前者因实感而发，后者是政治家高瞻远瞩的概括，而我身临其境的体察则是日本人既想演主角又小家子气十足，既聪慧又狂傲。

日本人战后能用勤劳的双手把国家建成一个令世人瞩目的经济强国，但对几十年前自己发动的侵略战争却吞吞吐吐、欲言又止。纪念二战的活动期间，报刊电视中极少有反映大战真相的报道，倒是原子弹爆炸事件被宣扬得风风火火，历年不衰。统治阶层中除近几届内阁中有人讲几句略显公道的话之外，多数阁员或闭着眼睛看历史，或瞪着眼睛说瞎话。

日本人视皇权为民族的象征，这本无可非议，但如果把皇家的伤疤美化成鲜花就远去真相十万八千里了，其实不少人就在干这些有悖真相的事。根据明治宪法，天皇“作为国家元首，总揽统治权”，战争以天皇名义发动和结束，天皇无疑应对战争首负其责。然而，天皇在战后未被起诉，反而堂而皇之地稳居庙堂，无一届内阁敢触及天皇的战争责任问题。对此，日本一家报纸尖锐地指出美化战争最高责任者“不仅会使战争责任模糊不清，而且还助长美化战争的行为”。

日本人奉团队精神和集体主义为精神支柱。战时，这一精神将民族拉向疯狂运转的战车，战后则激发国人复兴国家，现时则成了一部分人把水搅浑的法宝。他们利用 301 万战争死难家属怀念亲人的心情，混淆视听，颠倒是非，搞出一个人人受害、人人无害的局面，一亿多人口的国家竟有

506万人签名反对不战决议，这实在是大和民族团队精神的悲剧。

（原载于《大连日报》，《民主与科学》转载）

# 护馆一日

## ——外国雇员和中国国旗的故事

郭天禄
（前驻卢旺达使馆政务参赞）

像往日清晨一样，让·克鲁先生不自觉地拿起扫把。这是他一天生活的开始——打扫使馆大院，升中国国旗。可是，今天不同了，整座使馆大院空荡荡的，除了他，就剩下两条狗和两只皇冠鸟。

让是中国使馆的一名黑人雇员，能讲不少中国话。他先在一个中国专家组干活，后来被介绍到使馆，与中国人打交道有10多年时间，到使馆工作也有5年光景了。“都是战乱闹的，好好的日子变成了腥风血雨、停水、断电、缺粮。他妈的……”想到这里，让狠狠地骂人了。望着湛蓝湛蓝的天空，昨日与中国使馆人员依依告别的情景不禁浮现在他眼前。

自1994年4月初卢旺达总统座机被不明身份者击落导致总统身亡后，报复开始了，首都的人疯了，全国的人都疯了。种族仇恨被煽动起来，打打杀杀狂飙横扫全国上下，尸横遍野，血流成河。中国使馆是驻卢旺达使团中最后撤离的一个。临行前，使馆办公室主任拉着让的手说，我们很快会回来的，你的任务就是尽量不让外人进来。让点了点头。

想到中国人的重托，想到自己与中国人共同生活的日日夜夜，想到平日里从大使到普通馆员对自己的尊重，让望了望使馆主楼顶端临时加挂的三面五星红旗，心里似乎平静了许多。他回过身去，两条狗和两只皇冠鸟立刻围了上来。看着动物们相安无事的神态，让的心里泛起一阵酸楚。动物尚且如此，往日的邻居们怎能反目成仇呢？

一阵呐喊声传了过来，紧接着是一阵急促的敲门声。从门缝窥去，是一群拿着棍棒、锄头、砍刀和狼牙棒的家伙，气势汹汹向使馆涌来，其中有他认识的邻人。

“快开门，拿吃的给我们，还有酒和饮料。”来人大声喊叫着，有人补充说要可口可乐之类的饮料。

“这里是中国大使馆，你们看看上面的中国国旗。我们这里已经断水断电两个星期了，正为等米下锅发愁呢！”让大声回答道。

有一个家伙用脚使劲踹门，还有人用锄头砸墙。忽然，远处传来一阵雷声，很快一片乌云压了过来。高原的雨说来就来，还没等这伙暴徒们反应过来，倾盆大雨就浇了下来，暴徒们顿时作鸟兽散。让心中暗暗说道老天爷也不高兴了。被雨打湿的红旗贴在墙壁上，显得更加夺目。他又找出两面旧的国旗，一面搭在使馆的大门上，一面拿在手里。

中午的阳光很毒，空气湿淋淋的，腐尸、枯叶、垃圾的恶臭似乎凝固在水蒸气里，赶也赶不走。人们都忙于打、杀、抢，城市许多天已无人打扫了，到处是屎尿，到处是尸体。让心里很烦，他打开收音机，播音员正在宣读当局要求支持者像掐死臭虫一样除掉反对派的通告，声嘶力竭地鼓动着。一会儿又是激烈火辣的歌曲。

“咣咣咣，咣咣咣”，使馆的大门又遭殃了。从墙头看去，是几个持枪的士兵在敲门，声称受上级指派，向中国使馆借车。看到来人并非那么不讲理。让向他们解释说，中国使馆的车都开走了，面包车被中国医疗队借走了，别说车，连车轮子都带走了。士兵的头儿是个中尉模样的年轻人，听到中国医疗队也走了的消息愣了一下，挥挥手带着士兵离去了。“可能中国医生救治过中尉或者他的家人朋友。”让自言自语。是啊，从中国卢旺达两国建交伊始，中国医生便来到卢旺达工作，他们精湛的技艺和救死扶伤的精神感动了无数的卢旺达人。卢旺达国家电台和报刊多次报道过中国医生救人的事迹。

傍晚时分，天气一下子凉了许多，让也松了一口气，心想那些狂热分子也应该回家了吧。天空中出现了乌鸦列阵，黑压压的，像一条无尽头的大河流向西北方向。乌鸦长得很肥，据说是吃腐尸养大的。过了许多年，当我到卢旺达工作时，仍可见到晚归的乌鸦群列队掠过屋顶树梢。

让还没有放松下来，突然又响起砸门声，声音大得震天响，狗叫了，皇冠鸟也发怒了，发出刺耳的叫声。这是一批散兵游勇，想趁着天黑前捞一把。他们拿着枪，高叫着要钱要物，不答应就要破门冲进来。让把国旗披在肩上，向来人解释说:“这里是中国大使馆，是中国的土地，不容侵犯。中国人是我们的朋友，帮我们修路、看病、盖体育场、建碾米厂。你们吃的大米就是那个碾米厂的产品，你们盖房用的水泥也是中国援建的水泥厂生产的。谁要冲中国使馆，谁就是上帝的敌人，上帝会惩罚他的。”看着披着红旗的让，散兵们的气焰似乎收敛了一些，他们哪见过这种阵势。让在使馆见过不少军官，他灵机一动说“你们的金少校是中国大使的朋友。刚才姆加马中尉也说要保护中国使馆。”望着大门上的红旗，听到上级的名字，再看看眼前的这位同一个部族的兄弟大义凛然的神态，来人有点沮丧，随着同伴“找另一家去”的招呼便快速冲向下一个目标。

从早到晚，有民兵，有暴徒，有军人，有散兵游勇，一拨又一拨，一茬又一茬，让估摸了一下前前后后有十几拨来人马“光顾”中国大使馆。想到不知何时能结束的折磨，他的心头掠过一丝不安。中国朋友走了，但使馆还在，中国的国旗还在，中国人留下的业绩还在，中国的影响是任何人都不能抹掉的。想到此，让似乎又坦然一点，明天再说明天的事吧。

几年之后，我到我国驻卢旺达使馆工作，从友人处得知，许多外国驻卢旺达使馆都被劫洗一空，甚至连门窗都被拆卸走了，唯有中国使馆安然无恙，库房里的物品一件不少，甚至冰箱里存的饮料都没有动。让老了不少，又有了两个孩子，加上收养的一个孤儿，一共五个小孩。他更忙了，主业是使馆的勤杂工，但还兼着司机和招待。他的中国话说得更溜了，能讲出小舅子、大姨子之类的北京话，但仍不会写。我问他当年当兵的拿着枪要冲使馆时他怕不怕，他笑着说当时好像还很英雄的，但事后还真有点怕。

# 六百年寻根之旅

黄桂芳

（前驻菲律宾、新西兰、津巴布韦大使）

菲律宾是我国在东南亚的友好邻邦，中菲人民之间的交往可追溯到1000多年前的唐宋时期。明清时两国交往更为频繁，通商贸易往来相当密切。明朝永乐年间，我国航海家郑和“七下西洋”时，其船队抵达菲律宾南部。在广袤的南海群岛中，苏禄群岛位于菲律宾南部棉兰老岛西部的苏禄海上。1417年，苏禄第二任苏丹（国王）东王巴哈剌率西王、峒王及眷属、臣僚370余人，历尽艰辛，来华觐见明朝皇帝朱棣，在北京逗留27天，返程途中客死山东德州。明成祖派大臣为其举行国葬，立碑并亲自撰写碑文以表哀悼。东王的王妃和次子、三子自愿留下守墓。如今陵园内就有四座坟墓。这是中国唯一的一座保存完整并有后裔守墓的外国国王陵墓。他们的子孙后代延续至今21代，北营村温、安二姓约200人，全国温、安两姓将近5000人。

这是发生在近600年前的一段中菲友好交往史和佳话。1987年北京电影制片厂和菲律宾文化中心合作拍摄了历史传奇故事片《苏禄国王与中国皇帝》。

2005年欣逢中菲建交30周年，两国无论是官方还是民间都举办了一系列隆重的庆祝活动。苏禄东王在中国的后裔不远万里前去故地寻根，再次谱写出两国人民友谊的佳话。76岁的山东老人安金田，作为古苏禄东王巴哈剌在山东省德州的后裔（第17代家族“掌门人”），带着两个晚辈（第

18 代孙安砚春和温海军），随着我国歌舞团访问菲律宾。6 月 10 日，他们来到万里之遥的祖先故地祭祖。

新中国成立后特别是中菲建交以来，在菲律宾的苏禄王后裔多次应邀到德州，拜祭先王陵墓，探望异国同根。然而，中国的苏禄后裔探访在菲律宾的亲人，588 年来还是第一次。他们途经棉兰老岛首府达沃，然后越海到达苏禄，出席了由苏禄省副省长主持、上百名父老乡亲齐聚省政府为他们举行的欢迎仪式，并参观了苏禄王国最重要的历史遗迹——苏禄王宫遗址。在先王墓碑附近，三名来自中国的后裔也立下一个纪念碑，将这一具有历史意义的事件铭刻在此。他们在菲期间，阿罗约总统和罗慕洛外长在百忙之中分别接见了他们。阿罗约说，三位中国苏禄后裔重归故土，使菲中建交 30 周年庆祝活动更加有意义，充分证明两国友谊源远流长，绵延数百年。阿罗约还详细询问中国苏禄后裔的工作和生活情况，并衷心感谢中国政府对德州的苏禄王陵园和清真寺的保护。

安金田一行 6 月 8 日到建于马尼拉的华裔文化传统中心参观菲华历史博物馆。他们饶有兴趣地观看图片、书籍和实物，了解菲中悠久的友好关系和华侨、华人在菲律宾的历史。当看到有关苏禄东王 1417 年率团访华和德州苏禄王陵这部分展览时，他们心潮澎湃，格外激动，特地在这个展览前面拍照留念。因为他们作为苏禄东王的后裔，世世代代就在德州休养生息，如今来到南洋看到德州这些熟悉场景画面，感到非常亲切，而且展览图片中的两位王陵守墓者第 16 代孙安庆山和温寿岭分别是安金田的父亲和温海军的祖父。参观博物馆后，德州侨联主席张悦英和菲律宾华裔青年联合会会长洪泽智还分别代表这两个组织签署了促进合作交流的友好社团协议。

2017 年是苏禄苏丹东王访华 600 周年，德州的苏禄文化博物馆举行隆重纪念仪式，苏禄王后裔基拉姆公主一行特地前来献了花圈祭拜东王，菲律宾的中国事务特使施恭旗莅临博物馆为陵园修缮再次捐款。随后，他们来到北京，出席了北京侨联菲律宾归侨联谊会主办的纪念苏禄东王访华

600 周年研讨会。

今年 4 月 28 日，菲律宾三艘仿古木质帆船从马尼拉出发，于 5 月 3 日抵达厦门港口，在厦门外侨办的协助下，停泊在国际邮轮中心。这支由 31 名船员（多数来自苏禄群岛）组成的“巴朗盖探险队”由前环境部长阿图罗·瓦尔德兹率领。他表示，这次重走古船之旅是为“一带一路”文化交流而来，是为了菲中两国人民的友谊而来。随后，该队 27 位船员赴晋江、德州和北京。这支队伍 600 年后重访德州去寻访苏禄苏丹的后人，因而也是一次寻根之旅。在德州北营村，他们中的穆斯林向东王陵敬献花束祭拜先祖。他们先后参观了苏禄文化博物馆和德州市博物馆，受到当地民众特别是血脉相连的东王后裔热忱深情的欢迎。东王 21 代孙女、苏禄文化博物馆宣教主任安静欣慰地说：“600 年的积淀与传承，血浓于水，无论在哪里，我们都是一家人！”探险船队船长阿图罗指出：“重走苏禄东王访华路线，从厦门、泉州一直到德州，感受苏禄东王访华时期的景色。一路到中国，感受到中国人民的友好与热情，看到苏禄东王后裔在中国的生活状态，感到很高兴，希望菲中友谊永久传承！”

# 大象传友谊

江勤政
（前驻斯里兰卡兼驻马尔代夫大使）

## 神奇的大象

狮子在斯里兰卡绝迹后，大象成了这里的森林之王。2011 年 9 月，斯里兰卡公布首次全国范围野生大象普查的结果，生活在该国境内的野生大象有 5800 多头，仍属濒临灭绝的物种之一。由于斯里兰卡地方不算大，大象的数量相对较多（占世界大象总数 7%）。

大象在斯里兰卡被视为吉祥之物，在佛教教中，它是“神兽”，具有特殊的宗教和文化含义。在宗教游行中，特别是康提佛牙节游行中，大象总是担当重要的角色。

佛牙节游行又称大象游行，几十头、上百头大象，一头头披红挂绿，在舞者和吹鼓手的簇拥下，迈着方步，在游行队伍里昂然前行，场面蔚为壮观。这当中，最显眼的是来自佛牙寺的“象王”。在每年七八月举行的佛牙节游行中，它背上驮负着佛牙金塔，神圣而庄严。前任“象王”担任此任 51 年，1988 年 7 月 16 日去世后，它的遗体被做成标本，安放在陵墓中接受佛教徒的祭拜。

斯里兰卡是“以象为尊”的国家，人民对大象有特殊的感情。他们认为，赠送大象是崇高的礼节，代表友善和敬意。40 多年来，斯里兰卡先后赠送给中国 3 头锡兰象。据说在北京动物园，外国象一共才 7 头，斯里兰卡象就占了 3 头，足见斯里兰卡对中国的友善和真诚。

## 家喻户晓的“米杜拉”

“米杜拉”这个名字，对于很多 40 岁以上的朋友来说可能并不陌生。

1972 年 6 月，斯里兰卡总理班达拉奈克夫人访华时带来一位特殊的使者，它就是被班达拉奈克夫人称为“中斯两国友谊象征”的小象——“米杜拉”。6 月 18 日，北京首都体育馆举行了隆重的赠象交接仪式。周恩来总理和班达拉奈克夫人亲自出席并发表了热情洋溢的讲话。

对这位友谊的小使者，斯里兰卡非常重视，班达拉奈克夫人结束访问回国前，还专程来到北京动物园看望了它。7 月 11 日，班夫人给北京动物园领导写信，“感谢北京动物园给予小象‘米杜拉’的一切注意和关心，希望‘米杜拉’能够成为北京动物园的一个具有吸引力的娱乐源泉”。班达拉奈克夫人离开后，还特意留下了一位老饲养员和一位驯兽师在北京动物园进行指导。

北京动物园上上下下，也对这个来自远方的小朋友给予了最好的照顾。“米杜拉”在北京动物园开始了无忧无虑的新生活。

和同龄的小象相比，“米杜拉”有着深色的皮肤，体型也偏瘦。它喜欢和人开玩笑，经常用它那特有的武器——长鼻子吸了水，趁饲养员不注意的时候喷他一下。这种恶作剧在“米杜拉”看来也许是一种很有意思的游戏。正因为它的“淘气”和“叛逆”，“米杜拉”每天享受着格外的关注。它个头长高了，体重也增加了，成了北京动物园的小明星。全国各地的动物爱好者和游客慕名前来参观，北京动物园的旧象房也因展出班达拉奈克夫人赠送的“米杜拉”而闻名遐迩。

“米杜拉”在北京动物园生活了 8 年。1979 年，“米杜拉”被送往天津水上公园。9 年后，为了让人们了解它的近况，中央电视台《重访》栏目精心制作了一档节目《友谊的使者——小象“米杜拉”》。遗憾的是，当节目即将制作完成时，从天津动物园传来不幸的消息：当年（2008年）5月2日早晨，打扫卫生的饲养员看到，从来不躺下睡觉的“米杜拉”躺下了，而且再也没有站起来。去世时“米杜拉”37岁。

“米杜拉”走了，它把它的一生献给了中斯友谊，我们永远不会忘记它！

## 表演明星“阿拉丽雅”

斯里兰卡赠送给中国儿童的第二个贵重礼物是“阿拉丽雅”。

1979年9月。“阿拉丽雅”刚满8个月就由斯里兰卡总理普雷马达萨作为礼品赠送给中国儿童。阿拉丽雅本来是给“米杜拉”配对的，但它俩没有缘分：“米杜拉”去了天津动物园，“阿拉丽雅”作为北京动物园的表演明星，则长期住在北京。

“阿拉丽雅”清心寡欲，生性倔强，对异性非常挑剔，当了多年的“单身贵族”。从1996年开始，北京动物园就开始忙活“阿拉丽雅”的“终身大事”。2002年，北京动物园向全国发出“征婚启事”，并带着它先后到石家庄、天津、济南等动物园“相亲”。最终，“阿拉丽雅”和比它小三岁的济南动物园的“亚昆”结成夫妻。

现在，阿拉丽雅已经步入中年，仍生活在北京动物园，和另一头雌性亚洲象住在一起。由于多年没有上台表演，“阿拉丽雅”明显发福了。

## 生性活泼的“米盖拉”

斯里兰卡赠送给中国儿童的第三个珍贵礼物是“米盖拉”。和“米杜拉”“阿拉丽雅”不同，“米盖拉”不是出生在动物园，而是出生在斯里兰卡平纳瓦拉大象孤儿院（Pinnawela Elephant Orphanage）。

平纳瓦拉大象孤儿院始建于1972年，1975年搬迁到现址，专门收养在丛林中失去母亲的幼象或患有伤病的大象。它是世界上第一个大象孤儿院和世界上最有名的大象繁育中心。目前生活在孤儿院中的大象有 100 头左右，它们受到工作人员的精心照顾，按时进食、散步、游戏，洗澡、睡觉，有些还在这里生儿育女。小象成年后大都要接受“工作培训”，如搬运木材。“智商”较高的，由驯象师进行专门训练，让它们熟悉指令，听懂几个外语词汇，表演节目，掌握与游客互动的“分寸”。平纳拉瓦大象孤儿院已成为斯里兰卡著名的旅游景点。

“米盖拉”在平纳拉瓦大象孤儿院出生，受多年培训。它被拉贾帕克萨总统选中，作为“国礼”赠送给中国。它是平纳拉瓦大象孤儿院里享受如此殊荣、担负崇高使命的“第一象”。

2007 年 2 月 25 日下午，“米盖拉”乘专机先期抵京。据饲养员介绍，“米盖拉”去北京，斯里兰卡特意给它做了两套衣服：一套是日常“家居服”，另一套是豪华“礼服”。

2 月 26 日下午，正在中国访问的斯里兰卡总统拉贾帕克萨和夫人来到北京动物园，出席小象赠送仪式。拉贾帕克萨总统发表热情洋溢的讲话。他说，“大象，是斯里兰卡人民最热爱的动物。小象‘米盖拉’代表着我们对中国人民和中国儿童的爱，相信在你们的关心和照顾下，‘米盖拉’一定会很快适应在北京的新家。”

全国人大常委会副委员长顾秀莲代表中国政府接受了捐赠，并和拉贾帕克萨一起给“米盖拉”喂食。

由于天气寒冷以及初见生人的缘故，“米盖拉”显得很羞涩，迟迟不肯从象房中出来。饲养员几经努力，最终在香蕉的诱惑下，身披红色丝绒象衣的“米盖拉”缓缓走到了捐赠台前。

据介绍，为了迎接“米盖拉”的到来，北京动物园进行了精心准备。副园长张金国说，由于斯里兰卡目前气温在 35℃左右，动物园对“米盖拉”的住所进行了改造，使温度保持在 25℃—28℃。此外，还专门从广州、南宁运来上千斤的椰子树树叶等大象喜爱的食物，确保“米盖拉”能够吃得开心。

饲养员担心"米盖拉"孤独，就安排他和雌性非洲象"晶晶"住在一起。"晶晶"像个慈爱的大姐姐一样照顾"米盖拉"，隔壁的雄性非洲象"壮壮"对他也很友好。

后来，"米盖拉"又和包括"阿拉丽雅"在内的两头雌性亚洲象住在一起，可顽皮的"米盖拉"渐渐长出象牙后，不断地挑逗两头雌象。他用小小的象牙在雌象身上划出了很多道小口子，常常被两头雌象好好地教训。

嬉戏在新改建的温室里，长鼻子卷起从中国南方运来的椰子树树叶，来自斯里兰卡的友谊使者——小象"米盖拉"开始了在中国的新生活。

现在，15岁的"米盖拉"住在单独的展区里，还配有一座游泳池，令其他大象羡慕不已。

我们衷心祝福"阿拉丽雅"和"米盖拉"健康、快乐！

## 40头大象列队迎接中国元首

2014年9月16日中午，习近平主席和夫人抵达卡图纳亚克国际机场，开始对斯里兰卡的国事访问。当习主席的车队缓缓驶出停机坪，只见道路两端的旗杆下，各有一头披挂鲜艳彩衣、体形格外魁梧的成年大象在伫立"致敬"。大象背上的青年，身着白衣白帽，英俊威武，一人高擎斯里兰卡国旗，一人高擎中国国旗。

在习主席车队行经道路的一侧，领头大象的身后，身披各色彩衣的40头大象，有的还带着活泼的小宝宝，温顺地一字排开，缓缓前行，身姿优雅，长鼻抬起，向客人致意。这些大象是乘坐大卡车从斯里兰卡各地来到这里的。它们从早晨6点一直等到中午，为的是迎接中国国家元首习近平主席。

大象象征吉祥，用大象迎接珍贵客人，早已有之。用40头大象迎宾，则绝无仅有。这充分体现了主人的一片真诚。

# 记美国友人有吉幸治

林任杰
（外交部前参赞）

1973年年初，中美双方商定：在两国仍未建立外交关系的情况下，双方各自在对方首都设立联络处。我国因此于同年5月在华盛顿建立了中国驻美联络处，黄镇大使任联络处主任。我于同年秋调至驻美联络处工作。

1974年的一天，黄镇主任指派在联络处工作的纪立德同志和我立即前往夏威夷檀香山出差，执行一项领事保护的任务。原来是我国一艘货轮从古巴装载食糖后回国途中经夏威夷附近海域时一位船员突发疾病，必须在夏威夷登岸并急送医院救治。而当时中美关系仍未正常化，尤其双方关于互相冻结资产的问题仍未解决，加之古巴又是美国的敌对国家，这就意味着我国船只不能在美国港口靠岸，否则是有可能被扣押或引起复杂的纠纷。因此我们火速赶到夏威夷后便紧急同当地的船只代理取得联系。最后由船只代理派一艘小船驶往夏威夷外海，在风急浪高的情况下（当时不巧，遇暴风骤雨）将急病的船员和另一名陪同接上岸，并急送医院救治。我们在夏威夷停留了几天，直至该船员得到妥善的治疗并将其顺利送上飞机回国后我们才乘机返回华盛顿。

我们在夏威夷停留期间还利用难得的机会拜访了一位日裔美国友人有吉幸治。他是夏威夷中国人民友好协会的创始人。得知我们来访，他热情地款待了我们，并自己开车请我们在岛内参观了许多景点。他当时同妻子在景区经营一间花店，同时在一所大学当客座教授。他告诉我们，在美生活不易，他除开展美中友好活动工作外，还得经营花店，在花店旁边还开了一个出售酒水的柜台，在夜间营业。他当时儿子还小，还在上学。他表示决心培养他长大后接他的班，继续从事增进美中人民友好的工作。

这位友人何许人也？和中国究竟有何渊源？原来他同中国，特别同孙夫人宋庆龄的关系可以追溯到20世纪40年代。有吉幸治于1914年出生在夏威夷一个日本移民的家庭里。他年轻时当过咖啡农场、罐头厂以及码头工人，对被剥削的劳苦大众的疾苦感同身受。他上了大学后在美国军队服役，此后他跟随美国的史迪威将军来华支援中国人民抗战，因此同史迪威将军一起同宋庆龄有过不少交往。抗战胜利后，他又作为军调处的美国军事观察组成员被派往延安。在延安，他亲眼目睹了我根据地的人情风貌和官民关系，因此在他写给美国政府的报告中对中共领导人的民主作风以及中共的方针政策给予了高度赞扬。但这却使他遭到了一些人的反对和不满，认为他为中共尽说好话。美国政府因此将他召回，不让他继续工作。回国后，他退出了美国军队，但仍坚持自己的观点和立场，并办了一家报纸，仍然在媒体上宣传并支持中共的政策。1951年由于美国实行麦卡锡主义，全国大批进步人士遭到迫害，有吉也未能幸免而被捕入狱。

这一不幸的消息传到北京，作为中央人民政府副主席的宋庆龄焦急万分，想设法帮助这位老朋友。于是她便决定将自己母亲送的一套珍贵的手绣礼服转送给这位受难的朋友。这是她母亲结婚时的婚服，宋庆龄希望有吉幸治的家人将礼服变卖后多少可以补贴一些律师费。当时由于紧张的中美关系，这套珍贵的绣服经过了许多曲折才送到了有吉家人的手中。然而有吉的家人怎么也不愿将它出售。甚至有家博物馆得知此消息后愿出高价买入，有吉的家人还是坚决不为所动，而是一直将此物保存了下来。1970年，出狱后的有吉受宋庆龄的邀请访华，他将珍藏了多年的结婚绣服原封不动地又带回中国送还给了主人。但宋庆龄表示礼物既已送出，岂有再收回之理。因此有吉只好又将此礼物带回夏威夷珍藏。不仅如此，他还将他在中国的故事以及此礼物背后的故事讲给他还未成年的儿子小有吉幸治听。他每年还一直给宋庆龄寄来她最喜欢的夏威夷有名的鹅掌红花，直至1976年他因病去世。他去世后，儿子小有吉幸治还受父之托仍继续每年给宋庆龄寄花，直至她1981年去世。宋庆龄去世后，小有吉还曾专程来京，并将那套珍藏多年的婚礼绣服通过廖承治同志送回了宋庆龄故居。小有吉还办了一家旅行社，经常组织美国人来华旅游，并在参观宋庆龄故居时亲自讲述有吉家同宋庆龄的友好渊源以及那套绣服背后的故事。据说在2000年，仍担任夏威夷中国人民友好协会会长的小有吉还曾带他的儿子到宋庆龄故居参观。记得我于90年代中期退休后曾参观过宋庆龄故居，并亲眼看见过那套珍贵的婚礼绣服。当时讲解员在得知我曾在美国工作时还问我，是否听说过有吉幸治此人。我告诉她，有吉在美国的名字是Koji Arioshi。我曾有幸在夏威夷去看望过他一家人。讲解员和周围的人当时都惊叹不已，并说能见到这位中国人民的挚友实在是太难得了。

# 救死扶伤　情系中华

刘祺宝
（前驻德国使馆政务参赞）

我第一次见到白乐夫是在1984年夏末，当时我专程到德国北部波罗的海的海滨小城迪尔哈根，造访了这位“白求恩式”的德国医生。他的德国名字叫罗尔夫·贝克尔，见到我后，他一边写下“白乐夫”3个汉字，一边笑着用中文说道：“这是我的中国名字，白求恩的白，是一条快乐的汉子”。从此我开始了与他的交往，并渐渐了解了他的非凡人生。

## 立志舍生取义

白乐夫1906年12月12日出生于柏林附近埃贝斯瓦尔德县城一个药剂师家庭，1926年在进入大学医学院后积极参加进步学生运动，走上了信仰马克思主义并为之奋斗终生的革命道路。1929年底他加入了德国共产党。1933年希特勒上台后，他在汉堡、柏林等地医院以医生的职业作掩护，投身反法西斯的地下斗争。

1936年西班牙内战爆发，白乐夫立即奔赴西班牙战场，参加了由多国共产党人组成的反法西斯国际纵队。在安达卢西亚、科尔多瓦、马德里和埃布罗河等地血雨腥风的战场上，他不畏艰险，救死扶伤，后来还担负了战地医院领导工作的重任。在西班牙人民阵线政权惨遭法西斯军队扼杀后，白乐夫随其部队被迫于1939年2月撤退到法国境内，被囚禁在法国拘留营里。

1939 年 4 月，白乐夫被英国进步组织营救后到达伦敦。在英国医药援华会的安排下，白乐夫和他的两位战友于 1939 年 5 月 20 日在英国利物浦港登上了驶向远东的海轮。后辗转来到中国贵州省贵阳市图云观的中国红十字会救护总队。

## 战场历尽艰险

白乐夫以及随后陆续来到贵州的 20 多位援华医务人员，大多是来自西班牙战场的欧洲共产党人。他们渴望像白求恩一样奔赴中国解放区战场，但此时国民党当局已经封锁了解放区。在重庆八路军办事处，他们聆听了周恩来的精辟谈话，白乐夫决定与同伴留在中国红十字会救护总队，参加国民党战区的抗日工作。

抗战期间，白乐夫担任了中国红十字会救护总队卫生勤务指导员兼第 11 中队中队长等职务，他率领的医疗队辗转在广西、贵州、湖南、湖北和云南等地，为抢救前线伤病员、诊治士兵疥疮、扑灭斑疹伤寒等传染病，他废寝忘食，日夜操劳。一次，他在十分紧急和困难的情况下，成功地抢救了一个被野狼咬破腹部的农家男孩儿。更让他难以忘怀的是，1940 年 6 月他去香港接运一批药品和医疗器材，租用的船只在从香港返回内地的夜航途中，不仅要穿越日寇的封锁线，还遭遇到武装土匪多次的拦截勒索，最终他历尽艰险才抵达了我们游击队控制的安全地带。

1945 年 9 月抗战胜利后，在中国红十字会救护总队工作的援华医务人员大多回到了自己的祖国，白乐夫因染上斑疹伤寒而没有回国。病愈后，他担任了联合国善后救济总署华北分署卫生组主任，1946 年夏天，他以这一身份由上海乘运送药品等国际救援物资的轮船来到山东解放区烟台市。因周恩来和董必武事先已把白乐夫的情况告知了胶东行政公署负责人，因此白乐夫一到烟台就受到了亲如家人的接待。他在这里培训医护人员，建立简易医院，消灭当地流行的黑热病。直到1947年12月，白乐夫才恋恋不舍地告别了他战斗过8年的中国。

白乐夫随后回到德国东部，全身心地投入到国家的卫生事业建设中。他尤其专注于研究烈性传染病的防治，并于1952年完成了研究黑热病在中国的流行和防治问题的博士论文。1958年，他为改善也门王国的卫生工作进行了3个月的实地考察研究。他关心海员健康，对热带传染病和轮船、海港的卫生工作进行了长期深入的研究。直到67岁那年，白乐夫才离开了他一生钟情的医疗卫生第一线。

## 寄厚望于人民

白乐夫对中国的发展变化尤为关注。1959年他首次访问新中国，随着中国与苏联及东欧国家关系紧张，白乐夫暂时被迫中断了同中国朋友的交往。在此期间，他满怀深情地撰写了回忆录《我在中国做医生》，记述了他和中国人民同生死、共患难，共同战胜日本法西斯的难忘岁月。

1985年，79岁的白乐夫偕夫人再次访问了阔别25年的中国，在上海、重庆、贵阳和云南楚雄、山东烟台等地寻访了当年的足迹。白乐夫为中国实行改革开放后所焕发出的勃勃生机而兴奋不已，当他看到还有一些辍学儿童在田间劳动时，也坦诚地提出意见。

1999年5月，中国驻南斯拉夫联盟共和国大使馆遭北约飞机轰炸。当时我在中国驻德国使馆柏林办事处主持工作，富有正义感的白乐夫，在给我的来信中表达了他的鲜明立场。我凝视九旬老人用颤抖的手在信上写的签名，心中很不平静。后来我去看望老人，深感他体衰病重，但依然视野宽广、思路清晰，他用简洁的话语向我表示，不管前进的道路多么崎岖，他坚信他的理想和信念一定会实现。他对中国人民寄予厚望。

1999年12月12日，白乐夫与世长辞，这一天正好是他93岁生日。6天后，我去波罗的海海滨参加了他的葬礼。庄严肃穆的灵堂里挂着西班牙反法西斯国际纵队的队旗，回荡着当年国际纵队激昂慷慨的战斗歌曲，我在悼念仪式上宣读了中国人民对外友好协会的唁电。

岁月流逝，怀念如丝。在白乐夫诞辰百年之际，我深深地缅怀这位国际主义战士，在中国人民最困难的时候他伸出了援助之手，他的真挚情谊将永远铭记在中国人民的心中。

（原载于《人民日报》2006 年 12 月 12 日）

# 中国茶如何征服英国

刘治琳
（前驻外使馆外交官）

茶源于中国，早在公元前3000年，中国人就开始饮茶了。茶叶很晚才传到欧洲。马可波罗于元朝来到中国，但他在游记中却没有提到茶。迟至16世纪初，欧洲各地也都不知道茶叶这种东西。1559年，意大利人詹巴蒂斯塔·拉莫西奥编撰的《航海与旅行记》中写道："茶是一种具有药用价值的热饮"。1560年，葡萄牙传教士加斯帕·达·科陆兹在从中国写给葡萄牙的家书中提到了茶叶。早在1515年，葡萄牙人的贸易船可能就与中国进行了接触，但迟至1560年，茶叶才通过威尼斯进入欧洲。葡萄牙人与荷兰人于1610年首先从中国进口茶叶，也使葡萄牙和荷兰成为欧洲饮茶最早的国家。然而，一直到17世纪60年代，茶叶才传到英国。

有趣的是，第一个把茶叶带到英国的却是一位葡萄牙公主。英王查理二世于1662年与葡萄牙布拉干萨王朝的凯瑟琳公主结婚。公主的嫁妆史无前例地丰厚：葡萄牙给了英国200万金克鲁扎多，把摩洛哥的丹吉尔港、北非的摩洛哥、印度的孟买也给了英国。同时，葡萄牙还允许英国使用葡萄牙在非洲、亚洲以及美洲的殖民地的所有港口，并给予英国直接进行茶叶贸易的权利。此外，伴随嫁妆还带来了一小箱茶叶。公主的嫁妆大大增强了英国的实力，而这一箱茶叶与凯瑟琳公主的饮茶习惯却改变了英国人的生活方式。

查理二世是在荷兰首都长大的，她与凯瑟琳公主都养成了喝茶的习惯。

当上了王后的凯瑟琳开始在宫廷中以茶待客，不久茶就成为英国的宫廷饮料。凯瑟琳的饮茶习惯在英国社会中最富有、最具有影响力的阶层中产生了重大影响。此后，伊丽莎白一世女王、威廉三世、安妮女王等也都喜欢饮茶。英国贵族们纷纷效仿，于是饮热茶成为时尚，茶在英国上流社会成为首选的饮料，替代了原来的国饮啤酒汤。

在此后大约 100 年，饮茶的习惯逐步传到民间。据英国官方资料，到 18 世纪末，在工业城市和沿海一带，差不多所有贫民都以茶为日常饮料，其他城乡居民大半也是这样。全国所有绅士人家无一不喝茶，最穷的人每星期也要消费一两半到二两茶叶。到 1938 年，英国每人每年的茶叶消耗量达到 9.11 磅，使英国成为世界上人均饮茶数量最多的国家。

## 茶叶贸易应运而生

英国东印度公司为了讨好王后，于 1664 年采购了 100 磅茶叶作为礼物赠送给凯瑟琳。当时英国东印度公司并没有把茶叶作为一种有价值的商品从中国进口。到 1685 年，英国的茶叶进口量上升到 1.2 万磅，1750 年达到 470 万磅。

查理二世执政期间，授权英国东印度公司垄断茶叶贸易。为了鼓励本国的纺织业，1720 年英国议会决定禁止从中国进口纺织品。但是，由于英国国内对茶叶的需求剧增，于是茶叶替代了丝绸，成为英国从中国进口的主要商品。

到 18 世纪中叶，英国对茶叶开始征收 119% 的高额关税，导致茶叶走私猖獗。来自荷兰以及斯堪的纳维亚国家的船只把茶叶偷运到英国沿海地区，走私茶的数量几乎与合法进口茶的数量差不多，造成英国茶税大量流失。为了追逐高额利润，走私犯们向茶叶里面掺假，如锯末、柳树叶、甘草、黑刺李叶等，甚至把已经用过的茶叶末晒干之后重新添加到新鲜的茶叶里。到 1784 年英国把茶叶关税从 119% 降到 12.5%，茶叶走私活动才宣告结束。而茶叶造假的活动一直延续到 1875 年，直到英国制定了严格的法律之后才告一段落。

## 茶叶与外交

据《英使谒见乾隆纪实》一书中记载："在不到 100 年的时间内，茶叶在英国的销售量增加了 400 倍。英国本土、欧洲、美洲的全体英国人，不分男女、老幼、等级，每人每年平均需要 1 磅以上的茶叶。茶叶已经成为英国各级社会人士的生活必需品。"当时只有中国出产茶叶，如果"突然停止这种大量的消耗品而又无其他替代品，将会在广大人民当中发生很大困难。"所以，英国急于与大清帝国建立外交关系，主要目的之一是为了确保英国必不可少的茶叶供应，削减英国巨大的贸易赤字等。

为此，英国国王乔治三世以为乾隆皇帝祝寿为由，于 1792 年（乾隆 57 年）向清王朝派遣了由特命全权大使、资深外交官乔治·马嘎尔尼勋爵率领的，包括军事、测量、绘画、博物、航海等各方面的专家在内的百余人的访华使节团，外加海军官兵，共 600 多人。

为了讨好清帝国，英使为乾隆皇帝带来了大量寿礼，包括英国当时先进的科技产品，意图在北京设立大使馆，由两国政府的代表出面商谈扩大双边贸易以及如何解决贸易不平衡等问题。当时，在欧洲主权国家之间互派常驻外交使节已经成为常态。当时的国际贸易形势对清王朝十分有利，清帝国大量出超，英国严重入超，英国和欧洲的白银源源不断地流入中国。

很可惜，由于多种原因，其中包括语言障碍（当时清政府中没有一个会英语的官员），英国在北京建立大使馆的计划以及通商的要求等均遭拒绝。乾隆皇帝在给英国国王的回信中自称"天朝"，认为对方要求在北京设立大使馆不符合"天朝定制"，"断不可行"，声称"天朝物产丰盈。无所不有，原不籍外夷货物以通有无。特因天朝所产茶叶、瓷器、丝巾为西洋各国及尔国必须之物，是以加恩体恤。”

令人痛心的是，清王朝也由此失去了一次与西方交流、开阔视野、向西方学习借鉴先进思想和先进科学技术的绝佳历史机遇。而 40 多年之后，大清的国门便被大英帝国的炮舰轰开，给中华民族带来 100 多年的屈辱历史。

为了摆脱对中国茶叶的依赖，英国开始在印度、锡兰、毛里求斯、肯尼亚等国种植茶叶。其结果是，一方面使英国摆脱了对中国茶叶的依赖，另一方面也把茶叶种植推广到世界各地，在相当一段时间内，使中国的茶叶丢失了国际市场，而锡兰茶风靡英国和欧洲。

## 英国创建了独特的茶文化

中国茶叶被英国全民接受，主要原因是茶是一种无酒精、暖身又提神的软饮料，适合所有人群。此外，泡茶简便，而且还可以多次饮用，胜过含酒精的啤酒汤。

中国人饮茶就是清茶一杯，而英国人饮茶时要往里面加牛奶、糖，还配有各种小吃。到过英国的人都会发现，由于大西洋暖流的影响，英国经常阴天多雨，潮湿少光。因此，饮热茶，暖暖身子很有必要。更重要的是，英国人的饮食习惯很特别，一天只吃两餐，早餐之后到晚上 8 点才吃正餐，中间相隔时间太长。维多利亚王朝的一位宫女——贝德福德公爵夫人安娜·拉塞尔，经常在下午 4、5 点钟感到饿得慌，于是她让女仆送来热茶，面包和蛋糕之类的小吃。她边吃边喝，给自己充充电，感到很惬意，并开始邀请她的朋友们一起来享用。她的做法很快在贵族社交圈内成为时尚，并逐渐普及到平民，后来逐渐形成了英国独特的“下午茶文化”。上流社会还演变出高雅的饮茶仪式，茶壶、茶杯、糖罐、环境和布置等都十分讲究，也成为一种新型的社交方式。英式茶点类似我们的便餐或夜宵。

有趣的是，英国大众饮茶的习惯是通过咖啡屋实现的。1667 年，托马斯·卡洛韦的咖啡屋开始供应热茶并出售茶叶。他在广告中称：茶是一种具有医疗效果的饮料，能够强身健体，延年益寿，医治百病，其出售的茶叶价格每磅6—10英镑。到18世纪，伦敦已有500多家咖啡屋出售茶叶。

咖啡和茶叶先后进入英国，两者彼此展开了争夺市场的较量。在18世纪初，茶叶占了上风，英国饮茶的人超过饮用咖啡的人。可以说，人们是在咖啡屋里品尝认识了茶，使茶逐步从咖啡屋走入寻常百姓家。大约到1750年，茶叶成为英国社会下层喜欢的饮料。咖啡屋对于普及茶叶功不可没。

此外，茶叶在英国工业革命中发挥了不可忽视的作用。当时工人们的早点很简单，从家里带点饭中午吃，一直到7点回到家才吃晚饭。下午4、5点钟时让工人们休息一下，喝热茶，吃甜点，补充了工人们的热量和能量，恢复了体力，有助于他们完成一天漫长的艰苦劳作。此外，茶叶还缓解了工业革命带来的城市化造成的问题。因为饮热茶需要烧开水，这样就可以减少因为饮冷水产生的痢疾、霍乱和伤寒等疾病。

英国的人均茶叶消费量迄今位列世界第一。在白金汉宫仍然举行每年一度的盛大茶会。在第一次世界大战期间，热茶成为酒精饮料的替代品。二战期间，丘吉尔有一句名言："对于士兵而言，茶比武器弹药还重要。"我想，世界上再也找不到第二个国家，像英国人一样爱茶的了！

（原载于《世界博览》2015年第24期）

# 中加友谊的历史见证

吕永寿
（前驻加纳大使）

我于 1999 年至 2003 年任中国驻加纳大使，出使加纳将近 4 年。尽管离任已 10 多年，但我对加纳这块富庶的土地及其热情和友好的人民，至今仍存有美好的记忆。离任前，加纳总统授予我“共和国荣誉大勋章”，加纳政府为此举行了一场颇为隆重的授勋仪式。我是当时唯一享有此项殊荣的外国使节，这表达了加纳人民对中国人民的友好情谊，也见证了双方互信日益深化、双边友好合作全面发展的良好势头。

提到加纳，人们会想到“黄金海岸”这个名字。加纳盛产黄金，古称“黄金海岸”。加自然资源丰富，不但盛产黄金，还有可可、木材、铝矾土、钻石等。2007 年，加纳又发现了具有商业开采价值的海洋石油储藏。加纳近几年经济发展较快，对外开放范围扩大，投资条件逐步完善。国际货币基金组织（IMF）于 2007 年将加纳列为撒哈拉以南非洲国家中经济发展速度最快的 10 个国家之一，同时也将加纳列为最具投资潜力的 10 个国家之一。

加纳这块有着丰富资源的土地曾招来过西方殖民者。1471 年葡萄牙人第一次来到加纳沿海。此后从 15 世纪至 19 世纪，荷兰、法国和英国殖民者相继入侵加纳沿海地区，并建立了几十座城堡，掠夺黄金，贩卖奴隶。在这些城堡中，有 20 座保存下来，“埃尔米纳”和“海岸角”这两座奴隶堡最有名，而且保存完好。“埃尔米纳”在葡萄牙语中是“矿藏之地”的意思，因这里黄金、象牙等资源丰富，故葡萄牙人就把这里取名为“埃尔米纳”。1897 年，加纳全境沦为英国殖民地。

我在加纳工作期间，曾多次陪同客人参观“埃尔米纳”和“海岸角”这两座奴隶堡。每当我来到当年关押黑人奴隶的牢房，面对奴隶被运往大洋彼岸必经的不归之门，听着大海的浪涛声，耳边仿佛响起了当年被贩卖的奴隶悲愤的呼喊。

“埃尔米纳”和“海岸角”这两座奴隶堡，曾是西方殖民者贩卖奴隶的源头，是西方殖民者在加纳实行殖民统治和贩卖奴隶的罪恶行径的历史见证。这两座奴隶堡于 1979 年被列为世界文化遗产，成为西方黑人的寻根之地。

在庆祝独立 40 周年（1957—1997）之际，加纳发行了独立 40 周年纪念邮票，其中一枚的图案是恩克鲁玛宣读“独立宣言”。黄金海岸于 1957 年 3 月 6 日宣布独立，改名加纳，1960 年 7 月 1 日成立加纳共和国，恩克鲁玛成为加首任总统，是共和国的缔造者，被称为“独立之父”。恩克鲁玛 1909 年出生在加纳北部一个叫作恩克罗富尔的村子，信奉天主教，当过小学教师。他 1935 年去美国留学，获文学硕士、教育学硕士等学位。在美国留学期间，恩克鲁玛结识了美国黑人进步领袖，并同这些进步领袖保持着密切联系，回国后积极从事和组织民族解放运动。恩克鲁玛是非洲民族解放运动的先驱，提倡泛非主义，主张以非暴力方式统一非洲，是非洲统一组织的创始人之一。周恩来总理在会见加纳朋友时曾表示，恩克鲁玛是“非洲解放运动杰出的领导人”。

中加友好关系有其特点，一个突出的特点是两国建交早，且建交过程异常迅速。加纳 1960 年 7 月 1 日成立共和国，时任中国驻几内亚大使柯华奉命出席加纳共和国成立庆典。7 月 3 日，恩克鲁玛总统在会见柯华大使时表示，要与中国立即建交。7 月 5 日，两国正式建立大使级外交关系，黄华出任中国驻加纳首任大使。中加建交如此迅速，成为外交佳话。

恩克鲁玛是中国人民的老朋友，曾于 1961 年和 1966 年两度访华。而周恩来总理在加纳1964年1月发生未遂军事政变时，不顾个人安危，仍按原计划访问加纳。这一外交行动产生的影响积极而深远，至今仍在中加两国人民中传颂。

加纳发生未遂军事政变时，恩克鲁玛总统遇刺受伤，被困于总统府奥苏城堡中，形势动荡而紧张。但周恩来总理和陈毅副总理不顾个人安危，决定按原计划访问加纳。经过认真考虑和安排，中方决定先派代表团中的三名成员先行前往加纳，会见了恩克鲁玛总统，代表周恩来总理向恩克鲁玛总统表示慰问，并建议考虑到恩克鲁玛总统的安全，可打破外交常规，总统不到机场迎接；凡有总统参加的活动，都在总统居住地进行，也不到城堡外举行宴会。恩克鲁玛听后非常高兴，深受感动。1月11日，周恩来总理率领中国代表团抵达加纳首都阿克拉，恩克鲁玛总统派三人委员会代表团到机场迎接，并陪代表团到奥苏城堡会见了恩克鲁玛总统。在会见时，周恩来总理转交了毛泽东主席给恩克鲁玛总统的慰问信，表达了中国人民对加纳人民的同情和支持。毛主席在信中说，“中国人民将永远支持加纳人民和非洲各国人民的正义斗争”。恩克鲁玛在会见周恩来总理时，穿了一套中山装，充分表达了恩克鲁玛对中国人民的友好情谊。这套中山装是1961年恩克鲁玛总统访华时，周恩来总理特意指示有关部门为他定做的。为感谢周总理访加，恩克鲁玛总统在城堡举行欢迎宴会并感慨地表示，周总理代表团的访问是所有代表团中对加访问最好的一次。

对这次访问，周恩来总理后来说：“我们看到人民群众那样欢迎我们，支持我们，我们感到不仅不孤立，而且对我们的安全问题都不考虑了，因为有一种力量把我们鼓舞了。”

1966年2月，恩克鲁玛总统访华期间，加纳发生军事政变，恩克鲁玛政府被推翻。周总理指示仍按总统规格接待他。他后来流亡并定居几内亚，几内亚总统塞古·杜尔给予他“几内亚共和国共同总统”的名誉称号。1971年恩克鲁玛去罗马尼亚治病，1972年4月因病在布加勒斯特逝世。其遗体空运至几内亚首都科纳克里，同年7月运回加纳，安葬在他的故乡恩克罗富尔村。恩克鲁玛在加纳人民中享有很高的威望，为纪念这位“独立之父”，加政府修建了“恩克鲁玛陵园”，恩克鲁玛的塑像树立在陵墓前。1999年，时任国家副主席的胡锦涛访加时瞻仰了这座陵园，并向恩克鲁玛的陵墓献了花圈。陵园内，展示了恩克鲁玛总统两度访华和周恩来总理1964年前加时，毛泽东主席、周恩来总理等领导人会见恩克鲁玛的大型照片，见证了中加老一代领导人的深厚友情。

在加纳人民争取民族解放与独立的斗争中，中国人民给予其坚定支持。在加纳发展经济与建设国家的事业中，中国也向加纳提供了各类经济和技术援助，包括无偿援助、无息贷款、优惠贷款、一般物资和现汇、人力资源培训等。中国援建的国家剧院，是首都阿克拉一座具有独特风格的漂亮建筑，一些重要和大型活动都在该剧院举行。2002年至2007年，中国政府先后两次免除了加纳政府到期的全部债务。特别是2006年中非合作论坛北京峰会以来，中国政府对加纳的援助力度进一步加大，中国以落实八项措施为主线，着力推动了一系列对加援助和合作项目，取得了积极成果，产生了积极的社会影响。

应该说，中加两国的帮助和支持是相互的，在涉及中国重大利益的问题上，加纳都给予了中国宝贵的支持。加纳坚定奉行“一个中国”政策，1971年中国恢复了在联合国的合法席位，其中就有加纳支持的宝贵一票。

我在加纳任职期间，库福尔总统曾多次对我提到和感谢中国对加援助不但授人以鱼，而且授人以渔。2010年9月，加纳总统米尔斯访华，他在同胡锦涛主席的会谈中也做了同样的表示。中国改革开放以来取得了巨大成就，加纳赞扬中国的快速发展并特别敬重中国领导人。1997年邓小平同志逝世后，加方以“中国卓越领导人”“中国改革开放的总设计师”为题，发行了一组悼念邓小平同志的邮票，还在其肖像旁印上了“学习是前进的基础”“密切联系群众，从群众中来，到群众中去”之手迹和英文译文。这不但可以看出加方对邓小平同志的敬重，同时也从一个方面反映出该国对邓小平理论的重视，对中国改革开放政策的赞扬。

中国和加纳的友好关系历史悠久，两国人民是好朋友。毛泽东主席、周恩来总理和恩克鲁玛总统等老一代领导人建立的深厚友谊，为两国友好关系的不断发展打下了坚实基础。正如胡锦涛主席2010年9月在会见米尔斯总统时表示的，中方始终将加纳视为真诚可靠、值得信赖的朋友，双方要以相互尊重为基础，深入发展两国关系。

可以相信，两国友好关系和合作今后一定会在一个新的起点上更加稳定和快速地发展。

（原载于人民邮电出版社2014年出版的《外交“封”云》一书）

# 异国有知己

马可铮
（前驻外使馆外交官）

广交和深交朋友，是外交官工作中的一项重要任务；而我个人的体会，它更是外交生涯中一项最有意思和最富有人情味的内容。你在许多国家工作，你和各行各界的人士打交道，就会结识许多朋友。他们尽管年龄不同、性别不同、肤色不同、职业不同，出身经历和文化背景也不同，但无一例外，他们都有着相互理解的渴望、相互交流的真诚，以及相互帮助的善意，都有着对友谊的执着追求。虽然外交官在某一个国家的任期是有限的，但其在工作中所结下的友情，却不会受到任期的限制。它会绵延很久很久，成为你生命中弥足珍贵的一页。

我曾经先后在不同地区的几个国家工作过，在每个国家我都结交了好几个颇为知心的朋友。回国以后，虽然已与他们远隔重洋，但昔日同摄的相片如今不时来鸿，使我依然常常沉浸在友谊的温馨与亲切之中。而在我众多的海外知己中，有一位美国老人总是使我格外思念，我思念他那火一样的热诚，思念他那海一样的深情，思念他那金子一般的善良的心。

这位老先生名字叫威廉·库贝克（William Kupec），居住在美国纽约长岛的一个名叫萨奥赛特的宁静小镇上。他是一位退休的中学校长，从1948年到1983年，他先后在长岛的五所小学中任过教师和校长。他很早就致力于教育和帮助他的学生了解世界的文明和人民，而退休以后更是全身心地投入了促进世界人民之间的友谊，尤其是中美两国人民之间的友谊。

我与他初次相识，是在他朋友家后花园的大草坪上。那是他担任主席的萨奥赛特国际俱乐部组织的一次餐会，参加的有当地来自不同国家的移民，有中国驻纽约总领事馆的官员，当然最多的还是地道的美国人。当我正和二位美国朋友聊得津津有味时，一个身材高大、银发潇洒、满面红光、眉目慈祥的老人大步走了过来。当我的朋友为我们做了介绍之后，他伸出温暖而柔软的大手紧紧地抓住了我的手，说道:“欢迎，欢迎！你是新朋友，应该受到格外的欢迎。”

我告诉他我抵美还为时不久，对美国缺乏了解，很希望有一些朋友能帮助我认识这个国家。他爽朗地笑了笑说：“在这方面，你会得到我的全力帮助。”

欢快的笑语使我们很快消除了陌生感，片刻工夫已使我们如相识已久的朋友，正应了中国的一句老话：“一见如故”。

当晚餐齐备、大家落座后，他又做了简单而得体的讲话。他那炯炯的双眸，开朗的笑容和热情的话语，给我留下了极深的印象。

已是酒过三巡、菜尽五味时，他从烤炉里取出一个滋滋滴油的牛肉饼夹在面包里送到我面前，“来，新朋友，你是年轻人，多吃一点。这是美国的牛肉。”

从那以后，我们成了真挚的忘年交。他曾不止一次来我们领馆参加活动，我也多次去萨奥赛特小镇出席那里朋友们的聚会，也曾与他有过愉快的餐叙，或到他简朴而舒适的家中做客。

他拥有一幢白色的小木屋。在长岛优雅的居民区里，那只是一幢十分普通的住房。他的客厅并不豪华，但布置得很舒适，目所能及皆是中国的工艺品，使我顿生既在异国、又在故乡的亲切之感。在浓郁的咖啡香气中，我们交谈着关于中国和美国的历史、文化、社会和政治，也交谈着我们各自的经历。

他告诉我，他出身于纽约曼哈顿岛上的一个贫寒之家。第二次世界大战期间，他参军在欧洲征战三年，亲眼目睹了因战争而满目疮痍的城市和炮火中历尽苦难的百姓。他因此曾立志要当一名外交官，愿奔走呼号以建立和维护世界和平。战后他回国上了大学，对孩子的热爱又使他萌生了从教的念头。他认识到，儿童是人类的未来，明天的世界要靠他们去管理和建设，于是他毅然走上了讲台，在教育岗位上度过了几十个春秋。在教室里，他总是用各国人民要友好相处和相互交流的思想教育学生。他的信念是：只要全球人民共同努力，就能改变世界。

而在世界各国之中，他特别热爱的是伟大的中国。即使在美国弥漫恶毒反华气氛的五六十年代，他也坚持向学生介绍勤劳优秀的中华民族和灿烂的中国文化。他早想像斯诺和史沫特莱一样为中美两国人民的互相理解而努力。几十年来，他总是尽其所能地向美国人介绍中国和中国文化。退休以后，他更是全身心地投入了中美两国人民的友好事业。他在自己居住的小镇组建了萨奥赛特国际俱乐部，联合了当地各族裔的会员，每月举行联谊活动，组织新移民和外国友人与当地居民的交流。他还成立了中国友好基金会，亲自担任主席。同时他还是联合国儿童基金会、纽约州和百慕大狮子俱乐部和美中友协长岛分会的成员。因为他在这些国际性组织中的积极而有成效的活动，他曾获得过多种奖项。美国《新闻日报》因此称他是“世界上的好人”。

他告诉我：“我热爱人民，特别是热爱中国人民。自小我就被这个遥远的国家和她迷人的文化所吸引。作为一个退休校长，我准备将我的余生奉献给我所热爱的中国人民。我希望以自己力用能及的方式来为前进中的中国新长征尽微薄之力。

库贝克先生是这样说的，也是这样做的。他经常为美国报刊写文章宣传中国；他常常去学校为学生们放映介绍中国的电影；向图书馆赠送介绍中国的图书；帮助当地的学校与中国的中小学建立联系；免费向华人新移民教授英文。

库贝克先生不但孜孜不倦于人民之间的交流，在国际关系的政治舞台上，他也常常挺身而出、仗义执言。我在纽约工作期间，他曾打电话或写信给我，有时我曾在一些活动场合见到他，有时我们两人也相约晤谈或共进餐饮。由此我得知，当美国国会和政府一再在“最惠国待遇”问题上与中国为难的时候，当美国政府无理制造“银河号”事件的时候，库贝克先生义愤填膺，奋笔给美国国会议员和总统写信，批评某些人士损害美中关系的短视行为，要求美国国会和政府改弦更张。

1993年北京申办2000年夏季奥运会时，库贝克先生和纽约其他组织一起，在纽约发起举办了“北京申办2000年奥运图片展”，介绍中国的成就和中国人民的热情。当他得知美国国会投票反对中国申办奥运时，他给国际奥委会主席和美国奥委会主席以及长岛的美国国会议员写信，向他们表示：“当今世界如此需要和平、合作和友谊，我们应当选定在北京举办奥运，以示我们对正在崛起、广受尊敬的中国所扮演的角色的重视。”他认为，反对北京申办2000年奥运会，“将可能损害十亿人民促进世界和平的大好机会。”

1995年，美国政府决定允许李登辉来美进行所谓的“私人访问”，库贝克先生又一次仗义执言，他向美国总统克林顿写信表示“抗议、义愤和失望”。他说，白宫的决定，“违背了中美三个联合公报，破坏了中美关系基本准则和双边关系”，他呼吁克林顿纠正背离“一个中国”政策的行为。

作为一名退休的中学校长，库贝克先生的生活并不十分宽裕，但他却以自己有限的财力尽可能地帮助中国的各项事业。武汉的一个14岁的姑娘姚玲得了白血病，库贝克寄去了自己省下来的金钱，还为这位自己素未谋面的女孩在美国奔走募捐；南京一家小学的学生创办了儿童银行，他捐了款并担任了银行的荣誉顾问；当中国发生了洪灾，他又慷慨解囊并在长岛努力为赈灾而动员人们伸出援助之手；他还加入了中国的希望工程，定期汇款，帮助河北农村一个11岁的小女孩赵娥曼恢复了学业。

库贝克先生对我说：“我们这里很多人家的住房后面都有一块挺大的草坪，大多数人都是请割草工来修理的。我由此想出了一个好主意：我每次都自己动手为邻居们的草坪割草，然后他们会把付给割草工的钱付给我作为报酬，我就把这一笔报酬作为我的捐款寄给中国的希望工程。”当他不经意地谈到这件事时，我望着他如银的白发和毕竟显得苍老的皮肤，不由得被深深地感动了。在草长得最快的夏季，长岛的天气和北京一样，溽暑蒸人，我可以想象出一个年逾七旬的老人推着割草机在一片大草坪上汗流浃背地忙碌的情形。而他不顾腰酸背疼地做这一切，是为了远在大洋彼岸他从来也没有见过的中国农村的穷孩子。他说：“当我艰难地割着草的时候，只要意识到我正在通过自己的努力帮助中国的孩子们，我就觉得轻松多了。”

有一次我们谈话之余，他领我参观了他的工作间。那是一间不大的地下室，除了在一个角落堆放了一些食品和杂物外，其余空间拥挤地放着资料柜、书架和一台电脑。柜子里和书架上堆满了他搜集的关于中国的材料、他的中国朋友的相片和他与中国朋友的往来书信。他每天都要在这里度过好几个小时，整理有关中国的资料，撰写介绍中国的文章和给中国朋友们写信。他指着那满柜满架的资料、相片和书信对我说：“这是我最宝贵的财富！”

后来因为工作的需要，我离开了美国，也告别了这位被人们称为“人民大使”和“全美中国最知己”的善良的老人，但我们一直保持着通信来往。我为中国人民在美国有这样一位热情的朋友感到高兴，也为自己能结交上这位诚笃的忘年交而感到荣幸和幸福。是的，有什么能比真挚的友情更宝贵呢？

（原载于上海人民出版社2005年出版的《中国外交官在北美、大洋洲》一书）

# 以茶会友

瞿宏法
（前驻比利时使馆政务参赞）

我任中国驻比利时王国大使馆政务参赞期间，由于外交工作的需要，结交了一些比利时朋友。他们中有联邦和地方政府官员，有参众两院议员和省市议会议员，有官方部门和民间机构的负责人，也有平民百姓。其中与我打交道最多，且称得上茶友的是比利时外交部亚澳司主管对华事务的副司长汉斯·奈斯。奈斯是一位职业外交官，任此职前曾在比利时驻马来西亚、新加坡、日本等亚洲国家的大使馆工作，对东方文化有较多的了解，对东方的茶文化颇感兴趣，其夫人还是位华人。因此，饮茶在我们交往中必不可少，谈茶文化是我们经常的话题。我向奈斯介绍，中国人喝茶犹如比利时人喝咖啡，茶是日常生活的重要组成部分。茶文化在中国源远流长，早在唐朝就盛行，到明朝末欧洲人才知道茶。以茶会友，饮茶聊天，用茶养身，从一个方面体现了中国人的生活质量和品位。奈斯说亚洲人都爱饮茶，现在越来越多的西方人认同茶是健康的饮料，认为饮茶是高雅的、有品位的。他还知道茶道在日本很盛行，但礼仪过于烦琐；茶文化起源于中国，博大精深。

由于对茶的共同兴趣，我和奈斯之间的往来日趋增多，彼此之间的了解和友谊不断加深。在布鲁塞尔有千余家中餐馆，我时常在“玉泉”和“长城”两家仍保留中国菜正宗味道的饭馆宴请奈斯和亚澳司的其他官员。若是晚宴，我一般也请他们的配偶一同出席，并在饭前饭后都要用中国茶招待客人。席间我们除就两国双边关系中的重大问题交换意见外，也常常谈及有关茶的问题。我每次去比利时外交部拜会奈斯时，他定会让其秘书为我沏上一杯茶，一改用咖啡待客的做法。每逢圣诞节和新年到来之际，我会准备两筒中国茶和一瓶中国酒，连同画有中国山水的挂历让司机送到奈斯在比利时的外交部办公室，奈斯则用比利时巧克力和法国葡萄酒回赠给我。

在我们以茶会友的交往中，也会有交涉和斗争，这是外交工作的性质所决定的。外交是国家行为，维护国家和民族的最高利益是每个外交人员的天职。每逢我奉国内指示去比外交部就台湾、西藏、“疆独”、法轮功等敏感问题向比方进行交涉时，谈话难免带有火药味。虽然我们各为其主，但彼此的态度却是诚实的，有所克制的，表明了各自的原则立场和态度后绝不纠缠。对暂时不明白的情况，奈斯都会表示先报上级和了解后再予以澄清，而喝茶却是不可少的。

奈斯得知我即将调回国时，特意设家宴为我和夫人饯行。赴宴那天晚上，奈斯偕夫人和两个孩子在其家门口迎接我们。席间，我们除了谈近年来中比关系的长足发展外，也相互感谢对方在工作中给予的支持和帮助。谈话自然也少不了茶和茶文化。饭后，我们一边喝着茶，一边欣赏奈斯多年来收藏的精美茶具。我发现，我先前赠给他的一套宜兴茶具被放在突出位置。临别时，我们相互拥抱和祝福。奈斯告诉我，他即将赴任比利时驻香港总领事，并说他退休前最大的心愿是能到北京任驻华大使，但此岗位在比外交部竞争十分激烈。于是，我衷心地祝愿他能“心想事成”，在竞争中获胜，有朝一日来华任职。那时，我们将有机会重逢，继续我们之间以茶会友的友情。2009 年，奈斯终于如愿以偿，来京出任比利时王国驻华大使。

奈斯得知任命后，在第一时间里将此喜讯告诉我，后来又邀请我出席他的到任招待会，老朋友相见甚为高兴。2013 年，奈斯因到退休年龄离任。退休后，他并未回国，而是举家旅居中国，现在生活在云南昆明。我和他虽不能经常在一起品茶，但仍保持微信联系，时常互致祝福和问候。

# 北京海豚迁居康斯坦察

王铁山
（前驻罗马尼亚康斯坦察总领事）

在国际政治舞台上，各国经常会用珍稀动物来搭建起友谊的桥梁。我国的对外交往也不例外，最有代表性的“动物外交官”就是我们的国宝熊猫了。除了熊猫外，还有东北虎等多种珍稀动物也当过“外交友好大使”，当然，友好国家也赠送给我国一些珍稀动物。而笔者在担任中国驻罗马尼亚康斯坦察总领事时，曾力助罗马尼亚方面从北京引入3头海豚，从而展开一段增进中罗人民友谊的“海豚外交”。

## 起因：海豚死亡难住罗方博物馆

回首这段往事，已经是8年前了。那是在2008年年底，罗马尼亚海滨城市康斯坦察的自然博物馆用于表演的最后一只海豚因病死亡。而在此之前的2007年是个特殊的年份，联合国把2007年命名为“国际海豚年”，在全世界掀起一场保护海豚的运动，希望人们更多地关注海豚这一稀有物种，以避免海豚灭绝。

海豚是人类的朋友，是海洋中的“精灵”，是世界上最受欢迎的动物之一。在水族馆里，海豚能按照训练师的指示，表演各种美妙的跳跃动作，这与海豚的惊人智力有关。只要人类能够与它友善相处，海豚就可能逐渐靠近人，与人类成为朋友。然而近些年来，海豚却面临生存环境极度恶化的困境。联合国环境规划署的报告称，全球现存40种海豚，它们正在面临生存威胁。这些威胁包括噪音、有毒化学品和大量垃圾等，可能会导致海豚灭绝。在这种情况下，因受《养护野生动物移栖物种公约》《关于养护黑海、地中海和毗连大西洋海域鲸目动物的协定》和《养护波罗的海和北海小鲸类协定》等有关国际公约限制，罗马尼亚不能在海上捕捞海豚用以补充。该博物馆曾联系许多国家求购，均遭到拒绝。

康斯坦察是黑海最大的港口城市，每年有不少国内外游客来此度假，而海豚表演是最吸引游客的节目之一。海豚馆没有了海豚，那就是空有其名了。康斯坦察省政府和自然博物馆的负责人都非常着急。笔者当时担任中国驻康斯坦察总领事，他们就来拜会，询问是否可以从中国引进2—3头海豚。

笔者敏锐地意识到，这是欧盟成员国首次向我国要求引进海豚，如能取得成功，可为两国的科技合作开辟新的领域，具有开创性的意义。何不借此机会开展一次“海豚外交”呢？于是，笔者与我国农业部渔业局取得联系，渔业局推荐了北京海洋馆作为中方合作单位。经过笔者的牵线搭桥，康斯坦察自然博物馆与北京海洋馆建立了联系。

## 牵线：北京海洋馆可人工繁殖海豚

恰在此时，北京海洋馆已经可以人工繁殖海豚了。在2009年的3月，北京海洋馆人工繁育的3头小海豚首度出现在游人面前，填补了国内海洋动物在内陆城市繁育的空白。这次成功繁育的3头小海豚中，大的是哥哥，有23个月大，聪明好胜，具有首领气质；小妹妹11个月大，活泼开朗，好奇心强；二妹妹13个月大，典型的“淑女”，温文尔雅。

到了2009年9月，北京海洋馆将举行建馆10周年庆祝活动，并邀请康斯坦察自然博物馆派团出席，就出口海豚和开展海洋生物科技合作进行谈判。笔者将这一邀请转达给康斯坦察省省长康斯坦丁内斯库，他决定派副省长带队，率自然博物馆馆长和海豚专家访华。罗马尼亚客人在北京期间受到热情接待。两馆就引进 3 头表演用海豚（一公两母）和开展科技合作签署了协议。

为符合国际公约的规定，笔者建议罗方从北京海洋馆购买人工繁殖的小海豚。引进行为虽然按照商业方式运作，但要纳入两国开展海洋科技研究的范畴。2009 年底，双方就购买海豚正式签署合同。当时，欧债危机在罗马尼亚已经显现，康省政府仍然克服困难，从地方财政中拿出 36 万欧元购买海豚，并拨出 20 万欧元包租专机，完成了这次特殊的活体动物长途运输。2010 年 3 月，罗方派 5 名训练员和 1 名兽医赴北京海洋馆培训。双方还商定，随海豚抵罗的中方训练员将在康斯坦察工作 3 个月，向罗方传授训练和表演技术。

在这个过程中，总领馆与双方保持密切沟通，多次与康省领导和自然博物馆商谈并协助其解决困难，协助他们排除了合作中出现的最后障碍。

2010 年 5 月 29 日下午，罗方引进的 3 头海豚乘包机经过 14 个小时的空中飞行和近 10 个小时的地面运输，顺利抵达康斯坦察市的科格尔尼恰努国际机场。北京海洋馆两名训练员、中方聘请的两位日本兽医、赴京学习的罗方训练员和兽医同机抵达。

迎接海豚的阵容盛大，康省省长康斯坦丁内斯库、副省长达利耶、罗马尼亚国家参议院议员莫嘎从机场护送海豚至修葺一新的海豚馆。罗马尼亚数家电视台和其他媒体派记者对包机降落、海豚出舱、装车进行了现场直播。数十名电视、广播、平面和网络媒体记者到机场和海豚馆采访。名叫“妮妮”“晨晨”和“皮皮”的 3 头海豚享受到尊贵的“国宾”待遇，它们被卸下飞机装上 3 辆专车，由警车开道，宪兵护送，从机场浩浩荡荡地驶向自然博物馆，沿途还受到市民的欢呼和喝彩。许多儿童在家长陪同下赶到自然博物馆门口，迎接中国海豚的到来。海豚馆正面挂起巨大的横幅，上面印着中国国旗、康省省徽、康省博物馆和北京海洋馆馆徽及欢迎标语。

# 落户：北京海豚逐渐适应新家

罗方引进的3头海豚经过24小时的长途运输，身体非常疲惫，有的还受了轻微伤，加上海豚来到陌生的环境，居住和饮食条件比北京都差很多，它们适应新环境的时间比预料的长一些。北京海洋馆派出的两名训练员技术精湛，但语言不通，交流困难；而受金融危机影响，博物馆经费紧张，无力聘请翻译。于是，中国总领馆物色了当地一名懂罗语和英语的爱国华侨，义务为双方担任翻译，解了燃眉之急。

笔者两次将自然博物馆领导、主管人员、兽医、中方训练员请到总领馆做客，协助他们逐一解决了水温过低、海水浓度不够、饲料品种不全、露天饲养、海豚眼睛发炎、向罗方训练员传授训练技术和注意事项等问题。经过和罗方商量，3头海豚继续沿用“晨晨”“妮妮”“皮皮”的中文名字。由于“皮皮”的罗语译音意思不雅，改用谐音“peipei”代替。

3头中国海豚很快适应了新的环境，健康状况良好，活泼可爱，成为当地尽人皆知的“明星”。自然博物馆位于海滨浴场入口，于是总领馆向博物馆提供了中国国旗、北京海洋馆馆徽和海豚照片，印制成巨大横幅挂在海豚馆正面，引来成千上万的游客驻足。

海豚抵达康斯坦察三天后，罗方举行大型记者会，笔者在现场回答问题，向各媒体发放了图文并茂、印刷精美的介绍材料《跨越欧亚的彩虹——中国海豚从北京到康斯坦察的历程》、中国《野生动物保护法》和《水生野生动物保护法》《北京海洋馆鲸豚保护简介》等材料，并请随海豚同机抵达的罗方兽医和中方训练员现场解说。康省自然博物馆馆长感慨地对记者们说，他们为寻购海豚曾四处奔波，但处处碰壁，关键时刻中国伸出了援助之手，真是困难之时见真情。

由于这是我国首次向欧盟成员国出口人工繁育的海豚，媒体不断报道，当地人民十分关注，尤其是众多少年儿童翘首以盼，希望早日一睹中国海豚的风采。为减轻压力，自然博物馆在海豚抵达20天后开放海豚馆，允许公众观看海豚进食和嬉戏。为保证首场正式表演的成功，笔者密切关注海豚的身体恢复状况，经与自然博物馆多次协商，把首场正式表演的时间定为中方训练员离罗之前10天左右，正好是海滨旅游旺季开始的日子。双方商定首演以罗方训练员为主，中方训练员协助。

2010年7月16日晚，首场正式表演如期举行。演出开始前，主持人代表康省人民和罗马尼亚广大观众向中国政府和人民表示衷心感谢。随后，3头海豚表演了“跳跃出水”“高空顶球”“直立钻圈”“旋转跳舞”“水面推人”等16种动作，还请观众零距离接触海豚。现场气氛热烈、高潮迭起。

康斯坦察是罗马尼亚第二大城市和黑海最大的港口及著名旅游胜地。北京海豚成功落户此地，对宣传我国在濒危动物保护方面取得的成绩、扩大和保持我国在黑海地区的影响、促进罗马尼亚下一代对中国的了解、增进中罗两国人民之间的友谊发挥着长久的作用。

“海豚外交”结束不久，笔者便离任回国了。离任前，康斯坦察省议会专门通过决议，授予笔者“康斯坦察荣誉市民”的称号，这恐怕与特殊的“海豚外交”有很大关系。笔者虽然离开了康斯坦察，但仍然关注那3头留在黑海之滨的可爱的小海豚。2013年，我听闻“皮皮”突然死亡，心中伤感不已。希望“晨晨”和“妮妮”在异国他乡快快乐乐地生活下去！

（原载于《北京晚报》2016年11月16日）

# 我也得了冠军

王嵎生
（前驻尼日利亚、哥伦比亚大使）

足球乃“体育之王”。一个国家的人民喜爱足球的状况以及政府重视的程度，往往能从一个侧面反映出其民族的精神面貌。

1985 年夏季，在北京举行了“小金鹰”杯少年足球赛。尼日利亚少年足球队是参赛队伍中一支很强的劲旅，其一路过关斩将，屡战皆捷，最后进入了决赛。尼日利亚人民酷爱足球，全国都在关注这场决赛，并期待着胜利的喜讯。尼政府体育部长等三人还要专程飞往北京观战。

这是促进两国友好的一次难得的机会。当时我任驻尼日利亚大使，立马召集使馆有关同志开会，对相关事宜进行了研究和部署。

考虑到时间紧迫，为了让体育部长等三人及时赶到现场，入境时不耽误时间，我们破例给他们全都发了礼遇签证，同时向国内有关部门通报了情况。结果，他们下飞机后迅速顺利过关，直奔赛场，就座时场内正好奏起尼日利亚国歌。三个人喜笑颜开，心里直念叨，中国使馆真好，帮了大忙。

我们请新闻、文化部门的秘书拟好两份热情洋溢的待发贺电。一份是祝贺夺得冠军的，我们认为这种可能性最大；另一份是祝贺获得亚军的，我们认为即使是亚军，也值得祝贺。同时，我们还指定专人监听国内广播，一有比赛结果，立即用最快速度把贺电发出。

结果，尼日利亚“小金鹰”夺得了冠军。我作为中国大使的所发贺电也获得了“冠军”——比尼日利亚总统布哈里将军发的还早。当天尼日利亚电台首先广播了我的贺电，晚上电视台在广播完总统贺电后接着又播出了我的贺电。第二天各大报刊均在头版显著位置刊登了我的这一贺电。

尼日利亚少年足球队凯旋时，我是唯一被邀请到机场迎接的外国使节。红地毯和鲜花，使这些尼日利亚的宠儿得到了最高礼遇。机场到处和沿途都可以听到人们欢呼“中国—尼日利亚”“尼日利亚—中国”。布哈里总统为少年足球队举行的庆功会也特邀我去参加了。会上他宣布，政府决定，以每个队员的名字在其家乡命名一条街；免费供他们上大学。

军政府领导人纷纷前来同我握手致意，表示感谢中国对尼日利亚少年足球队的爱护和支持、关心和照顾，感谢中国赠送给每个队员的珍贵礼物——彩色瓷盘上有他们的头像。

这一天尼日利亚的庆祝活动达到了高潮，中尼友谊也随着这一高潮而更深一层地浸入了千百万黑人朋友的心扉。有朋友问我说，你这样做不累吗？我说，不累，开心！利用一切机会开创新局面，这样的事，我们不能“等”国内指示。你不做，上级不会批评你；你做了，也不会表扬你。关键是：敬业、爱国、主动。

（原载于《新民晚报》）

# 你们百年后一定会上天堂

王嵎生
（前驻尼日利亚、哥伦比亚大使）

1985—1988年，我在尼日利亚当大使。那是我第一次担此重任，初出茅庐。我上任之前，便听说疟疾是这个国家的“第一杀手”，大使馆很多同志也深受其害。外交部领导要我多多关心此事，有关方面也托我带了很多药品，其中之一就是中医药新产品“青蒿素”。

非洲疟疾猖獗，每年得病人数上千万，死亡人数近百万。一亿多人口的尼日利亚患疟疾和因此而死亡的人数相当大，包括很多天真活泼的儿童。有一种毒性最大的疟疾，可以在48小时致人于死命。大使馆有一位女同志得了重病，在医院接受了外科手术；康复回馆后，第三天准备送点小礼品感谢那位为她做手术的好医生。不料医院告诉她，那位医生因得恶性疟疾已于日前去世了。闻此噩耗，大使馆同志无不十分伤感，那位女同志更是声泪俱下。

青蒿素是我国发明和独有的治疗疟疾的有效针剂。为了帮助尼日利亚人民从疟疾的死亡威胁中解脱出来，我以大使身份将其向尼日利亚卫生部门进行了深入的介绍，并争取到联合国儿童基金会组织的帮助和配合，从中国请来一个精通青蒿素的三人专家小组。在向三位专家介绍情况时，我强调指出，如果你们搞成功了，将把数十万尼日利亚人从疟疾威胁的死亡线上拯救出来，“你们百年后一定会上天堂”。这后一句话看似玩笑，实则是突出他们承担着援助非洲的神圣使命。他们充满信心，都会心地笑了。

经尼日利亚卫生部和大使馆共同安排，中国专家小组同尼日利亚的医务人员一起，配上使馆一名青年外交官兼翻译，在一个疟疾多发地区非常艰苦地日夜工作。他们进行了两个多月的临床实验，用青蒿素和西药奎宁同时分别对甲乙两组共60人进行治疗，对比疗效。最后，共同写出了一份报告，证明我国青蒿素的疗效在任何方面都优于奎宁，而且副作用极小。

这是中国青蒿素进入尼日利亚和整个非洲的一次极好机会。遗憾的是，我离任后听说，由于西方某些既得利益集团的阻挠和破坏，也由于我国当时缺乏市场准入和营运的经验，大范围推广使用青蒿素这件事暂时搁浅了。1991年，我国国家医药管理局某位领导打电话对我说，我国这么好的青蒿素却成了“嫁不出去的老姑娘”。我听了真是有点伤心，但仍然深信“好姑娘”不愁嫁，好心人定有好报，我们终有一天会成功的。

近日欣闻，以肯尼亚小女孩命名的中国最新青蒿素“科泰新”已经广泛进入非洲，走俏肯尼亚和尼日利亚等很多国家。刚从非洲回来的中国华立集团董事局主席汪力成说，为了援助非洲，该集团要不断降低药价，把中国青蒿素这棵“摇钱树”变成把非洲老百姓从疟疾死亡线上拯救出来的“救命草”。我想，这是中国企业对中非论坛北京峰会的一份珍贵的礼物，汪先生和他的同仁，以及当年的那三位医生，“百年后一定会上天堂”。

# 忆艾格尔顿市长——重庆—多伦多友城的首创者

夏仲成
（前驻加拿大多伦多总领事）

1985 年元旦刚过，我途经纽约、渥太华抵达多伦多，出任中国驻加拿大多伦多总领事。1 月 19 日，我在开馆招待会上首次见到了阿瑟·艾格尔顿市长。他年龄在四十岁上下，身材高大，碧眼金发，戴一副金框眼镜，性格开朗，举止大方，充满朝气，说话温文尔雅，颇具一种英国绅士的派头。他在招待会上应邀致辞时，还明确表示了要同中国发展友好关系的真诚愿望。这个第一印象，改变了我过去认为加拿大官员比较保守和比较高傲的“成见”，一下子就接近了我们之间的距离。

## 朦朦胧胧的友好情结

5 天后，1988 年 1 月 24 日，他请我和两位同事一起去一家餐馆共进午餐。了解加拿大情况的同事告诉我，这只是一次礼节性的交际活动，不会谈什么实质性问题。但我还是觉得要有备而去。出乎意料的是，这位市长在午餐席间却侃侃而谈，还偏偏要与我讨论同中国某个城市结为友好城市的问题。

他首先提出，多伦多在加拿大的地位相当于纽约在美国的地位，也相当于上海在中国的地位；希望我们共同努力，使多伦多与上海结为友好城市。我心想：多伦多与上海结好，虽然门当户对，但当时加拿大的蒙特利尔市正在与上海商谈建立友好关系。我便打趣地告诉他：上海市正在与蒙特利尔市“恋爱”，不久后可能“结婚”，成为一对友好城市，劝他不要搞“第三者插足”而去拆散那对“正在热恋中的鸳鸯”。

他对我的解释虽感有趣，但也面显难色，似乎不大甘心又无可奈何，随即又提出了广州。他说：多伦多是个多民族聚居的城市，这里有20多万华人，有3条繁华的唐人街，已超过温哥华，居加拿大聚居华人的首位；且这里华人的祖籍多属广东，因此，与广州结好条件较好，理由也比较充足。岂料我又告诉他，温哥华目前也正与广州“恋爱”，不久将结为友好城市，建议他另选其他中国城市结好。

这时，我看得出他有些失望，似乎心里在想，多伦多怎么总是落在加拿大的其他城市之后。他表情上有点着急，但又由于不了解中国情况而苦于提不出新的建议，因此只好要我提建议。

我按照上任前同对外友协领导同志事先商量的意见，向他提出了重庆市。我介绍说，中国正在实行改革开放政策，努力根据中国特点进行现代化建设。重庆现在是中国的第一个计划单列市，在引进外资和开发经济方面已扩大了审批权限。重庆是有800年历史的古代名城，现在交通便利，有机场、铁路，濒临长江，江轮可自上海溯流而上直达重庆，是我国开发大西南的经济中心，大有发展前途。而且，重庆在抗日战争时期是“陪都”，加拿大在中国设立的第一个使馆就在重庆，加拿大过去曾与重庆有一定的历史渊源。我强调指出，当一些外国人把目光集中在中国东部沿海一些城市时，却很少有人具有远大的眼光——条件如此之好的重庆竟然很少有外国城市与之结好。在这方面，重庆好比是一块“未被开垦的处女地”，希望多伦多能慧眼独具，捷足先登，在别的外国城市还未发现这块“处女地”时，与重庆建立友好关系。随之，我便把一份事先准备好的介绍重庆的资料交给了他。

午餐后，艾格尔顿市长以一种茫然的心情带走了这份资料。我从这次谈话和他的神情中隐隐觉得，他对改革开放的中国的印象是朦胧的。但这不足为怪，在当时，许多外国人对中国知之甚少，他这种朦朦胧胧的中国印象又有什么好奇怪的呢？

## 完成了与重庆结好的心愿

艾格尔顿市长对介绍重庆的资料进行了研究后，为了使多伦多不再落到加拿大其他城市之后，鼓足了勇气，于 1985 年 5 月 10 日，与市议员迈克·吉联名向市经济计划与发展委员会提出了与重庆结好的建议书。委员会通过了他们的建议，并决定提交市议会讨论。

他们的建议在市议会内外引起了很大兴趣，人们的思想十分活跃，一时间众议纷纭。在社会上，一些友好人士和大学教授们有的支持他们的建议，有的则主张与广州结好，有的主张与成都结好，也有极个别议员压根儿就反对与任何外国城市结好。经过长达十几天的激烈辩论和比较后，市议会终于 5 月 21 日以多数票通过了与重庆结好的建议。

在市议会通过了这项建议后，艾格尔顿市长仍然十分慎重。他于 1985 年 8 月 10 日，曾先后两次派人赴重庆考察。1985 年 10 月 2—9 日，多伦多经济计划与发展委员会主任伯恩斯率先遣组访问重庆时，与重庆市外办讨论了建立友好城市的前景及有关文件的草稿。在此基础上，多伦多市议会又进行了讨论，于 1985 年 12 月 16 日以压倒多数票正式通过了建议，批准与重庆市结为友好城市，反对者只有两位议员。

1986 年艾格尔顿市长怀着喜悦的心情，率领一个有市议员、商界、教育界和友好人士组成的代表团，首次登上了对他来说当时还只有朦朦胧胧印象的中国国土，途经北京来到了重庆。3 月 27 日，当时的重庆市市长萧秧与他签署了建立友好关系的协议书，终于完成了他主张多伦多与重庆结好的心愿。

这次访问中，他惊奇地发现，中国正在迅速崛起和飞速发展，人们的生活水平虽然还不高，但却充满了活力，正在欢天喜地地努力建设和开发自己的国家。一个沉睡了几百年，解放后又折腾了几十年的中国已经觉醒，人民正在重新装点江山，努力改变经济面貌。他从朴实的中国人的笑脸上，从欢蹦乱跳的欢乐的中国儿童身上，发现自己来到了一个充满生机的国家，这使他激动不已。此时此刻，他恍然大悟，中国无处不春风，无处不充满活力。他深深地觉得：多伦多与重庆结好是值得的，应该努力发展两市的友好关系。

## 眷恋加强友好的中国情缘

艾格尔顿市长访问归来后的第一件事，就是接待萧秧市长的回访。1986 年 10 月底至 11 月初，萧秧市长率重庆市友好代表团来到多伦多。他一下飞机就受到了热烈欢迎，沉浸在友好气氛之中。访问期间，艾格尔顿市长热情陪同萧秧等访问了许多企业和高科技单位，商讨了两市加强交流和友好合作的计划、参观了多伦多 CN 高塔，乘飞机游览了举世闻名的尼亚加拉瀑布。艾格尔顿市长除为代表团举行了正式的欢迎招待会之外、还专请华人厨师在家里设宴招待萧秧一行。在告别宴上萧殃说：多伦多与重庆的时差 12 小时，当我们工作时，你们睡觉；我们睡觉时，你们工作。我们两市好比在接力赛跑，一天 24 小时都在工作。让我们加倍努力，以不停顿的步伐加强友好合作吧！萧秧市长的回访，把两市的友好合作推进到了一个新阶段。在他结束访问后，多伦多市政府专门成立了一个两市友好合作办公室，在多梦西·麦金托什女士的主持下，开展与重庆的友好合作工作。这在加拿大与中国建立的友好城市中是个首创。

1987 年 8—9 月，多伦多举办了“中国艺术节”和“中国商品展销会”，系列活动被称为“1987 年中国月”。在友好市议员的倡导下，多伦多市议会通过决议并拨款邀请重庆市派团参加。艾格尔顿市长对此做了精心安排，专门为重庆市提供了展出和演出场地。而重庆除展出了商品和“收租院”泥塑精品外，其杂技团还演出了杂技节目。当时正值夏季，学生们都放了暑假，许多休假的人们也来到了多伦多参加活动，有些人还来自邻近的美国和远隔重洋的欧洲。在“友好月”活动期间，有上百万的人们接触到了重庆的产品并观赏了重庆的泥塑展览及杂技节目。这不仅增进了人们对中国的了解，也极大地加强了中加两国人民，特别是多伦多和重庆两市人民的友谊。

在艾格尔顿访问重庆期间，他了解到重庆市的电信通讯条件差、设备落后。访问归来后，他亲自与加拿大北方电讯公司的总裁和副总裁们商量，以优惠的价格和条件向重庆市提供现代化通信设备，并多次约见我，希望努力促成此事。但由于种种原因，此事直至我1989年8月底离任后才落实。1990年9月，重庆市电信利用加拿大政府提供的混合贷款，从加拿大订购了DMS-100数控交换机3万台，1991年已投入使用。1992年1月，重庆利用加拿大混合贷款，从加拿大订购了卫星地面站的无线和微波通信设备。1992年12月，重庆又利用加拿大混合贷款订购了DM-100数控交换机3.4万台。这两个新项目，是在艾格尔顿离任市长后才完成的。现在，当人们拿起电话在重庆市方便地与外地和外国进行通信联络时，是不会忘记这位市长的友情的。

如今，重庆已升格为直辖市，艾格尔顿也已不再是多伦多市长，但重庆与多伦多的友好关系仍在继续发展。昔日的艾格尔顿市长在加拿大1993年的议会选举中当选了国会议员，后任国库委员会主任兼基础设施部部长和国际贸易部部长。在任国际贸易部部长期间，他于1997年初，在新加坡出席了一次国际会议后曾应邀访华，与我国对外贸易和经济合作部部长吴仪女士进行了友好会谈，商讨了发展中加经济贸易合作等问题。1997年6月，在加拿大议会改选中，他再度当选国会议员，并改任国防部部长。重庆市也于1997年6月选举蒲海清同志为首任市长。我谨此遥祝我于1985年初结识的这位友人，在促进中加友好与合作关系上取得新的成功，愿我们的友谊常在，中加友谊日益发展！

（原载于《中国之友》1997 年第 3 期，有删节）

# 白鸽邮票

许育红
（曾任驻外使馆外交官）

“鸽子啊，在蓝天上翱翔，带上我殷切的希望，我的心永远伴随着你，勇敢地飞向远方……”这是母亲教给我的第一支以“鸽子”开头的歌，也是我初次带女儿在纽约联合国总部大楼购买邮票时，从心里唱出的歌。

“‘实现世界和平’是联合国不变的主题，也是全世界人民永恒的追求。”我边参观边对女儿说。

在联合国总部大楼公共前厅的邮政柜台前，一版邮票的画面深深地吸引了我们。这版邮票的画面以蓝色为基调，上方是一个英文单词“PEACE”（和平），但缺少“A”字母；下方是英文单词“WAR”（战争），也没有“A”字母；在画面中间，有一羽衔着红色“A”字母的白鸽，白鸽正从“W　R”飞向“PE　CE”……

洁白的飞鸽是和平的象征。看着这版独特的邮票，我不禁想起“和平鸽”的故事：1940 年，纳粹匪徒攻占了法国首都巴黎。著名的画家毕加索的邻居米什老人的孙子——一个喜欢养鸽的孩子被惨无人道的法西斯匪徒扔到楼下并惨死在街头。之后，匪徒用刺刀把孩子养的鸽子全部挑死。悲痛欲绝的老人手捧一羽鲜血淋漓的鸽子，敲门请求毕加索为他画一幅画，以纪念他那惨遭法西斯杀害的孙子。为此，毕加索悲愤挥笔，画出了一羽飞翔的鸽子，这就是“和平鸽”的雏形。1950 年，为纪念在华沙召开的世界和平大会，毕加索欣然挥笔，画出了一羽衔着橄榄枝的飞翔的白鸽。对此，智利著名诗人聂鲁达把它称作“和平鸽”。从此，洁白的飞鸽被国际社会公认为和平的象征，通称“和平鸽”。

“和平”是世界人民普遍关注的问题，也是联合国邮政管理处（UNPA）邮票宣传的主题。联合国邮政管理处成立于1951年，迄今已发行了1000多种纪念邮票和普通邮票，以艺术的形式宣传联合国组织的宗旨和成就。全世界只有联合国这样一个既非国家又非政府的机构被允许发行邮票。联合国邮局发行的邮票有美元、瑞士法郎和奥地利先令三个不同的币种，既可在位于纽约、日内瓦和维也纳的联合国办事处的联合国邮局使用，也可由集邮爱好者们收藏。普通邮票的印制与销售是不限期、不限量的，其面值可供一般邮件使用并可按需重印。纪念邮票的印制与销售是限期限量的，一般每年只发行6套，限在12个月内出售，售完不重印，过12个月出售期的存货全部销毁。之所以称作“纪念邮票”，是因为它们都是为了纪念某一主题，如1995年为纪念联合国成立50周年发行的邮票。

我和女儿决定购买这个有着“和平鸽”图案的邮票。当我付款时，邮政柜台的工作人员要求我在一张白纸上用英文写明自己的姓名，并为我和女儿拍了一张合影。几分钟后，邮政柜台的工作人员将写着我姓名的收据以及镶嵌着我和女儿合影、带有衔着红色“A”字母的洁白飞鸽图样的整版邮票递到了我们面前。这是我和女儿初游联合国总部大楼的“奇遇”。

望着邮票上衔着红色“A”字母的洁白飞鸽，我心里想着矗立在联合国总部大楼公众入口广场上的“打结的枪”雕塑和在联合国花园里的“铸剑为犁”雕塑。我仿佛看见：2007年1月1日清晨7时36分，伴随着北京天安门广场上冉冉升起的五星红旗和雄壮的中华人民共和国国歌声，1万羽和平鸽从金水桥两侧腾空而起，展翅飞向天安门广场上空……

“飞吧，飞吧，我心爱的鸽子，风雨里你从不迷航……”女儿学会了母亲教给我的歌。

（原载于《人民日报》（海外版）2012年4月17日）

# 热爱汉语教学，矢志不渝

## ——献给2010年俄罗斯“汉语年”

杨淑英
（前驻外使馆外交官）

“欧阳兰”是俄罗斯车里雅宾斯克州国立大学东方欧亚系汉语老师奥利加·米哈伊洛夫娜的中文名字，她说的汉语和她的名字一样美丽动听。我是在我馆举办的“华侨华人春节招待会”上结识了欧阳兰和她的中国丈夫肖华的。肖华夫妇都在这所大学从事汉语教学工作，欧阳兰是俄罗斯人，她说的流利汉语引起了我的好奇。

春节期间，我利用慰问这所大学汉语教师的机会，想更多地了解欧阳兰老师。系主任向我们介绍了汉语教研室成立的历史和教学情况，高度评价了欧阳兰老师在汉语教学中发挥的重要作用。特别是她全身心地投入汉语教学，不惜自掏腰包在北京购买汉语教科书的事迹令我感动不已，这就更使我决心要揭开这个俄罗斯“蒙娜丽莎”的面纱。

“死缠烂打”这个词好像是对执着有加的记者的最好形容，我这个外交官现在也要学学“死缠烂打”了。叶卡捷琳堡和车里雅宾斯克市相隔二三百公里，实在不方便多次前往当面了解，我只好又发邮件、又打电话找肖华帮忙。

## 汉语学习“苦作舟”

1992年夏，年方18岁的欧阳兰，作为俄罗斯车里雅宾斯克州国立大学与中国齐齐哈尔师范学院第一批交换的留学生到中国学习汉语。和每个外国留学生初学汉语一样，发音、语法、书写乃至学习和生活环境等都成为她必须克服的困难。对汉语发音和4个音调，欧阳兰感到太困难了，一个音也发不出来，音调也分不出来。她决心在课堂上认真向中国老师学习模仿，并利用自习和业余时间刻苦练习。由于发音和语调问题，她开始说汉语时闹出了很多笑话和误会。汉语语调“稀奇古怪”、汉字美丽且又复杂多变、汉字书写规则特殊、学查字典要熟知两边的偏旁部首，所有这些都没有阻挡欧阳兰学好汉语的意志。欧阳兰逐渐认识到，汉语之所以难学，不仅因为汉字繁多，更重要的是汉字组合意义深奥，不能简单从字面上理解。

齐齐哈尔给欧阳兰留下了深刻的印象，这是她学习汉语和开始美丽人生的起点，也是她教授俄语的平台。在齐齐哈尔师范学院学习期间，欧阳兰要适应干燥且风大的季节，要像中国学生一样，起早锻炼，用热水壶接水，拿饭盒到食堂打饭……有时还参加学院联谊活动，学跳“中国交谊舞”，资深男老师跳舞的高水平让她对中国人有了更全面的了解。此外，欧阳兰还有幸应聘到齐齐哈尔轻工学院、齐齐哈尔林业学校、林甸县技工学校教授俄语。兼职担任外教，不仅使欧阳兰增加了收入，更重要的是能与不同年龄段学俄语的中国学生拉近距离。欧阳兰开始喜欢上了教师职业，中国学生的勤奋好学、尊师爱幼也给她留下了美好的印象。

## 汉语成就好姻缘

在齐齐哈尔师范学院毕业后，欧阳兰和几名中国同学应聘到佳木斯师专教俄语，这种专职工作使她的人际关系更广泛、视野更开阔。每天都会有中俄两种语言的交融和中俄两种文化的碰撞，她的汉话每天都有进步，她的俄语教学受到中国学生的欢迎和好评。学生们特别是男生都喜欢向她求教，与她进行俄语对话。像其他俄罗斯女孩一样，此时欧阳兰已开始考虑寻觅自己的另一半了。

在学习汉语和兼任外教的三年中，欧阳兰有机会游览中国，了解中国的历史和文化。北京、陕西、内蒙古、黑龙江、山东等地，都留下了她的身影和感慨。悠久历史的文明古国、巧夺天工的名胜古迹、改革开放的显著成果、人民生活的日益改善，无不打动了这位俄罗斯姑娘，她逐渐喜欢上了中国，喜欢上了中国文化和中国男人，这个男人就是肖华老师。

1995 年 10 月，回国不久的欧阳兰，应聘于车里雅宾斯克市一家俄罗斯公司，在这里她与同样做翻译工作的肖华不期而遇。在汉语翻译方面，欧阳兰经常求助于肖华，在搞通俄语词义上，欧阳兰成了肖华的私人老师。相同的工作性质、共同的语言需求使他们靠得越来越近。双方找到了工作和生活的共同目标，于是两人辞掉了原有的工作，注册合办了汉语学习班。1996 年 6 月，这对中俄青年男女终成眷属。追根溯源，可以说，正是汉语成就了他们的这段美好姻缘。

## 汉语教学成为挚爱事业

1999 年，车里雅宾斯克州国立大学东方欧亚系开始开设汉语课程。不巧的是，欧阳兰的大女儿刚刚出生，她只好在家照顾女儿。然而，她一直为不能回母校去教汉语而感到遗憾。2001 年，她克服了许多困难，终于回到了母校，站到了这所大学的汉语讲台上。

她的汉语教学水平和工作能力得到了校领导的赏识，任教后便担任东方欧亚系汉语组组长。在中国的三年俄语教学实践对她的汉语教学有很大帮助，她的“因人施教”就是从中国学习而来。她根据俄罗斯学生的特点，与其他汉语教师共同编写了 1—5 年级的全部教学计划，制订了教学大纲，并辅助于其他一些有关汉语学习资料。针对有些学生是按照父母意愿学习汉语，有些则是在近几年俄罗斯兴起“汉语热”的感召下凑热闹，欧阳兰认为，老师的责任就是首先要培养学生对学习汉语的兴趣，并把他们带入学习汉语的天地。

欧阳兰想方设法进行有效教学。对一、二年级的学生，她经常使用图片教材，播动画片，以吸引他们的兴趣。对三、四年级的学生，就使用介绍中国历史文化和外贸等内容的汉语教材。在教学生发音的时候，她根据自身的体会，重点解释语音特点，讲汉字的来源故事。她深知，中国的许多习俗、礼仪、礼节与汉语密切相关，在教汉语时就多给学生介绍中国人的习俗。为使学生对汉语有感观认识，加深印象。她把学生请到自己家中，边教汉语，边做中国饭菜，教他们炒菜、拌凉菜和包中国饺子，吃中国火锅。她还经常教学生唱中国歌曲，丰富他们的文化生活。她灵活多样的教学方式，不仅提高了学生们的汉语水平，而且使他们喜欢上了汉语，喜欢上了中国文化。她教学的热情和诚恳深受学生们的喜爱，已成为他们的良师益友。

欧阳兰挚爱汉语教学事业，全身心地投入，勤恳教学，默默无闻，十年如一日。她每周教学 30 多个课时，教 4 个年级的 80 多名学生学习汉语，每天早出晚归，顾不上照顾孩子和家庭。肖华为了支持她的教学事业，承担了大部分家务。为了加强学校汉语师资力量，欧阳兰还鼓动自己经商的丈夫到校任教。2009 年 9 月，肖华与校方签订了一年教学合同，成为欧阳兰汉语教研室的一名教师。

若非一番寒彻骨，哪得梅花扑鼻香。欧阳兰老师用自己的辛勤耕耘，为国家培养了汉语人才，回报了自己的母校，不仅为俄罗斯教育事业做出了贡献，也为中俄两国人民加深了解、增进友谊做出了贡献。2010 年，迎来了俄罗斯“汉语年”，在学校领导的大力支持下，同时有我总领馆的关注和中国国家汉办一大批教科书的赠送，欧阳兰和学校的汉语师生们备受鼓舞，跃跃欲试，将在新的一年“龙腾虎跃”，取得更大成绩。

（作于 2010 年 3 月 16 日）

# 跨国医生成义举

郁兴志
（前驻也门、沙特阿拉伯大使）

1998年新年伊始，美籍华人心脏外科专家王楠求见时任中国驻沙特大使的我。王楠大夫首先向我介绍了他自己的身世：他家原籍广东，全家移民新加坡，后又移民美国；他兄弟三人，大哥是脑外科专家，他是心脏外科专家，三弟是泌尿外科专家；父亲已去世，老母健在。他说他这次是应其老同学、沙特国民卫队总医院心脏内科主任默伊德先生的邀请，借调沙特工作两年。他刚抵达沙特，在医院办完手续后，就来拜见中国大使。他说："默伊德主任是我十多年的同窗好友。今后大使馆若有需要帮助的事，我一定尽力而为。"美籍华人王楠在全美国是知名的心脏外科专家，他借调沙特国民卫队总医院工作期间，跟我来往较多，我们成了好朋友。

王楠大夫在美国工作期间每年都参加加利福尼亚州洛马林达大学医疗中心组织的手术队，赴杭州邵逸夫医院义诊两周，做一些疑难心脏病外科手术，作为教学科研合作项目，帮助培训中国心脏外科骨干队伍。1998年夏，在借调沙特期间，他仍坚持参加美国赴华手术队。这次在杭州期间，王楠遇见一个特殊患者——孤儿高莹。应浙江省高级人民法院请求，手术队为高莹进行了检查。王楠大夫表示愿意带高莹去沙特动手术，邵逸夫医院抓住良机，奉献爱心，主动提出负担陪同医生、高莹及其祖母的往返机票，并建议三人在沙特的费用请沙方负责解决。

王楠从杭州返回沙特后，立即向我通报了上述事宜。浙江省高院俞灵雨副院长、邵逸夫医院吴金民院长和美国手术队队长哈德利都分别给我写信，要求予以协助。俞灵雨副院长在写给我的求助信中介绍了高莹的家世。高莹1993年11月出生于浙江金华长山乡一个偏僻的山村蟠龙村。其父高向东开拖拉机搞运输挣钱，勉强养活一家三代五口人，是村里有名的困难户。高莹患先天性心脏病；59岁的祖父高金根患慢性肾炎，不能参加重体力劳动；祖母高风仙和母亲厉卫茹均为家庭妇女。1997年6月初，高莹当时仅三岁半，其父因与长山乡下溪村村民许生贤发生纠纷，被许杀害。1997年年底，浙江省高级人民法院根据被告犯罪后有自首情节，以故意杀人罪终审判处许生贤死刑，缓期两年执行，剥夺政治权利终身。高向东家属提出刑事附带民事诉讼赔偿案，但因许家仅有一间破旧房子，且还有一位70岁老父居住，没有其他财产，确实无赔偿能力。一审法院将许原承包的二亩山林地处理，分得人民币800元，赔偿给高家。

吴金民院长十分同情高莹的遭遇，他在写给我的信函中说："高向东被杀的横祸使高家失去了主要经济来源，全家生活陷入困境。邵逸夫医院的有关专家估算过，高莹的先天性心脏病在国内手术治疗需要3万多元；高金根患病不能干活，且需慢慢补养；高风仙因儿子被杀遭受沉重打击。面对如此贫病交加的家庭，厉卫茹陷入极度矛盾的情绪之中。她思前想后，往事一幕幕掠过脑海。自进高家门后，虽从未过上舒心日子，但丈夫老实勤劳，公婆待己不薄，亲骨肉高莹已经懂事……心想作为儿媳应该挑起赡养老小的担子；但转念盘算，自己一无文化，二无技术，在这个发达省份的落后山村，自己如何挣钱糊口，支撑这个四口之家？至于为一老一小治病，更是希望渺茫。她越往前看，越往深思，就越感到害怕，于是便横下一条心，丢下二老一小，离家出走，自谋生路去了。厉卫茹出走虽然不合情理，但也是无奈之举；最可怜的则是高莹，从此成为失去双亲的孤儿。邵逸夫医院曾经救助了许多经济困难的危重病人。既然王楠大夫主动表示愿意为高莹免费做手术，逸夫医院也会在这方面提供尽可能多的协助。"

看完信后，我便约见国民卫队总医院院长贾巴尔博士，就高莹赴沙特动手术事宜进行交涉。巴尔博士承诺将提供各种便利。2000年秋，沙特酷暑已近尾声，开始进入凉季，这时我已离任。邵逸夫医院一位白衣天使陪同高莹及其祖母抵达利雅得机场，国民卫队总医院人员已在等候，继任我的吴思科大使派使馆办公室人员前往机场，帮助他们办理入境手续。总医院为他们安排了两室一厅两卫的套间，套间里还有厨房炊具及配套电器。高莹和祖母住主卧，护士小姐住另一间卧室。医院餐饮部为他们制定了清真营养食谱，每日三餐送至卧室。高莹术前检查等准备完成后，由王楠大夫主刀，在几位沙特医生的配合下，为其成功地做了手术。中方护士陪护高莹，沙方医生、护士定时查房观察，王楠还抽空看望她。使馆派人专门前往医院探视慰问，并在馆员中发起爱心捐献活动。使馆告诉高风仙，若有困难可及时向使馆探视人员提出，高风仙深受感动。吴大使特意去贾巴尔院长办公室当面致谢。贾巴尔表示："请大使放心，医院会设法满足中国客人的各种要求。"高莹在沙特住院一个月，后期高风仙提出自己动手做饭，院方又提供汽车协助采购。总医院负担了中方三人的食宿交通，给予他们热情周到的照顾，让他们始终有宾至如归的亲切感。中美沙三国白衣天使成就的跨国义举，使人钦佩，令人感叹！我驻沙特使馆对贾巴尔院长表示了感谢，并在王楠大夫借调期满返回美国前为其饯行。邵逸夫医院吴院长还应国民卫队总医院遣请，赴沙特进行短暂访问交流，并对贾巴尔院长等沙特官员当面表示诚挚谢意。

高莹做完先天性心脏病手术后，在沙特经过一段时间休养，基本康复便离开沙特回国。沙方和使馆人员去机场送别高莹等三人时，难分难舍的场面非常动人。我与邵逸夫医院吴院长一直保持着联系，2000年底由于惦念高莹和邵逸夫医院，我又给吴金民院长去了一封信。吴院长很快回信说："高莹在沙特做的手术很成功。回国后在邵逸夫医院做了几次复查，恢复情况良好。高莹已经上学了，非常乖巧和聪明。"此外，吴院长在信中还向我通报说，经浙江省高级人民法院与金华市民政局联系、协商，根据高莹家的实际情况，民政局将高莹个人列入当地农村最低生活保障范围，每月救济人民币 30 元，直至高莹年满 18 周岁。

吴院长在另一封信中告诉我，中美沙三国白衣天使对高莹这样最底层弱势群众热诚关爱的义举，在杭州和金华地区引起轰动。邵逸夫医院的优质服务和上佳信誉也产生了良好的社会效应，并进而带来了极佳的经济效益。据吴院长告，邵逸夫医院发展很快，规模不断扩大，新病房大楼已于 2001 年 2 月启用。邵逸夫先生从香港专程来杭州，陪同张文康卫生部长视察时，对该医院的工作表示十分满意。

我在致吴院长的一封复信中，称赞邵逸夫医院为医疗卫生行业树立了典范，并对浙江省高级法院实践“三个代表”要求，跟踪办案、负责到底的精神表示敬佩。

（原载于 2003 年 1 月 12 日《人民日报》国际副刊）

## 补遗

1997 年 8 月，我从驻也门大使转任驻沙特大使。1998 年年初，美籍华人知名心脏外科专家王楠借调至沙特国民卫队总医院工作，跟我交往频繁，成为好朋友。2000 年夏末，王楠大夫为浙江金华蟠龙村 7 岁孤儿高莹在沙特做了先天性心脏病手术。我很惦念高莹术后康复，一直同杭州邵逸夫医院吴金民院长等保持联系。2002 年夏，我老母在北京病故，我因发作冠心病安装了心脏起搏器。

2003 年年初，我写了一篇散文，细说中美沙三国白衣天使拯救高莹的故事，题目是《跨国医生成义举》，发表在当年 1 月 12 日《人民日报》国际副刊“外交官亲历”栏目里。不久，我去美国陪老伴帮女儿照料孩子，同时应上海辞书出版社之约，为《见证历史：共和国大使讲述》丛书撰写《在沙特当大使的日子》。我将《跨国医生成义举》一文编入该书“交友轶事”章节里。

遗憾的是，我失去了跟吴院长等人的联系。于是，在写书和家务之余，我注意关于高莹家乡的新闻。在2003年万圣节联谊活动时，我遇见一位浙江籍的陈先生，他刚从老家探亲返回美国。我俩边玩边聊，他说浙江是“七山一水两分田”。2002年10月，浙江调来新省委书记习近平在全省推进“千村示范，万村整治”工程，改造农村厕所，治理污水和垃圾，老家脏乱差的环境大为改观。看来这位省委书记深知中国省市，特别是农村发展的症结，细小实事可以改变乡村面貌。

改革开放40年，中国发生了翻天覆地的变化，浙江省的成就尤为显赫。2013年，从义乌开往马德里的中欧班列，途径7个国家，行程1.3万公里，是当今世界里程最长的货运班列。2016年9月，杭州峰会向世界彰显了“历史与现实交汇的独特韵味”，成为二十国集团领导人峰会发展史上的重要里程碑。近来媒体评论浙江实施习近平主席新发展理念，在城乡协调发展和振兴乡村方面领先全国，将农村生态环境和乡土文化优势转化为建设宜居美丽乡村的宝贵资本，成为中国处理经济发展与生态保护关系的样板，是城乡收入差距最小的省，是振兴乡村的范例。浙江发展新模式的成功经验，可以在全国复制推广。

最近获悉王楠大夫仍坚持每年赴杭州邵逸夫医院义诊两周，继续执行双边教学科研项目后，我又仔细阅读了《跨国医生成义举》，从相册中找出跟王楠大夫的合影，沉浸在那段往事的回忆中：孤儿高莹的苦难身世；王楠双眼饱含着血浓于水的深情，主动要求在沙特为高莹做手术；浙江高法副院长俞灵雨、杭州邵逸夫医院院长吴金民和美国手术队队长哈德利写给我的三封求助信；吴金民院长提议派一名护士陪同高莹及其祖母高凤仙去沙特，医院负担三人往返机票；沙特国民卫队总医院贾巴尔院长向我慷慨承诺为高莹做手术提供各种方便；浙江高法跟金华民政局协调将高莹列入最低社保……高莹真是幸运，7岁时王楠让他获得新生。如今，高莹25岁，朝气蓬勃的年华，赶上辉煌盛世——习近平中国特色社会主义新时代，穷人家的孩子早当家，高莹能够为家族富裕和民族复兴奋勇拼搏。据一位浙江籍资深大使说，金华地区经济发展在全省是名列前茅的。我很欣慰，对高莹十多年的牵挂应该释怀了。

# 患难见真情

曾文彬
（前驻日本长崎总领事）

1998年夏秋，我国从南到北遭到百年不遇的特大洪灾，人民生命财产受到巨大损失。当时我正在我国驻日本长崎总领馆工作，同所有的驻外人员一样，时刻注视着国内的灾情。我所在的领区，长崎县人民也关注着我国的灾情。他们对我国灾区人民表现出一种诚挚的友好感情，纷纷伸出援助之手，支援我国灾区人民。特别是刚上任不到半年的长崎县知事金子原一郎先生所表现出的友好情谊给我留下了深刻而又难忘的印象。

我记得那是1998年8月中旬，当金子从我的介绍以及通过电视、报纸了解到我国许多省区受到洪水的袭击后，他当即指示该县县政府向全县人民发出紧急通知，号召县民为我国灾民捐款。到8月29日，他又进一步采取措施，提议成立县募捐推进本部，并亲自担任本部长，负责全县的募捐工作。据我所知，为援助外国灾民专门成立募捐推进本部，并由知事本人亲自担任本部长，这在日本47个都、道、府、县这一级政府（相当于我国省政府）中是极为罕见的。更难能可贵的是，为了给我国灾民更多的支援，他还身先士卒，于9月12日和13日中午顶着烈日高温，带领副知事、各部部长，捧着募捐箱分别在该县的两大城市——佐世保市和长崎市的街头，为我国灾民募捐。正由于他的亲自倡导和带领，长崎县各界纷纷解囊，踊跃捐款。

更让人难忘的是9月22日下午。经过金子知事以及县政府一个多月的募集工作，共募集到3500多万日元。这天下午，金子知事来到总领馆，将这笔捐款亲自交到了我的手中。同时，他还从自己的口袋里掏出10万日元作为个人的捐款。他说，长崎县是日本离中国最近的一个地方，自古以来就同中国人民保持着深厚友情，彼此相互支援。今年夏天中国发生特大洪灾以来，我县150多万县民无时不在关注着这场灾情，这笔捐款就是集中体现。数额虽不太大，但表达了我们全县人民的心，希望多少能解决灾民的一点问题。我以十分激动的心情接下了这笔沉甸甸的捐款，紧紧地握着金子知事的手，代表灾区人民、中国政府和以我个人的名义向金子知事，同时通过他向长崎县人民表示衷心的感谢，并对金子知事在我国发生洪灾以来表现出的种种友好表示，特别是冒着烈日亲自到街头募捐表示了敬意。我说，中国有句古话叫“患难见真情”，这次中国遭受特大洪灾，金子知事和长崎县人民所表现出的一切正好说明这一点。金子知事和长崎人民不愧是中国人民的好朋友、好邻居，中国人民决不会忘记。

我后来得知，这笔捐款是当年我国驻日本使领馆（共5个）收到的最大一笔捐款，按当时比价，折合人民币约310万元。应该说这已不是一笔太少的捐款了。正因为如此，在我1999年年初离任回国当地媒体问及我对长崎最深的印象是什么时，我立即毫不迟疑地把金子知事和长崎人民在中国遭受特大洪灾时所表现出的那片深情，作为重要内容之一列举出来。我说，我衷心地感谢他们，并会永远地记住他们。

（原载于《人民日报》国际副刊2001年11月23日）

# 我的一次特殊经历

曾文彬
（前驻日本长崎总领事）

我在日本长崎担任总领事期间，有一次特殊经历令我难忘。那是1997年农历正月初二（公历2月8日）下午，我应“长崎灯会”实行委员会的邀请，扮演了该灯会期间一次最重要的活动“皇帝检阅”中的“皇帝”。我身着龙袍，头戴皇冠，脚踏龙靴，和“皇后”一起分坐在八抬大轿里，由170多名侍卫、侍女簇拥着，在长崎最繁华的大街上行进，向市民和游客们热情招手致意，祝贺春节。

“检阅”自下午5时开始，到7时30分结束，共两个半小时。“检阅”开始前，“皇帝”“皇后”都要提前到专门的化妆室里由专人化妆。化妆室设在“长崎灯会”的到达终点“凑公园”不远的一家服装店内，这是每年举行此项活动时为“皇帝”“皇后”专门化妆的地方。

我记得自己是下午3时到达的。我到后不久，“皇后”也随即到达。这是我们这对临时搭配的“皇帝”“皇后”第一次见面。“皇后”是东京人，是实行委员会自东京专门邀请来的一家著名民间电台JFN的节目主持人，名叫石川小百合。她长得不错，年龄不足30岁，还是一名未婚女子。当我们经人介绍初次见面时，彼此都显得有些不太好意思、不太自然，尤其是她。我也没料到会是这么一个年轻、美貌的未婚女子来当我的“皇后”，但经过一番寒暄交谈后，也就逐渐自然了。之后不久，是几名化妆师分别为我们化装。化妆还真够啰唆的，一时要我这样，一时要我那样，等化妆完已是下午4点多了，足足花了一个多小时。当我们俨然以“皇帝”“皇后”的打扮从化妆室走出大门时，街道上已经站满了等候我们的围观群众。他们不约而同地报以热烈掌声，同时还不断发出赞美声，诸如“真像”“真棒”“真派”“真好看”等。不少人还要求同我们照相，有的是与我们“皇帝”“皇后”一起合影，有的则要求单独照，一时把我们忙得不亦乐乎。

眼看就5点了，我们乘车急急忙忙来到了“皇帝检阅”的出发地崇福寺前大街。这里已整齐有序地摆放着“皇帝”“皇后”乘坐的八抬大轿，吹鼓手、侍卫、侍女也都穿着色彩艳丽的服装，精神抖擞地站在各自的岗位上。市民、游客们则争先恐后地站在大街两旁，显得热闹非凡。5点到了，主持人宣布“检阅”开始，顿时鞭炮、锣鼓齐鸣，响彻了整个长崎上空。然后是我为“检阅”致辞。

我首先向市民、游客致以春节的问候，祝大家节日愉快、家庭幸福、身体健康、吉祥如意。然后我说，承蒙大家的厚爱，要我来扮演“皇帝”，我当然高兴，这说明大家对中国的友好。但是我要告诉大家，在中国“皇帝”已不复存在，中国已进入了人民当家做主的新时代。象征性的“皇帝检阅”显示出长崎同中国交往的渊远历史，同时也表现出当今的长崎人民对中国的友好深情。对此我十分感动。我还指出，“皇帝检阅”提示我们，中日两国人民必须携起手来，共同建设美好的未来，使两国人民真正世世代代地友好下去。最后我祝“检阅”取得圆满成功。我的讲话受到在场群众的热烈欢迎。“检阅”开始，我和“皇后”分别坐上了八抬大轿。一路上，我们不停地向市民、游客招手致意，问候春节，祝大家节日愉快、生意兴隆什么的。到了长崎最繁华的街道浜町，由于人们已将街道挤得水泄不通，轿子根本无法行进，我们只好下轿步行，与市民、游客同乐。直到晚7点半我们才终于到了终点，这时我已有些倦意了。这天下午的观众达8万人之多，超过过去的任何一次，这当然使我和“皇后”十分高兴，举办者更是喜形于色，一个劲地向我和“皇后”道谢。

在长崎、在日本，“皇帝检阅”之仪式原本没有，大约在明代从我国传入日本的。它是我国封建时代皇帝春节出巡时举办的一种大型礼仪活动。长崎灯会期间最受欢迎的“皇帝检阅”就是对这种皇帝出巡时情景的仿照。“皇帝”通常由当地政界、财界的要人，如知事、市长、商会会长以及其一些著名人士扮演；“皇后”也是经过精心挑选确定的，要么是美女，要么是有影响的妇女界活跃分子。总之，活动是为了充实当地人的娱乐生活。

说到“皇帝检阅”，还有必要简介一下“长崎灯会”。“长崎灯会”的历史不长，仅有二十来年。它最先是为了活跃长崎新地街的经济，于20世纪80年代末由华侨发起才开始举办的。

在“灯会”成功举办几年之后，长崎市政府和商工会议所（当地经济界最主要的组织）表示给予积极支持，增加预算，扩大规模，才使其成为整个长崎市的活动。

灯会每年农历正月初一开始，到正月十五日结束，历时半个月。灯会开幕式是除夕晚7时，由长崎市各界代表聚集在主会场，按动电钮，为灯会揭幕。灯会期间，每天举行一两项大型活动。“皇帝检阅”，不必说，还有如“马祖行列”、手制灯笼表彰、各种中国式文艺节目表演及中国食品展销等活动。整个灯会期间，长崎市主要街道，尤其是新地中华街，都用彩灯、条幅装饰得五光十色。主会场“凑公园”和过往行人最多的“中央桥”上，高高地耸立着笑容满面的“福神”，它不时地向行人点头致意，表示美好的祝愿。由两辆彩车分载着的两头身披“长崎灯会”横幅的彩狮，整日“奔跑”在长崎市的大街小巷，向人们展示灯会的雄姿，招揽游客。“春节祭”“恭贺新禧”“吉祥如意”“五谷丰登”“热烈欢迎”等各种充满喜庆、祝福的彩带、条幅挂在街道各处，使整个长崎市呈现一派中国的节日盛景，被日本人称为“中国一色”。

（原载于《人民日报》国际副刊2001年9月28日）

# 异域情韵

# 纳米比亚的皮画艺术

陈来元
（前驻莱索托、纳米比亚大使）

在纳米比亚首都温得和克，有一家皮画艺术画坊，里面陈列着各式各样的皮画作品。画面上画的有诸如大象、狮子、猎豹、犀牛、非洲水牛等著名的非洲“五大兽”以及长颈鹿、斑马、羚羊、角马、胡狼、鸵鸟等各种动物，有骆驼刺、猴面包树、箭筒树、仙人掌、千年兰等树木和草本植物，有大海、山丘、沙漠、蚁山等自然景观，还有以狩猎为生的布须曼人和其他人物的画像……

这些皮画作品均出自纳米比亚一位名叫福瑞的皮画大师之手。他作画的“纸张”是牛皮，作画的“画笔”是一排码放得整整齐齐的电烙铁。电烙铁的头部经用锉刀、三角锉、磨砂纸等工具打磨改造后，其大小、形状、纹路、粗细、光滑度、锐利度和功能各不相同。作画时，福瑞将一块经过处理过的牛皮反粘到一张宽大的工作台上，然后根据实际需要使用不同的电烙铁做“画笔”，在牛皮上烙画。随着温度不同的电烙铁在牛皮上平移、扭转、上走、下拉，以及同时发出的“吱吱”声和散发着焦煳味的阵阵白烟的升腾，电烙铁在牛皮上留下了一道道痕迹。由于福瑞根据需要不断换用不同温度和不同功能的电烙铁，手上用的力量也根据需要不断变化，故出现在牛皮上的痕迹就有了线条的深浅、粗细和颜色的浓淡，形成了一幅幅精美的画图。

福瑞出生在南非，父亲是一个猎人，居无定所，于是帐篷就成了他流动的家。但这一切为他观察大自然和各种动植物体形特征和生活习性提供了极好的机会。后来，福瑞全家迁到了纳米比亚的沿海港城沃尔维斯湾市定居。在那里，他常到纳米布大沙漠野营，在大西洋岸边垂钓，到大自然中去体验生活。这些生活经历为他后来专业作画并在事业上获得巨大成功都产生了积极影响。

福瑞读大学的专业是土木建筑。但不幸的是，由于他有生理缺陷，无法通过规定的口试，被学校劝退回家。福瑞虽受到这样大的打击，但没有被击垮。他曾一度对自己的前途失去信心，但不久就学会了勇敢地面对现实，面对生活，逐渐从心理阴影中走出来，利用纳米比亚的大自然环境作资源，努力学习动植物学、解剖学和绘画艺术，将纳米比亚大自然中的千姿百态用手中的电烙铁一一表现出来。

福瑞的皮画一幅幅均栩栩如生，惟妙惟肖，可以说达到了出神入化、炉火纯青的高度，在纳米比亚乃至南部非洲独树一帜，堪称纳米比亚的一块艺术瑰宝。他的作品不仅享誉纳米比亚和非洲，到美国、加拿大、德国、瑞士、葡萄牙等欧美国家展览也大获成功。于是福瑞声名鹊起，不但在国内，而且在国际上都成了很有名气的人物。纳米比亚政府常常从福瑞那儿购买他的画，以作为国礼赠送给到访的外国贵宾。到纳米比亚观光的游客也纷纷慕名前往福瑞的画坊，购买他的画作。

我在纳米比亚任职时，曾好几次到过福瑞的画坊参观、购画，并亲眼看着他手拿电烙铁在牛皮上作画。我发现他作画时，画案上并没有任何事先画在纸上的画图做底稿，而是整幅画图的构思都印在自己的脑子里，再一点点地落实到手中的电烙铁上。他说，他烙画多了，熟能生巧，除非是很复杂的图案，一般不需要打草稿。他的手艺实在是堪称一绝。但福瑞的烙画绝技却面临失传的危险，因为他迄今没有找到能将这门技艺传承下去的接班人。以前曾经也有过门徒拜他为师学艺，但因急于求成，耐不下心来苦练基本功而半途而废。我想，徒弟要达到福瑞那样的烙画水平，恐怕不是三年五年功夫就可以达到的。我在纳米比亚北部某地也光顾过一家皮画画坊，那里皮画的价格要比福瑞的便宜很多，但其烙画的水平与福瑞的相比，则是不可同日而语了。

2003年我在纳米比亚任满回国前，各国驻纳米比亚的外交使节们按惯例共同出钱，从福瑞的画坊购买了一幅皮画送给我作纪念。福瑞作完画后，又在画面下方贴了一小块牛皮长条，用电烙铁烙了如下文字：

赠中国驻纳米比亚大使陈来元先生阁下和夫人李惠芳！

赠送人：驻纳米比亚共和国外交团

2003年2月9日

（原载于《大公报》2015年3月2日）

# 橄榄之国

董志仁
（前驻外使馆参赞）

意大利人十分喜爱橄榄。橄榄的果实可以食用，也可以用来榨油。意大利朋友常常对我们谈到两种树：一种是橡树，它象征着力量和强盛；另一种是橄榄树，它象征着和平和安宁。正因为它们寓意非凡，所以在意大利国徽图案的大齿轮周围环绕着这两种树枝。

当我们驱车路过普利亚地区时，看到漫山遍野的橄榄树，悠然想起罗马大学一位教授说的一句话："普利亚是橄榄油的大油库。"现在看到这一片片的橄榄树林，才真正体会到教授所言的深刻含意。意大利种植橄榄已有两三千年的历史，除普利亚产量最高外，托斯卡纳、拉齐奥、卡拉布里亚和西西里也产橄榄。意大利是世界上油橄榄的主要生产国，橄榄油的产量居世界第一，约占世界总产量的1/3。意大利全国90多个省中，有88个种植油橄榄，全国共有油橄榄树约1.8亿棵，平均每人有3棵以上。树龄有几十年的，也有一二百年的，最高达四五百年。

橄榄在人民生活中占有重要位置。在各国外交官特别是欧洲拉美外交官举行的招待会、酒会上，或在地中海国家的餐馆及酒吧里，入门经常可以尝到加工过的味道鲜美的橄榄。橄榄油营养价值很高，在欧洲，人们食用凉拌菜时，通常要加进一些橄榄油。橄榄油是一种上等的食用油，不仅欧美国家普遍使用，中国各大饭店也乐于购买进口的橄榄油，用它来加工一些美味佳肴。意大利人称面包、橄榄油、葡萄酒是日常生活中必不可少的三要素。他们常说，有了面包、橄榄油，就可活到 99 岁。

除意大利外，希腊、葡萄牙、法国、土耳其、突尼斯、中东各国、阿尔及利亚、摩洛哥以及美国加利福尼亚、南美洲和澳大利亚等国家和地区也盛产油橄榄。食用和油用的橄榄品种数以百计。这种树属于常绿乔木，分枝多，高 3—12 米，树叶正面呈深绿色，反面为银白色。此树生命力强，春天将一段段的短枝插在苗圃中即能长出根须，以后进行移栽。一般经过 4—8 年，便可结果。长至 15—20 年时，产量最高。有的古树树龄长达数百年，仍可从根部再长出新干。橄榄树在晚春时令盛开小白花，通过微风传粉结果，果实含油量高，约占鲜果重量的 20%—30%。用于榨油的果实可以让它在树上熟透，而食用的果子要在完全成熟时进行采摘或摇落。未加工的橄榄极苦，不能食用。橄榄油用途很广，除食用外，还可用于纺织工业中的羊毛精梳，制造化妆用品，以及用于医药工业和制造高级香皂和润滑油。橄榄油一般均为透明的黄色或金黄色，用未成熟的果实榨出的油呈淡绿色。一般说来，食用橄榄油所含游离脂肪酸低，大部分出口油的游离脂肪酸含量不超过 1%。

（原载于世界知识出版社 1997 年出版的《外国习俗丛书》）

# 美丽如画的古老共和国

董志仁

（前驻外使馆参赞）

圣马力诺共和国地处亚平宁半岛东北部，四周与意大利共和国接壤，人称“国中之国”，其发行的邮票和纪念币闻名于世。圣马力诺历史悠久，是欧洲最古老的共和国。境内有众多的名胜古迹，有各类博物馆，有许多教堂、广场和雕塑，旅游设施完备。丰富的人文景观和美丽的自然风光吸引了来自世界各国数以万计的游客，是著名的旅游胜地。

圣马力诺属亚热带地中海式气候，温和舒适。这里环境优美，景色迷人，风光如画。每当春天来临，山林披上了绿色的春装。在山坡绿茵茵的草地上能看到牧民和他们喜爱的羊群，树林里不时传来各种小鸟欢乐的叫声，有时也会听到山民们优美动听的歌声。在这块并不太大的国土上，处处显现出生机勃勃的景象。春天是花的季节，被称为报春花的仙客来独领风骚。仙客来是世界上著名的花卉，也是该国的国花。花形美丽而奇特，五片花瓣向上反卷，颜色有红的、粉红的、白的，也有白边紫红色心的、粉红边紫红色心的。此花色泽艳丽，叶色面绿背红，在花蕾绽放前，瓣形酷似兔耳，所以我们中国人将它称为兔耳花。进入冬季，山里开始飘起雪花，整个蒂塔诺山表面都覆盖上了一层疏松的积雪，一片白雪皑皑景象。遇到阴天，当山林中出现蒙蒙的雾气时，放眼远望，会让人有“浓妆淡抹总相宜”之感。

圣马力诺以山为美。蒂塔诺山是座雄伟而奇特的山，它的形成经过了漫长的岁月。据史料记载，在1.5万年至2万年前，此地是一片汪洋大海。因地壳运动，陆地逐渐露出水面，年复一年，终成此山。地质学家从山上发现过一些石灰层和珊瑚层，他们还看到过残存的贝类及海洋生物的化石。在距山顶要塞罗卡不远之处，考古学家发现过一条长达十米的巨鲸遗骸。蒂塔诺山有三座名为罗卡、切斯塔、蒙塔莱的气势雄伟的山峰，它们是三个要塞，也称为三座塔或三座堡垒，是共和国的象征。历史上用于防御；现在，它们已成为旅游者必去的参观景点。

圣马力诺历史悠久，建立于公元301年。关于这一城市国家的来历，还流传着一段神奇的故事呢！圣马力诺的创始人是一位名叫马力诺的石匠。早在公元3世纪，出生在阿尔贝岛上的马力诺为了谋生，驾船离开故乡来到达里米尼。这位年轻的基督徒勤劳、善良，常常为老百姓打抱不平，深受当地人的拥护和爱戴。为了开山采石，他和他的同伴找到了距里米尼20公里的蒂塔诺山。当时，他并不知此山是一位贵妇人的领地。贵妇人见到他们在山上采石，十分痛恨，就派自己的儿子暗藏在树丛中企图用箭射死马力诺。谁知小伙子刚刚拉满弓，搭上箭，正要射出，却突然瘫倒在地，再也站不起来。贵妇人见此情景，只好哀求马力诺搭救他的儿子，并许以重谢。马力诺十分大度，不计前嫌，想方设法救活其子，并拒收任何财物。贵妇人琢磨石匠离不开石头啊！为谢其恩，便提出以蒂塔诺山相赠，以满足马力诺及他的伙伴们采石的要求。从此，马力诺的威望更高了。人们纷纷投奔他，并尊他为圣人。后来，此山城逐渐发展成为一个共和国。当地人民为了纪念该国创始人，就将国家命名为圣马力诺共和国。

（原载于上海人民出版社2011年出版的《中国2010年上海世博会国别文化指南》）

# 布隆迪民风习俗特色

冯志军
（前驻布隆迪大使）

布隆迪是位于非洲大陆中东部的多山小国。在其特有的自然环境中形成的风土人情别具一格。

## 民风奇异

### （一）民居

布隆迪境内多山，号称“千山之国”。农户们星罗棋布地分布在全国数千个山头上。农家的住宅叫作“卢戈”（Rugo），类似中国的四合院。每户农家都拥有一个属于自家的院落，围墙一般用栽种的热带灌木或仙人掌之类植物围成，院中建有一座圆锥形茅屋，前院供人活动，后院饲养牛羊。

子女长大后，父母在院内一角为他们修建一些小茅屋住宿。男孩子长大结婚后，家长在附近的山坡上为其修建新的“卢戈”，让他们另立门户生活。

### （二）出生

婴儿的出生是一件大喜事，尤其是男孩，其欢乐喜悦的情景从组织庆祝活动的气氛、规模表现出来。第一次庆祝活动是向全家介绍新生儿，第二次是给婴儿取名。要是生了双胞胎，庆祝活动则更加热闹。庆祝的形式一般是邀请亲友来家喝酒（不吃饭）。客人为婴儿祝贺，向其父母表示祝贺，但不一定要赠送礼物。

### （三）家教

如同许多别的非洲国家一样，布隆迪农村多是贫穷落后的地区，儿童的教育主要是通过讲故事和谈禁忌等方式进行。每到傍晚，一家人围火而坐，爷爷或者父亲给孩子讲故事、谈禁忌。在非洲，口头传说是传承先人文化的重要方式。在布隆迪，世代进行的口头传说是保存传统文化的宝库，也是进行社会教育的一种重要手段。其内容丰富多彩，叙述了历史变迁、政坛风云、生产技能、宗教信仰、医药知识，风俗习惯、王朝礼仪等。其形式也是多种多样，诗歌、散文、格言、谜语等体裁不一而足。

### （四）婚嫁

在布隆迪传统中，儿女的婚事一般由其父母操办。但随着社会的发展，大多数人选择了自由恋爱的方式喜结连理，特别是在大小城镇，更是如此。婚嫁程序包括：

聘礼：在婚事基本达成后，男方父母要去给女方家里送聘礼。双方父母相聚一堂、男方家长当众宣布亲事告成。根据各自家庭经济条件，从前的聘礼一般有珠饰、黄牛、羊、锄头或其他物件等。现在法律上无聘礼规定，但在民间收受聘礼的现象依然广泛存在。

婚礼：根据约定俗成，但凡男女大婚之日，一般要举行一些仪式和活动。首先，双方要到县、市政府进行登记，履行结婚法律手续。然后，再去教堂举行宗教仪式，双方的父母及亲友参加。最后，才在新郎家庭进行隆重的婚礼庆祝活动。在农村，招待宾客喝香蕉啤酒、冷饮，新人亲友相互祝酒庆贺，接着参加婚礼的人唱歌、跳舞，热闹至深夜。期间，送嫁的姑娘们将新娘藏好，悄悄地带进洞房。在城市里，新婚夫妇首先举行婚礼酒会，邀请各方客人出席。在酒会上、双方家长有讲话的习惯，除表示庆贺外，还要宣布送给新郎和新娘多少礼品。按习惯，女方父亲不出席这个仪式。之后举行晚宴，邀请少数近亲参加。餐后举行舞会，任何人均欢迎参加，直跳到次日凌晨。舞会上不供应饮料、食品。

婚后的一些习俗根据古老的传统，新婚夫妇一般在第一个月内不从事体力活动，由新娘家提供吃喝。随着时代的发展，农村的这些习俗已发生很大变化。结婚后，新婚夫妇第一天不干活。从第二天起，他们将和家人一起下地干活。另外，按习惯，新娘子一般要在一段时间后回娘家，时间长短不一，总的原则是视情而定。短的有三五个月，如新娘已适应了在婆家的新生活，便可回娘家探视；长的有一年多，直至女方生了头胎孩子后才回娘家。新娘首次回娘家时，其父母要送礼，农村一般送牛，城里送钱或其他贵重物品。此后，通过互送礼品、经常走访，两家的亲戚关系越来越热络。

**（五）丧事**

报丧：在布隆迪，报丧的工作一般由邻居好友承担。当某人患疾身亡或不幸遇难后，好友邻居便来帮忙。有的向死者的亲朋报丧，有的和死者家人一起安排后事，有的陪伴死者近亲守灵。

安葬：一般在逝者去世当天将其安葬，实行土葬。农村因经济困难，不用棺材，通常都是在尸体上裹一布单，再外包草席下葬。在城市有条件的人已开始实行棺殓安葬。根据习俗，在路遇灵车时，迎面来的行人须立正站立，车辆应停行，后面的车也不能超车，以表示对死者的哀悼，待其过去后，再行走。

居丧：居丧期一般为葬后一周。期间，由于死者家属过于悲痛，一般不干活，由众亲友送吃喝。一周后丧事部分结束，亲友前来探望，平素和死者关系好的都要给其家属送一些钱，以表示对他们生活的支持。丧事是否结束，一般要视死者的性别和年龄而定，短的三五个月，长的或半年、一年。丧事结束后死者家属要安排一个大的聚会，邀请前来探望的亲友喝啤酒，以表谢意。与此同时，大家聚在一起对与死者有关的财产分配和其遗留的债务问题进行讨论和处理。如死者是一家之主，与会者还应就其接班人问题进行商榷和确定。

# 礼仪纯朴

布隆迪人民有热情好客的特点。不论是在城镇还是在乡村，只要有家庭举办喜事，即使路人和该家主人素不相识，如有表示祝贺之意，便可受到香蕉啤酒的热情接待。生人问路，绝对不会遇到冷遇的局面，被问者总是要给出一个满意的回复，有时甚至会停下正在做的活计，走上几里地，把问路者引导到目的地。

布隆迪人待人诚恳，乐于助人。为了使客人愉快高兴，主人往往能献出家里的一切，甚至分享最后一根香蕉。每逢外国领导人来访，接待方总会安排热烈的欢迎场面。有人击鼓，顿时群鼓齐鸣、响声如雷，在欢快的鼓声中，一群身着盛装的妇女便扭动身躯，载歌载舞跳起热情奔放的舞蹈，场面顿时热闹非凡，使来访者感到亲切。

布隆迪人非常珍视邻居关系，认为“远亲不如近邻”。邻里有事，人们一般都会全力相助。逢年过节，人们首先要向邻居表示祝贺；有了好酒，首先要请邻居来一起品尝。在布隆迪，啤酒的饮用方法与众不同，不用杯，也不用碗，而是数人围陶罐而坐，用空心的植物茎秆在陶罐中吮吸。每个人喝毕立即将吸管翘起，以免余酒回流入罐中。

在农村，邻居有权利和义务相互管教孩子。如果一个孩子干了坏事，邻居大人教训他乃至鞭打他，也不会受到孩子父母的责怪。布隆迪人也有庆贺乔迁之喜的习惯。一旦搬进新居，至亲好友及邻居前往祝贺并送礼，主人则给予热情友好接待，有时也为他们准备餐饮。

布隆迪人很讲礼貌。一旦在公共场所发生碰撞，双方都会互道“对不起”“请原谅”，因此很少会发生口角。至于在街头发生的打架斗殴现象，可以说是难得一见。布隆迪人的见面礼甚是有趣：与客相见有握手的礼节，男女无忌；但晚辈与前辈、下级与上级、百姓与官员握手时，为了表示敬意，前者向前倾身，用左手托住右胳膊肘，用右手与后者轻轻相握，显得非常谦恭礼貌；若是长久不见的熟人、至交，则相互轻轻拥抱，并轻拍对方肩背，表示亲热，不分男女，尽皆如此。

布隆迪人尊长敬老。那些定居在首都的官员，每逢年节或周末，大多要返回内地省亲，与家人共度佳节。在内地农村，乡下人见到外国人时总会友好地打招呼，并伸出三个手指（食指、中指、无名指）表示致敬，意即“团结、劳动、进步”。对于朋友赠送的礼物，布隆迪人有当着客人的面打开的习惯，然后或立即陈设于客厅内，或在下一次见面时将礼物佩戴在身上表示礼貌和珍爱。

## 歌舞文艺

布隆迪人和其他非洲国家的人民一样，喜欢载歌载舞，尽情欢乐。常见一人领唱，众人相和，十多名男女青年边跳边唱。主要舞蹈有：

鼓舞，这是一种最受布隆迪人民喜爱的传统民间舞蹈。从前，鼓是王朝的象征，鼓舞遂被定为宫廷舞蹈。随着王朝的没落，时代的进步，现在这种舞蹈已成民间大众的娱乐方式。举办节庆或迎宾活动，都要组织鼓舞表演。非洲人爱好击鼓，但布隆迪人打鼓的方式与其他非洲国家有所不同，另有其特色。表演者有老、中、少，皆为男性，他们身着白或绿白相间的袍式民族服装，头、臂佩带珠带，头顶大鼓，边敲边小跑着上场，阵势甚为壮观。上场后，舞者围成半圆，放下大鼓，开始表演。随着古典的节奏，鼓手以各种不同的动作、姿态轮番表演亮相，时而旋转飞舞，时而凌空腾跃，有时也伴有呼喊或歌唱。鼓舞节奏强烈，犹如雷声隆隆，震天动地，表演者身手敏捷，加之欢歌阵阵，给现场增添了欢快的气氛，使观众很受感染。风格粗犷的鼓舞充分表现出布隆迪民族欢乐、刚毅、豪放的性格，很受民间喜爱，被视为民族的骄傲。

英多雷，此语系当地语“intore”的音译，是一种“战舞”。一二十名男演员头插茅草、额佩珠带，上身裸露或交叉披挂色带，下身围着兽皮或草裙，脚踝系有铃铛，一手持矛，一手握盾，随着一位长老的口哨或口令，表演舞蹈。该舞节奏明快欢乐，动作铿锵有力，表现古代英雄出征前后的英勇气概。

伊米桑比，此语亦系当地语“imisambi”的音译，是一种轻盈美妙的舞蹈。表演时，一群身着盛装的年轻姑娘，伴随着轻快的音乐，翩翩进入舞台。她们模仿东非珍珠皇冠鹤等候鸟的动作姿态，载歌载舞，优雅动人。我东方歌舞团演员曾学习过这个舞蹈，表演时将其命名为“鹤舞”。

一般来说，布隆迪人大部分能歌善舞，聚会时往往能从傍晚尽情欢乐至深夜。布隆迪人的另一文化娱乐活动是在宁静的山村夜晚，围坐在篝火前，静听老人使用“英迪吉迪”（indigiti，一种用木条和葫芦瓢制成的弓形乐器）、“伊楠加”（inanga，一种以木板为座、牛筋为弦制成的形若琵琶的乐器）、“英多农戈”（indonongo，胡琴）、“乌姆维龙盖”（umvironge，短笛）等民族乐器，边奏边说边唱，犹如我国曲艺中的“评说”或“大鼓”，既叙述古代历史、传说、神话，又讲述人生哲理，也演唱人民生活、生产的情景，表现出人民群众的思想感情、愿望和要求。布隆迪人称这种文艺为“布隆迪的灵魂”，是研究布社会的活材料。

（原载于世界知识出版社2013年出版的《中国大使讲非洲故事》一书）

# 阿拉伯半岛见闻

李　中
（前驻北也门、伊拉克、沙特阿拉伯使馆参赞）

20世纪80年代中期到90年代末，我们来到阿拉伯半岛的三个国家工作，正值地区形势动荡，阿拉伯也门从内战走向南北统一，伊拉克遭遇海湾战争，沙特阿拉伯日益涉入地区和国际事务。使馆地处前哨，关注形势做好工作，是首要任务。同时，工作也提供机会外出旅行，哪怕是浮光掠影、走马观花，也算是身临其境地领略到当地独特的自然风光、地理地质风貌。每到一处，半岛的自然特征都给人留下深刻印象，这一意外的发现，更引起我们极大的兴趣，接下来很想探个究竟。在这里，没有鸟语花香，看不到小溪流水，呈现在眼前的是浩瀚的沙漠，险峻的山峰，如同在读一本地理书，每次外出都翻开新的一页。好奇心驱使我们跨越今昔时空，一知半解地了解到阿拉伯半岛的变迁。

## 一、也门是一座自然历史博物馆

### （一）高山脚下的亿万年化石

一次去塔兹办事，车子爬到3000米高处有个加油站。司机说到加油了，大家出来活动活动。山体旁边堆着很多石头。有的石头一片一片的很薄。随意捡起一块，上面有花纹，像树叶的叶面，又像苔藓植物。怪呀，怎么石头上会刻有花纹？捡几块回去琢磨琢磨。后来请教专家，说这些都是古生物化石，距今10万年左右，可能出自海底。后来有机会见到也门博物馆馆长，谈起也门的地理特征和历史，馆长说，也门就是一个大自然博物馆，你走到哪里都会见到古代遗迹，历史给也门留下太多东西，只是我们还没来得及整理。

### （二）山岩上的贝壳带

到北部山区拜会部落酋长，走的也是山路。一路崇山峻岭，地势险要。车子环山绕行，猛然间，从车里往外看，山崖上出现一个粗大的环形带，颜色与上下山体略有不同。仔细看，有无数个贝壳镶嵌在岩石上，与山体浑然结为一体，极为壮观。高山峻岭出现贝壳带，十分奇特。因为车子走的是狭窄的山路，后边还有车辆，不能停车，没能下车拍下这个奇观，现在想起来还感到非常遗憾 。

如何解释盘山的贝壳带？带着这个问题，我们请教地质学专家。专家推测，阿拉伯半岛的形成或发生于数亿万年前，原来的非洲大陆和亚洲大陆是相连的，大约3000万年前，由于强烈的地壳断裂运动，阿拉伯古陆板块与非洲大陆板块相分离，形成了非洲大裂谷。非洲和阿拉伯构造板块向两侧漂移，两个板块之间的地壳下沉，形成新的海洋，就是现在的红海。对此奇特的地质运动，我国地质科学家做过考察和认证。看来，萨那附近山区的“贝壳带”也可以加入科学认证吧。

### （三）3000年前的水坝遗址

学习阿拉伯语言文字的人都知道也门是文明古国，是阿拉伯民族和语言的发祥地，在古老的阿拉伯文明中占有重要地位。也门的历史可追溯到远古时代。根据《古兰经》和《圣经》的记载，公元前也门曾经存在希巴女王王朝，建有庞大的蓄水池和水坝。古代香料之路的发源地就在也门，乳香和没药在古代远售地中海国家，作为祭祀香料十分盛行，足以证明过去这里盛产香料，农业已初具规模。

来到也门东部马里卜荒无人烟的郊外，一片残垣断壁出现在眼前。地方官员说，这里是3000年前马里卜水坝的遗址。当时水库浇灌着2.5万公顷土地。公元600年，由于无法抗拒的大自然变迁，或是因为水坝出现构造问题，导致水坝坍塌。眼前看到的水坝遗址，石面已经剥离，巨大石块整齐地排列着，难解的是当时石块之间是用什么办法黏合的。人们只能从《古兰经》上寻找对于当年马里卜水坝的记载，了解到建造水坝是为了积蓄从也门高原上两大雨季期间流下的雨水，灌溉良田。当时的马里卜是也门最富饶的农业区，从这里南下经过哈德拉毛运出的香料和农产品，繁荣了古代阿拉伯半岛和地中海沿岸地区贸易。马里卜水坝无疑是古代阿拉伯半岛科技成就的典范之一。

## 二、两河流域古老文明的悲剧

伊拉克历史悠久、幅员辽阔、资源丰富。幼发拉底河和底格里斯河两大河流冲刷出的美索不达米亚平原，造就了伊拉克的古代文明。闻名遐迩的故事“一千零一夜”家喻户晓，流传久远。在阿拉伯地区工作过的人都知道，伊拉克的自然禀赋得天独厚，既富有石油资源又处两河流域。20世纪90年代初期，两伊战争硝烟未尽，萨达姆武装占领科威特，引发海湾危机。我们来到伊拉克，亲历了海湾战争的前前后后。

### （一）城市雕像述说着“一千零一夜”的故事

巴格达是座古城，建筑风格多半是阿拉伯式的，大大小小的清真寺风格各异，散落在城市四处。城市中心引人眼球的是坐落在大街小巷的雕像，历史人物、艺术家、文人的众多雕像，是城市的一道风景线，衬托出这座城市既古老又现代的文化气息。

我们在艾比努瓦斯大街找到了“一千零一夜”和“巴格达窃贼”雕像。底格里斯河畔，山鲁亚尔国王端坐在大理石的椅子上，目光凝视着不远处的美丽少女山鲁佐德。性格残暴的国王爱听故事，每晚找来少女为他讲故事，如果故事没意思，就下令处死少女。聪明的山鲁佐德，每当国王听故事听得最带劲的时候，就对国王说：“陛下，天色已晚，明天再接着讲吧。”

一千零一个夜晚，讲了一千零一个故事。我们在雕像前留影纪念，但后来听说，这座雕像如今面目全非，一部分在伊拉克战争中被破坏了。

城市里最多的雕像，伫立在最显赫位置的，当数萨达姆的雕像。巴格达天堂广场，曾经有一座高大的萨达姆雕像。2006年伊拉克战争之后，萨达姆被判处死刑。在美军坦克旁，这座雕像被市民拉倒，身躯折成数段。

（二）巴比伦往日辉煌不再

公元前2000年，巴比伦王国、亚述帝国和后巴比伦王国先后建立。巴比伦文化之辉煌，在于它对人类文明的重要贡献：古代人创造的楔形文字、《汉谟拉比法典》、太阳历、圆周率，等等。诺亚方舟的故事，亦出自巴比伦神话。

战争摧毁人类文明，伊拉克是近代史上鲜明的例子。使馆组织馆员前往巴比伦遗址参观，所见到的景象即令人赞叹又令人嘘唏。遗址一片破败，无人看守。走过铺设了上千年的沥青地面进入城墙内，遍地荒芜，杂草丛生。内墙壁画和飞禽走兽浮雕，依稀可见，老骆驼喂养小骆驼的浮雕生动逼真。一座女子雕像十分精美。城楼呈四方形，楼顶平台宽阔可行走。空中花园的遗址没有找到。

一次机会，我们随联合国观察员来到伊拉克北部尼尼微省哈德尔，看到过著名的古文物遗址，其中“人首牛身像”，可与埃及的“人面兽身”相比美。伊拉克多数古迹疏于修缮，风化严重，战争期间丢失古物更是极其严重。伊拉克博物馆被炸，古代遗物被“外来者”挖掘盗走。尼尼微的壁雕被一块一块地剥离。知名的伦敦文物市场，出现了伊拉克古物。

## 三、走进鲜为人知的沙特阿拉伯

沙特是伊斯兰教圣地，又是沙漠大国、石油大国。这片幅员辽阔的土地，如同面戴纱巾的沙特妇女，让人感到神秘而陌生。

**（一）建在沙漠绿洲上的现代化都市**

从北京到沙特，飞机到了利雅得上空，已是夜幕低沉。透过机窗下望，城市明亮非凡，几同白昼。夜幕下如此明亮的城市，还真是第一次见到。利雅得在阿拉伯文里是“花园”的意思，位于跨越半岛东西要道。当年老国王在此建国定都，城市面积还不到 1 平方公里，如今已扩大到 1600 平方公里。城市布局井井有序，建筑风格迥异，有欧式商业大楼和热闹的传统阿拉伯市场。商品应有尽有。宽敞的街道，绿树花坛，把利雅得打扮得既有时尚魅力又不失古朴风韵。

**（二）鲁布哈利沙漠发现油田**

鲁布哈利是“四分之一”的意思，沙特四分之一的国土被沙漠覆盖。数亿年前阿拉伯半岛的地质变迁，为这块不毛之地带来生机。我们前往达曼参观阿美石油公司，在博物馆了解到石油生成和开发的历史：在远古地质时代，海洋生物沉到海底，岩层断裂处释放地热和压力生成碳氢化合物。经亿万年地质变迁，原来的海底升为陆地，地表下生成石油。看来沙特第一代国王干了一件大好事，他立志要找到石油，开发油田，取得丰硕成果，一举改变沙特贫穷落后面貌。达曼石油城是“不夜城”，方圆数公里内，钻井架林立，钻探机不停转动，输油管道密密麻麻，巨大的储油罐气派非凡。厂区上方燃烧着废气点燃的“天灯”，24 小时照亮天际。

**（三）走进大沙漠**

使团朋友说，来到沙特，一定要进沙漠里体会一下沙漠文化。使馆组织过一次郊游，前往有“天涯海角”之称的“旅游胜地”。回想起那次旅游，我至今心有余悸。沙漠中没有树木，找不到标志物，车子盘旋多时找不到目的地，多次陷入沙丘，到达目的地已是午后。“天涯海角”确实壮观，爬到大峡谷悬崖峭壁边上，举目远望，广阔无垠的宇宙尽收眼底。站在沙漠里，遥想当年沙特王室祖辈奔驰在无边沙漠，征战南北统一疆土、历尽艰辛的情景。

### （四）神秘的远古遗迹

沙特有许多古迹，如古墓葬群、古岩石画、宗教起源地等。距离利雅得约 110 公里处有岩石群，平台上可以站人。发亮的黑色岩石，密密麻麻地雕刻了不少东西：有野兽、家畜、打猎用的武器、最早的文字雏形，还有当时人的生活细节、崇拜物，等等。据说利雅得附近的岩石画年代比较近，约公元前 1000 年，其他地方的发现多属于新石器时代和公元前后。

最大的岩石画在纳福德省的矩巴。传说，1879 年英国大诗人拜伦的孙女布兰特夫人和丈夫一道来阿拉伯半岛买马，途中看见过路边的岩石画。她在回忆录中写道："矩巴真是世界奇迹，是世界美景之一"。舒威玛地区的岩石画，则是迄今发现的最丰富、最集中的一处。满山的岩石群刻有狮子、猎狗、羚羊、骆驼、鸵鸟、家畜，当然也有人的形象。狮子岩石画最为有名，形象逼真，线条清晰。沙特的岩石画，可以说是历史留给后人的礼物，见证了地区的变迁和从古到今人类在各个时期的生活写照。有岩画的地方，多处低洼地带，必然是适合人类居住的地方。专家分析，这里过去是大湖的湖底或沙漠绿洲，位于往日的贸易通道上。

（写于 2016 年夏，刊登于《世界博览》2016 年第 19、20 期）

# 从古籍中吸取精华

李玉成
（前驻意大利使馆参赞）

欧洲文艺复兴的开始，首先重视从古籍中吸取精华。意大利历史学家加林在为《意大利文艺复兴的历史背景》这本书写的序言中，引用了法国沙特尔市大教堂窗户上的一句名言：“侏儒比巨人看得更远，仅仅是因为他们站在巨人的肩上”。瑞士历史学家布克哈特说，那是一个“收集书籍的时代”和“古典文化的复兴”。人们对古籍追求的热情超过已往任何时期。拜占庭帝国的灭亡，使许多希腊学者带着希腊的古籍来到意大利，传授希腊语和希腊文化。柏拉图、亚里士多德和荷马等人的著作，在一些人中引起巨大反响，并唤醒和加强了意大利人对古罗马优秀文化传统的回忆：但丁在《神曲》中把古罗马诗人维吉尔当作他的引路人；彼得拉克称自己为西塞罗主义者……恩格斯在《自然辩证法》中说，古代手抄本和雕像“在惊讶的西方面前展示了一个新世界”。那些作品歌颂人的理性、道德、创造力和对现实幸福生活的追求，它同中世纪基督教文化宣扬的虚幻“天堂”和禁欲主义形成鲜明对照。人文精神重新激励起人们的爱国和创造热情，从而使对古籍的“搜寻”形成一种热潮。彼特拉克和薄伽丘是这股潮流的先驱，在他们的推动下，荷马的两部史诗《伊利亚特》和《奥德赛》首先得到了翻译。

一些人文主义者用重金雇人四处购买、抄写和翻译古代著作，其足迹“遍及半个世界”。如北欧发现了某些古代原本书籍，便引起了人文主义者波焦等人的北欧之行。有人不惜变卖自己的土地、房产去增加藏书。由于印刷术尚未推广，有的君主经常雇用三四十名“抄书手”为他抄书。抄书时从字迹的工整（如每段用花体字开头）和装订的精细（如用天鹅绒封面和白银搭扣）可以看出其对内容的重视。陈列古籍的书架，更被视为最高雅的装饰。尼可洛·尼可利把全部财产都消耗在买书上了，他一生中收集了800卷古典著作的珍藏本，他的家成为学者们聚会的场所，他死后把这些书捐献给图书馆，条件是允许所有人阅读。由于那个时代人们的努力，各种古籍的出版迅速增加，使得西塞罗、卢克莱修、昆体良等人的著作能流传于世。

文艺复兴时期人们学习古典著作，并非单纯为了“复古”，而主要是“创新”。随着城市工商业的发展，人们开始追求生活中美好的东西，关心家庭和公共事务，要求更广泛地参与社会生活，而这些都与封建等级观念和宗教迷信相冲突。因此，人们要求用新的伦理道德来打破精神枷锁，古代希腊、罗马著作中的人文思想正好符合这种要求。这是欧洲思想的一次大解放，在诸多领域都相继产生了如像达·芬奇、伽利略那样的“巨人”，社会科学和自然科学都达到了古代从未有过的高度。人文主义者认为古典著作德智并重，有助于培养人的高尚品格，因此把它们作为进行道德教育的基础。

中世纪虽然也有人阅读古典著作，但文艺复兴时代的人们更重视用积极和批判的态度去进行鉴别，认为如果对原文没有准确的理解，也许所谈的问题根本不存在。萨卢塔蒂说，由于手稿的残缺和失真，需要把“令人生疑的地方”集中起来，委托给语言学家和历史学家们去处理，以恢复它们的本来面目；然后从历史的角度看其内容是否真实，应当按照历史的本来面目来研究所有文献。如瓦拉于1440年写了《论伪造的“君士坦丁赠礼”》，经过他的考证，发现教皇据以统治西欧的“君士坦丁赠礼”是一封伪造的文件，这一发现动摇了教皇统治西欧的法律依据。

个人的行为随着自己的死亡而消逝，但思想却能通过书籍流传于世。

古籍是人类思维活动的结晶、行为的遗踪和反响，其文化内涵比留下的地面建筑更为丰富。但它们的生存也更“脆弱”，更应值得珍视。在阅读古籍的过程中，我们可以在“流动的时间”里，回到遥远的过去，认识古人的智慧、英雄的行为和良好的风范；在同过去的对比中，更好地认识现在和人生的价值。培根说：“读史使人明智，读诗使人灵秀，数学使人周密，物理使人深刻，伦理学使人庄重，逻辑与修辞使人善辩”。通过学习古典著作来发扬文化的继承性，让其中的“精华”再现于世人面前。

（原载于中共中央党校《学习时报》2002年7月1日）

# 文学的价值

李玉成
（前驻意大利使馆参赞）

15—16世纪，意大利随着经济繁荣之后，出现文学、艺术的繁荣。但文学的繁荣又先于艺术，并推动着艺术的繁荣，并出现了意大利文艺复兴时期文学中的三位大师：但丁、彼特拉克和薄伽丘。那时的佛罗伦萨连“驴夫也能吟哦但丁的诗句”。这是由于他们首先把文学视为政治斗争的武器，但丁在《神曲》中把妨碍意大利统一的教皇卜尼法斯八世打入“地狱”，而把他寄希望于国家统一的亨利七世皇帝放在“天堂”之上。他首次提出政教分离的思想，向神权提出挑战，反映了新兴市民阶级的要求。其次，人文主义者把文学作为摆脱中世纪封建神学对思想控制的手段。彼特拉克在他的《歌集》中，向人们公开、大胆地袒露自己的内心活动和对爱情的追求，这在当时是冲破禁欲主义束缚的惊人之举。薄伽丘的《十日谈》用幽默、辛辣的语言揭露教会的腐败。他说僧侣的罪过不在于他们贪图享受，而在于他们的虚伪，他们表面道貌岸然，把禁止娶妻作为戒律，而背地里却干着荒淫无耻的勾当。他赞美青年男女冲破封建等级观念、蔑视金钱和权势，为争取“尘世”的幸福而进行的斗争。这三位大师的把人的思想从“神”的枷锁中解放出来的著作，在欧洲引起巨大反响，并影响后世，先后产生了许多如乔叟的《坎特伯雷故事集》、拉伯雷的《巨人传》、塞万提斯的《堂吉诃德》以及莎士比亚的戏剧等名著。

人文主义者认为，文学的根本价值在于能塑造人的灵魂。医学只能“修理”人们的身体，而“塑造人的灵魂则要依靠文学和哲学”。但同哲学相比，文学能用虚构的故事引人入胜，教育更多的公众。因此，文学被视为“人性之学”，它可以使人“受牵引而向上”，“敲开人们的心扉，唤醒沉睡的精神，指出智慧之路”。在时间的流逝中，文学保存了人类的精神财富，成为沟通人们思想感情的“纽带”。文学的目的在于激发人的精神力量，以不断更新的方式教育人们。伟大的作家是“生活的尺度和不幸中的慰藉”。优秀作品反映出生活的充实和和谐，告诉人们什么是真善美和假恶丑，培养人们的高尚感情和坚强的毅力，对读者产生“润物细无声”的影响。为此，人文主义者希望人们不要忽视文学方面的修养，因为科学知识和文学知识是相辅相成的，同时学习这两门知识可以相得益彰。有文学而无科学就会显得空泛无力；有科学而无文学就会显得隐晦和暗淡无光。

人文主义者坚持文学的道德价值。认为人不应当像野兽那样生活，应当追求美德和知识。“善”是指作品的思想，美是指辞章的修饰，但应当特别注意到它的“善”，善就是 “美化人的心灵 ”。为了培养美德，儿童们最初听到的应是最优美高尚的故事，而不要用搞阴谋诡计等丑恶内容来教育他们，因为童年的思想如同一张白纸，接受的东西是不易改变的。应当寻找一些艺术巨匠，让他们运用自己的天才和美德，创作出大量鼓舞人的健康作品，使年轻人所到之处，耳濡目染，潜移默化，自幼就培养起高尚的情操。只有响亮的语言而内容贫乏的作品是并不感人的。诗人歌德提倡写强壮、新鲜、健康和愉快的作品，反对写病态、软弱的作品。

人文主义者鼓励人们创作。“不应当把知识存放在象牙塔里，而应让它造福于民众”。维尔杰里奥说：“有什么比阅读和写作更令人愉快呢？”我们可以了解古代的事情，作家通过写作同未来的人谈话，我们可以利用过去、现在和将来的时间。 希皮奥内有一句名言：“在公务之余，从事一点文学的消遣。在我无所作为的时候，我也正在完成最伟大的事业。”皮科洛米尼在 1444 年写道：“文学在意大利繁荣起来，君主们去听诗歌朗诵并不感到耻辱，他们自己也写诗。但是在德国，君主们更关心的是马和狗，而不是诗人。因此他们也不懂艺术，他们死的时候也像自己的牲口一样，不会留下什么令人回忆的东西。”

（原载于中共中央党校《学习时报》2002 年 2 月 25 日）

# 亲自试试死海浮力到底有多大

刘宝莱

（前驻阿联酋、约旦大使）

约旦政局相对稳定，每年前往约旦旅游、经商的中国人万余人次。他们一抵达首都安曼，便首先考虑到死海一游。作为约旦旅游胜地的死海，的确名不虚传。

死海，举世闻名。因地壳变动，死海从地中海分割出来，形成一个内陆咸水湖。它距离地中海仅有 80 公里，位于安曼市西南约 50 公里处。驱车需 1 小时，顺公路而下，途经高原，进入谷地。当车行至海平面时，人们耳边会有嗡嗡的感觉，但会瞬间消失。其因是死海水平面低于海拔近 400 米。死海北起苏维马，南至萨菲，面积 1049 平方公里，南北全长 82 公里，东西宽 4.8—8.7 公里，平均水深 300 米，最深处达 409 米。

人们不禁要问，为什么称之为死海呢？这是因为死海形成后，海水因气候炎热而大量蒸发，使之含盐量高达 23%—25%，相当于一般海水含盐量 4 倍之多。除细菌外，任何生物都难以在如此含盐量高的海水中生存，沿岸也基本没有植物。那么，为什么又称之为“不沉之海”呢？这是因为死海浮力大，人躺在水面上看书或休息也不会下沉。对于不会游泳的人来说，也没有问题。此外，有人不禁要问，为什么还称之为“地球的肚脐”呢？那是因为死海最深处低于海拔 800 米，比我国新疆的吐鲁番盆地还要低 250 米，故被称为“地球的肚脐”。

死海东岸有半岛突入海中，将其南北截开，其中南部面积 260 平方公里，北部面积780平方公里。我没有机会前往东岸的半岛参观。不过常去安曼附近的死海游泳、休闲，每次游泳后，顿觉全身轻松、舒适。

对于旅游者来说，死海有三大看点。

其一，气温较高，阳光充足。死海常年气温一般在15℃—30℃。安曼冬季寒风刺骨，经常下雪，有时达半米之深，到处白雪皑皑。而死海则阳光明媚，温暖如春。我国许多访约团组出游，首选会去死海游泳，享受天然沙滩、阳光、蓝天、白云。

其二，浮力大。凡去死海参观者，不论男女老少，均兴致勃勃、欲亲自试试海水浮力到底有多大。结果一试，的确浮力很大，仿佛有一双无形的手托着自己。因此，有一个“死海不死”的故事流传至今：相传大约公元2世纪，罗马统帅狄杜攻占耶路撒冷后，将一批俘虏抛入死海处决，但他们不但未被淹死，反被海浪送回岸边。狄杜大怒，再次下令将他们扔下海去，结果他们仍安全回来。这一下把狄杜吓坏了，他误以为这是天意，俘虏命不该绝，故下令将他们全部释放。

由于海水含盐量高，人们游泳时，切勿将海水弄到自己眼睛里。有一次，我国一个妇女代表团过境，定要下海一试。行前，我曾予提醒，但并未引起她们的重视。下水后，有一位年约40岁的团员，不慎将海水弄湿了自己的眼睛。顿时，她双目紧闭，疼痛难忍，一紧张，便在水里翻滚起来。我看势不妙，忙叫使馆陪同的两位年轻人下去将她抬上岸，然后用矿泉水洗清其双目。这时，她才缓过劲来，半开玩笑地对我说：“人说死海不死。但我这一下，几乎要了我的命”。我忙安慰她说，事情没有那么严重，休息一会儿就好了。

其三，可以疗养、治病。死海海水对关节炎、风湿和其他多种皮肤病有一定疗效。其天然黑泥是美容品，为众多名牌化妆品提供原料。

1996年11月，全国人大常委会委员长乔石同志率人大代表团访问约旦，前往死海参观。一到岸边，随团的一位领导即跳下水去，游起泳来。大家都看着他，怕他出事。不一会儿，他兴奋地上岸，沐浴更衣。当车队要走时，他让我与他同车说说话。途中，他高兴地说，这次下海，感受颇深：第一，海水很咸。他尝了一下，咸得呛嗓子，又苦又涩，难以承受；第二，浮力大。他游泳很轻松，特别是仰泳，犹如躺在藤椅上；第三，能治皮肤病。由于他出访一直穿皮鞋，可能脚气病犯了。下水前，脚很痒。但在水里一泡，不痒了，很舒服。

我笑着说，他是代表团中第一个吃螃蟹的人。

（原载于《北京青年报》2013 年 8 月 5 日）

# 浪花中飞出欢乐的歌

## ——泰南普吉岛掠影

刘明辉
（前驻外使领馆外交官）

到泰南旅游，普吉是首选之地。可以讲，没有去过普吉，就等于没有去过泰南，也可以讲，没有去过普吉，就等于没有去过泰国，可见普吉在泰国旅游中所处的重要地位。

普吉是泰国最小的府治，但也是最大的岛屿。普吉由普吉本岛和周边的39个小岛组成，陆地面积543平方公里，位于泰国南部的安达曼海。她四面环海，终年雨水充沛，阳光明媚，风景秀丽，物产丰富，是印度洋上一颗璀璨的明珠，一个令人流连忘返的海上乐园，世外桃源和人间天堂。每年有成千上万的各国旅客来普吉岛观光、休假。尽情地享受着蓝天、阳光、海浪和沙滩。

漫步在著名的麦孝海滩，棕榈树成片成林，无数大海龟在海滩上产卵；在卡隆海滩，海面平静，海岸浅湾柔而细长，十分适合游泳、划浪、航游、潜水、日光浴；一到晚上，巴东海滩华灯初放，霓虹灯闪烁，一座座度假别墅沿海岸耸立。摩天酒店里轻歌飞扬，海边上人涌如潮，整个巴东犹如一座不夜城，一座巨大的海上城市。

普吉是一个鲜花的世界，一年四季鲜花怒放。尤其是泰国特有的玉兰花更是开得那么漂亮，那么令人着迷。每年普吉均有几百吨鲜花出口到欧美等国，打扮着人们美好的生活。

普吉是水果的世界，一年四季水果飘香，有香蕉，椰子、番石榴、木瓜、莲雾、柚子、菠萝、榴梿、菠萝蜜、山竹、荔枝、杧果、红毛丹等，还有许多你连名字都叫不上来。在所有的这些水果中榴梿和山竹最有名，一个是水果之王，一个是水果之后，一个多吃上火，一个多吃去火，两种水果一块吃，作用相辅相成，妙不可言。

普吉是个歌舞的世界，其中最有名的娱乐场所是“幻多奇”游乐园，是一个集知识趣味、餐饮、购物、娱乐于一体的大型文化娱乐场所。每到晚上，华灯初放，泰民族舞蹈、隐形幻术、大象表演、焰火表演、四维空间效果、大型杂技、高空飞翔、俄罗斯马戏、印度肚皮舞，夏威夷草裙舞、西班牙斗牛舞等在这里轮换演出，轻歌曼舞，通宵达旦。人们一边欣赏歌舞，一边品尝美味佳肴，一切烦恼和不愉快都抛到九霄云外去了。

普吉也是一个美女如云的世界。世界各国佳丽，泰国南北美女都云集普吉。无论在海边漫步，还是走在山间小道，到处可见丽人的身影。在普吉，到处是鲜花争艳，到处是花枝招展，使人眼花缭乱。但正是她们与普吉天然风光交织在一起，才形成一幅幅人间天堂的画卷。

普吉是那么迷人、那样妩媚、那样有魅力。人们生活在普吉是那样的舒适，那样的随心所欲。你可以在海边漫步，欣赏着海上日出，一轮红日从海上跃起，映出满天的彩霞；你可以在海中戏水、潜游，探索着大自然的秘密；你可以在大海中冲浪，在海上驾驶快艇进行高空跳伞，寻求生活的刺激，体验生活的极限；你可以心平气和地躺在海边上，一边看书一边晒着太阳，一边与朋友漫谈生活的过去和美好的未来。无论什么国别，无论什么人种，无论男女还是老少，都能尽情地享受大自然的恩赐，陶醉在大自然的美景中。普吉的一切显得那么和谐、那么美好、那么自然，从普吉岛飞出的是一首首动听感人的歌。

你在普吉，看到是一片和平、繁荣的景象。但是你可知道，在十年前，普吉受到过一场空前海难，差点吞没了整个普吉，把普吉从地图上抹掉。

事情发生在2004年12月26日，泰国当地时间上午8点，在印度尼西亚苏门答腊岛以北海域发生了8.5级强烈地震并引发特大海啸，高达几十米的巨浪伴着狂风暴雨向印尼、斯里兰卡、印度、孟加拉国，泰国等国袭来。普吉面临着灭顶之灾，巨浪像一只无情的巨手摧毁了海上的一切旅游设施，捣毁了沿海而建的大小酒店、商场和娱乐场所。一瞬间，交通冲垮，电讯中断，房屋倒塌，桥梁冲断，整个普吉断水、断电，到处是死尸，到处是垃圾和臭鱼烂虾，普吉失去昔日的风采，成为一座孤岛和死岛。

但是泰国人民没有被吓倒，普吉人民也没有屈服，他们从废墟中又勇敢地站了起来，不等不靠，齐心协力，互相帮助，重建家园。世界各国，尤其是中国人民向泰国人民伸出了援助之手，源源不断的援助物资被运进普吉岛。普吉人民和各国志愿者一起清理现场，种花种草，重修酒店和娱乐场所，恢复通信和通水、通电、通气，不到两年时间，普吉又恢复了元气，又重新张开友谊之手，笑迎四方来客。如今人们又能见到普吉的阳光、海浪、蓝天和沙滩，晚上还能看到那炫丽的霓虹灯，听到那歌舞声声，一个更新、更现代化、更富有人情味的普吉奇迹般地又耸立世人的面前。去普吉旅游吧，去领略今天普吉的繁华和风采。

普吉岛在凤凰涅盘中又获得重生。

（原载于江西《宜春日报》、《世界博览》杂志和《北京晚报》）

# 老酒家传奇

刘祺宝
（前驻德国使馆政务参赞）

在德国柏林老城区的韦森街 14 号有一个酒家，大门上方有一个很奇怪的店名招牌——“终审法庭”，门旁写着：“柏林最古老的酒家，始自 1621 年”。

据考证，公元 13 世纪，在今天柏林老城区施普雷河畔的中国大使馆附近，曾有一个名叫“柏林”的村落。当村落逐步演变成有上万人口的小城镇时，人们便在周边筑起了围墙，这就是柏林最早的城墙。如今城墙已不复存在，但在古老酒家附近的街旁，还残存一段用大大小小的石头砌成的高墙，它就是今天人们能看到的柏林最早的城墙残迹。在中世纪，这个酒家附近的城墙下曾是圈养牲畜、宰牛杀猪和买卖鲜肉的场所。1621 年，一个马夫看到这里有利可图，便在此开了一家烧酒店，这就是柏林最古老酒家的来历。

马夫开的简陋的烧酒店受到当地屠夫、农民和渔民的青睐，他们给酒店起了一个俏皮的名字，仔细品味，可意译为“下里巴人酒家”。约定俗成，这个名字便成了公认的酒店店名。

随着柏林的发展，酒家的邻街建起了法院，并发生了几件有趣的事情。

其一，两个农民发生纠纷后上法院打官司，官司久拖不决。一天，两人走出法院后不约而同地来到酒家，结果三杯酒下肚，一对冤家化解了矛盾，两人握手言和。

其二，一对夫妻闹离婚，两人都已表示愿意接受法院的离婚判决。在去法院接受终审判决的那天，两人先上酒家吃饭，饭后却改变了态度，夫妻和好如初，一起回了家。

两个故事后来被传为佳话，“下里巴人酒家”由此得到“终审法庭”的雅号，并在19世纪末，成为酒家的正式店名。

如今，酒家在广告上不仅提到两则佳话，而且还特意绘制了象征“公正与公平”的天平图案。一位店员对此这样解释说，谋求“公正与公平”是法院的天职，“和平与和解”是可贵的。但是，没有“公正与公平”，“和平与和解”难以实现，更不可能巩固。因此，需要在广告上用“天平”和“两则佳话”来表达我们“终审法院”完整、深刻的理念。

300多年来，这个古老的酒家吸引着八方来客，法国的盖世英雄拿破仑、苏联大文豪高尔基和法国总统希拉克等，都曾光顾过这个酒家。

几个世纪过去了，“终审法庭”酒家的风貌依旧，建筑内的装饰和店中的数十个客位与100多年前的历史照片几无差异，1806年拿破仑坐过的椅子也完好地保留了下来。

“终审法庭”酒家“面向大众”，主要供应具有柏林风味的家常菜，价位不高。普通百姓在这里就餐，一杯啤酒，一只猪蹄，外加土豆和蔬菜，就能吃得有滋有味。一些著名艺术家也常在这里谈天说地，汲取创作灵感。

我很喜欢酒家中无拘无束、自由交谈的轻松氛围。一天晚上，我在这里听到邻桌的客人在评说天下大事，其中一位中年人谈到了中国。他说，中国以“公平与和解”的精神解决同邻国的边界问题，站在公正立场上，主张用和平手段处理国际争端，因此深得人心，影响逐渐扩大。“公平与和解”，与“终审法庭”所弘扬的理念一样，具有永久的生命力和普遍意义。他的见解显然得到了同桌客人的认同，也使我这个坐在一旁默默聆听的中国人感动难忘。

（原载于《人民日报》2006年5月29日）

# 泰晤士河上的桥

马振岗
（前驻英国大使）

泰晤士河总共只有48公里长，却是英国名副其实的母亲河。可以说，英国的发展与兴衰，都与泰晤士河密切联系在一起。这条刻录下伦敦复杂、曲折历史的河流，既经历过大英帝国的兴盛，也见证了由盛渐衰的变迁，保留下英国浓郁的文化积淀。1929年，英国议会议员约翰·伯恩斯有一段名言："圣路易斯河是水，密西西比河是泥浆，而泰晤士河是流动的历史。"

凡是繁荣的河流上总离不开桥。尤其是伦敦，泰晤士河流穿全城，桥对伦敦的生活和发展都不可或缺，从罗马时代起陆续架起不少的桥。横跨泰晤士河的各式各样的桥梁既是历史的记载，也是伦敦风光的亮点。

1998年春，我陪来访的朱镕基总理游览泰晤士河，却在桥的问题上尴尬了一回。游船冲开水面激起白色浪花，穿行过一座一座的桥梁。突然，朱总理转身问我："马大使，泰晤士河上有多少座桥？"我只知道泰晤士河上桥挺多，却一时说不出具体数目。他笑着说："看来你的调研做得不怎么好呀"。我说马上就去调研，前去询问船上的英国人员，他们也没人说得准，最后认为是15座。我回来向朱总理做了汇报，他说："这还差不多。"我一直没明白他是说桥数"差不多"还是我做的"差不多"。

朱总理访问结束离开英国后，我又想起了这件事，决心搞个一清二楚。我查看了一些资料，又问过不少英国人，终于初步搞清楚。泰晤士河全程共有各种桥梁214座，河下隧道20多道。流经大伦敦地区的河段上有33

座桥，而在伦敦市中心的河段上，总共架有16座桥。

这16座桥中，有一座铁路桥和一座步行桥。步行桥名曰“千年步行桥”，是为纪念21世纪到来而兴建的，2000年由女王亲自剪彩启用。谁知行人一多，桥就发生振动，这顿时成为报刊舆论轰动的新闻。原来设计人员忽视了共振问题，只好关闭停用，直到2002年共振问题得以解决才重新使用。

泰晤士河上最有名的桥差不多都在伦敦市区，其中最有名气的是1894年建成的塔桥。这座桥造型独特、结构和谐、气势雄伟，被视为伦敦乃至全英国的象征。塔桥两端由4座石塔连接起来，两座主塔高40米，是花岗岩和钢铁结构的5层方形塔；大理石的顶端耸起而成一个四面尖塔，四角各建有一座白色小尖塔，整座塔顶宛如一顶巨大的王冠。河里塔基各高7.6米，坚实而敦厚。两塔之间跨度为60多米，中间有上下两条通道，下面的跑车，上面的行人。如果有大船通过，主塔里的机械就把桥面拉起来。两块各重1000吨的活动桥面竖高40米，中间形成宽60米的宽阔水道。上面的通道有电梯通达，有兴趣的人也可攀登300个台阶。通道两侧安有玻璃，在那么高的水面上，或俯视奔流的泰晤士河，或远眺伦敦的美丽风光，实在令人兴趣盎然。

河上最古老的桥是伦敦桥，这是当年罗马人建的一座木桥。1209年用了30年时间改建成石头桥，1831年又重建了一次，一直用到1967年。因交通日益繁忙需要加宽，就以250万美元价格卖给了美国的富商。这座桥搬到亚利桑那，架在哈瓦苏湖上，成为一个观光点。原桥址上新建一座三个孔洞的水泥桥，1972年启用。最老的桥由此变成了最新的桥之一。

滑铁卢桥建于1942年，当时男人们多在前线作战，妇女成了建桥的主要劳动力，此桥又称为“女人桥”。

阿尔伯特桥是一座双索斜拉桥，桥下有三个大跨度的水道，外形呈乳白色，被艺术家们认作泰晤士河上最优美的一座桥。

实际上，泰晤士河上主要的桥，每座都有特色、都有故事、都值得考究一番。我在英国工作时，曾设想沿着泰晤士河走上一遍，欣赏一下所有桥梁的风采。然而，当时没有时间，现在没有机会，这已成为一个永远无法实现的梦想了。

# 上帝修别墅的地方

潘占林
（前驻吉尔吉斯斯坦、乌克兰、南斯拉夫、以色列大使）

## 一

吉尔吉斯斯坦是古丝绸之路的重要环节。近几年来，吉尔吉斯斯坦因为几场政治风波才时隐时现地现身媒体。而此前在苏联时期以及 1992 年独立之后，她还鲜为人知。尤其吉国那绮丽的风光，宜人的气候，独特的民族风情，恐怕更是知者寥寥，可谓“养在深闺人未识”。

吉尔吉斯一词的含义既有“40 个部落”，也有“40 个姑娘”的意思。吉尔吉斯国旗上的 40 束光芒就代表着 40 个部落。吉尔吉斯斯坦地处天山山脉西麓，首都比什凯克位于阿拉套山脚下、楚河盆地中部，群山环绕。阿拉套山山峰绵延起伏，山顶终年积雪，宛若戴着白色毡帽的吉尔吉斯老人，注视着这世事沧桑，思索着人生的哲理。这使我想起那千古名句“窗含西岭千秋雪”。雪线以下，便是郁郁葱葱的森林，清风拂来，松涛阵阵，送来雪山的清凉，松针的馨香，沁人心脾。这里有羚羊、麋鹿、野猪，甚至还有雪豹等野生动物出没。各种鸟类翻飞啼鸣，和松涛构成绝妙的交响乐，为这森林增添了无限生机。森林以下，在较缓的山坡上，则长满灌木，以五彩云杉为主。每当金风送爽的季节，云杉变得五彩斑斓，为雪山、为森林缀上美丽的花边。山下的平原上，便是绿油油的草地。这里牧草茂盛，羊群、马群，像花瓣一样撒落在碧绿的原野上。红艳艳的野罂粟花疏密有秩地撒落在原野上，犹如蔚蓝的天空中撒满繁星，像碧绿河流里潺湲着桃花水，又像绣着鲜花的巨幅绿色地毯，令人心驰神往。每到夏季，积雪融化，雪水沿着山间奔腾而下，噀玉喷珠，在山下汇成清澈见底的湖泊。这湖泊像一面面明镜，在草原上熠熠生辉。山为樽，湖为酒，饮一杯美酒，酒不醉人人自醉啊！这里还有“九曲流觞”，沿着湖泊开凿了一条条河沟，湖水沿着小渠流进首都比什凯克市。在街道两旁，沿着浅浅的河沟，清澈的湖水蜿蜒流淌，成了城市的一道亮丽的风景。

## 二

比什凯克市在苏联时期称“伏龙芝市”，为纪念国内战争时期具有传奇色彩的红军将领伏龙芝而命名。1991 年吉尔吉斯独立后恢复了它往昔的名称比什凯克。“比什凯克”在吉尔吉斯语中是“拌马奶酒的棒子”。传说古代一位首领率部落曾在此驻留，临去时，他的爱妃将搅拌马奶酒的棒子遗落在这里，而这个棒子十分珍贵，柄上镶满各种宝石。首领派部下回来寻找，可茫茫草原，哪里能找到一根拌奶棒啊。由于他们没有完成使命，不敢返回部落，就在这里常住下来，于是此地便被称为“比什凯克”。比市是著名的花园城市。城市面积 130 平方公里，人口 80 余万；绿化面积 43 万平方公里，人均 72 平方米，以绿色城市享誉中亚，人称中亚的“小瑞士”。

吉尔吉斯斯坦有很多高山湖泊，伊塞克湖是最大的一个，面积 6000 多平方公里。那一望无际的湖水，真是海一样的蔚蓝、海一样的辽阔、海一样的波涛汹涌，闪烁着海一样的诱人魅力。只是这海在海平面以上 1600 多米，最深处有 668 米。这里是高山海洋气候，湖水微咸，终年不冻，又有温泉汇聚到湖里，滋养着各种稀缺鱼类，是旅游休闲的绝佳去处。每当盛夏，阳光朗照，湖水波光潋滟，渔帆点点。前来消夏的人们或游泳、或戏水、或扬帆、或垂钓，欢声笑语在浩瀚无垠的湖面上荡漾，真是浮光跃金，静影沉碧，比起海来另有一份情趣。

每当和吉尔吉斯人谈起这里的风景，他们都不无自豪地说，我们这里是上帝修别墅的地方。于是，他们讲起那古老的传说：很久以前，上帝要分配土地，各国首领或者使臣纷纷前来。俄罗斯人十分勤奋，早早地带着礼物来到上帝面前，上帝一高兴，在地图上大笔一挥，俄罗斯人便得到一大片土地。接着，哈萨克斯坦人也献上礼物，上帝也给了他们一大片土地。随后，乌兹别克、乌克兰、阿塞拜疆都分得了土地。吉尔吉斯人是游牧部落，快到中午才起床，想起上帝今天分配土地，也提上礼物，带上用马肠制作的美味香肠去见上帝。上帝正在吃午饭，尝了一下香肠，觉得味道不错。但是上帝说，土地我已经分配完了。吉尔吉斯人哀求说，我们总得有块地方安身立命啊！上帝想了一想，那这样吧，把我打算建别墅的地方给你们吧。于是，吉尔吉斯人便拥有了这块风景如画的土地，面积19.8万平方公里。

## 三

吉尔吉斯斯坦是个多民族国家，人口530多万，全国共有80多个民族，有吉尔吉斯、俄罗斯、乌克兰、乌兹别克、塔吉克、东干等民族，其中吉尔吉斯族占65%。他们的民俗大多和昔日的游牧生活密切相关，抢婚就是其中之一。具体做法是先是亲戚集会，由家族长者确定女方，看看哪家的姑娘长得端庄，比较合适，然后男方小伙趁这家男人们不在时把姑娘抢到家里住两三天。在这短暂的时间里，姑娘认识了这个家庭，认识了作为未来丈夫的小伙子。接着，男方到女方家，女方家庭表示很生气，不让男方人进门，以显示女方的尊严。女方家长问女孩子是否同意这桩婚事，如愿意，双方定下婚期，男方拿出定金，女方家庭收下，此后女方家庭开始准备丰厚的嫁妆。这个过程通常延续一至二年，直到举行婚礼。当然，现在婚俗也有较大改变，男女自由恋爱。但是，仍有个别类似抢婚的现象。一位我国新疆维吾尔族姑娘曾在吉尔吉斯斯坦留学，她经常到我国大使馆，和使馆人员很熟悉。但突然有一段时间她不来了，使馆人员担心她出了什么事，后来打听到消息，她被“抢婚”了。原来，一个吉尔吉斯的维族家庭看上了她，邀请她去做客。当她走进这家家门，发现场面十分热闹，吹拉弹唱，宰了羊，一场婚礼已经准备停当。新娘是谁呢，原来就是她自己。她感到十分突然，不知所措。这时，一些年长的妇女出来劝说她，那个维族的小伙子也真诚地袒露情怀。她看到这个家庭还算殷实，小伙也不错，便勉强同意了。这可算得上是“闪婚”，也是新式的“抢婚”吧！

在吉尔吉斯众多的民族中，有一个东干族，这是一个浴火重生的民族，同中国甘肃、宁夏地区的回族有着血肉相连的关系。1864 年，白彦虎领导甘肃、宁夏的回族起义，反对腐朽的满清统治。后来起义失败，白彦虎率残部 3 万多人向西撤退，历经艰辛，翻越天山，来到迄今吉尔吉斯斯坦和哈萨克斯坦交界的地方落脚，他们称这个地方为“老营盘”。饥饿寒冷夺走了不少人的生命，3 万多人只剩下 3000 多人。他们在这一带安顿下来，繁衍生息，现在东干人已经有十几万人，散居在哈萨克斯坦、吉尔吉斯斯坦、乌兹别克斯坦等地。

他们虽然远离故土，但是仍保留着甘陕地区古老的习俗，婚丧嫁娶一如当年。新媳妇出嫁时穿的是中国古时的服装，绣着花边的上衣和裤子，穿的是绣花鞋，头上挽着发髻，招待客人像我国甘陕农村一样摆上“八大碗”。他们迄今操的语言是甘陕乡下的土话。他们把政府机关叫“衙门口”，管商店、企业经理叫“掌柜的”。他们信奉伊斯兰教，大的村庄或居民点都有清真寺。这个民族仍如西北地区的回民一样勤劳节俭，多从事农业，也有的从事工商等其他行业，大多日子过得比较殷实，有房有车。他们还成立了自己的组织——东干人协会，前几任会长都是吉尔吉斯斯坦议会的议员，也涌现了艺术家、音乐家、人民演员和运动员。东干人喜爱的艺术形式是历代流传的“花儿”，前任东干人协会会长伊斯梅尔-叶辛曾组织东干人到甘肃共同举办“花儿会”。传唱千古的“花儿”，音韵悠长，优雅动听，更增添了东干人浓浓的乡情。有的东干人还到甘肃、宁夏寻根，几代人未曾相见，却血脉相连，抚今追昔，感触良多，不胜唏嘘！

## 四

中国人民同吉尔吉斯斯坦人民的交往历史悠久、源远流长。在司马迁的《史记》中，就有关于吉尔吉斯斯坦的记载。古代丝绸之路有三条线路通往吉尔吉斯斯坦。第一条是由喀什、阿图什经吐尔尕特口岸到吉尔吉斯；第二条路线是经我国伊犁、哈萨克斯坦的阿拉木图到比什凯克；第三条是由喀什经老乌恰口岸到奥什，经奥什通往乌兹别克斯坦及其他中亚地区。奥什是古丝绸之路的重镇，有三千多年的历史。离市中心不远处的苏雷曼山上，有个花岗岩石洞，已辟为考古博物馆。在博物馆门口的石壁上，刻着一个大字。导游说，人们都不认识这个字。我仔细打量这个字，有两米见方，写得挥洒自如，酣畅淋漓、原来是一个篆书的“寿”字。博物馆内陈列着不少的出土文物，有陶器，瓷碗及其他一些生产工具和生活用品。显然，这些陶瓷来自中国。这说明在古代，中国和吉尔吉斯斯坦就有文化交流、货物流通，就是丝绸之路把两国联系在了一起。

两国文化交流的长河中，值得一提的是，据郭沫若考证，中国唐代著名诗人李白就出生在中亚的碎叶，即现在离吉尔吉斯斯坦首都比什凯克 60 公里的托克马克市。这是一个不到 10 万人口的小城，吉尔吉斯人的母亲河楚河从城旁流过。吉尔吉斯人以大诗人李白出生在此地引以为豪，还修建了李白纪念馆，陈列着李白的诗作以及俄文译本。在小城郊外，耸立着一座宝塔，当地称作布兰塔，建于公元 11 世纪。当地老人称，这塔是中国建筑师和吉尔吉斯建筑师合作建起的，也是中吉两国人民友谊的见证。关于这座塔，还流传着一个传说：一个美丽的姑娘被当地土豪逼婚，她为了反抗这桩不称心的婚事而逃到塔里，富豪的家丁追至塔下，这位姑娘从塔顶跃身跳下，结果香消玉殒，成了流传千古的追求自由、追求幸福的凄美而又悲壮的故事。

1991年，吉尔吉斯斯坦宣布独立以来，我国很快同其建立了外交关系，两国各方面关系都有了长足的发展。中吉两国高层往来频繁，双方建立了战略伙伴关系。在上海合作组织框架内，双方深化安全执法合作，共同打击“三股势力”、贩毒和跨国有组织犯罪。双方经贸合作蒸蒸日上，合作领域涵盖交通、通信、电力、矿产、农业等项目。中吉友好往来热络，在吉尔吉斯斯坦正在兴起“中国热”，在中国留学的吉尔吉斯留学生2000多人，在吉的中国留学生1400多人。在这个仅530多万人口的国家，学习汉语的人数达1.5万人。

如今，中吉两国人民继往开来，正在谱写中吉两国及两国人民友好合作的新篇章。

# “熊城”伯尔尼

瞿宏法
（前驻比利时使馆政务参赞）

在世界各国首都中，瑞士联邦首都伯尔尼是以环境优雅、景物秀丽著称的。晴日，登临城内玫瑰公园最高处远眺，但见蓝天尽处苍山点点、白雪皑皑，俯瞰则绿树森森，红瓦粼粼。莱茵河支流阿勒河宛如一匹素练，缓缓飘来，至此曲成“牛轭”，把城市一裁为二。轭内三面临水，呈半岛状，是为老城；轭外天地开阔，乃晚近辟展的新区。数座大桥又把两区连成一体。无论老城还是新区，鲜花四季常开，到处芳草如茵，公园和林地占了三分之一左右的面积。老城的联邦公园，闹中取静，玲珑雅致，浓荫丛中掩映着万国邮联的造像：五人飞天环绕地球传递信件，象征五大洲人民的友谊和交流，形象生动，寓意深长。郊外的潼湖风景区则以山光水色闻名欧洲，蓝天、白云、碧水、雪峰相映生辉，直诱人悠然神往。有人把瑞士誉为“世界花园”，那么将伯尔尼比作一座别有洞天的“园中之园”，是不算过分的。

在德语中，伯尔尼是“熊”的意思。伯尔尼市的徽饰和旗帜也以熊为标志。关于城名，流传着一个有趣的故事：城邦的第一位统治者伯舒托尔特公爵在某次出猎时宣布，将以第一头猎物的名字命名新城。话音刚落，一只黑熊窜出林子，公爵张弓搭箭，黑熊应声倒地，城市便因此得名。一个更为有趣的巧合是当地居民秉性稳健，遇事不慌，被人称为“伯尔尼风度”，即“熊的风度”。此号褒贬如何，姑不置评，但伯尔尼人爱熊却是事实。城里有一广场，名曰“熊广场”。另有一园，蓄熊数只，取名“熊窟”，竟成胜景，每天吸引大批国内外游客。

伯尔尼1405年曾遭回禄之灾，由于城邦初建时多为木屋，致使火势无法控制，全城尽付一炬。现在的老城是灾后重建的，算起来也有500多年的历史了。它仍保持了中世纪的建筑特色，显示了传统的民族文化。与老城的古朴相对照，新城的建设完全是现代化的，但不像某些大都会那样高楼林立，而是以低层的花园住宅居多。60多个国家的大使馆或公使馆以及一些国际机构的总部即坐落在此。最堪称道的是城里不建大工厂，而在学校、博物馆等文化设施上下功夫。位于老城中央的伯尔尼大学为国内最高学府之一，创办于1806年的畜牧兽医系曾是欧洲同类系科中规模最大者，至今仍享盛名。设在奥伯尔芬古堡的历史博物馆，藏有12—19世纪瑞士及世界各国的珍贵油画、工艺品、兵器、烟具等。

阿勒河边的联邦大厦是一幢古老精美的罗马式圆顶建筑。1954年，关于印度支那问题的日内瓦会议期间，周恩来总理应邀访问伯尔尼，在这里发表了热情洋溢的演说，为新中国同瑞士之间的友好合作关系奠立了第一块牢固的基石，至今在伯尔尼传为美谈。

位于阿勒河上基尔辛费尔德桥头的“射苹果塑像”，是瑞士人民反抗暴政的象征。据传，14世纪时，哈布斯堡王朝派驻瑞士的官吏凯士勒是个骄横凶残之徒。为显示权势，他令人在阿尔特多夫城广场中央竖立木杆，把自己的帽子挂在上面，行人必须行礼方能通过。一个名叫威廉·退尔的勇士拒不照办，因而被捕。凯士勒威逼他当众用箭射其幼子头上的苹果，如不中就处死。结果，退尔不仅射中了苹果，而且迅即补上一箭，射死了正在观赏这幕残酷游戏的凯士勒，为民除了害。塑像再现了这一场面，用以纪念这位机智勇敢的民族英雄。

几乎像所有古老的城市一样，伯尔尼每年要庆祝许多传统的节日。洋葱节就是独具特色的一个。每当秋收时节，联邦广场的菜市上就挂满了成串的洋葱头。人们身穿节日盛装，从四面八方赶来，竞相购买洋葱，然后编成“项链”，套在脖子上载歌载舞，同时用小木槌相互敲打脑袋，以示节日祝贺。这个节日是1405年大火之后才有的。当时，伯尔尼居民一无所有，陷入饥荒，邻近的弗里堡人慷慨相助，挑来一担担当地盛产的洋葱，伯尔尼人因此免于饿死。所以，洋葱节既是对丰收的庆祝，也是对劫后余生的纪念，更是对弗里堡州兄弟永志不忘的谢意。

（原载于《人民日报》）

# 尼罗河颂

时延春
（前驻也门、叙利亚大使）

自我1965年第一次来到埃及，喝下了尼罗河水，后来又多次来到埃及。

1999年9月，在即将结束中国驻也门大使的工作，转任中国驻叙利亚大使之际，我再次来到埃及，出席我国驻西亚北非地区23位使节和外交部有关领导等在开罗召开的地区使节会议，共商世纪之交该地区的形势与工作。会议期间，中国驻埃及使馆安排我们乘法老船夜游尼罗河，观赏开罗夜景和东方舞表演。我信手写下一首诗：

开罗畅饮尼罗水，
纵论西亚与北非。
不辱使命中华志，
有所不为有所为。

每当我回想起在尼罗河畔度过的日日夜夜，记忆的荧光屏上就显现出一幅多姿多彩的风情图画。尼罗河碧江盈盈的秀丽风光，两岸充满神秘色彩的古迹遗风，都给我留下了难以忘怀的印象，使我对尼罗河产生了眷恋之情。

我国伟大诗人李白曾有“黄河之水天上来”的千古名句，尼罗河下游的埃及诗圣艾哈迈德·肖基也写下“尼罗之水自天降”的不朽诗篇。

每当我忆及这些脍炙人口的诗句时，便不由地想到《尼罗河自述》的导语:“我与天地同庚，像宇宙一样壮丽，像车轮一样有用。我辽阔、美丽、历史悠久，像诗歌一样引人入胜。”

前人曾这样描绘尼罗河畔奇妙的景色：“在河谷的土地上，到处是绿油油的青草，金闪闪的谷穗，红艳艳的葡萄。这是夹在两片灼人的沙漠之间的一个水流不断、花果丛生的人间天堂。”

乘船浏览尼罗河的最佳时令当数春季。这个季节的尼罗河清幽恬静，明澈如镜。我曾不止一次地春游尼罗河，每每都会产生如在画中游之感。

每次泛舟尼罗河上，我都喜欢站在甲板上，如痴如醉地观赏这一大自然的杰作。这时，尼罗河的旖旎风光就像一幅巨大的画卷展现在我的眼前。

夜游尼罗河别有一番情趣。一走进游艇，便可听到乐声阵阵，舞曲频频。特聘的舞女伴着舞曲和手鼓翩翩起舞，舞姿优美多变，节奏明快而又强烈，给人以美的感受。欣赏完东方舞后，登上甲板观看夜景，又是一大乐趣。这时，满天繁星眨着眼睛，一轮明月挂在天空，撒下满地银辉。整个开罗一片通明，万家灯火斑驳陆离，交相辉映，犹如满天繁星坠落。尼罗河带着这明月、繁星和灯火的倒影缓缓流去。

对埃及人民来说，尼罗河是条恩泽之河，是条神圣的母亲河。埃及具有 7000 年历史的文明就发源于尼罗河畔。这里的名胜古迹瑰奇绚丽，历史文物洋洋大观。

2400 多年前，古希腊史学家希罗多德（约公元前 484—前 425 年）曾说过“埃及是尼罗河的恩赐”。尼罗河哺育了创造奇迹的人民。数千年来，尼罗河两岸人民为人类文化做出了宝贵贡献。古埃及人民发明创造了象形文字、复合拼音文字、数学、几何、天文、历法、医学、水利学、雕刻艺术，在生产技术、土木建筑技术等方面也都取得了惊人的成就。

20 世纪中叶，埃及人民在尼罗河上建造了阿斯旺高坝，这是一项名垂青史的巨大工程。

1982 年 12 月，我曾到阿斯旺高坝参观，写诗一首：

高坝耸云间，
尼罗截断，
浑然一体壮观。
改造自然梦今圆，
人定胜天。
湖面荡渔船，
溢洪发电，
苍茫沙漠变良田。
世纪工程垂青史，
恩泽万年。

开罗是埃及首都，非洲第一大城市，也是世界上最大、最古老的城市之一。它位于尼罗河三角洲顶端以南14公里处，市区跨尼罗河东、西南岸，包括河中岛屿，由多座现代化桥梁相连。开罗塔是开罗的象征，高达187米，矗立在中心岛上。从20世纪60年代到90年代，我曾多次长期在此工作和到此参观。

开罗城始建于公元641年，名为福斯塔特。公元969年，阿拉伯帝国法蒂玛王朝征服埃及，大兴土木扩建城市，并将该城命名为开罗。在阿拉伯语，开罗音译为“高黑拉”，意为“胜利城”。我写诗一首：

跨河夹岛高塔耸，
人杰地灵胜利城。
史乘寓于声与光，
法老船游恍入梦。
文化瑰宝耀古今，
千寺齐传诵经声。
云兴霞蔚精华地，
尼罗奔腾迎宾朋。

在世界七大奇迹中，每个奇迹都有它神话般的传说，也都有令后人感动、迷惑不解的奥秘。埃及的金字塔历史之悠久、规模之宏大、建筑之神奇、奥妙之深邃，亘古未有。埃及吉萨金字塔乃是世界古代七大奇迹之首，又由于其他六大奇迹之景都已荡然无存，金字塔就愈显珍贵、神奇。它是人类文明的象征，被誉为“人类所曾经创造的最伟大的纪念物”。它无疑是埃及的骄傲。

我不止一次参观过金字塔。在艳阳普照的日子里，我站在它的面前，思忖着金字塔一名的来历。由于它是锥形，形似我国汉字中的“金"字，所以被译为"金字塔”。我仰望着这座巍峨的方锥形建筑物，赞叹不已。在朦胧的月色中，我在金字塔前的沙地上，观看著名的“声与光”表演。

金字塔如此充满魅力，令人为之倾倒。我以满腔激情写下了一首赞美金字塔的诗：

巍峨魁岸金字塔，
傲对碧空身披霞。
深邃奥秘亘古惑，
疑是外星遣造化。
狮身人面太阳舟，
拜忏神主循天涯。
法老有灵当归省，
尼罗河畔赏奇葩。

（原载于《世界知识》《人民日报》）

# 圣城耶路撒冷之旅

时延春
（前驻也门、叙利亚大使）

当今的以色列和巴勒斯坦，古称迦南，后被称为“上帝应许之地”，《圣经》上称为圣地，也被称为神秘之城。圣地中的耶路撒冷最具魅力：犹太人视其为历史、精神和民族中心；基督教视其为耶稣早年求学、中年布道、晚年罹难之所；伊斯兰教视其为穆罕默德登天之地，此城故被称为圣城。到圣城游览是我的夙愿。

应中国驻以色列大使馆和中国驻巴勒斯坦民族权力机构办事处的朋友之邀，我与夫人奚惠芳于2000年5月下旬到以色列和巴勒斯坦参观。当时我任中国驻叙利亚大使。因为叙利亚与以色列是敌对国家，两国仍处于战争状态，我与夫人只好另持护照，途经约旦前往。我们先到特拉维夫、雅法、海法、太巴列湖等地参观，然后去耶路撒冷。

耶路撒冷是举世闻名的文明古城。它位于约旦河西岸，东临死海，西濒地中海，四周群山环抱，地理位置优越。它历来是兵家必争之地，经历了长达五千年的历史沧桑。

耶路撒冷城历史悠久。据考证，“耶路撒冷”一词取自希伯来语，意为“和平之城”。城名的得来有两种传说。一种传说称，早在闪族人从阿拉伯半岛向南迁徙时，有一个耶路撒冷的部族定居于这个地方。他们在这里修建了最早的城市，那时这个城市被称为“耶布斯城”。耶布斯部族的首领叫基洗德，由他负责设计和建造了耶布斯城。据传，基洗德一生致力于和平，所以后人便把他主持设计和建造的耶布斯城改名为“耶路撒冷”，也就是和平之城，作为对基洗德的纪念。另一种传说称，耶路撒冷所在的地方最早被称为“耶布斯”。后来，迦南的一个阿拉伯部族在这里修建了城市，命名为“尤罗萨利姆”，意为“和平之城”。伊斯兰教问世后，阿拉伯人遂把它称为“古德斯”，意为“圣城”。

耶路撒冷原为迦南人的王城。公元前 11 世纪，犹太王大卫攻克该城，将其建成统一的希伯来王国的首都，后由其子所罗门在此建造犹太圣殿，成为犹太人的政治和宗教中心。公元前 586 年，巴比伦军队攻占耶路撒冷，将犹太圣殿付之一炬。后来犹太人曾多次重建犹太圣殿，但多次遭到掳掠和破坏。公元 70 年，罗马帝国军队将犹太圣殿彻底拆毁，犹太人被迫大量出走。犹太人把保留下来的犹太圣殿的一堵墙视为他们信仰和团结的象征，经常聚集在这里举行宗教仪式。他们每每追忆往事、回想圣殿被毁的情景时，不免号啕大哭一场，“哭墙”因此而得名。犹太人认为哭墙是他们最重要的圣迹。

公元 30 年，基督教创始人耶稣前往耶路撒冷，被门徒犹大出卖。罗马帝国派驻耶路撒冷犹太区总督彼拉多给耶稣加上“犹太人之王”的罪名，把耶稣钉死在十字架上。据传，基督教徒将耶稣埋藏在耶路撒冷圣殿山西北部，并认为耶稣死后 3 日又从该墓中复活。因此，耶稣的墓地被称为圣墓。

伊斯兰教认为，公元 621 年 7 月 17 日夜晚，伊斯兰教创始人穆罕默德在天使伽百利勒的带领下，乘天马从麦加火速赶到耶路撒冷圣殿山，信步登上巨石升霄，重游七重天、天园和地狱。穆罕默德见到了古代诸位先知，并带回安拉对穆斯林的启示。公元 623 年，穆罕默德指定耶路撒冷为穆斯林朝拜的方向。据史料记载，倭马亚王朝哈里发阿卜杜拉·马尔旺于公元 691—694 年在圣殿山上修建萨赫拉清真寺，意为岩石清真寺。公元 705—709 年，马尔旺哈里发又在圣殿山上修建阿克萨清真寺。在穆斯林心目中，阿克萨清真寺是排列于沙特麦加禁寺和麦地那先知清真寺之后的第三大清真寺。

耶路撒冷的圣殿山又名神庙山，悠久历史，是犹太教、基督教和伊斯兰教圣迹集中的地方，存有大量古迹。有人曾经夸张地说，这里的每块砖头、每块石头、每条街巷及其建筑物无一不是古迹。

耶路撒冷是个有争议的城市，1947 年 11 月联大第 181 号决议规定，耶路撒冷国际化，由联合国管理。巴勒斯坦人则一直坚持认为耶路撒冷是巴勒斯坦的首都。1948 年 5 月爆发的第一次中东战争中，以色列占领了耶路撒冷新城。1980 年 7 月，以色列议会通过法案，单方面宣布耶路撒冷为以色列“永恒的与不可分割的首都”。这一法案遭到巴勒斯坦和阿拉伯国家的强烈反对，联合国也不予承认。1988 年 11 月，巴勒斯坦全国委员会第 19 次特别会议通过《独立宣言》，宣布成立巴勒斯坦国，并宣布耶路撒冷为巴勒斯坦首都。耶路撒冷地位问题是巴勒斯坦与以色列谈判中的一个棘手的问题。

特拉维夫为以色列建国时的首都，已与雅法连为一城，故被称为特拉维夫—雅法。

参观过耶路撒冷后，我们又到了太巴列湖。

太巴列湖又称加利利湖、塔巴利亚湖或金奈勒特湖。这个湖南北长约 23 公里，东西最宽处约 14 公里，总面积约为 150—165 平方公里，平均水深 45—50 米，储水量约为 30 亿—40 亿立方米。它是西亚裂谷中的湖泊，湖面比海平面低 210 米，为约旦河的一段，是淡水湖。湖的周围地区是重要农业区，种有香蕉、西红柿、葡萄、椰枣等，并发展有畜牧业和养鱼业。太巴列湖地区风景优美，温泉怡人，具有众多历史遗址，是著名的旅游胜地。

在历史上，许多民族为争夺太巴列湖多次大动干戈。在现代史上，以色列、叙利亚、巴勒斯坦、约旦等国也为太巴列湖的归属问题长期存在争执。1967 年第三次中东战争后，以色列用武力全部占领了太巴列湖，遭到了叙利亚的反对。叙利亚明确表示，1967 年 6 月 4 日叙利亚的边界在太巴列湖的东北部。以色列和叙利亚就此问题进行了长期艰苦的谈判，但始终未能达成协议。

（原载于《世界知识》《人民日报》，有删节）

# 杧果雨

孙海潮
（前驻中非大使）

中部非洲被东西南北四大部分包围。中部非洲六国又包围着一个国家，其名叫中非共和国。该国便有了“非洲心脏”的称谓，又由于没有出海口，因之又有了“非洲瑞士”的另一称谓。首都班吉曾是一座娇美的中型城市，在非洲知名度较高，有着“俏女郎”的名号。但由于连年战乱，加之政府腐败，致使“俏女郎”衣衫褴褛，尘垢遮面，已不复当年模样。“丑小鸭”长成天鹅尚需时日，“灰姑娘”成为公主的过程依然漫长。

## 一

已有近两个月没有下雨了。最后一场雨是去年 11 月上旬某天午夜时分下的。那是一场名副其实的豪雨。

疾风骤雨，电闪雷鸣，山摇地动，天地易位。闪电透过窗纱，把屋子照得通明。数不清的妖魔在空中扭打，不住发出狂叫与狞笑。漆黑的天幕被无形的巨手撕成了许多块，又像有无形的巨手在忙不迭地缝补：从苍穹直抵地面的弯弯曲曲的裂缝刚一出现又立即消失，而且不停地变换方位。人们在睡梦中被惊醒。隔着紧闭的窗玻璃，狂雨倾倒在树木、草坪、甬道上，声音如此清晰，声声入耳。从使馆办公楼、宿舍楼和官邸大楼上涌泻而下的雨水，淹没了使馆院落。雨水汇成溪流，急不可待地寻找出水口，拥挤着奔向围墙外的排水沟，发出哗哗的声响。外面街道上，水流成河。在这个世界上最不发达国家的首都，多少简陋的房屋被冲垮，多少人家在雨中过夜？

整整两个多小时，恐慌和惊乱抓心挠肝，让人坐卧难安。

这是为期半年的雨季结束前的最后一场雨。上天以这样的方式告诉大地：这次足额浇灌后，就待半年后再见了。为期半年的旱季由此拉开序幕。

次日，骄阳自早6时便开始炙烤大地。昨晚雨后尚残留在草坪里寸许深的积水，顷刻间便化作浓浓的雾气，蒸发得了无踪影。早6时至晚6时，瓦蓝、洁净的天空中，一轮赤日硕果仅存。摄氏40度的温度，站在凉棚下朝外望去，不一会儿便觉头晕目眩，视线模糊。

班吉虽贵为一国之都，但路况极差。使馆门前的烈士大道为首都第一大道，本是原来的机场跑道，笔直宽阔，却因年久失修而满目疮痍。道路多坑洼，车行极颠簸。国庆等重大节日和活动如前总统葬礼等大型集会均在此举行。重要活动前，市政府会派人拉来泥土填坑。不几天，泥土被车轮带走，坑洼依旧，颠簸依旧。

这里的土质显赤红色。主行道破旧，多以红土填补。人行道都是土路。旱季时，汽车从首都街道上驶过，必定掀起一股红尘；行人走过，脚后也会扬起小股红沫。雨季里，车轮下面是红水，脚下则是红泥。不论多大或多小的风儿吹过，或大或小的红尘都将扑面而来。车行在乡间的土路上，后面只见一团烟尘。红尘滚滚，滚滚红尘。

街道两旁的大树，茂密的树冠被漫天飞扬的尘土染成了深红色，雨季里浓郁的墨绿色不复再见。山坡上旺盛的荒草迅速枯萎，碧绿的草地数天之内已变成一片焦黄。

这里还有焚烧垃圾的习惯。随着旱季到来，大规模的烧荒随即开始，全国都在烧荒。外出沿公路前行，沿途或近或远都能看见烟雾腾空、草木灰烬随风漂移，烟尘弥漫，呛鼻刺喉。在这块森林覆盖率最高的国土上，全国性的人为烧荒，就不怕酿成火灾？地广人稀，又无有效的救火措施，后果难以想象。或许是资讯欠发达的缘故，倒未听说或见诸报端的大火发生。

一次去国民议会出席由总统主持的活动，正值旁边山坡上有人烧荒，骄阳高温下，两米高的火舌就着风势不时伸向不足百米处的议会大楼。我站在议会大楼前，已看不清头顶的蓝天，火烤烟熏，让人难以驻足。我急问在旁迎候的礼宾官，这是人为烧荒还是山火肆虐，抑或过失或犯罪所为？对方笑而不答。又问，烧着议会怎么办？还是笑而不答。待两个多小时的活动结束出来，只见平日草木葳蕤的山坡已变成一片焦黑，仍有小股烟雾在地面弥漫，焦煳味久聚不散。奇怪的是，大火烧过的山坡像是被开辟出了一条数十米宽的通道，两边两三米高的灌木和野草依然挺立，没有被殃及。可以看出，这是山坡上的房主人在烧围墙外属于自己的那一大片坡地。只烧自己的地盘而确保对邻家无损，这是祖辈传下来的做法和技艺。

一次与班吉市长聚会，我便以轻松的口吻提及烧荒原因及利弊。是否为了种植或其他原因？市长的回答竟有些出乎意料：有人是为了能够吃到烧死的田鼠等小动物。对是否为了种植作物的提问，对方耸耸肩膀未予回答。

## 二

中非呈现给人们的并非是传统意义上的非洲景象。这里没有不少非洲国家常见的大沙漠，全国基本上都被树荫或草荫覆盖，其国土广袤、水源充沛、草木旺盛。虽然中央政府管治能力弱，境内长期活跃着数十支叛军和部族武装，以及遭到追捕流窜而来的周边国家非法武装，还有远从乌干达逃窜至此的作恶手段极恶的“上帝抵抗军”，更有逐利冒险的非法狩猎者，国家治安状况堪虞，但并未影响草木的滋生和茁壮成长。

说到草木，这里最常见的、对人们生活影响最大的便是杧果树。

民居空地、街道与公路两旁，合抱之木躯高数十米，一树多杈，枝粗叶盛，状如华盖，浓荫匝地。杧果树在雨季结束前开花挂果，墨绿色枝叶间缀满浅黄或粉白色花朵，彩蝶、蜜蜂及各类蝇虫在花间飞舞。

烈日当空，杧果树常年为人们提供极佳的纳凉和聚会场所。一棵大杧果树便可造就数十平方米的阴凉，足可在下面建造一间或数间泥墙草顶的简易居所。房前还有足够的平地供人休息或劳作，猪羊鸡狗闲庭信步。数十棵散乱分布的杧果树下，便会自然形成一个小市场，在乡下便会形成一个小小村落。

热带地方，天帐地床，随处都可安家。杧果树下为家，杧果树下欢语，日以继夜，夜以达旦。“少年不知愁滋味”，全球皆然。杧果树下更是儿童的乐园。

路边杧果树下的小市场，供游人歇脚、购物、饮食。晨光熹微中，栖息在杧果树上的群鸟早早醒来，欢唱声相互应和，一阵紧似一阵，一阵密似一阵。一棵杧果树也是一处鸟儿的乐园。

杧果树既是重要的遮阳挡雨树，也是重要的果品乃至食物树。非洲人素有以水果当饭的习惯，两颗杧果抵得上穷人一餐粮。常有因偷摘杧果从树上跌落毙命或遭痛殴者，亦足见生活之艰与维生之难。

杧果树在给人们提供庇护养料的同时，还养出杧果蝇。果蝇随处产卵，常落在人们晾晒的衣物上。蝇卵接触人体便进入皮下孵化，不几天便长成幼虫，却并不深钻，只在皮肤表层吸取营养。病灶处痛痒难耐，严重时达到使人寝食俱废的程度，却较易医治，只能用小刀划开皮肤，取出幼虫后，伤口不长时间便可愈合。

杧果树不只养出果蝇，还是其他昆虫的生息聚焦之所。夜幕降临，便有成群结队的蝙蝠围着杧果树飞转，尖叫声不绝于耳。赤道非洲的蝙蝠体大如鸟，展翅足有1尺多宽，想必食量不菲。热带地区昆虫众多，许多昆虫对人体和牲畜的健康极为有害，不待日落便为口腹奔忙的蝙蝠对消灭害虫功不可没。

中非属农业国家，农作物生长和生产条件不差，由于各种原因，需要劳作才能获得的农产品种类稀缺，但可随意摘取的热带水果却产量颇丰。这里生产的菠萝含糖量高，木瓜体大肉厚，西瓜清甜可口，杧果肉多汁浓且没有纤维。由于其现代工业基本空白，不具备进行水果保存和深加工的条件，农产品商业化程度仍然偏低。作为贫困的内陆国，中非国内运输不畅，水果无法出口，食用不完，只能任由其腐烂。

不管人们怎样生活，大自然仍旧按照其自身的轨迹运行。杧果树依旧枝叶繁茂，冠盖高耸，按时序开花结果。

## 三

两个多月滴雨未见，一切都好像处于燃烧状态，几乎所有作物都要被烤焦。我们这些来自另外一个大陆的人，基本上丧失了在太阳下行走的勇气。反观当地人，仍一如既往，若无其事地该干什么还干什么，孩子们照常赤膊赤脚在坑洼起伏的沙石地上踢球，漆黑如炭的皮肤在白炽的阳光下泛亮。

杧果树通常在雨季结束前挂果成形，在旱季结束前成熟。两个多月的旱季里，草木不仅生长趋缓，而且精神锐减，在熬煎中艰难度日。业已成形的杧果吸吮着母树在上个雨季积攒的养料和水分，把身子隐藏在浓密的枝叶间，继续着既有的成长过程。这时，母体所能提供的养分即将耗尽，子女则正是尽速长身体的时候，食量激增，嗷嗷待哺。所有草木皆是一样，好像再也熬不下去了。久旱盼雨露，万物急需救命水。

造物遂人意。久违了的乌云慢慢在头顶聚积，滚烫的空气变得凉爽起来，人们终于感到可以放松一下了：“一年一度的杧果雨来了！”

“杧果雨”是每年旱季中间为万物生长提供养分的及时雨。首场痛快淋漓的“杧果雨”从傍晚时分下起，到次日拂晓方息。雨水浇醒了沉睡的青蛙，追逐蚊虫，一夜蛙鼓。清晨起来，眼见得万物复苏，焕然一新，蔫头奋脑满身红土的林木恢复了原有面目。山冈复归青翠，草木重显葱茏，精神抖擞，一片生机。不同的鸟雀在树叶间翻飞，欢快地鸣叫。使馆的草坪旱季里不停浇灌仍是一片干枯，如今一夜之间便已长出了嫩叶，成为一张绿毯。雨季里时常光临的白鹭成群飞来，细腿尖喙，排成不同的队形啄食草叶，寻觅小虫，煞是好看。

自早到午，都会看到有乌鸦在屋顶叫唤或在草地上跳跃。傍晚则会看到乌鸦在头顶盘旋。这里的乌鸦体型与国内相似，叫声稍大，不同之处则是脖子和肚子是白色的。这才知道，“天下乌鸦一般黑”并非“放之四海而皆准”的真理。

夜幕降临，成群的萤火虫在草丛和屋宇间盘旋飞舞，有人走过，便围着人身翻飞，伸手便可触摸得到。点点金星闪烁，构成一道独特的热带风景。

“杧果雨”是大自然在演化过程中形成的规律性行为，每年旱季中期必然来临，是拯救和赐予之雨。“久旱遇甘雨”的感觉实在是好。

“杧果雨”持续 10 天左右，每天会下一到两场。雨一般都不会下到雨季时积水横流的程度，但有时可以看到路面存有积水。待到草木都得到充足的浇灌后，雨水停歇，旱季复归，直到两个多月后新的雨季到来。

“杧果雨”过后，酷热重回人间。草木逐渐重趋枯焦，树叶重新蒙上一层厚厚的红土。万物重又回到等待救命之水早日来临的时光里。

旱季结束雨季开始时，便是杧果成熟时节。金黄色的果实挂满枝头，拚命地想从密不透风的枝叶间探出身来。姣好美观的形状，随风忸怩的姿态，与《西游记》里镇元大仙辖下万寿山五庄观生长的人参果堪有一比。

美丽及时的“杧果雨”，令人期待的“杧果雨”，不可缺少的“杧果雨”，滋润万物的“杧果雨”。

（原载于《人民日报》2014 年 2 月 23 日，部分节选）

# 尼亚加拉大瀑布的轰鸣

谭　静
（前驻外使馆外交官）

每次来多伦多女儿家探亲，游览尼亚加拉大瀑布是必不可少的。这次我们又乘旅游大巴来到大瀑布。远远就听到似持续不断的雷声轰鸣，使我又想起以前听过的故事：印第安人说尼亚加拉大瀑布的轰鸣声是“雷神说话的声音”，“尼亚加拉”在印第安语中的意思是“雷神之水”。

尼亚加拉大瀑布是世界七大奇景之一，它位于加拿大安大略省和美国纽约州的交界处，是世界第一大跨国瀑布。它的源头是尼亚加拉河，从北美五大湖区的伊利湖流入安大略湖。主瀑布位于加拿大境内，流量约占90% 以上，成翡翠绿色的马蹄形，被称为“马蹄瀑布”，宽 670 米，落差57 米。美国境内的瀑布由月亮岛隔开，成白色婚纱形，被称为“婚纱瀑布”或“新娘面纱瀑布”。

2006 年，我们第一次来多伦多，也是第一次游览尼亚加拉大瀑布。记得那次从几里之外就听到瀑布的轰鸣声，有山雨欲来之势，使人心灵震撼。进入瀑布区，沿着大道前行，远远就感到有细雨般的水珠落在头上、身上，原来是瀑布溅出来的水雾。这时眼前已出现浅绿色的半环形（马蹄形）巨大水流，似银河倾泻，形成气势磅礴的大瀑布，顿时脑海中浮现出李白的诗句：“飞流直下三千尺，疑是银河落九天。”那次我们乘游船向着瀑布正前方行进，众多游客都穿着发给的蓝色雨衣。船行至湖中间，似暴风骤雨突然袭来，原来我们已临近瀑布落下后形成的巨大水雾前面。我们的雨衣湿透，相机镜头全被水雾遮盖，无法将这一壮丽景观摄下，留下最大遗憾。

2010 年，我们第二次来多伦多，这次女儿说要带我们去看瀑布后面的秘密。我们进入一条长长的隧道，当走出隧道登上观景台的一刹那，眼前出现的绿色巨大水流像被刀削出一个侧面一般，齐刷刷地以倾倒之势冲下断崖。就在我们惊呆地看着这侧面奇景时，雨衣又湿了个透。

2013 年第三次来，我们一家人步行走过婚纱瀑布旁边的彩虹桥，进入美国境内。从美国一侧看，婚纱瀑布真有飘逸的婚纱之感，与加拿大境内的马蹄瀑布那种狂野倾泻相比，是完全不同的两种态势、两种风格。我们又走到尼亚加拉河边，看到河水从伊利湖奔腾而来，宽阔的河面掀起层层波涛，勇猛地冲向前面的山羊岛，突然跌入断崖，形成世界著名的尼亚加拉大瀑布。

多少年来，这些壮观的画面不时在我眼前浮现。这次我们又来到大瀑布面前，看到上面的河水仍然奔流不息，瀑布仍然狂泻不止。我们毕竟年过八旬，无力走得很远，于是便坐在对面的大草坪上，静静地看着大瀑布的倾泻，听着大瀑布的轰鸣。心中暗想，形成于一万两千多年前冰川时代的大瀑布，只有大自然的鬼斧神工可以造就。我们还看到，各种肤色、各种装束的人们，扶老偕幼，漫步在瀑布旁边的大道上，据说每年来这里观赏的各国游客达 1400 万人。大瀑布送走一代又一代的老人，迎来一代又一代的新人；人的生命是短促的，而大瀑布却永远狂泻不止。

女儿又和我们约定，再去大瀑布看夜景，我想那时的瀑布一定是五光十色，五彩斑斓，更加绚丽夺目，震撼人心。我们正等待着那一天的到来。

（原载于《大公报》2017 年 8 月 6 日）

# 返璞归真桑拿浴

王家骥
（前驻冈比亚大使）

桑拿是芬兰人民喜爱的蒸汽浴，如今已普及世界各地。凡是高级宾馆和康乐会所都设有桑拿浴室，供人们享用。在我国洗桑拿浴毕竟还是一种“奢侈的休闲”，然而在芬兰，桑拿是人们生活中不可或缺的一部分。

芬兰人最初学会桑拿浴是在两千年前尚未从中亚移居到芬兰这块土地上的时候。芬兰人的祖先在原始森林里拓荒，首先盖的房子就是桑拿房。小小的木屋，圆木垒壁，树皮盖顶，墙边挖个地灶，四周砌上石头，顶端架着卵石或片岩，再在旁边搭一排阶梯式木板，大功便告完成。这样的小木屋盖起来既便捷又实用，拓荒者可在里面取暖、洗澡、烤猎物，也可住宿。桑拿这个词原意就是“地灶”的意思。当灶膛里燃起哔剥作响的松木时，小屋即刻变得温暖如春，松脂的清香给人们一种欢乐的气氛。在生活条件十分恶劣的丛林里，桑拿就是温馨的拓荒者之家。他们劳动之后就到小木屋洗个蒸汽澡。产生蒸汽的方法很简单，只需向烧得滚烫的石头上不断泼水，随着滋滋的声响，阵阵热气即刻升腾，弥漫整个屋子。人们沐浴在蒸汽中，渐渐地蒸汽水夹着汗水顺着肌体淋漓尽致直流。大汗之后，人们无不感到通体透彻的舒坦，再加浴后的畅饮进食，一天的劳累便顿觉消失。

芬兰人对桑拿怀有一种特别亲切的感情，把它看成是神圣的地方。因为桑拿是母亲生孩子，老人告别亲人的地方，也是家里人拔火罐、放血治疗的场所；桑拿冒出的烟可以熏制鱼肉、野味，余热可以酿酒、发面、烘干已泡制过的亚麻等；姑娘出嫁前总要在自家的桑拿洗上最后一个澡，以告别双亲。总而言之，可以说桑拿是全家欢乐和悲痛的见证，桑拿体现了家族兴衰的精神。古时候还流传着各种“桑拿神”的迷信，说桑拿是“天堂的入口，地狱的出口”。直到如今，芬兰人还把洗桑拿浴当作全家的大事，过年过节都要先洗桑拿浴。平时，星期六作为“桑拿日”，已成为家家户户约定俗成的规矩。在芬兰，如果有朋友邀请你去他家洗桑拿浴，你千万不要拒绝，这是芬兰人最诚挚的礼遇。

芬兰桑拿之多，远居世界之最。全国500万人口，却拥有100多万座桑拿浴房!

芬兰人洗桑拿浴有一定的顺序和讲究，这是他们世代相传的沐浴艺术。首先，洗桑拿浴要有充裕的时间，否则达不到应有的效果。其次，室内预热温度需达80℃—100℃，90℃适中。第三，泼水产汽应由少到多，等蒸气灼热全身，大量出汗时，要用白桦枝条猛烈拍打身体的各个部位。芬兰人认为，这是到了最享受的时候。他们说，当你拿着白桦枝条一寸一寸地移动着抽打身子，蒸气的高温使皮肤的灼痛达到极点，那时你会感到每一个神经末梢已处于高度兴奋状态。然后再用凉水冲洗按摩，你就会产生一种在云端自由翱翔的完美感。

桑拿浴从医学角度看，实质是一种特殊的健身浴。蒸气可使人体毛孔开通，彻底清除积存在汗腺里的污垢，从而起到祛风驱寒的作用。强烈的冷热刺激则可以使肌体做出反应，以达调节神经、增强体质之效。桑拿浴后，人一般都能感到皮肤细腻光滑，弹性增加，精神舒爽，睡眠酣畅。芬兰人喜爱桑拿浴，与他们的环境和生活有关。芬兰地处北欧，漫长的寒冬阴暗而潮湿，风湿性关节炎是芬兰人常见的病症。桑拿浴无疑是他们治病保健的最经济、最有效的良方。

（原载于《世界信息报》1996年9月12日）

# 探秘太阳城

王书平
（前驻海地贸易发展代表处代表）

乘飞机到海地，在首都太子港国际机场降落前，俯身下望，首先映入眼帘的是坐落于海滩边黑压压一大片锈迹斑斑的低矮民居，这就是海地乃至加勒比地区最大的贫民窟——太阳城（Cité de Soleil）。

我2009年10月抵达太子港出任中国驻海地贸易发展代表处代表。到任后我注意到，无论是在当地各种媒体上，还是与各界人士交往中，总有一个地名被屡屡提及，这就是太阳城，这不免引起了我对这个地方的极大好奇。有一天，我的好朋友、海地总统顾问诺埃尔先生的夫人告诉我，她第二天要去太阳城做慈善活动，问我是否有兴趣随其前往，我于是欣然同意。就这样，我第一次走进了这座被当地人称之为“死亡之城”的地方。

太阳城，顾名思义，本应是一个充满阳光、温馨的地方，但海地这座太阳城却另是一番天地。这里聚集着30多万生计无着、终日生活在极端贫困中的居民。海地太阳城的历史可追溯至20世纪80年代末至90年代初。1986年，时任总统让-克洛德·杜瓦利埃被不满其家族对海地长达29年独裁统治的民众推翻，海地政坛随之引入了所谓的西方民主，其后这个岛国便陷入长期的政治动荡。1991年海地首位民选总统阿里斯蒂德被一场军事政变推翻；三年后他重新上台，遂下令解散军队，近万名军人携械归田，大量武器因此散落民间。这些军人多数既无一技之长，又难以融入主流社会，生计无着之下便铤而走险，落草为寇。这一因素直接导致海地社会治安急剧恶化，犯罪率居高不下，大批外地居民纷纷涌入太子港来讨生计，致使短期内太子港人口急剧膨胀。另一个原因是无序的粮食进口严重冲击了海地国内市场。杜瓦利埃家族统治时期，海地粮食基本能够自给自足；政权更迭后，西方廉价粮食特别是转基因农作物大量进口，导致粮食价格严重倒挂。谷贱伤农，其后果是大批农民不愿再从事农业生产，转而进入像太子港这样的大城市谋生。这些背井离乡来到太子港的异乡客，初来乍到，举目无亲，居无定所，就临时栖居于这片海滩。起初是几间窝棚，随着人数的不断增多，窝棚慢慢地变成了泥坯房，从几间增至几十间、上百间，最终竟达30余万人在此安营扎寨。蜗居于这座贫民窟中的人无疑是这个社会最低层、最弱势的群体，也使得该地区成了犯罪分子的渊薮，枪杀、绑架、强奸、抢劫等恶性案件高发不断。穿越其间的国家一号公路甚至被人称为“死亡之路”，2007年以前几乎没有外地车辆敢贸然进入该区域，这里也一度被联合国海地稳定特派团（联海团）划为高危的红色地区。联海团每日快讯常常报道在太阳城发现不明尸体。因阿里斯蒂德曾在太阳城担任过牧师，故这里也是他竞选总统时的重要票仓。

第二天下午，当我随诺埃尔夫人乘车驶近太阳城时，看到在入口处赫然竖立着一座约20米高的水塔，全身布满弹痕。再往里走，只见街道两旁、房屋拐角、水泥电杆莫不如此，随处可见布满弹孔的建筑物，成为多次发生于此的恶战的实证。原来，为了打击盘踞于该地区的犯罪分子的嚣张气焰，遏制犯罪高发的势头，2007年联海团在太阳城开展了数次“地毯式”清剿行动，成效显著。曾参与过此次行动的我国防暴队员事后对我说，当时的枪战场景丝毫不亚于一场战场上短兵相接的战斗。我防暴队员们在行动中体现出的顽强的精神、专业的素质、严明的纪律受到联海团总警监的高度称赞，被誉为海地维和任务做得最好的一支队伍。

我们的汽车在太阳城狭窄的巷道缓慢地行进着。因太阳城长期无人清理，日积月累，垃圾遍地，加上生活污水随处排放，地势稍低之处便污水横流，臭气熏天。城内没有公厕，大街随处不完整的建筑甚至马路均成为“方便”之处。因这里地势低洼，就在离加勒比海不远的地方，有一条宽约十多米的污水带，这里竟是太子港的污水汇集处。紫黑色的臭水上面漂浮着垃圾和油污，每当人路过，惊起的蝇虫会扑面而来，稍有不慎便会吸入鼻腔或飞进嘴里。当我们的车驶入一块相对空旷的场地时，看到一群孩子正在踢足球。像拉美许多国家一样，足球也是海地孩子们最喜爱的一项运动。虽然条件十分简陋，但他们依然踢得是那样兴致勃勃，一招一式颇见功底。见此场景，谁又能说，若干年后在他们中间不会走出一位足球明星呢?

这时，诺埃尔夫人问我是否愿意去一户人家看看。为了能真实了解生活在这座“城市”中的居民的现状，我同意了。看来诺埃尔夫人同这里的人都很熟悉。只见她走进旁边一间屋内，少顷，她示意我可以进去了。这是一间面积仅十余平米的房屋，因光线不足，屋内显得异常昏暗，进去好一会眼睛才适应了室内的环境。女主人叫法比安娜，虽然只有 34 岁，但已是四个孩子的母亲，在这里已生活了 10 多年。生活的艰辛和岁月的磨难使她早早就失去了这个年龄应有的容颜。环顾四周，除了一些日常生活必需品，稍微“奢侈”一点的物品就数几台不大的彩电、冰箱和电风扇了。当问及她们的生活来源时，她说平时主要靠丈夫做些小生意。离开这家后，诺埃尔夫人告诉我，这里的居民多数就靠做小生意维生。这时我注意到，这座生活着几十万居民的“城”里没有商店，我们一路不时会见到头顶竹筐沿街叫卖的小商贩，竹筐中装着诸如糖果、饼干、矿泉水、烤玉米或香蕉等物品。可想而知，依这样的方式维持一家人的生计会是何其艰难。为了让我更多地实窥这座“城市”的庐山真面目，诺埃尔夫人带着我穿行于迷宫般的大街小巷，途中不时会看到几个幼小的孩童赤身在街上玩耍。有些巷道狭窄逼仄，侧身通过时不小心也会磕到头和脸。

四年后，当我结束任期时，在海地政府和国际社会，特别是联海团的不懈努力下，海地治安形势已有较大改观，太阳城也已不再被人们视作“禁地”，但脏、乱、差依然是这座“城市”的主旋律，贫穷、愚昧和落后也依然与这里的居民日复一日地相依相伴。这一“怪胎”何时能够消亡，目前来看仍还是一道无解之题。

# 海地牛岛游记

王书平
（前驻海地贸易发展代表处代表）

毛泽东主席的著名诗篇《菩萨蛮·黄鹤楼》中有一名句:“烟雨莽苍苍，龟蛇锁大江。”说的是位于武汉长江岸边的著名景观龟、蛇二山，形象地描绘了龟蛇夹峙长江的地理形势。而远在万里之外的加勒比岛国海地，其地形图犹于一只张着饕餮大口的鳄鱼，在这只鳄鱼头首南北两翼各有一座小岛，分别称作“牛岛”和“龟岛”。国内将“牛岛”按其法语发音译作“瓦什岛”，实际上“瓦什”（Vache）在法语中意指母牛，所以将该岛按其本意译作“牛岛”会赋予其更多的诗境和想象。套用毛主席的上述名句，似可将海地这一地形特点称之为“龟牛挟大鳄”。位于北翼的龟岛面积相对较小，尚未开发，故鲜有人涉足；而位于南翼的牛岛现已成为海地著名的旅游胜地，每年都会吸引大批外国游客来岛上休闲度假。

其实说到海岛旅游，许多人会将度假目的地选择在加勒比海地区。该地区一众岛国具有的独特自然风貌，细白松软的沙滩、浴池般温暖的海水、温柔起伏的海浪、美味的热带饮料，还有适合日光浴的炙热阳光，使得这里的许多风光旖旎的海滩成为世界上最好的度假胜地。海地牛岛虽仅为一蕞尔小岛，其知名度远不及该地区其他岛屿，但丝毫不影响其作为一处别具特色的度假胜地的美誉。

牛岛距海地首都太子港约150公里，属大安的列斯群岛的一部分，东西长17.7公里，南北宽4.8公里，面积52平方公里，最高点海拔150米。

驱车从太子港出发，一路沿着戈纳伊夫湾海岸线向西南方向行驶约两个半小时，即抵达南部省首府莱凯。莱凯港是海地的第三大港，也是前往牛岛的必经之地。如果你事先已订好旅馆，这时旅馆派出的小游艇会准时在港口迎候你。约半小时后，当你踏上这座小岛，木质的栈桥上会有侍者迎上，为你献上刚调好的鸡尾酒，以示对远道而来的尊贵客人的欢迎。岛上有三座旅馆，分别是摩根港酒店、阿巴卡海湾度假村和安森利奥海滩酒店。其中摩根酒店位于岛的高处，夕阳西下之时，倚窗而立，极目远眺，观赏天际边晚霞渲染的美景，加勒比海晚霞风光尽收眼底。另两座酒店则位于海边，日出时分，可以悠闲地坐在海滩上，蓝天白云，椰林树影，面对那摇曳的椰子林和湛蓝的海水，在令人惊叹的海岸边享受平静安宁的休闲时光。

牛岛虽为旅游胜地，但当地并未按现代标准进行过度开发，所以岛上基本依然保持原始的自然风貌：没有公路，没有旅游交通工具，没有一座现代建筑。在这里度假可以远离尘嚣，抬头，蓝天寥廓，晴空澄澈；低头，一望无垠的加勒比海，那种清澈的蓝色、无边的苍茫，让生活在钢筋水泥丛林中的人们忘却了紧张、枯燥和烦恼，让一切都随风而去，依海而逝。如果你有兴趣，尽可以用你的双脚沿着蜿蜒崎岖的小道去完成对全岛的探秘。也正因如此，才使得这个地方成为那些寻找私密热带天堂的游客向往的完美度假胜地。

据说岛上有 1 万多常住人口，但当你行走于岛上，却感觉犹如来到了一座无人岛。你偶尔会发现几座草屋掩映在椰树下，不时还会有孩子向你兜售他刚从树上采摘下来的新鲜椰子。返回酒店，坐在椰树叶搭就的遮阳伞下，让酒店侍者为你倒上刚刚用 1 美元买的两个椰子的椰汁。在海边的躺椅上，你可以静静地“雕琢”时光，恣意地享受小岛上原生态的沐浴和滋养，体会远离现代文明的宁静、原始、自然、纯净、清新。温暖的阳光柔柔地洒在身上，海风轻轻地拍打着面庞，伴着海浪拍岸的美妙声音，你将慢慢进入梦乡。

离牛岛不远的加勒比海深处，有一个被当地人称作“爱情岛”的小小岛。这个小岛名称的由来已无从考证，我想这是否类似我们中国成语“海誓山盟”所说：爱情要像山与海一样永恒不变。清晨，你可以坐上花 20 美元租来的小艇，向着爱情岛疾驶而去。小艇在海面上奔腾跳跃，引来了一群叫不出名字的海鸟，追着船只后面翻滚的浪花，左冲右突，上腾下旋。这些鸟儿看着并不怕人，似乎早已同这些经常来往于两岛之间的船主们成了好朋友。

大约 40 多分钟后，轰鸣的马达声停止了，显现在你眼前的是一个方圆不过 10 余平米、在海平面上稍稍隆起的小沙丘，这就是所谓的“爱情岛”。为防止搁浅，小艇停泊在了距小沙丘约 30 米开外的海面，这时你就得跳入水中游向沙丘。如果你不会游泳，船上备有救生圈。虽是 1 月份，但此处的海水仍很温暖，丝毫没有冰凉的感觉。登上沙丘，躺在细细的沙子上，眺望四周，水清沙白，海天一色，感觉自己已完全与大自然融为一体。

从爱情岛归来已是傍晚时分，坐在海边的餐厅里吃着当地的特色美食。这时，海涛阵阵，海风徐徐，皓月当空，夜色朦胧。此情此景，不禁使人想起古人的一首诗：“月照漫漫生瑞彩，风吹浩浩波旋。洪流千里远人间，浪漂云际”。

# 毛里塔尼亚印象

王四法
（前驻中非、喀麦隆大使）

毛里塔尼亚对华友好，称得上是中国全天候的铁杆朋友。1994 年 11 月，我有幸出任驻毛里塔尼亚大使馆政务参赞。短暂的三年使馆生活，让我亲身感受到毛里塔尼亚兄弟的火热的情谊。尽管生活条件十分艰苦，但其奇景趣闻给我们的生活增添了无比的朝气，带来了无穷的乐趣，让我印象深刻，难以忘怀。

## 一

毛里塔尼亚是一片“不毛之地”，一片“只有沙子没有泥”的国度，其国名源于主要民族摩尔（又译毛里）人，即“摩尔人之国”。全国 3/4 的面积是沙漠。独立之初，建都努瓦克肖特，那里只是“风口”上的一个村落，新政府只能在搭建的帐篷里工作。

在这里，因所处的地理位置，我们喜欢西风多过东风。东风给我们送来沙尘，而西风给我们带来大西洋的凉爽。旱季，我们喜欢迎着凌晨的凉风，漫步在高高的沙丘：眺望日出，令人精神振奋，别有一番风味。雨季，我们喜欢踏青：东部洼地变成了片片沼泽，远远望去，一片翠绿，使人心旷神怡，宛如人间仙境。

毛里塔尼亚人和我们一样，也是喜爱喝茶的民族，不可一日无茶。一是因为他们日常生活中大多食用牛羊肉和骆驼奶，喝这种特殊的甜茶，有开胃助消化的效果。二是因为当地天气炎热，人易疲劳，喝此茶便能起到提神解乏、增进食欲的作用，令人有愉悦和清凉之感。他们尤其喜欢中国的绿茶，但不像我们是泡茶，而是把茶叶、鲜薄荷叶、白糖和水一起放在小铜壶或小瓷壶里用炭火长时间烧煮。煮浓后，倒入酒盅大小的玻璃杯里享用。茶色深如咖啡，味道别致、香甜醇厚、略带苦味，独具一格。对我们来说，其味道虽清香好闻，但口感太甜，茶水表面带有许多泡沫，有点黏黏的、腻腻的感觉。

毛里塔尼亚用“三杯茶”招待宾客，与我国云南大理的白族常用的“一苦、二甜、三回味”的三道茶待客也算是异曲同工。毛塔人几乎人人都信奉伊斯兰教，不喝酒。迎宾礼节通常以“三杯茶”代酒，也合了我们“酒过三巡”的说法。主人三次敬茶，客人以饮尽为礼。大家一边聊天，一边品茶。三杯茶未毕，客人不便告退，不然会被认为失礼。外交拜会时常遇到这种情况，主题谈完，“三杯茶”还没上完，只能再“海阔天空”，延长拜会时间，等茶过三巡后再行告别。

## 二

漫步毛里塔尼亚首都大街，五大奇景映入眼帘，令人感叹不已。

一是“以胖为美”。毛里塔尼亚的妇女构成了街上的一道风景线：她们个个富态，仿佛孕妇一般，裹着肥大宽松的长袍，摇摇晃晃地在街上溜达。有的妇人坐在椅子上，根本看不到她坐的板凳。传说毛里塔尼亚的女人“以胖为美”，其实是极大的误解。实际上，她们也希望保持苗条的身材，但人们还摆脱不了“以胖为富”的传统观念。毛里塔尼亚是个贫穷的国度，男方结婚时都希望找个家境富裕的姑娘，富态便是标志。而姑娘肥胖，也关系到她家族的脸面及能否找到一个好婆家。于是，家家都不约而同地为女孩增肥，从小让她们喝大量的骆驼奶或牛奶，极端暴饮暴食，甚至有的催肥手段有些残忍。至今，一些妇女对自己为变胖而饮食过量也不后悔。

二是树不留冠。首都努瓦肖特是在沙漠里建起来的城市，属热带沙漠气候。该地高温少雨，年平均气温25℃，但白天实际气温都在30℃以上，太阳直晒的温度可达50℃以上。汽车停在太阳下半个小时，方向盘便烫得握不上手。

尽管如此高温，首都的大街小巷除小灌木外，大树都不留枝叶，找不到一个树荫。即使在政府部门院内的大树下，同样也没有树荫。毛政府官员解释说，自古民间有个传说，大树高度超过住房，这家人就有灾难。虽无考证，但当地人习惯了不留树冠的做法。这确有其道理：天气热，树长得快，木质就松；树高超过住房，碰上刮沙暴，易折断压垮房。此外，我认为还有另两个原因，一是当地水贵如油，人们舍不得用水浇树，只能剪去其枝叶以减少水分蒸发；二是老百姓缺少柴火，用不起煤气，只好四处砍树枝烧饭。我的观点得到政府官员和使团外交官的认可。

三是帐篷上屋。毛里塔尼亚全境一半国土属于撒哈拉大沙漠，气候极为干燥，气温又特别高，一般房屋散热不好，所以普遍使用散热较快的帐篷。毛里塔尼亚独立时，首都基本尚无建筑，首届政府在帐篷内办公。当地人还把在帐篷里招待宾客视为高雅之举，即使国家元首主持的国庆宴会，他们也习惯在临时搭起的帐篷里举行。人们都风趣地将其称为“帐篷国家”。普通人家的帐篷用细布做成，富裕的家庭则从国外进口帐篷。

随着经济的发展，首都不少有钱人建起了别墅庭院，但家家户户都特意在房顶上支起帐篷，每周要到帐篷里去住一住。这样可以回归自然，就像重新回到母亲的肚子里，享受婴儿时的美妙感觉。我有幸应邀出席过“帐篷国宴”，也到过毛方高官家中体会过这种奇特的氛围。结论自然是名不虚传，别有一番风味。

四是“头顶”功夫。首都友谊港北边3公里处，有一个著名鱼市，占地面积5000多平方米。每天傍晚，渔船靠岸，鱼市便变得非常热闹，人们挤来挤去，批发、零售刚从海里捕上来的鲜鱼。这里海湾较浅，打鱼基本上靠手工作业的小帆船。令人惊叹的是妇女们的“头顶”功夫：她们头上顶着筐子或盆子，里面装有二三十斤的大鱼，丰腴的躯体在沙地上走得却稳稳当当，如履平地，让人惊讶万分。

五是羊吃塑料纸。我见过一张摩洛哥 14 只羊爬上一棵树的奇特照片。《羊上树》是我国传统的相声段子，大家认为这是不靠谱的事情，听完只是一笑了之。但毛里塔尼亚的羊在缺水缺草的恶劣条件下，为求生存，还真慢慢学会了上树吃树叶的本领。在首都街上的小灌木树上，同样也有“羊上树”的景象。

由于当地气候炎热干燥、雨水稀缺，寸草难长，首都街上，四处觅食的羊群津津有味地吃废弃的硬纸板、塑料纸的比比皆是。

沙漠里的酷热、沙尘、暴雨、寒冷，再加上少食缺水，羊群经受着种种考验，却始终如一，抱团守望，期盼明天。而毛里塔尼亚人的精神，就像暴风雨中的羊群，性情温和，特别能忍受，特别能吃苦；更像上树的羊，坚韧不拔，勇往直前，值得我们点赞称颂。

# 荷兰这个国家

王文博
（前驻德国使馆政务参赞）

说起“荷兰”，你或许会马上顾名思义地想到：这是一个美丽的鲜花之国。荷兰，荷兰，有荷有兰。如荷之娇艳，似兰之幽香，美哉！美哉！不知是哪个翻译家竟将这个国名译得如此之精妙！

我在这个国家里曾经生活和工作了很多年。如今提起她，每每想到的却总是这样一幅图景：一位妙龄少女，戴一顶角形桃花白纱小帽，脚踏一双绘花橡木靴，腰系一条蓝色镶边长裙，浑身古朴而又别致。她左臂上挎一只装着牛奶和干酪的小花篮，右手持一束鲜艳夺目的郁金香，一张迷人的笑脸对你满含热情地眉目相邀。她笑得是那样灿烂，口里同时还轻轻哼着一首传之悠远的民谣：

每逢春天到人间，
把枝鲜花送到你面前，
我的花儿郁金香，
开在阿姆斯特丹。
每逢春天到人间，
采枝鲜花送到你面前，
我的花儿郁金香，
摘自阿姆斯特丹。
……

诚然，大凡到过荷兰的人都知道，奶牛、木靴、鲜花，特别是郁金香，还有风车，是荷兰的象征。这一切汇集一起，便犹如一幅田园歌般的五彩画面。

说到花，荷兰的确是一个名不虚传的鲜花王国。走遍全国各地，不论在城镇还是乡间，映入你眼帘的总是远处如烟的树林，近处翠绿的草坪，点缀其间的是姹紫嫣红的鲜花。鲜花已经成为荷兰人民日常生活中不可缺少的装饰品。无论是在那大都会车水马龙的街道上，在那繁华的购物中心的游廊里，还是在家家户户屋前房后的花园中，在临街客厅那洁白漂亮的窗帘下，处处都绽放着灿烂多彩的花。它们或以其造型的奇特，或以其布设的新颖，或以其色彩之绚丽强烈地吸引着你的目光，使你不由自主地驻足观赏。至于公园里就不消说了。著名的哥根霍夫花园每年春天四五月间郁金香盛开的时节，总是应时向游人开放。短短一个多月内招徕各国游人几十万。既有近在咫尺的比利时人、德国人和法国人，也有远山阔水相隔的北欧人、英国人、爱尔兰人，还有不少日本人。当然，也能见到中国人，大部分是旅欧华侨、国内留学生和派驻欧洲各国的公司职员，也有来自台湾的游客。在这座公园附近的一个名叫丽色的小城里，每年 4 月中下旬，都要举办为期一天的鲜花节。这一天，成千上万的市民云集在该市中心主要街道的两侧，观看那几十辆充满文化色彩的花车游行。每一辆花车都用鲜花装饰，各具主题，造型图案纷呈。但见一辆辆彩车缓缓从面前驶过，高坐在车上的花仙子们频频向观众微笑招手，车队中间还穿插一队队衣着华丽的鼓乐手，踏着自己吹奏的进行曲神气十足地从你的眼前走过。他们之中有身着古装的军乐队，有袒露丰乳美腿的小姐，吹吹打打招摇过市，好不热闹！顿使这座小城洋溢着春的气息。

花卉在荷兰，不仅是装点生活环境的用品，而且还是一项经济产业。如今，全世界每年花卉交易的 80% 是在荷兰进行的。近十几年来，她的花卉出口创汇额每年都在 50 亿美元以上。阿尔斯美尔鲜花交易所是世界最大的也是最现代化的花卉交易场所。这里每天售出的鲜花数高达 1700 万枝，花木 180 万株以上。1995 年全年成交的数量大得惊人：售出鲜花 40 亿枝，花木 5 亿株之多。其中玫瑰 13 亿枝，郁金香 4.17 亿枝。春季里，每天上午 10 点钟，这里的全部交易便均已结束，成交的花卉、草木均已运走。你如果这个时间来到交易所，便什么也看不到了。夏季里，如果交易量不太大的话，早晨 8 点钟时便全部结束。

交易进行时，但见一车车五颜六色的鲜花推来推去，工作人员骑着自行车，在宽阔的交易所花场上那一排排一列列花车间紧张地穿梭往返。因为这片花场太大了，足足有一平方公里，步行是绝对无法工作的。在这个交易所里不但有直接为交易服务的花场、冷藏库和五个全副电子装备的交易大厅（共有电子钟 13 个），而且还有一系列必要的辅助设施，如银行、托运站、海关办公室以及植物病虫害防治服务中心等。在这里为花卉交易服务的工作人员 500 余名，运输人员 3000 余名，还有检验师 70 余名。每一批花卉进入交易大厅之前必须经过长达几个小时的检验，检验师不仅负责检查那些花卉是否合格，而且还要为它们评出质量等级。

坐在交易大厅里购买花卉的都是男人，极少见到妇女。因为这是件十分费神而又紧张的活动。当你所要购买的花送上电子屏幕时，你便必须目不转睛地注视着那电子钟的指针的移动，如果你手中的按钮按早了，你便可能多花不少冤枉钱；如果你按晚了，哪怕是半秒钟，那么就将意味着竹篮打水一场空。也可能你本来同花商讲好预备以每株 5 角钱的价格购买 5000 株玫瑰花。但是到那时，你很可能只得到 3000 株，而另外的 2000 株你必须多付出每株 2 角钱才能买到手。这实在是件神经高度紧张的交易，每个小时，这里可以达成 1500 笔交易！

当一批鲜花的样品被推到交易厅前，拍卖师便通过麦克风向大厅座席里的买主们介绍此花的主人是谁，以及最少必须购买多少株的条件。当某位买主在某一价位上按下电钮时，他必须同时报出自己欲购买的数量。当然，这里实行的是“捷足先登”的原则，谁第一个按下电钮，他就有优先购买的权利。动作迟缓的人自然只得望花兴叹了！

荷兰不仅是个花卉的王国，更是个农业出口大国。虽然她的全国粮食自给率只有1/3，但她每年农产品的出口值却仅次于美国和法国，居世界第三位。荷兰农业经济的优势突出反映在畜牧业（牛、羊、猪、鸡等的饲养、繁育）、园艺业（花卉、花种、蔬菜等的栽培）及副食品生产与加工上，享誉全球。

荷兰是工、商、运输、金融业都很发达的国家。飞利浦电器公司早已蜚声中外，荷英合资的壳牌（Shell）石油公司规模宏大雄冠全球，化工巨子尤尼采弗（Unilever）、阿克佐（AKZO）等也在世界名牌榜上名列前茅。这些工业集团早在几十年前即已成为赫赫有名的“小国中的大势力”，不仅主宰着荷兰经济的主要命脉，在整个欧洲乃至全球也都是举足轻重的。至于说到做生意，荷兰人的精明可谓举世闻名。今日之荷兰以贸易立国，国民经济是高度外向的。它的商品、货物出口占国内生产总值的65%，原料及初级产品的80%依靠进口。就每年进出口贸易总额而言，荷兰在世界上的名次居美、日、德、英、法、意、加等大国之后，居第八位。要知道，以其区区4万平方公里之地域、1500万之人口，竟创下如此惊人的业绩，岂非伟哉？

如果追溯历史，荷兰人也许更为他们商业发达的过去而感到自豪。远在17世纪时，荷兰曾是骄横一时的世界头号贸易强国，拥有一支世界上最庞大的商船队。它越洋跨海进行海外贸易，当然，也留下了不少诸如贩卖黑奴和进行殖民掠夺之类的丑行记录。当年的阿姆斯特丹，是世界上最繁华、最富庶的地方，各国豪商富翁纷纷聚集在那里。历史上，荷兰也出了不少被誉为“商业总督”“贸易亲王”等善于以政促商的政治家。中国人过去爱说“无商不奸”，可见对“商”颇为贬低。可是荷兰人则大不然，连小孩子都允许去做买卖。比如，在著名的大学城德尔夫特市，每年暑假期间，小孩子们便可以利用星期日在儿童市场上去找个地摊卖货，政府不收税。当然，他们出售的大多都是自己用过的玩具、旧书，以及家中的旧衣物、小家具之类等杂物。卖得的钱就近买冰棍、冰淇淋等吃一吃而已。

据说开办这类儿童市场的目的是让孩子们从小学会做生意，讨价还价，计算成本和利润。当然，今天的中国人大概都已懂得了“无商不富”的道理，只是尚须常常吟诵“君子爱财，取之有道”便是。

至于说到运输业，则不能不提到荷兰有利的地理位置。它濒临北海，是西欧一个重要的出海口，且正夹在德、英、法这欧洲三大经济强国中间。尤其是世界第一大海港鹿特丹更是得天独厚，它同波恩、巴黎、伦敦、布鲁塞尔等各国首都及其他经济重镇的距离相差无几，素有“欧洲门户”之称。它的年吞吐量曾超过3亿吨，至今仍是世界上最繁忙的港口，年吞吐量远远地把其他欧洲大港抛在后头。加上有完善的内河航运和公路交通网与它相联系，使它作为欧洲最重要的货物集散地和通往世界各大洲的海运枢纽的地位无法取代。无怪乎荷兰人在那里竖起一个高塔，名曰“欧洲桅杆”。在他们的眼里，鹿特丹就是停靠在欧洲大陆沿海的一只巨轮。首都阿姆斯特丹也是欧洲大港之一。这两个港口承担着整个欧洲联盟海上货运总量的1/3。空运方面，阿姆斯特丹国际机场的客运量居欧洲第五位，仅次于伦敦、巴黎、法兰克福和罗马机场；货运量居欧洲第四位，而且连续多年被评为世界上服务质量与效率最佳的机场。

从历史上说，荷兰还是世界上最早发展金融业的国家。如今的阿姆斯特丹证券交易所创建于1680年，是世界上第一家证券交易所。这家交易所至今仍是欧洲的重要金融中心之一。荷兰还是世界上第一个发行彩票的国家。1726年一些贵族和社会名流为一项慈善事业集资，特别办了一场发行彩票的活动。如今的荷兰也仍然是世界为数不多的几大对外投资国之一。

（摘自社会科学文献出版社1998年出版的《拿骚王族的沧桑——荷兰王室》一书前言）

# 既不是天堂，也不是地狱

王新连
（前驻外使馆外交官）

美国到底是个什么样的国家？每个人，根据其处境不同、亲身体验不同，会做出不同的回答。而本书就是全面介绍美国文明的书，涉及美国的政治体制、经济发展模式、宗教信仰、文化、移民、种族、吸毒、暴力、犯罪、死刑、民主、反叛、思想情感、理想、扩张野心等。

电视剧《北京人在纽约》开篇的第一句话是："如果你爱一个人，就送他去纽约，因为那里是天堂；如果你恨一个人，也送他去纽约，因为那里是地狱。"纽约是美国第一大城市，并且是美国经济活动的中心城市，在某种程度上说，它是美国的一个缩影。电视剧里的那句话既包括了对美国的向往，也隐含着对美国的憎恶。可见，对于美国这样一个国家，根据个人的出发点和处境的不同，会有不同的评价，有时这些评价还会大相径庭：有人认为美国是天堂，有人却认为美国是地狱。其实，美国既不是天堂，也不是地狱，只是人世间的一个国家。同世界上所有国家一样，美国是一个既有优点，也有劣迹的矛盾体。美国人民和美国文化，也同世界上所有国家的人民和文化一样，既有优势，也有缺憾。

美国是当今世界头号经济强国，其国民生产总值占全世界国内生产总值的三分之一，其占世界的贸易额也是最大的。美国经济又是一个极具活力的经济体，许多技术上的发明创造和管理新理念都源自于美国，全世界每年的发明专利有一半是美国人注册的。美国是一个市场相当发达的国家，市场左右着人们，政府的作用相对来说却显得弱小了许多。美国经济为什么会长盛不衰，本书也给出了作者自己的一个答案。

美国自称是世界上最大的民主国家，其政体中确有一些别国所不具备的优越之处，但是，它却也不是一个真正意义上的民主典范，人们可以借鉴，但不能生搬硬套地去东施效颦。从真正意义上说，真正完美的民主国家只是人们追求的一种理想境界，目前的世界上尚不存在。可以说，任何一个国家的民主制度都是不完备的。任何人都不能以“民主教师爷”自居，对别人指手画脚，说三道四。对美国而言，其国内的民主，往往与其在国际上的不民主形成鲜明对照。可以说，美国是一个在国内实行民主，在国际上实行霸权的混合体。霸权就不是一种民主，而是由美国少数人决定世界命运的专断，从而也是不尊重人权的一种表现。这从美国动辄就以人权和民主向别国施加压力，干涉别国内政，甚至动武的种种举动可以得到证明。

美国文化一个重要而独特的之处是它具有海纳百川的博大胸怀。美国人民是由来自世界各国的移民组成的，时至今日，世界没有一个国家在美国没有移民。这些来自不同国家的人们，将他们原来文化的优势和劣势一并带到美国，促进了美国的发展，当然也为美国带来一些别国所不存在的问题。但他们能够共处一室，相互宽容。

近些年来，国内介绍美国的书籍可谓汗牛充栋，数不胜数。本书是一本比较政治学的著作，是作者 2004 年出版的最新一本著作。作者从欧洲，尤其从法国与美国的比较中全面介绍美国的文明，并对比了两者的优劣之处，读来颇受启发；加之这是一本面向百姓大众的作品，就像是在同你拉家常，拗口的专业术语较少。作者是法国著名政治社会学家，著述颇丰；他长期在美国生活，在大学施教，对其故国法国和旅居国美国都有相当深刻的了解。书中许多说法较为中肯，又因其治学态度严谨，所以他的观点对国人仍颇有参考价值。诚然，作家也是生活在社会中的，其观点是会受自己的世界观所局限，而其世界观的形成又受其所在的文化氛围影响。任何一个人都不能自诩其观点百分之百的正确，能得到所有人的赞同与认可；更何况，每个人的看法也是随着时间的推移而会有所变化的。包括我们中国在内，目前的许多想法和做法，在30年前的文革中都是很难想象的。本书虽是作者的一家之言，当然会有些看法与我们之中某些人的想法不甚一致，但这没有关系。大家可以保留不同想法，这才可以相互借鉴，相互促进，可以让时间这个最终的裁决者做出最后的判断。

最后，须要说明的是，本书的观点只是作者的观点，既不是译者的观点，也是不出版社的观点。我们只是向有志于研究国际政治的学者、专家提供一点素材，希望有益于推动研究的深入发展，促成学术繁荣。如果它能对社会发展有所裨益，就更值得庆幸了。

（中央编译出版社2006年出版的《美国制造：在文明与现实之间》一书题跋）

# 非洲风情

吴清和
（前驻外使馆外交官）

我曾在我国驻布基纳法索使馆工作。布基纳法索古代有个莫西王国，1896年法国入侵和建立殖民统治后王国灭亡，但王室作为历史文化的一部分一直保持到当代。在首都瓦加杜古有座莫西王宫，里面住着国王和王后、王妃。每星期五国王要举行上朝仪式，不过这在当代是象征性的，只有传统与文化上的意义了。但它是一处著名的旅游景点，世界各地的旅游者到这里可以了解古代非洲的历史和文化。我也曾去观看过莫西国王上朝仪式。仪式在王宫广场举行，大臣们按官衔等级排列席地而坐，在他们的后面围了来自世界各地的旅游者。上朝仪式在王后的主持下进行，但王后坐在大家看不见的地方。仪式结束后，一位王妃出来代表国王向大臣们谢礼。王妃的穿着同农村妇女一样，光着脚在地上走行。

国王我见过——他经常出席外国使团的招待会，可从未见过王后，据说她是王室的掌权人，但从不公开露面。王后为什么不公开露面，那位王妃怎么会同农村妇女一样？这些疑问使我想了解王宫的更多内幕。

不久我就有机会进了莫西王宫。布基纳法索外交部组织外国使节的夫人集体去拜会莫西王后。带领我们前去的是一位研究莫西王国历史的学者伊尔博多夫人。我们走进王宫大院，只见一座乳黄色的二层楼房坐落在绿色丛林中，这就是王宫。我们没有直接进王宫，而是拐进了另一个院子，一下好像到了非洲贫穷的农村，房子都是用泥土和草搭成的土圆包。我正纳闷，怎么王宫里还会有这样贫穷落后的地方？伊尔博多夫人却宣布我们已经到了，这里就是王后大院。我一下惊呆了，王后是贵夫人，怎么会生活在这样简陋不堪的地方？

我们的到来惊动了这座大院的幽静，从那些土圆包里出来十几名女子，她们都同我那天在国王上朝仪式上见到的那位王妃一样，光着脚，头发短得近似平头，一块布齐胸一裹，既是裙子，也是上衣。说是上衣，也只是盖住了两个乳房，肩和背全部赤裸着。她们都是王妃，虽然看上去只有十六七岁，可都是已有几个孩子的母亲了。王室在全国各地有房产和商业，但这些财富都属于国王，王后、王妃各有一个土圆包为家，得下地劳动自食其力，晚上轮流到王宫陪伴国王。

第一个土圆包便是王后的住处。伊尔博多夫人在门口跪下，低着头用莫西语叽里咕噜说了几句话后便叩头，叩头时右手按着前脑门，右臂手关节着地，并在地上咚咚作响。然后她低头弯腰进入了土圆包。土圆包的门只有约 1 米高，所以进门得低下头和弯着腰。那时正是下午 3 点多钟，强烈的阳光照得人睁不开眼，我往那门里瞧，什么也看不见。伊尔博多夫人很快就退了出来，并让我们排成队挨个轮流进去见王后。看到那门里黑洞洞的，我有点毛骨悚然。正当我思想还没有准备好时，已轮到我站到门口了，只好不顾一切弯腰低头进去了。啊！我终于见到了莫西王后，可她远不是我想象中的贵夫人，而像是一位贫穷的老农妇。她头发短得近乎光头，全身上下唯一的装束是一块破旧的布，这块布从腰部到脚跟围在身上。她上身全部赤裸，两个大乳房像布袋一样挂在胸前，赤着脚，坐在摊在地上的一张很大的狮子皮上。这张狮子皮白天当凳子坐、晚上当床睡。由于她坐在摊在地上的狮子皮上，我只得蹲下身去和她握手、说话。我用法语介绍自己来自中国，但不知道她是否听懂了我的话。我给她送的礼品是为按我想象中的贵夫人准备的一把象骨折扇。她接过去随手放在脏兮兮的地上。我立刻意识到我这件雪白、刻有精细花纹的工艺品送给这位光背赤脚坐在地上的王后，是多么不协调。她用莫西语说了许多话，我一句也听不懂。

最后她拉着我的手，笑着连连点头。我想大概是告诉我可以告退了，我连忙退出去。

最后王后出来了。她一出来就下跪，同刚才伊尔博多夫人向她叩头一样向我们叩头。然后她打发人去拿来几张大席子摊在地上请我们坐下。这时一位王妃端来一大盆白乎乎的水，这是迎接贵宾才用的饮料，据说是用发酵的玉米面和鲜姜制成的。王后再次下跪向我们叩头，这回叩头是向客人敬水，这是莫西王国传统迎宾礼仪。叩过头她便端起那盆水自己先喝一口，然后依次传递一人喝一口。见王后施如此重的礼向我们敬水，我尽管觉得大家在一个盆里喝不卫生，但还是暗自提醒自己，不能失礼，一定要喝一口。可当那盆水传到我手里时，一股呛鼻的酸馊味使我失去了喝它的勇气。正当我不知所措时在我身旁的德国大使夫人提醒我：“你做个喝的样子”。我连忙托起盆，头一低，完成了喝王后敬献的水的礼仪。

王后看上去60多岁，是现在国王的父亲的正妻。国王去世后王子登基，但王后还是先王的正妻，直到王后也去世以后，才在新国王的妻妾中选出王后。

拜会完王后，我们便去王宫见国王。国王要接见我们，已在门口等候了。他大约40岁，能讲一口流利的法语。今天他的装束同他出席招待会一样，身穿白色大袍，头戴红色小毡帽。王宫虽不是金碧辉煌，但也十分华丽。大厅的地面是用意大利大理石铺的，四周的墙壁和柱子是浅红色的花岗岩。大厅正中的顶上有光芒四射的意大利玻璃吊灯，四周的墙壁上挂着历代国王的画像。国王指着一张张画像给我们讲解莫西王国的历史，还领我们到大厅背后的莫西王国的历史与档案库参观。最后他领我们上楼，楼上有他的卧室、书房、办公室和很大的一个会客室。会客室地上铺着红地毯，有非常高档的皮沙发。我们在会客室坐下以后，招待员送上了可乐等冷饮。国王拿出两本相册继续给我们讲莫西王国的历史，他特别让我们看了他的曾祖父在1896年9月20日被迫同法国签署承认法国占领的条约的照片。

我们走出王宫后围着伊尔博多夫人提了许多问题：为什么王后、王妃同国王有那么大的贫富差距？经济地位如此低的王后怎么会是王室的掌权人？伊尔博多夫人的解答总的意思是：这一切都是非洲传统的伦理规范，丈夫在家里既不承担生产任务，也不承担家务的组织与管理，一切都由妻子承担。说王后是王室的最高掌权者，实际意思是她是王室家务的主管人。这是非洲特有的伦理道德与宗教传统所决定的。

这时，我恍然大悟。今天所见的王室是在非洲，撒哈拉以南的非洲；可我们却是在按亚洲和欧洲王室的伦理规范和经济关系去观察非洲的王室。其实莫西王室的内部关系是非洲农村社会的基本结构。我在非洲见过许多村庄的基本结构同莫西王宫一样：村庄是一群土圆包围着中间一幢较好的住房，有的还是砖瓦房。这中间的好房子是这个村的男主人的家，周围土圆包是他妻子们的家。他既是村长，也是全村每个家庭女主人共同的丈夫。他在经济上不对妻子们承担任何责任；妻子们都是独立的经济个体，她们要轮流为她们的丈夫送饭，轮到谁送饭，谁晚上就到丈夫屋里陪伴他。男人和女人之间这样的关系就不只是单纯的夫妻关系，还有非洲特有的封建制剥削关系。非洲自古盛行一夫多妻制，一位男子有七八个妻子是常见的，多则有几十个。我在刚果（布）见过一位种植棉花的农民有 70 多个妻子。在亚洲和欧洲，封建制的重要成分是土地的私有制。这位农民种植棉花并不占有土地，非洲农村到处有荒地，随处可以选地耕种；他占有的是 70 多个妻子，这是他用钱买来的。在非洲娶亲，男方要向女方父母送聘礼（物品或钱），这实际上是买卖婚姻。这位农民买来的这 70 多个妻子也就是 70 多个劳动力。在非洲，妇女是农村的主要生产力。主要生产力在非洲特有的封建制、一夫多妻制的压制之下，这是非洲发展落后于其他大洲的重要内部原因。

（原载于《湘潮》2014 年第 3 期）

# 莫斯塔尔的老桥

吴正龙
（前驻安提瓜和巴布达、圭亚那、克罗地亚大使）

不久前，克罗地亚总统约西波维奇访问萨拉热窝，在波黑议会发表了演讲，对克罗地亚在1992—1995年波黑战争中所扮演的角色表示“深深的歉意”。

这是克罗地亚国家领导人第一次、也是西巴尔干国家领导人第一次对自己国家在另一个国家中的战争行为公开表示歉意。演讲结束后，约西波维奇拜访了阿米奇和克里桑采沃萨罗小镇，哀悼在战争中被克罗地亚族军队杀害的116名波族人（波什尼亚克族，即前南时期的穆族）和被波族军队杀害的74名克族人。

半个月之后，他又访问波黑的西耶科瓦茨、布里瑟沃和科扎拉茨三个小镇。战争期间三个小镇的不同民族相互残杀，血流漂杵。约西波维奇或敬献花圈，或点燃蜡烛，向在战争中遇难的各族人民表示悼念。约西波维奇去年年底参选总统并取得成功。今年2月上任伊始，便打破“沉默”。此举开创了巴尔干政治的先河，对推动和加强整个地区的和解和稳定起到非常积极的作用，所展示的政治远见、胸襟和勇气，令世人感动。

约西波维奇的“歉意”和“哀悼”，揭开了一段尘封的残酷血腥的历史，把我的记忆长河拉回到了20世纪90年代。而作为波黑战争的缩影，追忆那段疯狂的岁月，在风景如画的莫斯塔尔，在巍然屹立的莫斯塔尔老桥上发生的一桩桩令人毛骨悚然的暴行，对解读约西波维奇此举十分有益。

1992年波黑战争爆发前，莫斯塔尔是宁静、祥和、包容的。莫斯塔尔是一座山城，缓缓而流的内雷特瓦河穿城而过，把城一分为二，形成现在的东城和西城。数条支流从城中穿插流过，到处可以听到淙淙的流水声。1991年，该城约12万人口中35%为波族，30%是克族，20%系塞族。几个世纪以来，各民族相互杂居，不同民族之间通婚十分普遍，约占所有婚姻的1/3，形成了你中有我、我中有你的不同民族融合与和睦相处的局面。

更重要的是，莫斯塔尔是基督教文明和穆斯林文明的会合点、东西方文化的交汇处，是波黑历史文化名城和闻名遐迩的旅游胜地。当年奥斯曼帝国西扩，打到这里已成强弩之末，再未能西跨一步。同时，莫斯塔尔也是基督教中两大主要派别天主教和东正教的分水岭，以此为界向西主要为天主教势力范围，向东主要是东正教地盘。

在这里，既有洁净雅致的建于16、17世纪的清真寺，又有建于19世纪和20世纪80年代的哥特式天主教堂和现代风格的天主教堂，还有葱头式圆顶的东正教堂。无论从民族、宗教，还是从文化、建筑风格来看，莫斯塔尔呈现给世人的是一幅由多种元素构成的色彩斑斓的巨幅马赛克：错综复杂，华丽炫目，传扬的是宽恕、包容与和解等人类普世的美德，具有强烈的冲击力和震撼力。

最神奇的当数横跨内雷特瓦河的老桥。桥呈拱形，长29米，宽4米，高20米。桥两头各有一个石砌桥头堡，桥墩与河两边悬崖相连，仿佛这桥是从两边山崖上直接“长”出来的。远远望去，老桥如飘在天际的一道彩虹。漫步桥上，远眺四周，蓝天白云，起伏的绿色山峦，高高的白色尖塔，星星点点的红色房顶，令人心旷神怡；俯瞰宝蓝色的河水从桥下潺潺流过，有了一丝眩晕，更觉老桥的高大。

石桥的建成堪称建筑史上一大奇观。石桥使用了1088块长方形巨石，均采自附近的采石场，施工历时9年之久，于1556年完成。有关技术问题，例如如何把石块从河的一侧运到另一侧，如何架设脚手架，如何在这么长的建设周期内保持脚手架稳定可靠等，至今是一个谜。

据说，奥斯曼苏丹修建石桥的本意是取代原来河上的一座木制吊桥，以便大军从桥上通过，远征维也纳，开疆拓土。但400年来，桥上从未走过奥斯曼的军队。每到夏天，年轻的小伙子们会站在高高的老桥中央，然后纵身跳入内雷特瓦河，展示他们矫健的身姿，聚集在河岸的众多享受阳光浴的外国游客和本地人则会为年轻人的壮举赞叹、欢呼。这成了老桥的一项独特的运动项目，也是莫斯塔尔的名片和标识。

历经400多年岁月的洗礼，老桥似乎已不再是一座普通的石桥，不再是提供一条连接东西两个城区的便捷通道，而是莫斯塔尔多元文化和民族和睦的象征。老桥有了灵性、有了生命，与莫斯塔尔居民同生死、共患难，成了不同民族、不同宗教、不同习俗的人们之间相互沟通、相互交流和相互融合的一座精神上的桥梁，引领人们不断走向宽容、走向祥和、走向和睦。

然而，这一切随1992年春天爆发的波黑内战而骤然发生了变化。疯狂取代了理性，血腥的种族屠杀代替了民族包容与和解。在莫斯塔尔，塞族军队在南斯拉夫人民军的支持下，为把莫斯塔尔东部地区纳入波黑塞族共和国的版图，建立一个“大塞尔维亚”，先大规模轰炸老城，尔后出动坦克和步兵控制了大部分城区。克族和波族军队联合起来奋力反抗，于6月中旬将塞族军队赶出莫斯塔尔。作为报复，塞族军队又对莫斯塔尔进行狂轰滥炸，炸毁了克族的方济会修道院、大天主教教堂以及拥有5万本藏书的主教宫和众多清真寺。

此外，莫斯塔尔的基础设施、横跨内雷特瓦河上的所有桥梁（老桥除外）以及铝业和军事工业大多也遭摧毁。克族军队将塞族军队从莫斯塔尔逐出之后，为扩大控制地盘，建立一个克族单一民族区域；在克罗地亚政府的大力支持下，又掉转枪口向波族军队开火，把东城绝大部分地区夷为平地，同时对大量原来居住在西城的波族人实行种族清洗，将其或屠杀，或驱赶，或关入集中营（先后有3万多人在集中营被关押过）。在约西波维奇总统参观的阿米奇小镇，1993年4月16日发生了惨绝人寰的暴行。

该镇原本是克、波两族混居的社区，为了达到种族清洗目的，克族军队经过缜密计划和部署，先把所有住在镇上以及周边地区的克族居民悉数撤离，然后向小镇和周边的21个村落发起猛烈攻击，致使116名无辜波族平民惨遭杀害，其家园彻底被毁。克族军队还捣毁了塞族的一些著名的东正教大教堂。波族军队武器装备远不如克族军队，但他们严防死守，挫败了克族军队的一次次攻击，牢牢控制着东岸及老桥周围的部分西岸地区。

为彻底把波族从西岸赶出去，1993年11月8日，克族军队指挥官普拉利亚克悍然下令炸桥，在一声巨响中老桥轰然坍塌。老桥的倒塌标志着在莫斯塔尔以民族划界的克族西区和波族东区基本形成，预示着民族分裂和分治时期的开始。1995年11月，波黑战争结束，波黑由波克联邦和塞尔维亚共和国两个分治实体组成。

老桥的坍塌引起国际社会的高度关注。事发四个月之后，联合国教科文组织便发表声明呼吁重建老桥，随后又派考察组前往莫斯塔尔就老桥的坍塌提出应急措施。1998年7月，联合国教科文组织、世界银行和莫斯塔尔市政当局向国际社会又联合发出重建老桥的呼吁，得到克罗地亚、法国、意大利、荷兰、土耳其、欧洲理事会发展银行的积极响应并为其提供资金支持。

同年10月，联合国教科文组织成立了一个国际专家委员会，负责重建工作的质量保证和具体实施。按照恢复原貌的原则，重建工作坚持使用当年工匠采用的技术和材料。潜水员从河中打捞起沉入河底的石块，修复后继续使用，缺损部分则从400多年前的同一采石场采集补充，不多不少1088块，全部保持原有的色质和形状。重建工作2001年6月开始，2004年7月竣工，历时三年整，耗资1600万欧元。2005年12月，联合国教科文组织宣布将老桥和莫斯塔尔古城列为世界文化遗产。

无疑，老桥重建是一个奇迹，但重建人们心灵中的那座老桥更呼唤奇迹的产生。如今，在莫斯塔尔，克族和波族依然维持着事实上的民族分离，各族的孩子上各族的学校，各族地区有各自的手机区号。

克罗地亚为老桥的重建捐赠了部分资金，但这并不等于克罗地亚上下对其在波黑战争期间所扮演的角色形成了基本一致的认识或看法。约西波维奇总统在波黑议会的讲话，就遭到克罗地亚部分政界人士的强烈反对。克罗地亚总理科索尔“谴责”约西波维奇的讲话，称“克罗地亚从来就不是侵略者，战争是正义的，是防御性的”。几位前总理也表达了同样的愤慨之情。正确面对其所犯的错误，对任何一个国家或任何一个民族来说都不是一件容易的事。这不仅仅需要勇气，更需要内心深处虔诚的忏悔，实现人性良知的升华和道德责任的再现。西德总理勃兰特在向波兰犹太人殉难者纪念碑前那深深地感动世界的一跪，体现了德国在战后深刻的反省，直面历史、承担责任的诚意和决心，为德国赢得了世界各国特别是欧洲各国的信任和谅解。但勃兰特的这一跪，在西德国内同样也遭到攻击，被认为有辱国格、人格。由此看来，约西波维奇受到国内一些人的猛烈抨击就不足为怪了。

重要的是，约西波维奇在波黑议会的演讲“一石激起千层浪”，打破了万马齐喑的局面，一定会促使人们进行深入的思考，开启一个深刻反省的过程。重建莫斯塔尔的老桥用了三年时间，毫无疑问，重建不同国家和不同民族之间沟通、和解与信任的理性大桥的过程，将充满波澜起伏、挫折困顿，会很漫长。

（原载于《世界知识》2010 年第 16 期）

# 土耳其——东西方文化荟萃之地

徐 鹍

（前驻伊斯坦布尔总领事）

从我国西行万余里，直至亚洲的最西端，便到了土耳其。它是一个三面临海（黑海、爱琴海、地中海）的大半岛，名为小亚细亚半岛。半岛基本呈长方形，唯独西北角缺了一小块，而土耳其位于欧洲东南角的领土正好补上，使长方形得以保持完整。可不要小看这块三角形的土地，它只占土耳其领土的3%，却意义重大。因为这表明土耳其是个横跨欧亚两大洲的国家。

作为土耳其最大城市的伊斯坦布尔，位置更为独特，因为它本身就连接着欧亚两大洲，这在世界大城市中独一无二。它已历时1600多年，曾是三朝古都，土耳其人为之感到无比自豪。这座名闻遐迩的城市，在漫长的岁月里，曾经经历过罗马和拜占庭帝国的千年兴衰，也曾见证了奥斯曼帝国六百年的辉煌，至今仍保留着无数历史古迹供你游览和凭吊。那里有始建于公元4世纪的阿亚索菲亚大教堂和有着6座宣礼塔的巍峨壮观的蓝色清真寺，也有分别建于100多年前和500多年前的新、老奥斯曼王宫。那里还有建于1500多年前、曾经进入“007”系列影片和成龙的《特务迷城》等电影的地下水宫，以及建于15世纪，包括18座大门、65条街道，3000多家店铺的室内大商场。这些景点，来到土耳其的旅游者莫不蜂拥而至，先睹为快。

伊斯坦布尔是土耳其的骄傲，而博斯普鲁斯海峡则是伊斯坦布尔的骄傲。它宽仅一两公里，却深不见底，浩浩荡荡，奔流不息，蜿蜒30多公里，穿城而过，把伊斯坦布尔生生分成欧亚两部分。乘船游览海峡绝对是一种享受，但见两岸山峦起伏，绿树成荫，各式古建或民居杂陈其间，白墙红瓦，相映成趣；岸边众人垂钓，悠然自得，其乐融融，此种情景恍如人间天堂，观者莫不为之陶醉。如果赶上好运，偶尔还有三五只海豚赶来助兴，高高跃起，与人同乐，见者无不啧啧称奇，大呼过瘾。海峡的水，也是清凌透彻，几可见底。平日里微风徐来，碧波荡漾，静似温柔少女；风暴来时，白浪翻滚，惊涛拍岸，则动如千军万马。城市之美，有水则灵，就凭这海峡美景，窃以为说伊斯坦布尔是世界上最美的城市也不为过。

海峡之上现已建起两座铁索斜拉大桥，长皆千米以上，雄伟壮观，更重要的是从此一桥飞架东西，“天堑变通途”。第一座海峡大桥建于1973年，本人有幸陪同我国政府代表团应邀参加了通车仪式。仪式结束后步行过桥，行至大桥正中，叉开双脚，想到此时自己正在横跨欧亚两洲，忽然间生出些许奇妙的感觉。也就半小时，就从桥的这头走到了那头，回头一看，才猛然醒悟，哦，原来我已从亚洲走到了欧洲！

土耳其是片神奇的土地，考古发现它是人类文明的摇篮之一。历史上许多耳熟能详的著名人物都曾登上这个舞台，演绎过威武雄壮的故事，例如大流士一世、亚历山大大帝、君士坦丁大帝、帖木儿，等等。他们或来此建功立业、扬名立万，或如秋风扫落叶般一经而过，却也留下了赫赫声名。

而在这历史长河中，给这片土地留下最深烙印的当属来自西方的古希腊人、古罗马人和来自东方的奥斯曼土耳其人，他们都曾在此创造过光辉灿烂的古代文明。生于斯、长于斯的古希腊诗人荷马在这里写出了他的不朽史诗，他的古希腊同胞也曾在这里上演过流传千古的特洛伊木马计。后来，此地以希腊人为主体，又建立了长逾千年的拜占庭帝国。嗣后，土耳其人建立的奥斯曼帝国更是声势赫赫、威震四方，它不仅向世人展示了土耳其人的文治武功，也将咖啡、郁金香和伊斯兰文明传到了欧洲。历史状况和地理位置决定了土耳其成了东西方文化的荟萃之地。土耳其虽是伊斯兰国家，但却吸收了不少西方文化，东西方文明在此水乳交融，互补短长，这一点当你到了土耳其就会有深切的感受。

土耳其人的祖先本系来自中亚的游牧民族，性格豪爽，热情好客，仍然保持着东方传统。对待中国人，他们常常流露出一种天然的亲近感。在那里我们经常听到的一句话就是："我们曾是邻居，甚至还是亲戚！"初次听到此话，肯定有人会以为这只不过是套近乎的客套，但查查历史，就知此话不谬，绝非客套。因为土耳其人的祖先就是古代的突厥人，我南北朝和隋唐时期与之交往甚密。双方虽有征战，亦有边贸和通婚，他们的可汗多次有过同我公主的联姻之举，这在史书上都有记载。如此算来，我们两国人民的关系不正是"邻居加亲戚"吗？对此我们应该倍加珍惜，让中土两国人民世世代代友好下去。

（原载于上海世博会事务协调局所编《中国2010年上海世博会国别文化指南》一书）

# 美国有个丹麦村

徐明远
（前驻斐济兼驻基里巴斯、瓦努阿图大使）

有一位曾同我多年在北欧工作过的同志，听说我要去美国参加亲友聚会，特地打电话告诉我：加利福尼亚州有个丹麦村，那里的人文景观，会使你倍感眼熟和亲切，就像重返丹麦一样。到了美国，小辈们要搞一趟西海岸自驾游，恰好路过丹麦村，于是，我也有机会做了一次“重返丹麦”之旅。

我们从旧金山开车出发。第三天，在距离洛杉矶 130 英里的地方，按路标所示，就顺利到达了丹麦村。其实，丹麦村是别称，其正式名称叫索尔旺（Solvang）。索尔旺是丹麦语，意为阳光田野。1911 年，有十几个丹麦后裔到此定居，并把此地定名为索尔旺。经过一个世纪的发展，现在的索尔旺有 5200 人，其中丹麦裔 4000 余人，其余为瑞典人、挪威人、德国人及西班牙人的后裔。居民大部分经营旅游服务业，也有的经营农场、牧场和葡萄种植及葡萄酒酿造。

我们进入索尔旺，第一眼就被一座古老的丹麦风车所吸引。风车在微风中缓缓转动，似乎在向游人诉说着索尔旺的百年沧桑。沿着不太宽的大街看去，栉比鳞次的一二层砖木结构房舍，都是典型的丹麦色彩和风格：一般都是白墙红瓦，墙壁上用深色板条间隔，形成一些方块或菱形图案；有的屋顶用的是农作物秸秆，呈灰色，显示着浓厚的田园情韵。其间有一座教堂，看上去规模并不大，但它的红色钟塔高出所有建筑物，直冲蓝天，好像在宣示着它崇高的神威和索尔旺人奋斗的精神。眼前的景象是那么熟悉，怎能不激活我那些储存多年的陈旧记忆——蓝天白云，庄严的古堡，宁静的村舍，如画的田野，那个美妙的、童话一般的丹麦，立即浮现于脑际。我们沿着摆满鲜花的人行便道前行，街边是各式工艺品商店和丹麦食品店铺。食品店中深具丹麦特色的蓝莓饼、草莓饼及桑葚子酱饼很受游客欢迎。但是，据说索尔旺各种商店200余家，就是没有一家美国本土的快餐店。我们注意了一下，确实没有看到麦当劳、肯德基及星巴克的门面。餐饮业保持单一的丹麦风格，是索尔旺的一大特色。

当今，索尔旺已经是一座闻名遐迩的旅游城镇，其独具丹麦特色的旅游品牌十分突出。在一条主要街道上，有一座宫堡式建筑，并标名为哈姆雷特广场。看到这宫堡和哈姆雷特之名，自然使人联想到丹麦赫尔辛约市的卡隆堡的宫堡。卡隆堡是16世纪丹麦国王埃里克七世为征收海峡通行税而建造的一座要塞。只因莎士比亚写那个虚构的丹麦国王克劳狄斯与其侄儿哈姆雷特殊死争斗的悲剧中，是以卡隆堡宫为背景的，于是卡隆堡也随之名声大震，于今干脆把卡隆堡称为哈姆雷特城堡了。但是，据说莎翁并未到过丹麦，其对卡隆堡宫乃至整个剧情的描写，完全是凭借他那天才的想象力和艺术灵感，才使《哈姆雷特》一剧达到了悲剧的高峰，成为其公认的四大悲剧之一。哈姆雷特广场的出现，使索尔旺平添了浓郁的文学韵味和芳香。

丹麦是童话大家安徒生的故乡，自然也是其旅游资源的强项。在不太大的索尔旺，就打造了三处有关安徒生的景点：安徒生公园、安徒生博物馆、安徒生广场。安徒生广场，就是在路边的一块草坪中立了一尊1米高的安徒生半身铜像。安徒生博物馆设在一座古色古香的旧房里，馆内陈列着安徒生童话的各种版本，还有一座安徒生故居的模型。模型使我立即忆起安徒生在丹麦菲茵岛欧登塞的故居。那是一座低矮的大房屋，当年，屋子被隔为7间，住有7户穷苦人家，安徒生家就住在其中一间。在索尔旺的一角，还有一座安徒生《海的女儿》中那知名的人身鱼尾的小人鱼铜像，同哥本哈根那小人鱼雕像模样相同，只是小了许多。看过这些有关安徒生的景点，真如享受了一顿文学大餐。

索尔旺的丹麦裔居民，虽然都已成为美国公民，但是他们一直保持着他们祖先的传统生活方式、传统习俗和文化。自 1936 年起，每年 9 月的第三个周末被定为丹麦节。同时，他们依然持续着同大洋彼岸的祖籍国丹麦的情谊。索尔旺和丹麦的奥尔堡是姊妹城市，丹麦王室对索尔旺也一向重视和关注。1939 年，时为丹麦王储和王储妃、后为丹麦国王的弗雷德里克九世和王后，就曾专程来访索尔旺。1976 年丹麦女王玛格丽特二世也到访过索尔旺。2011 年，索尔旺建镇 100 周年，丹麦女王的丈夫亨里克亲王代表女王玛格丽特二世专程来到索尔旺出席庆祝活动，并转达了女王的良好祝愿。

索尔旺堪称美国的一颗丹麦明珠，她正在不断散发着迷人的魅力。

（原载于《海外文摘》2015 年第 2 期）

# 白房与黑车

许育红
（曾任驻外使馆外交官）

20世纪90年代末，我在美国加利福尼亚州洛杉矶市工作。那时，我所居住的市中心西三街Park La Brea Apartment与一幢醒目的白房子相邻。白房子之所以醒目，是因为在它的前院总停放着一辆黑色的轿车，还因为它是我开车上下班必经之处。日复一日，年又一年，“白房与黑车”成为我心中一道难忘的风景。

一年的圣诞前夕，我发现白房子突然改变了平实的风格：白房子外墙被重新粉刷；白房子顶上多了三座白色的“维纳斯”半身雕像；院子中央多了若干座白色的“大卫”全身雕像，它们围成一圈，圈里有泉水向上喷流；白房子前院四季常绿的草坪上多了一层人造雪花……总之，白房子焕然一新。对此，我的同事常开玩笑地说：也不知道白房子的主人是怎么想的，“维纳斯”本来就断臂，现又雪上加霜地成了屋顶半身人，且眼睁睁地看着一群“男人”在光天化日之下洗澡，真够惨的……但我注意到，在这白茫茫的天地里，黑车不仅没有消失，反而在众多白色的映衬下显得更加夺目。

我很想知道白房子的主人是个什么样的人，但一时找不到适当的理由和机会。一天，我与往常一样边吃晚饭边浏览社区赠阅的报纸，没想到，“白房与黑车”这道风景居然变成新闻图片出现在我眼前。我仔细一看，图片中还有它们的主人，是个黑人帅哥。原来，这幢白房子的黑主人在通过媒体向大众讲述着一个“黑白分明”的故事。

白房子的黑主人是在影城好莱坞工作的一名年轻歌手，为使自己的工作和生活更加方便，他选择在近处购买了这幢临街的白房子，邻居都是白人。自从黑主人进住白房子之后，白人邻居们没有一个人愿意跟他打招呼。对此，白房子的黑主人的回应是，把家用轿车从“红色”换为“黑色”。

接着，白人邻居们给黑主人写恐吓信，要求他尽快搬离这幢白房子并远离这个社区，称“因为你的到来，本社区的房价已开始下跌”，表示愿意凑出 8 万美元作为他的搬家费。受到如此待遇后，白房子的黑主人不仅没有搬走的打算，反而计划重新装饰白房子。时值圣诞节来临之际，白房子的黑主人对装饰房子的基本设想是：使黑白对比更加分明，让力量冲破传统牢笼。结果，“白房与黑车”展示出如前所述的画面。

这时，白人邻居们万分焦急，他们纷纷向社区主管部门投诉白房子的黑主人“违规建筑，伤风败俗”。白房子的黑主人在接到“限期恢复白房子原样”的通知后，要求社区主管部门依法前来测量验证。结果表明，白房子的屋顶三座白色的“维纳斯”半身雕像及其院子中央若干座白色的“大卫”全身雕像的高度，均符合“一旦倒塌，不会殃及路人或阻碍公共交通”的基本法则。

读完“白房与黑车”的故事后，我想，报纸上的陈述只是故事中的一个片段，现实中的故事可能尚未完结。这是人类社会共同面临的课题，因为无论是国家、民族还是个人，都必须在人类社会发展的进程中不断完善自我。

从国家文明的角度讲，年轻的美国是世界上第一部作为独立、统一国家的成文宪法的诞生地，它标志着人类社会新文明的开始。美国原为印第安人聚居地。15 世纪末，西班牙、荷兰、法国、英国等开始向北美洲移民。至 1773 年，英国在北美洲建立了 13 个殖民地。1775 年，独立战争爆发。1776 年 7 月 4 日，《独立宣言》通过，美利坚合众国即美国正式宣布独立。同年，宪法性文件《联邦条例》问世。1787 年，美国联邦宪法草案出台。

1788年，华盛顿当选美国第一任总统。1789年，美国第一届国会宣布宪法生效，国家的宪政文明从此开始。目前，美国位于北美洲中部，领土还包括北美洲西北部的阿拉斯加和太平洋中部的夏威夷群岛；北与加拿大接壤，南靠墨西哥湾，西临太平洋，东濒大西洋。

从种族历史的角度讲，美国作为一个移民国家着实存在诸如“白房与黑车”的问题。种族，又称作人种，是指在体质形态上具有某些共同遗传特征的人群。种族的概念在不同的时代和不同的文化中都有差异。20世纪之前，科学家普遍将人类划分为三个种族，即黑色人种、黄色人种及白色人种。目前，人们普遍接受“世界上有黄色人种、白色人种、黑色人种、棕色人种等四个种族”的说法。如前所述，北美洲原是印第安人的故乡，自从哥伦布发现“新大陆”之后，西班牙、荷兰、法国、英国等不断地向北美洲移民并建立殖民地。殖民者残暴地屠杀土著居民，使印第安人濒临绝种。于是，殖民者们从非洲掳掠大批黑人充当奴隶，这些黑人奴隶没有人身自由，过着非人的生活。随着黑奴数量的增多，黑奴问题成了美国一个严重的社会问题。1862年9月22日，美国第十六届总统林肯发表了《解放黑人奴隶宣言》，黑人奴隶从此获得了人身自由。然而，自由之后的黑人没有土地，没有参加选举、集会和接受教育的权利，种族偏见依然根深蒂固。为此，美国广大黑人进行了长期不懈的斗争。

从人性本善的角度讲，美国可谓是一个多元化的国家，美国人民是友好善良的人民。就加利福尼亚州（简称“加州”，亦称“黄金州”）而言，它是美国西部太平洋沿岸的一个州，其面积位于全美第三、人口位居全美第一。洛杉矶市地处加州西南部、毗邻影城好莱坞。其充足的阳光、多晴的天空与蓝色的海洋，吸引着世界各种族裔的人（包括黄色人种、白色人种 、黑色人种 、棕色人种）聚居一处。尽管确实发生过“白房与黑车”或类似的故事，但这里存有的宽容与包容相当实在。我曾在与一些居住在洛杉矶市的华人华侨朋友聊天时，听他们戏说自己之所以不会讲英语或讲得不够地道，是因为在当地即使打错电话而接听人讲的也是中国话。

对我而言，美国是我第一个从东走向西的国家。在洛杉矶市工作和生活的三年期间，居住在这片土地上的人们给予了我许多的友好与关照。如，每当我清晨在二层楼洗手间打喷嚏时，总会听到在楼下草坪散步的老人传来的问候“God bless you！”每当我的车在高速公路出现故障时，总会听到互不相识的人们关切地呼唤“What can I do for you？”在此，我要感谢他们，并愿把心中最美好的祝福送给他们。祝“白房与黑车”的故事从此结束并不再发生！让我们共同秉成“同一个世界，同一个梦想”的精神，为创造人类更美好的明天而一起努力！

# 中国外交官对叙利亚的情怀

杨淑英
（前驻外使馆外交官）

2016年12月14日，叙利亚频频传来令人振奋的消息，叙方政府军和各派联军终于收复叙利亚第二大城市阿勒颇，大获全胜。我们和叙利亚人民一样无不为之欢欣鼓舞。

我们夫妇曾在中国驻叙利亚使馆工作四年，现在虽然已经退休，但对叙利亚的战乱发展尤为关注。我们心系叙利亚，情系叙利亚。

2011年1月28日以来，以美国为首的一些西方国家和中东等国图谋分裂叙利亚，资助扶植极端势力和民族主义势力组成反政府武装和“伊斯兰国”，致使叙利亚惨遭战乱，经济瘫痪，民不聊生，举家逃难。以阿勒颇为主战区的叙利亚北部地区千疮百孔，满目疮痍，废墟一片。闻名遐迩的历史古城受到严重破坏，变成废墟，令人痛心。五年来，叙利亚被反复轰炸、炮击血洗和拉锯围攻，百姓沦为难民，陷入水深火热之中。2016年12月5日，联合国常任理事国中国和俄罗斯投票否决了有关叙利亚的安理会停火决议草案。中俄联手，不再给恐怖分子以喘息机会。得到中俄军援的政府军和各派联军在其他地区取胜后一鼓作气，攻下古城阿勒颇。

我国历任驻叙大使和外交官都为促进中叙友好、加强双边往来，以及为执行我国的中东外交政策做出了贡献，都对叙利亚有着难以割舍的友好情结。我们在任期间（1996—2000年），中国驻叙利亚大使吴珉珉是我国驻阿拉伯国家使节中第一位女大使。外交部领导英明果断，向一个比较开放的阿拉伯国家大胆推荐女大使，是基于中叙的友好关系，也是基于这位女大使的外交政策水平和工作及语言等综合实力。以阿萨德总统为首的叙利亚政府对这一提名予以积极回应，并对吴大使在任期间的工作给予了强有力的支持。

在驻叙的四年里，吴大使出色地完成了使命。在接待我国高访团的工作中，对我领导人访问的日程以及食宿和安全安排等细节，吴大使每次都是亲自向叙方提出要求，对方更是极为重视，及时反馈意见和周密安排。吴大使在任期间，全馆成功接待了杨尚昆、李鹏、吴邦国、钱伟长等国家领导人访叙。在推动双边关系的工作中，吴大使事无巨细，指导政务、文化、经贸和军事等使馆有关部门开展工作，并深入基层，调查研究，解决问题。她多次出席在首都大马士革和外地的中国文化展；多次不畏艰苦到边远地区考察经贸、农业和军事等合作项目，对叙官方安排的包括外地的外事活动也是每邀必到。在请客交友等方面，吴大使积极、慎重地结交叙政府高官和使团朋友，获得了大量珍贵信息，为国内的外交决策提供了参考。吴大使为推动中叙关系和加强双边合作所做的贡献受到叙方的高度赞赏。

20 世纪 90 年代的叙利亚，尽管内有教派矛盾、外有戈兰高地之争以及中东地区形势之扰，但叙国家基本稳定，市场繁荣，人民安居乐业。流离失所的巴勒斯坦人大部分也都在叙利亚工作生活。在叙利亚的外交使团也都享受着那里安定的工作和生活环境。

叙利亚是中东地区的一个重要农业国，盛产橄榄、樱桃、棉花、谷物等农产品。大马士革的阿拉伯市场是我们这些馆员和所有中国人的最爱。在那里，我们能购买到富有当地特色的银铜雕刻的刀剑工艺品、皮革制品、纯棉床单和衣物等。我们特别爱吃当地的羊肉串、抛饼、巧克力和椰枣等食物。那里的鸡鸭鱼肉、瓜果梨桃也都逃不过我们的日常食用，因为它们纯天然、无污染，且价格合理。

叙利亚享有中东文明古国之称，那时的历史遗迹保存完好，游客络绎不绝。历史悠久的台德木尔遗址（帕尔米拉）、阿勒颇城堡、布斯拉古罗马剧场、哈马水车、阿兹姆宫等景点都留下了我们流连忘返的足迹，使我们对叙的历史、宗教、文化有了更深入的了解，惊叹古人的智慧气魄、遗迹的巧夺天工。让我们怀念的还有倭马亚大清真寺宣礼塔呼唤祷告的声音，又亲近又遥远。

那时的叙利亚风景秀丽、气候宜人，天空蔚蓝，空气新鲜，没有硝烟。馆员利用休闲，常到大马士革郊外中国人命名的杏花村踏青、采野菜，领略风土人情。我们如同叙利亚人一样，喜爱那里的一草一木。我们更怀念叙利亚的老友旧识，政府官员文质彬彬、博才多学、对中国友好；普通百姓和作坊老板微笑和善、热情待客、乐于助人。

那山、那水、那景、那人都是对叙利亚美好的回忆和情怀。战乱让叙利亚人民无法安居乐业，甚至丧失生命。我们和全世界主持正义的人民都在强烈呼吁和努力，让叙利亚不再有硝烟，让和平早日到来，让其国家安定、人民过上正常美好的生活。

# 人生感怀

# 在使馆过大年

郭邦彦
（前驻吉布提大使）

身为外交官，我在国外长驻期间曾赶上过好几个春节，那些特殊的快乐时光至今难忘。

那时我们对“每逢佳节倍思亲”这句话体会最深，佩服先人概括得那么贴切，特别是那个“倍”字。20世纪60—70年代，使馆里除了大使、参赞带夫人外，其他馆员大都是单身，有的馆以至被戏称为“和尚庙”。每到过年，大家就会不由自主地想念起亲人来。年长的，想妻儿老小；年轻的，想父母、兄弟姊妹；想在除夕夜与家人说几句贴心话，可当时限于通信条件，打不了越洋电话，只能在心中默默地祝福，焦急地等待每月一次的外交信使带来家中点点滴滴的信息。春节期间来的那位信使，就成了我们“倍思亲”时倍受欢迎的人。

为了减缓和驱除“乡愁”，通常各使馆都要在节前将使馆装扮一番，努力营造一个热闹的节日气氛：大门上挂起大红宫灯，门柱绕上彩色灯泡……国内过年少不了的那顿年夜饭，在使馆更受重视，厨师拿出“绝活”，献出一道道特色菜。大家频频举杯，祝愿祖国繁荣昌盛、家人健康幸福。餐后，先放一场电影，多是外交部专为各使领馆过春节寄送的国产大片。之后，人们纷纷涌进“大观园”。那里有各种游戏，如钓鱼、套圈、投篮、“瞎子摸象”、“盲人”击鼓等。大厅一角的几张方桌则是棋牌爱好者的天地。

记得1964年春节，影片《刘三姐》的导演谢添和配唱歌手等演员出访路过开罗，应邀到使馆做客。我们抓住这个机会组织了一场联欢会。印象深的节目有“对歌”和讲笑话。两个留学生在关公面前耍大刀，客串秀才与刘三姐对起歌来。讲笑话是陈家康大使和谢添导演的压台戏，你说一个，我说一个，看谁说到最后没的说了。陈大使在外交界素以儒雅著称，书读万卷，满腹经纶；谢添则是喜剧天才，这两个人交锋，你来我往，高潮迭起，精彩纷呈，不分伯仲。

1976 年年初，中国武术团到几内亚比绍访问演出，正值新春佳节，使馆邀请他们回“家”过年。武术队队员们都很年轻，最大的 23 岁，最小的才 12 岁，当今驰名天下的李连杰那年也只有 14 岁。他们大多是第一次别离父母出远门，多少有点儿想家，一听说到使馆，都欢呼雀跃起来。我们与小朋友们在大使馆这个“家”里一起吃了年夜饭，拍了“全家福”，最后坐在杧果树下的草坪上“阖家欢”，孩子们展示了各自的精湛功夫。武术团这次到访，使我们过了一个别开生面的新春佳节。

1985 年春节前夕，驻马达加斯加使馆派我去慰问中国医疗队。我走过崎岖的山路才到了他们的驻地，并带去了使馆全体同志的节日问候和一些年货。在深山老林里坚守岗位的大夫们喜出望外，十分感动，有的甚至还热泪盈眶。他们的使命是治病救人、救死扶伤，他们是关心别人冷暖的铁女人、硬汉子，然而，再硬、再铁，也需要别人给他们温暖，也会有柔肠寸断的时候。我与白衣天使们吃了年夜饭，向他们吹了“东南西北风”，一起听音乐、唱歌，守夜到天明。

两年后我被调到驻瑞士使馆工作，连续两年我和教育参赞一起到洛桑、日内瓦、纽沙泰尔等地与留学生们一起过年。我们既是使馆代表，也是家长代表，年轻人认可我们的双重身份，详细地向我们讲述了他们的专业设置、难易程度、教师的水平以及校务管理等。我们也记下了他们的一些困难和要求，答应留待回馆后设法解决。他们还流露了淡淡的思乡哀愁，但顷刻之间就云开雾散，重新绽开了笑容。联欢会上，年轻人表演了节目，有歌有舞，生动活泼，充满朝气。我们好像又重返校园，回到了那黄金的学生时代。

驻外期间的最后三个春节是在非洲之角的吉布提度过的。到了20世纪90年代，使馆的条件与过去相比不可同日而语，越洋电话已通，中央电视台的国际频道也落地了。已婚馆员们大多携配偶驻外，一个个小家庭组成了一个大家庭，过年时，分外热闹。由于时差关系，我们是在当地时间的正月初一下午3点收看央视的除夕晚会，尽情地享用这一年一度的精神大餐，与此同时还插空与家人通了电话。

央视春节晚会刚收场，我们自家办的一台戏就开锣了。临时搭建的舞台上方挂了一条横幅，上书四个大字：庆贺新春。台下的观众除了使馆人员外，还邀请了国内建筑承包公司、医疗队、体育教练组等馆外单位的师傅、大夫和工程师们。高朋满座，济济一堂，百十来口人，既是观众，也是演员，人人参与。水平高低无所谓，大家要看的不是多么高的演技，而是那股子精气神儿。已到花甲之年的李参赞，在时装表演中，带头领走模特步；从未登过台的工人师傅，拿起话筒引吭高歌……晚会的节目有独唱、小合唱、大合唱、京剧清唱、乐器演奏、单口相声、对口相声、讲故事，还有小品，可谓品种齐全。办公室主任魏清廉走马上任时，正赶上途经的国家发生战乱，他一路受阻，两天的路程竟走了一周，历经磨难。但他处变不惊，最终平安抵馆。我把他这段历险记编写成山东快书，并登台表演。

人的一生中，总会保留不少美好的回忆。与来自五湖四海的华夏同胞异国相聚，共度传统佳节的日子是我永世难忘的。

（原载于《人民日报》国际副刊2004年1月30日）

# 高高举起五星红旗

胡　诚

（前驻外使馆外交官）

同学们，当你打开世界地图的时候，就会发现它的左下方有一块神奇的大陆，那是遥远的非洲。南非共和国位于非洲最南端，这里属于温带高原气候，常年蓝天白云，冬天严寒、夏无酷暑，几乎没有自然灾害，被誉为“彩虹之国”。

我国在1998年与新南非政府建立了正式外交关系，

2007年2月6日，胡锦涛主席率中国政府代表团赴南非进行了国事访问。此时正值南半球的夏季，行政首都比勒陀利亚鲜花似锦，满城的紫薇花树干都挂上了中南两国国旗；坐落在高山上的总统府联邦议会广场前，五星红旗迎风飘扬。

喜来登大酒店门口，早已准备好的黑人演出队伍，身穿民族服装，载歌载舞迎接远道而来的中国客人。晚上举行了盛大的国宴。第二天上午10点，中央电视台第12频道向全世界通过卫星现场直播了两国领导人的会见。当南非总统姆贝基和中国国家主席胡锦涛共同转动晶莹剔透的地球仪时，全场响起了热烈的掌声，不同肤色的笑脸告诉全世界，我们的朋友遍天下。

下午，胡主席来到比勒陀利亚大学接见学生代表，并向师生们发表题为《加强中非团结合作，推动建设和谐世界》的重要演讲，博得了师生们的热烈掌声。由于礼堂座位有限，有很多学生只能站在外面的草坪上观看。

当时我们使馆的工作人员也在他们中间，只见来自世界各地的留学生用不同的语言交头接耳、神情激动，表现出了对中国人民的热情友好。

当胡主席演讲完毕、走出大学校门时，意外情况发生了：一个年轻人突然扯起一面攻击中国改革开放的反动横幅。说时迟那时快，站在他旁边的一位中年人立刻冲上前去，一把扯下横幅并喝道："你们不要再闹了，中国改革开放就是好！"同时高举起另一只手中的五星红旗。

原来这位中年人是20世纪80年代末从广东移民来到这里的商人。他刚来时经营些日用杂品，经常受到当地流氓恶霸的骚扰和破坏，还遭到入室抢劫和人身攻击。近二十多年来，由于中国经济的高速发展，海外影响力越来越大，华侨的智慧和创造力越来越得到发挥，现在他已经成为约翰内斯堡市一家大超市的总经理了。他发自肺腑地对大家说："祖国就是我们的坚强后盾，海外华人都期盼着祖国更加繁荣昌盛！"

（原载于《天涯海角国旗情》一书）

# 为新中国自豪

黄桂芳
（前驻菲律宾、新西兰、津巴布韦大使）

新中国60华诞来临，我百感交集，心潮澎湃。

我自幼家贫，从小学直到大学一直靠国家的助学金完成了学业，1964年从外交学院毕业进入外交部。我有幸亲历了新中国成立以来特别是改革开放以来翻天覆地的变化，在长期驻外生涯中见证了祖国日新月异的变革，感慨万分！

1983年11月下旬，在日本政府盛情邀请下，胡耀邦总书记对日本进行了为期8天的友好访问，这是中国共产党最高领导人第一次访问日本。我作为随行工作人员亲历了这次访问。11月24日上午，日方在赤坂迎宾馆广场举行欢迎仪式。胡耀邦和中曾根首相由仪典长角谷清大使引导，沿着红地毯走上检阅台，鸣号毕，奏起中、日两国国歌。当我听到铿锵有力的《义勇军进行曲》，顿时眼含热泪，热血沸腾。每每听到这首在抗日烽火中诞生的歌曲，都令我心灵震撼，尤其在当时的场合，让我感到中华民族的尊严和荣誉！随后，两国领导人检阅仪仗队，行至中、日两国国旗前，我注意到，中曾根首相缓步走到我国国旗前毕恭毕敬地行了90度的鞠躬礼。尽管日本政府迟至1995年才由村山首相首次为侵略我国道歉，但中曾根这次当众向我庄严的国旗鞠躬，表达了一种对新中国的尊敬之意。通过这次访日，中日确立了“和平友好、平等互利、长期稳定、相互信赖”的两国关系四原则，双方关系由此进入了一个良好发展时期。11月28日午后，我们一行前往京都岚山瞻仰“周总理纪念诗碑”。胡耀邦走近碑前敬献花圈，寄托着我国人民对敬爱的周总理的深切缅怀。日本著名的民间合唱团“新制作”的年轻女演员们满怀激情地用中文唱起《敬爱的周总理，我们怀念你》。我们听到这首歌几乎热泪盈眶，不禁想起周总理 1972 年在欢迎田中角荣首相时提出的“中日两国人民应该世世代代友好下去”的至理名言，深切感到中日两国人民对中日友好的奠基者周总理的崇敬与日月同辉，与世界人民同在！

记得 20 世纪 70 年代我在遥远的乌干达常驻时，那里的车辆和商品甚至日用品几乎都是日本进口货。日本工程技术人员随处可见，神态还很傲慢。到 90 年代末我驻津巴布韦时，在街上随处可见的是我国制造的轿车，商场里的货物以中国制造的商品居多，其中海尔的家用电器给我留下了深刻的印象。此外，军用物资、工程承包市场也由我国包了下来。难怪当时日本驻津巴布韦大使有一次对我感慨地说：“今非昔比，中国这几年突飞猛进，真了不起呀！”

1993 年 2 月 18 日，我在任驻菲律宾大使期间应邀出席马尼拉扶轮社聚餐会并发表演讲。当扶轮社会长雷耶斯宣布会议仪式开始时，与会的近 400 名听众，包括菲政要、大银行家、企业公司大亨、文化教育界专家学者、退休使节和资深记者等，以及加拿大、墨西哥等国大使，全体肃立，升菲律宾国旗，紧接着我国鲜艳的五星红旗也在庄严的国歌声中冉冉升起。这是该组织自 1919 年成立以来前所未有的举动。有位侨领兴奋地说，这一举动“让我们深感振奋，这是新中国的荣誉，也是菲律宾所有侨胞的骄傲”！

“扶轮国际”历来受美国、台湾当局控制，马尼拉扶轮社历经半个多世纪仍坚持悬挂台湾“伪旗”。随着国际风云变幻，特别是 1975 年 6 月 9 日中菲建交和 1979 年中美建交，我国改革开放以来综合国力、国际地位和影响显著增强，扶轮社内有识之士尤其是年轻成员对美国和台湾当局控制扶轮社深为不满。绝大多数会员渴望了解新中国的愿望越来越强烈。加之拉莫斯总统当年4月访华在即，促使菲政界、工商界强烈要求增进两国业已存在的友好合作关系。在这种情势下，扶轮社邀请我前去介绍我国当前政治、经济形势和中菲关系。席间穿插合唱欢迎曲和轻松欢快的民歌《远航中国》，还表演了中国孔雀舞。午餐会座无虚席，出席率为历年之最，气氛自始至终热情活跃。与会的菲旅游部长卡洛斯紧握我的手高兴地说："这是菲中睦邻友好的象征！"

1994年1月22日，我和夫人张莲英应邀前往菲律宾总统拉莫斯的家乡班阿锡南省考察访问。当我们座车进入该省境内路口，省会拉古板市商会、妇女会、侨团负责人举着红色的横幅迎候，向我们献花环。我们一行由警车开道，20多辆插着菲、中两国国旗的汽车组成的车队，在大街上浩浩荡荡行驶，惹得路人纷纷驻足观看。班阿锡南省省长、拉古板市市长在我拜会中都盛赞我国经济社会取得的巨大成就，表达了同我国的地方省市建立友好关系的意愿。我们还走访了建校已72年的大同中学。这所双语学校礼堂悬挂了我国国旗，并奏响我国国歌，这在当地历史上还是第一次。学生们看到五星红旗，听到我国国歌都感到格外新奇和振奋。当年5月底，我应邀前往东岷都罗省考察访问，省长华仁舍特派其专机接我们一行，车队自机场到省长官邸轰隆隆地驶经两旁悬挂菲、中两国国旗的商业中心。省长举行欢迎仪式，菲华各界举行欢迎宴会。聚英小学师生手持菲、中国旗和鲜花在校门列队，欢迎我们前去参观。陪同我们的当地官员高兴地说："今天是东岷都罗省从未有过的'中国日'，因为我们迎来了伟大中国的光荣代表！"此前，1993年10月，我应邀乘飞机前往中南部的莱特省访问，兴华、鸣远两所中学挂起菲、中两国国旗，师生夹道欢迎。省会独鲁万市市长马蒂向我赠送市钥匙，并代表市议会授予我"独鲁万之子"荣誉称号……

我国外交人员在驻外期间所受到的礼遇、享有的殊荣，完全归功于社会主义的祖国。我对年已古稀的菲律宾外长曼格拉普斯的一句话记忆犹新。他在欢迎我到任的宴会上轻拍着我的后背说："我羡慕你，敬重你，因为你代表着伟大的中华人民共和国！”

在中国共产党领导下，新中国的诞生结束了中华民族受人欺凌的历史，傲然屹立于世界之林，我们的外交事业也因此获得新生和发展。新中国走过了一个甲子的光辉历程。60年的经验告诉世人：只有坚持奉行独立自主的外交方针，才能为民族赢得尊严；只有坚持走和平发展的道路，才能为国家赢得信任；只有坚持推进互利共赢的开放战略，才能为社会赢得进步。在以胡锦涛同志为总书记的党中央的领导下，全国人民正在齐心协力，努力为全面建设小康社会，为推动建设持久和平、共同繁荣的和谐世界做出更大贡献。

回首过去，我为新中国取得的巨大成就感到光荣和自豪；展望未来，我们对伟大祖国美好的前程充满信心和力量！

（原载于中共中央办公厅《秘书工作》2009年第6期，获全国征文一等奖）

# “大使馆妈妈”

李同成
（前驻外使馆政务参赞）

1976 年 8 月 13 日下午，布拉格机场海关给中国驻捷克斯洛伐克大使馆打来电话说：“我们这里有一名中国公民，请速派人认领。”值班员放下电话，马上告诉我：“有个中国人在机场不知发生了什么事，海关让我们去认领。”我也疑惑不解，当即派同事曲洪驱车前往。曲洪到机场后，海关人员向他说明情况，不无歉意地说：“中国公民在布拉格转机，这是正常的旅行，但这次不得不打扰中国大使馆。”

事情是这样的，浙江省有位农村青年叫陈小龙，要到荷兰找他舅舅。他舅父母早些年到荷兰阿姆斯特丹开饭馆，积攒了不少钱。但这对夫妇膝下无子女，要外甥陈小龙去荷兰继承财产。陈小龙独自一人从上海乘飞机到布拉格，然后转机赴荷兰。在布拉格下飞机后遇到了麻烦，他要在这里停留一天一夜，才有赴荷兰的飞机。下飞机后他随着人流取出自己的箱子，只见同机的客人纷纷离去，而他一句外语也不会说，站在候机厅发愣。机场小姐很礼貌地帮他提箱子，找地方让他坐下，问他：“请问你要到哪里去？”

他听不懂，摇摇头，不答话。小姐接着问：“你从哪里来？”他还是摇摇头。机场小姐要看他的护照，他一动不动，不知对方说的是什么，小姐一边说一边用手比画，他才从口袋里取出护照。一看他是中国人，再看他的机票，要转机赴荷兰。赴荷兰的班机，要第二天晚上 8 点才起飞，还有一天一夜的时间，机场当即将他送到附近一家宾馆。

这位第一次出远门的乡村青年，来到陌生的宾馆充满了恐惧感。心想，我本来要去荷兰找舅舅的，怎么会来到这里。他越想越害怕，到了宾馆不吃也不喝，先是发呆，后来流泪了。宾馆服务员着急了，问他："你哪里不舒服？"他不回答。和他说话，不论问什么他只是摇头，因为他一句都听不懂。宾馆马上给机场打电话，说明情况。机场海关无奈才给中国使馆打电话。

海关人员见到曲洪，马上带他去见陈小龙。这位一头长发的青年，见到曲洪像个流浪汉见到妈妈一样，拉着曲洪的手，泪珠像瀑布一样顺着面颊流下。过了一会儿，他问曲洪："这里是哪个国家呀？"曲洪耐心地告诉他："这里是捷克斯洛伐克，我是中国大使馆的人，海关打电话，让我来接你，走吧！跟我回使馆去。"

到了使馆，他在传达室停留之际，大使馆许多人围上来看望这位刚从国内来的客人。当时国内正进行"文化大革命"，出国的人员很少，而我们在国外，偶然见到一个中国人，不管他是哪里人，共同的语言和亲情就像一条纽带，把大家紧紧地连在一起。听到声音，我也特地下楼来看他。他一副羞涩的样子，脸上流露出几分稚气，上身穿一件毛料中山装，下身穿一条又旧又破的灰色布裤。我过去拍着他的肩膀说："你这个小可怜虫，吓着了吧！"他冲我笑笑说："现在不害怕了！"大家都说他穿的裤子太给中国人丢脸了！曲洪问我："是不是给他买条裤子换上？"我说："可以。"使馆理发师小车也来了，我说："小车，晚上给他把头发理一下。"正说着，厨师老刘来叫他去吃饭。看样子他饿极了，老刘给他做了一荤一素一汤，主食是馒头，他狼吞虎咽，菜、汤一扫而光，还吃了三个馒头。他这才抬起头，有点不好意思地向我和老刘说："我已经一天一夜没有吃东西了。"

之后，理发师小车给他理了个青年头，我们安排陈小龙在使馆客房住了一夜。第二天上午，我让曲洪送他去机场乘机赴荷兰，走之前我们让他换上一条新的毛料裤子，显得很精神。上车前，他不知如何感谢大家，朝使馆深深鞠了一躬，钻进车门，双手抱头，放声哭了。

十天后，使馆收到他的一封信，是从荷兰寄来的，信上说："大使馆妈妈，我不知道这样称呼大使馆好吗？我觉得只有这样称呼，才能表达我对大使馆的爱心和感激之情。到荷兰后，我向舅舅、舅妈讲了大使馆对我的一片热忱，我说着说着流泪了，他们的眼睛也湿润了。上中学时，我读过方志敏烈士的《可爱的中国》，当时由于年幼，缺乏切身的体会，对祖国的可爱，总觉得朦朦胧胧。来到国外，中国大使馆这种爱，迎面向我扑来，我才懂得了中国的可爱。我现在侨居国外，但根在中国，任何时候都不会忘记我是中国人。我要在国外赚很多钱，将来全部带回，投入祖国的建设事业。大使馆妈妈，对你们的一片爱心，我要永远锁在心里，这封信，就当成一把钥匙交给你们，我要永远热爱我们的祖国。"

（原载于《参考消息》2002 年 7 月 4 日）

# 桃源仙谷赋

刘汝才
（前驻外使领馆总领事）

壬辰初夏，阳光和煦。数十老童，郊游行旅。

桃源仙谷，京郊览胜之首选；密云幽境，遐迩来客之期许。衡门恢宏，镌方家之遒劲书法；刻石静穆，铭彭泽之《桃花源记》。牌坊光彩夺目，顿觉视野之清新；勒碑素雅深沉，平添仙谷之神秘。

陟山亭，赏心悦目；眺远处，心旷神怡。重峦叠翠兮，几抹淡云秀曼舞；劲羽扑翼兮，三两大鹏比风姿。邈岫嵯峨兮，信手轻拨无弦琴；近树蓊郁兮，热情摇曳繁茂枝。

徜徉深谷，信步石径。过仄壑而进天门，豁然开朗；入林荫而听万籁，分外幽清。硕凫巡游，湖皱影摇；鲤鱼跃水，镜破天惊。钓翁坐禅，耳聪目明；嫩蛩义演，调低声轻。烟光柔而谷风软，潦水清而路石净。湖西北侧，依山傍水；芳草匝地，花木含英。密林深锁赋闲地，树墙虚掩通幽径。峡谷西延，溪水东流；拾级前行，渐入佳境。嶙峋奇石指苍穹，崔嵬巉岩向北倾。岩饼千层，物阜民丰之兆；浪石坚挺，中流砥柱之征。龟影碑文，述说龟氏择居之掌故；天书洞穴，泄露天帝藏典之隐情。

盘古肇启，洪荒神奇。鬼斧神工，匪夷所思：筑龙潭而引飞瀑，削峭壁而架天梯。梯绕峭壁长龙匍，瀑泻深潭白雪飞。桃林巧布绝顶上，观赏奇景待登程；龟影隐藏深谷内，目睹真容必攀梯。情意缱绻，恋人击楫龙潭里；逸兴遄飞，骚客敲韵碧池西；美哉！绿水龙潭；壮哉！飞瀑天梯！

歙欤！桃源仙谷，人间瑶池。览罢瑶池何所去？游罢仙谷何所期？

步出山门，重温《源记》；察今读古，感慨不已。嗟夫！陶公美文，乃千古绝唱，然美文却是美梦；鄙人拙笔，乃凡夫记事，然拙笔并非虚拟。歌曰：

古人梦寐盼升平，桃花源里水清泠。

而今幻想变现实，密云仙谷享盛名。

彭泽有知应感喟，愿听先生做点评。

（原载于《中华辞赋》2014年第6期）

# 盛世花开

## ——北京元大都遗址公园赏花记

刘明辉
（前驻外使领馆外交官）

改革开放以前，北京元大都遗址曾是一个断墙残壁、杂草丛生、野兔出没的荒凉之地。改革开放以来，党和政府高度重视遗址的开发和保护，清除了多年的垃圾，引进了水源，栽种了上万株海棠、桃、李及其他果木花草，把元大都遗址开辟成一个大公园。每到春天，元大都遗址公园的海棠花、桃花、李花争相开放，整个公园是一片万紫千红的花海，吸引了成千上万的游客，成了北京一处著名的踏青赏花胜地。今年四月，我带着兴奋的心情，再次来到元大都遗址公园，欣赏这满园鲜花，满园春色。

当我走进遗址公园，近看那小溪两畔，远望那山前坡后，无数株海棠花与桃花、迎春花、连翘一齐迎着朝阳争相怒放。叠叠重重，重重叠叠，像大海的波涛一样向你涌来。什么叫花团锦簇？什么叫繁花似锦？什么叫争奇斗艳？什么叫百花齐放？什么叫万紫千红？什么叫春满人间，今天是亲身感受到了。你看那海棠花，花压着枝，枝挂满了花，你都分不清哪些是枝，哪些是花。红色的是那么鲜红，赛过天边的彩霞；粉红色的是那样的娇嫩，比盛开的桃花更吸引人的眼球、打动人的心扉；白色的是那样纯洁、那样可爱，引来人们齐声点赞。“西府海棠”“秋海棠”等古老品种焕发了青春，“垂丝海棠”“红丽海棠”等新品种斗奇争艳，分外妖娆。“罗宾逊”“红巴伦”等外来品种也盛装打扮赶来赴会，更加显得雍容富贵，楚楚动人。整个公园是一片花海，一片春光，散发着强烈的春的气息，构成了一幅无限美好的春天画卷。

不要错过这大好的观花季节，不要错过这难得的大好春光。你看，平时足不出户，行动不便的老人们坐着轮椅来了；平时忙忙碌碌，不得空闲的大叔大婶们来了；那些手挽着手、说说笑笑的情侣们来了；那些天真可爱的孩子们牵着爸爸妈妈、爷爷奶奶的手来了。大家都来了，都来欣赏这美丽无比的海棠花。大家与海棠花亲密接触，人赏花，花赏人，人在花丛中，花在人群中。人与花、花与人、人与自然、自然与人，有机地结合在了一起，构成了一幅美丽无比的人间画卷。

人们在花海中漫游，一阵阵春风吹来，海棠花瓣随风漫天飞舞，形成一阵阵花雨。大人们惊叹着、欢呼着赏花、赞花，孩子们奔跑着、跳跃着捕捉那空中的花瓣。大人们愉快地笑着，亲着、搂着孩子，满脸的微笑和幸福洋溢在人们的面前。这时，我想起了我的老家宜春。每当清明前后，那里的杜鹃花(也叫映山红)会开遍千山万岭。孩子们不分男女，在花丛中追逐着、欢笑着，玩累了就躺在花丛中，用杜鹃花汁往同伴的脸上互相抹着。红色、蓝色、紫色，一张张小脸顿时成了大花脸，大家你看着我，我看着你，哈哈大笑。儿时的情趣时隔几十年了，还记得那么清楚，就像发生在眼前一样。

笑脸、心花和春风一起荡漾。花好，人更好，快摄下这美丽的瞬间吧。尤其是那年轻的恋人们，那亲密无间的闺蜜们，那天真可爱的孩子们，那饱经风霜的大叔大婶、爷爷奶奶们，哪能错过这难忘的春天，错过这美丽的海棠花。人们纷纷摆出各种姿势在花前弄影，引来人们羡慕的眼光。老人们的幸福、孩子们的快乐、母亲们的温情、年轻人的青春靓丽，都一一定格在这海棠花前。漫步在这花海中，欣赏着美丽的海棠花，追逐着人们幸福的脚步，看着这和平时代的安宁生活，我无限感叹。我要感谢党和政府给我们带来的幸福和安宁，我要感谢无数的园丁们辛勤的劳动和汗水，才使得这昔日的荒芜之地，变成了今天鲜花盛开的海洋。我们要倍加珍惜今天的幸福生活，用我们辛劳的双手和无穷的智慧去创造祖国更加美好的明天。

这就是元大都遗址公园沧桑的过去和幸福的今天。我相信，在党和政府的关心下，元大都遗址公园会变得更加美丽，为美丽北京、美丽中国增光添彩。明年这个时候，我还会再来这里赏花。

# 国家万岁

## ——读《国家》有感

刘一斌
（前驻外使馆参赞）

我的“终身伴侣”是阅读。几十年来，读“红书”，励宏志，奠定了我生命的底色，成为我一心向党的人生追求。凡属充满正能量的书，特别是反映革命岁月和社会主义建设时期的重大题材的书，我总是得而读之，读而悟之，汲取滋养。前一段，我读了反映2011年中国从利比亚大撤侨的《国家》一书，激奋不已，对党和国家对于海外公民的关怀和救护极为感动。至今，其中的动人情节我还记忆犹新。

利比亚撤侨，我很关注，对当时的事态，应属了解。我拿到《国家》一书，本不想多涉猎情节，只想看看书中对庞杂事件如何表述，以借鉴报告文学的笔法。但是，当我开卷一读，立即被许多内情所吸引，被众多人物展示的精神所感动，收不住心、刹不住情，不忍掩卷，一气卒读。读罢浮想感触颇多。事隔几月，不断回味，脑海里回放着诸多场景，琢磨着事情表现出的本质，有种情绪一直冲撞着我的内心，有不吐不快之感。写下了如下读后感：

“国家”，第一次用这个词的人，应属天才。这不是妙手偶得，便是千锤百炼的语言。它把“国”和“家”的关系，精准地表达出来。“国”“家”一体，不能分离。“国”是全民的家，“家”是国之基。没有国，岂有家？

英语的国家和民族是一个词："Nation"，可见中外观念的一致性。"国之不存，家岂安在?"在日本侵华时，中华民族面临亡国灭种之灾，无数爱国志士就是高呼着这一口号，冲向抗日御辱的烽火中。抗美援朝时，几十万热血健儿正是胸怀"保家卫国"的钢铁意志，跨国作战。在中华几千年的历史长河里，国家是凝聚各民族的灵魂，是精神文明所推崇的制高点，爱国是道德信仰中识辨忠贞的最高标准。有多少历史豪杰，为了国家洒尽最后一滴血。本书以"国家"题名，醒目地点出："如果离开了自己的国家，你还会有什么？如果没有了自己的人民，国能是什么样?"可见作者抓住了事件最本质的内涵。

"国家一级响应"，是国家层面处理紧急突发事件的最高级别的动员。从实施过程看，陆海空联动，军机运输，军舰护航，是立体式、全方位的行动。"不惜一切代价！"是从高层领导到主办人员的共同心声和誓言。它反映出政府的决心，国家的意志，也是在12天内撤回35860人，一个不少，而表现出来的行为力量。在人们感觉到国家的分量的同时，更使人感受到我国政府人民利益第一、公民生命至上、人性价值取向的政治和道德理念。来

外交战士——这支由周恩来教育培养出来的文装解放军，在这次大撤离中发挥了不可替代的作用。这原本是他们的职责，再加他们的主动，使他们在方案的开启、关键的运作以及核心环节的构想等方面，都给中央决策提供了得力的建议，对总体方针措施的形成与实施做出了贡献。以外交部干部为主体的特别行动小组，在中央决策下达的第一时间紧急出发，有人连与家人告别一声都未及，就带着国人的期望、遇险人员亲属的切盼，背负着保全侨民和工程人员生命的艰巨任务，高擎着中央对遭难人员关怀、慰问、施救的光荣使命，用血肉之躯和忠诚于国家的赤诚之心去迎接枪林弹雨下的战斗。他们是好样的。他们胜利地完成了任务，给全国人民带回了巨大的欣慰。

国家行动，这直接联系着遭难人员的命运。撤侨组来了！这激奋人心

的消息，无异于一声春雷，送来了国家的关怀和安全保护，送来了极大的慰抚。人们充满了希望，充满了信心，充满了对祖国的感激。这时的他们最能深切体会国家与自己命运的密切关系。他们见到撤侨组，见到了不远万里来接他们的政府代表，如同拉住了祖国救援的手，心立即像回到了祖国的怀抱。祖国是他们心灵的家，他们在感情上已经回到了家。

这次遭难人员所面临的危险，不仅在于战火的殃及，还在于暴徒的劫掠直接威胁着他们的生命财产安全。面对面的威逼，荷枪实弹的恐吓，刺激性更加惨烈，伤及的不仅是体躯，更在于心灵。面对暴行肆虐、道德已跌破人性底线的劫匪，任何挑战人性的野蛮行为都有可能发生。但是，我们的人员没有失去理性，没有失去意志，也没有感到生命的苍凉，而是齐心团结，互相关护，结成命运共同体，一起抗拒厄运的侵击。在分期分批撤退的过程中，处处可见令人感动的景象。群众先走，老弱病残先走，民工先走；干部后走，党员后走，领导干部最后走。这不是组织的排序，而是觉悟的排序，是良知的排序。这时，党员高扬的精神大旗尤为鲜亮。他们经受的不仅是政治素质的考验，也是共产主义道德的考验。按美学定义，美就是令人愉快。我补上一句，美也是令人激奋。大撤退中，在满目凄惨悲凉的环境里，我们的接人与被接人员中，却充满了精神境界中的美，一种令人感奋的壮美。

护侨接侨，各国有之，属政府及其驻外代表的职能之一。西方国家有的以此作为干涉别国内政的借口，但这与我们的行动有着本质的不同。解放前，华侨孤悬海外，得不到国家保护，自谓“海外孤儿”。新中国虽加大了护侨力度，仍力不从心。1967年印尼右派势力大肆反华排华，疯狂掳掠、杀戮华侨。周恩来总理直接下令接侨，外交部立即奉命组织实施，迅速派“光华轮”开赴印尼苏门答腊岛的棉兰。在使馆的积极组织和侨团的有效配合下，连续接回大批华侨，并在广东、海南开辟农场，将其妥善安置。这是中国第一次大规模接侨。我直接参与了这项工作。它使我感受到国家对华侨的关怀，也使广大华侨感受到与祖国的命脉关联。

这次利比亚撤侨，路途之遥、人数之多、难度之大、涉面之广、效率之高、影响之深，都是空前的。它创造了一个举世瞩目的奇迹，铭刻于国际史册。它的成功，体现了我国对侨民保护的到位，国家措施的有力，更体现了国家的实力和社会主义制度的优越。这是别国不可效仿、无法克隆的。

这件事的意义远远超过事件的本身。它提升了广大公民的国家意识，使海外华侨认识到祖国是自己安全生存的保障。特别是被接人员，更加激发起他们的爱国感情。他们一路感到回家的路很美，从劫难中活过来很幸福。他们一踏上自己的国土，内心就涌动着一股激情："祖国啊，我们安全回来了！祖国啊，我们的母亲！"我深信，他们个个内心在默诵："祖国万岁！"

文学源于生活，高于生活，却不能全于生活。此书虽出于高手，但我感到未概其全，未尽其意。这可能是作者的直接了解和切身感受不足，也可能有些情节极为复杂而难以名状，有些意境甚为深邃而只能意会不能言传，更可能是我感情上觉得事件蕴涵的精神力量无比崇伟。我心理上的遗憾，只能靠广大外交干部，将来创造更多的外交辉煌来消弭。我相信，一部更厚重、更翔实、更激奋人心的"国家"，必将由外交战线的斗士们续写得更完美。

# 亲历国庆庆典和大阅兵的感受

鲁培新
（前驻斯洛文尼亚大使）

2015年9月3日上午，我很早就坐在电视机前，等待着大阅兵庄严时刻的到来。这是纪念中国人民抗日战争暨世界反法西斯战争胜利70周年所举行的盛大阅兵庆祝活动。

庄严的天安门广场，一次次见证了人民军队阔步跨越的磅礴力量。从1949年到2009年，新中国先后在这里举行了14次国庆阅兵。从1949年到1959年，每年10月1日都举行国庆阅兵。此后，连续24年没有举行国庆阅兵。1984年，新中国成立35周年时，恢复了国庆阅兵。1999年、2009年分别举行了国庆50周年、60周年阅兵。历次阅兵式展示的武器装备，显示出中国军队60多年来武器装备的深刻变革。

大阅兵结束了，我的心情久久不能平静。我心潮澎湃，感慨万千，我为我们伟大祖国的强大而自豪，我为我们国家有以习近平同志为核心的党中央的坚强领导而信心百倍。

今年的大阅兵也勾起了我的许多美好回忆。我是一个有阅兵情结的人，是历次阅兵的见证人，我个人的成长见证着国家的发展和壮大。

## 开国大典　广场群众队伍中的一员

1949年10月1日下午3时，中华人民共和国开国大典在天安门广场隆重举行。

记得我那年12岁，8月份我上初中一年级。开国大典在即，学校被分配组织学生在广场充当群众队伍。虽然没能参加游行，但大家心情十分高兴。我们中午便出发走到了广场中央，即现在人民英雄纪念碑旁，大家席地而坐。下午3时，庆典开始，新的国歌奏响，礼炮轰鸣，鲜艳的五星红旗冉冉升起。这时，我们听到毛主席洪亮的讲话声音："中华人民共和国中央人民政府成立了！中国人民从此站立起来了！"天安门广场已经成了红旗的海洋，大家欢呼、跳跃，热烈庆祝新中国的诞生。阅兵式结束时已是傍晚，天安门广场上的华灯齐亮，数万支礼花射入天空。那次开国大典庆祝时间很长，我们回到学校已是晚上10点了，但大家心情十分激动，一点没感到疲倦。这次参加开国庆典，给我这个刚刚步入少年的孩子留下了深刻的印象。我开始懂得要爱祖国、爱人民，要努力学习，将来为新中国的建设贡献自己的力量。

## 当上少先队员　涌到金水桥前

新中国成立后，少先队组织很快在中小学中建立起来，我成为了一名少先队员，而且每年国庆都参加游行，有时还站在广场中央作为群众队伍。当最后一个方阵——少先队方阵通过天安门后，广场上的少年儿童涌向天安门金水桥前欢呼、跳跃，高呼"毛主席万岁"，激动的心情难以言表。天安门上空布满了气球和鸽子，情景十分壮观。这时，毛主席走向天安门东端和西端，向群众招手致意。每次参加国庆庆祝活动，我的心情都无比愉快、幸福。

## 登上城楼　见到了毛主席

1963年8月，我已开始在外交部礼宾司工作。由于工作性质的关系，我参与了接待外宾的工作。1964 年国庆 15 周年，刚果（布）总统马桑巴-代巴应邀前来参加观礼。我有幸作为礼宾工作人员，登上了天安门城楼。那天早上，我十分激动，心想说不定能见到毛主席呢。我随同外宾来到了天安门城楼，在城楼上俯视天安门广场，太壮观了！广场成了国旗、红旗、彩旗的海洋。阅兵和群众游行进行了 2 个多小时，我睁大眼睛，不放过每一个精彩的场面。群众游行进行中间，毛主席到会客大厅休息，利用这个时间会见了参加观礼的各国总统等主要外宾。这时，刚果（布）总统被引进会见毛主席。，我也跟随着见到了毛主席。他离我咫尺之远，身材高大，气质非凡。我度过了十分高兴、十分幸福的一天。

## 登上红色观礼台　外宾称“十分珍贵的荣誉”

在国庆庆典上，外宾观礼主要有两个场合，一个是上天安门城楼，另一个则是红色观礼台（即天安门城楼东侧下面那个台）。

上城楼的是各个代表团的团长，此外也会有一些国外知名人士。而城楼下红色观礼台则是外宾的另一个重要集中场所。能登上这里的外宾主要是常驻北京的外国使节及其夫人、各国家代表团的随团人员等。礼宾司主要负责这部分工作。

当阅兵开始后，外宾们是舍不得离开看台的，短短的两三个小时里，他们都不停地拍照，记录那些激动人心的瞬间。很多人都告诉我，能参加国庆观礼是一件十分珍贵的荣誉，能在任期中赶上一次大阅兵和游行，感到非常幸运。他们会小心翼翼地把请柬当作纪念品收藏起来，因为那是他们在中国工作期间最有意义的日子。

## 阅兵观礼是重要外交手段之一

据我的回忆和了解，阅兵观礼台上也发生过几件重要的外交历史事件：

## 开国大典与中苏建交

1949年10月1日开国大典城楼观礼台上，登上城楼的外宾有苏联人齐赫文斯基，他作为苏联驻华总领事受邀观看开国大典。2009年10月，国庆60周年时，齐赫文斯基作为中国对外友协的客人应邀参加庆典。对外友协为他举行过一次报告会，我参加了这次报告会，他在会上讲述了中苏建交幕后的故事。

齐赫文斯基回忆说，当1949年阅兵式完毕后，游行队伍进入广场，他正在城楼上观看时，中国外交部办公厅交际科科长韩叙走到他身边，转告他有一件重要事情要谈，请他在庆典完后回到总领馆不要离开。当他回到东交民巷37号总领馆后就见到了韩叙。韩叙把一封正式信函交给了他，信函的主要内容就是通知他“今天中华人民共和国中央人民政府主席发表了公告”，并表示“中华人民共和国与世界各国之间建立正常外交关系是必要的”，落款是“中华人民共和国中央人民政府外交部长周恩来”。

齐赫文斯基很快把周恩来的信函译成俄文，紧急发电报给莫斯科，斯大林两个小时后即答复。第二天清早，莫斯科电台向全世界播送，苏联承认中华人民共和国，并在当日给周恩来的电报中表示“苏联政府决定建立苏联与中华人民共和国的外交关系，并互派大使”。齐赫文斯基说，“苏联由此成为第一个承认中国的国家”。至今，他仍然珍藏着那封正式信函的复印件。

## 见证外交关系冷暖

赫鲁晓夫作为苏联共产党中央书记和最高苏维埃主席团委员曾两次参加中华人民共和国国庆庆典和阅兵，但这两次观礼却产生了两个截然不同的结果。1954 年国庆 5 周年阅兵时，他以非常友好的姿态出现。早在当年 8 月，他就表示，要利用亲自率团参加庆祝中华人民共和国成立 5 周年的机会，进一步加强中苏两国两党之间的友谊与合作。赫鲁晓夫认为，除参加庆祝活动外，代表团的任务应当有两个：一是解决斯大林执政时期中苏两国关系中的遗留问题；二是加快大规模援助中国的步伐。之后，中苏两国签订了一系列文件，赫鲁晓夫还宣布苏联政府将把其运来参加“苏联经济及文化建设成就展”的包括机床和农业机械在内的 80 多件样机赠给中国。

赫鲁晓夫这次访华之旅成为中苏关系蜜月时期的真正开始。

然而，5 年后的 1959 年 10 月，国庆 10 周年国庆阅兵时，赫鲁晓夫的态度已与 5 年前迥然不同。那年 9 月，他出访美国并与艾森豪威尔举行戴维营会谈。在归国途中来到北京参加国庆庆典，他把“戴维营精神”当作资本，板着面孔教训人：“不要用武力去试验资本主义的稳固性。”

就在这次阅兵典礼时，赫鲁晓夫在天安门城楼上对毛泽东说准备撤走在华专家，并不再对华提供技术帮助。此后，中苏关系开始恶化，赫鲁晓夫再也没有机会登上天安门城楼。

## 谈出一个友好睦邻关系

20 世纪 60 年代，中苏关系全面恶化。1969 年 3 月，中苏两国军队在珍宝岛打了一仗。同年 9 月，周恩来总理在北京机场同苏联部长会议主席柯西金进行了会晤，双方达成了关于进行边界谈判的协议。10 月，中苏边界谈判在北京举行。我作为我国政府代表团的联络员参加了谈判工作。

1970 年 5 月 1 日国际劳动节，在天安门广场举行了群众游行。当时正在北京参加谈判的苏联政府边界谈判代表团副团长甘科夫斯基被邀请登上天安门城楼观礼。毛泽东在城楼上同他会面握手时说，要文斗，好好谈判，谈出一个友好睦邻关系。而今天的中俄关系，发展成为两国关系史上最好的时期，两国已经建立了全面战略协作伙伴关系。习近平主席同普京总统今年多次见面。习近平主席5月9日出席了俄罗斯纪念反法西斯战争胜利70周年活动，中国人民解放军参加了红场上的阅兵；今年我国纪念抗日战争暨反法西斯战争胜利70周年活动，普京总统也来京参加，同习近平主席并肩站在天安门城楼上检阅中国人民解放军和俄罗斯军队方队，其国际意义和影响不可估量。

## 请斯诺上城楼，毛泽东发中美关系信号

1970年10月1日，毛泽东主席邀请老朋友、美国作家、记者埃德加·斯诺登上天安门城楼参加我国庆盛典，而且斯诺同毛泽东并肩站在一起。这实际上是中方借此向美国传递友好信号。当毛泽东从天安门返回中南海住所后，他回答身边工作人员吴旭君等人问为什么对这位美国记者给予如此高的礼遇时说："醉翁之意不在酒，我先放个试探气球，触动美国的感觉神经。"12月18日，毛泽东接见斯诺，请他转告华盛顿："如果尼克松到北京来，我愿意同他谈，谈得成也行，谈不成也行。"他指出，"目前，中美之间的问题必须同尼克松来解决，无论是以游客身份，还是以总统身份，都将高兴同他会谈。"

## 纪念活动展示中国主场外交

今年9月3日的阅兵，是新中国成立以来，邀请外宾人数最多、外宾参与人数也最多的阅兵活动。大阅兵取得圆满成功，令世界各国瞩目和赞赏。我认为此次阅兵的重大意义至少有以下几点：

一、举行胜利日阅兵是向世界宣告中国的立场。中国是世界反法西斯战争的东方主战场，战后几十年来，西方主要关注反法西斯的欧洲战场，长期忽视中国抗战的贡献。这次活动使世界众多国家对二次大战的历史有了更加全面的了解和认识，与国际反法西斯战争倡导和平的声音接轨。

二、举行胜利日阅兵，是为了和平和发展。习近平主席在天安门城楼和在招待会上的讲话都特别强调和平的重要性。他在纪念大会上的讲话中说："为了和平，中国将始终坚持走和平发展道路。中华民族历来爱好和平，无论发展到哪一步，中国都永远不称霸，永远不搞扩张，永远不会把自身曾经经历过的悲惨遭遇强加给其他民族。"

三、举行胜利日大阅兵是新中国成立以来一次重要的主场外交活动。通过这次抗战纪念活动，中国积极开展主场外交，团结所有与二战相关的国家聚集在北京，重申我国的和平外交政策，倡导"一带一路"的战略发展。整场阅兵活动将远远超出军事意义，涵盖庞大的政治、经济、文化各个方面的内容，因此要充分估计这次阅兵的现实意义与长远影响。

31 位国家元首、政府首脑，20 位外国政府高级代表，加起来已占世界 200 多个国家的四分之一，足以说明其引起了世界各国的重视，也表现出中国的国际地位空前提高。如此众多的外国国家领导人和高级官员齐聚北京，极好地体现了今年我国主场外交的形象和取得的成绩。

（原载于《纵横》2016 年第 3 期，有删节）

# 含饴弄孙之乐

陆苗耕
（前驻南非开普敦总领事）

日子过得真快，不知不觉我已进入了人生的老年时期。我最大的欣慰，是儿孙绕膝，听到他们叫“爷爷”的声音不绝于耳。这应是人间最动人的乐曲。小时候，望着慈祥的爷爷总是笑呵呵地向众人说：“我这辈子没有攒下什么，就是添了几个孙子！”爷爷特别喜欢我，经常抱着我，逢人便夸奖我十分忠厚、听话，特别是夸我未上学就认了一大堆字。现在我也有当年爷爷的人生感悟，看着一个个活泼可爱的孙儿，乐不可支，感到自己特别幸福。尤其是在我与孙辈们的接触中，让我体悟到孩童世界是多么的丰富多彩、奇妙独特和情趣横生，让我有机会看到了人类童年的种种真谛和迷人景象。

一岁多的外孙女梅梅，我和她仅仅生活在一起一个多月，但相隔两个多月之后再见时，她对我竟十分熟悉和亲昵。我的夫人陈婉梅曾照料她四个多月，但外孙女见我后，除了清脆地叫“爷爷”外，还专门认准了让我抱。她高兴时让我抱，不开心时谁也不要，就嚷着要我抱，出门上街更是谁也抱不走。她的一双大眼睛笑嘻嘻地老是望着我。家人都说外公好有福气啊！我不解如此娇小的外孙女为什么这样厚爱我这外公，孩子的心灵世界真是奇妙。

别看孩子幼小，他们也富有人情味。我与刚满两岁的小孙子汉明在一起生活了半年时间，后来分别了一个多月。待我与他再聚首时，见了面他就十分亲切地待我，围着我不停地叫“爷爷，爷爷！”吃晚饭时他一定要我坐在他的身边，吃完饭要我陪他玩。由于当晚我住在旅馆，第二天要与他分别，起程回国，汉明似懂非懂，但在车上却一直拉着我的手不放。等我要离开时，他一声不吭，低着头，瞬间眼泪簌簌地落了下来。我握着他胖胖的小手说：“和爷爷说再见。”他终于忍不住大哭起来，嘴里不停地喊：“爷爷不走，爷爷不走！”我顿时感到一阵心酸。一个到这世界上不到八百天的孩子，内心已知亲知情，已会用自己的方式表达出幼小心灵的感受。看着车慢慢启动，汉明的哭声渐渐远去，我转身慢慢走向旅馆，惊叹孩子的内心世界是多么的温馨啊。人们常说大人在照料和呵护孩子，其实孩子也在向大人播撒微笑和温暖。

孩子的成长太奇特了，让人难以猜测。大孙子汉唐憨厚内向，三岁时还不会讲双音词，说“飞机”，不能连着说，先说“飞—”，再说“机”，语言表达能力明显滞后。在幼儿园，他常常独在一隅玩耍，同其他孩子玩不到一起。父母为此十分担忧，怕他患有自闭症。四岁后，汉唐慢慢开窍了，说话多起来了，父母终于松了一口气。五岁时，他完全变了一个样，语言表达能力进步很快，竟能用中文及英文说简单的事情，还学会了打拳和跳舞等表演。他喜欢现代拉丁舞，全凭电视上看到的，心领神会，跳得有模有样，自然而富有激情。孩子的潜能不能小觑，孩子们的天天向上，给了大人们无穷的欢乐。

我还从孩子身上发现人类有共通的审美观。人们特别喜欢长得俊美的婴孩，每每予以会心的青睐和钟爱。我的外孙诺娃是个混血儿，长得十分秀美，达到了人见人爱的境界。他长着淡黄色的头发、椭圆形的脸，五官端正，眉目清秀，小嘴红润，皮肤白皙稚嫩。他的祖父是位美国老人，虽有四五个孙子，但特别喜爱诺娃。带着他逛超市，逢人夸赞，称这是他最漂亮的孙子。超市里的美国小姐们纷纷围着孩子看，脸上露出惊喜的笑意，啧啧赞美。我的女儿在外孙一岁时带他回国，左邻右舍闻之而来，人人夸赞这混血儿长得太美了，吸收了东西方人种之美，既俊秀又不高鼻子，五官十分匀称。我的老伴把他带到社区院子里，即刻引来了一批人，特别是20多岁的姑娘们，都争睹这个小天使。有的情不自禁地伸手抚摸孩子的手指和手臂，有的想亲吻他的脸庞，有的恳求能否抱他一下。我们只能善意地提醒，孩子还很稚嫩，望大家暂不亲吻和抱他。我从中领悟到女性普遍喜欢孩子，她们的身上蕴藏着母爱闪闪发光的宝贵基因。我还由此更深刻理解到人类对美的共同喜爱和向往，难怪帅哥和美女成为当今审美的一种时尚。

（原载于《大公报》2016年8月31日）

# 母亲最后饱含眼泪的目光

马振岗
（前驻英国大使）

我的母亲出身农家，没上过学，不识字，是一位极为普通的家庭妇女。她生了七个孩子，最早的男孩夭折了。她不懂相夫教子的大道理，却含辛茹苦，一心一意地帮父亲把六个孩子养育长大。但在凄苦的旧社会里，她却也没能摆脱“白发人送黑发人”的悲惨结局：结了婚的大姐和二姐先后生病去世；在纺织厂干活的三姐，工厂遭抢劫时受惊生了病，因没钱治病拖延一年也走了。失去了三个最大的孩子，母亲的眼睛都快哭瞎了。青岛解放时，她就剩下四姐、哥哥和我三个最小的孩子。

解放后，姐姐和哥哥都找到了工作，家里生活改善了许多，母亲总算过上了舒心的日子。转眼哥哥成长为一个大小伙子，在工厂里也出了师，成为一名正儿八经的钳工，渐渐代替年迈的父亲支撑起门面。母亲看在眼里，喜在心头。就在这时，哥哥响应支援首都建设的号召调往北京。母亲心里有些不舍，却也通情达理。哥哥临走那天，母亲强作笑容，包了饺子送走了大儿子。不过眼前还有我这个小儿子，她的心情慢慢也平静了下来。

我高中毕业时，父母都明显苍老了许多，很不希望我考大学，怕我也离开家。但我却考上了留苏预备生，可能比哥哥走得更远。母亲这次有些能够承受，为了“孩子的前程”，她还是心情沉重地包好饺子为我送行。离开时，母亲强忍住眼泪送我出了家门。后来我没能去苏联，母亲听到反而挺高兴。我大学毕业时，父母都盼望我能早日工作、结婚，了结他们两个儿子都成家立业的一份心愿。没料到，国家又派我去英国留学。母亲虽然有些难以接受，还是为我包了饺子。临别时她强忍住眼泪，不想影响我的情绪。我从英国提前回来后，母亲看到我比在国内时还瘦，心疼地说："总算回来了！"后来我去汕头牛田洋解放军农场接受"再教育"，母亲对我这次远行却表现得较平静，"在国内，再远也比出国好。"其实母亲的心时时挂牵着远方的儿子，汕头遭到强台风袭击时，她一直开着收音机，想听到我们的消息。我也从来没敢告诉她自己死里逃生的那段经历。

母亲经受过小儿子几次"远走高飞"的痛苦，因此当我从牛田洋农场回来后，她特别期待我能在北京安顿下来。得知我要去南斯拉夫工作，她终于挺不住了，几次悄悄地流眼泪。我回青岛与家人告别，发现母亲衰老了很多，身体也不太好。但她还是很理解，"你上了大学后，就是国家的人，要为国家效力，我留不住啦。"那些天，我尽量陪伴着她，安慰说："两年后我就回来看你，很快的。"母亲挺了挺摇摇头说："你看我这身子骨，恐怕捱不了那么长了。"我回北京那天，她仍然给我包了饺子，可她自己一个也吃不下。离开家门时，母亲趴在窗台上看着我，眼睛里饱含着泪水。没想到，这竟是同母亲的诀别，母亲那满含泪水的眼光，成了我对她最后的痛苦记忆。

5月份我到了驻南斯拉夫大使馆，每月收到父亲简短的来信，看到"家里一切都好"几个字才放心。10月，父亲来信说母亲牙口不太好，想用我留下的那笔钱带她去看医生。11月，我没有收到家里来信，有点挂念，但又希望是父亲信寄晚了没能赶上信使。12月我终于收到了信，一见信封上是哥哥的字，我顿时紧张起来。哥哥只是春节期间才回青岛，怎么这个时候在青岛！我急忙打开信，"咱们亲爱的母亲已于十一月离开了我们"。看到这一行字，我顿时感到像霹雳轰顶，跑回房间扑在床上大哭起来。

曾涛大使闻知后，亲自到房间安慰我。临走时他问我，晚上行不行，要不那场活动就取消。我猛然想起当晚曾大使要宴请丹麦等国大使夫妇，而我是使馆唯一的英语翻译。不能因为自己的事影响了大使的活动，我擦干了眼泪，轻声说："不用取消，我行，我能上。"哭过一阵子，我洗掉了泪痕，换上中山装，强含着笑容出面迎客。我压下心头丧母的悲伤，装出无事的样子，认真完成了翻译的任务。送走客人，我奔回房间，眼泪忍不住哗哗地流了下来。这一夜，母亲慈祥的面容一直浮现在我眼前，我思念一阵，呜咽一阵，整夜都没合眼。

母亲把全部母爱都浇灌在了我身上，我却没能在她身边尽一天孝，而且在她老人家归天后一个多月才知道她去世，真是个不孝的儿子。我再也见不到亲爱的母亲了，永远留在我记忆中并激励我不断努力的，只有她"你是国家的人，要为国家效力"那句话，还有离别时她最后那饱含眼泪的目光。

# 铭记历史　珍爱和平

钮　轩
（前驻叙利亚使馆政务参赞）

抗战硝烟早已散尽，对历史的思考却不能停止。经历过抗日战争的惨烈悲壮，我们感到落后就要挨打，发展才能自强。历史深刻昭示，没有强大的国家，民族就难逃任人宰割的命运；只有在中国共产党坚强领导下紧密团结，人民才能牢牢掌握自己的命运。在隆重纪念抗战胜利暨世界反法西斯战争胜利70周之际，必须永远铭记几个历史事实：

## 日本帝国主义侵华野心由来已久

1868年，日本掀起了资产阶级改革运动——明治维新，推翻了德川幕府的统治。随后，日本宣布由天皇睦仁亲自执政、改年号为明治，实行“富国强兵”“殖产兴业”“文明开化”三大政策，走上了发展资本主义的道路。但是，日本经济基础薄弱、自然资源匮乏、国内市场狭窄，为满足大资本家日益增长的向海外扩张的贪欲，日本统治集团加紧发展军事力量，急起直追，加入到列强在亚洲争夺殖民地的行列。日本首先把侵略的矛头指向了中国、朝鲜等邻国。明治天皇即位不久，就提出了以侵华为主要目标的“大陆政策”，确定了对外侵略的五个步骤：第一步，征服中国台湾；第二步，征服朝鲜；第三步，征服满蒙（中国东北和内蒙古地区）；第四步，征服中国内地；第五步，征服世界。在《天皇御笔信》中，明治天皇宣布要“继承列祖列宗的伟业”，“开拓万里波涛，布国威于四方”。日本侵华恶行发端于1874年的侵台战争。1874年春，日本陆军中将西乡从道率日军在台东登陆，悍然侵略中国台湾。高山族人民奋起抵抗，清政府亦调兵增援，日军到处失利，陷入困境。但由于清政府腐败无能，急于求和，最终与日军签订了“台湾专约”，赔偿日本白银50万两，并承认日军侵略行径为“得民义举”。日本尝到了甜头，侵华恶行越发猖狂。

1931年9月18日，日本法西斯发动“九·一八”事变，中国人民奋起抵抗，打响了世界反法西斯战争的第一枪。1937年7月7日，日本发动“七·七”卢沟桥事变，开始了全面侵华战争。据统计，1938年10月日本总兵力为34个师团，其中1个师团派往朝鲜，32个师团侵占中国，1个师团留在日本本土，即日本将陆军总兵力的94%投入到了中国战场。1932年1月2日，日军4个师及陆战队共10余万人向上海闸北进攻，在中国人民抗日高潮的推动下，驻守上海淞沪地区的国民党第19路军在蒋光鼐、蔡廷锴、张治中等将领指挥下，坚持战斗一个多月，给日本侵略者以坚决的抵抗。据第19路军战报统计，在“一·二八”淞沪抗战中，日本侵略军死伤10254人，第19路军官兵为民族独立付出了巨大牺牲，抗日官兵伤亡约13955人。

“一·二八”事变后，日军将大批主力调往中国东北三省，企图加紧对付抗日义勇军，进一步扩大侵略，占领热河省（今划河北）、辽宁省及内蒙古地区并进而觊觎北平（今北京）、天津。1933年，日军向山海关进攻。中国驻山海关的部队坚决抵抗，后因伤亡大又无后援而失守。日军占领山海关后，进兵侵占察哈尔省（今河北）、山西省和内蒙古地区北部，并继续向长城各口进犯。驻守长城防线的中国军队和长城内外的义勇军奋起抵抗。历时近3个月的长城抗战最终失利，但是中国军队以牺牲近2万人的代价让日本侵略军不敢轻视中国人民。中国人民长期坚决的抗战，使日本在中国找不到出路。日本“大陆政策”的关键因素——征服中国不仅没有实现，反而深陷中国全民抗战的旋涡。到战争后期，日本存在着日趋严重的军事、经济、政治危机，加上世界反日本法西斯战争的胜利发展，日本已经走投无路，注定了必将失败的命运。中国人民经过 1894 年甲午战争以来 51 年的不懈斗争、1931 年“九·一八”事变以来 14 年的血战、1937 年“七·七”事变以来 8 年的奋战，终于取得了抗日战争的最终胜利。1945 年 8 月 15 日，日本宣布无条件投降。抗日战争的伟大胜利，提升了中国的大国地位和话语权。

## 南京大屠杀是世界文明史上最黑暗的一页

1937 年 12 月 13 日日本侵略军占领南京后，日军指挥官松井石根下达了对城内进行“扫荡”的屠杀令。当时德国驻南京大使馆向国内报告说：“犯罪的不是这个或那个日本人，而是整个日本皇军……它是一架正在开动的兽性机器”。日军在南京下关江边、草鞋峡、煤炭港、上新河、燕子矶、汉中门外、花神庙等地制造了多起集体屠杀事件，还有无处不见的分散屠杀，甚至惨无人道的“杀人竞赛”。无论城内城外，无论主干道还是偏僻小巷，无论军政机关还是居民住宅，都成了日军肆虐的场所。日军采用抛尸入江、火化焚烧、集中掩埋等手段毁尸灭迹。一时间，南京城内外尸横街巷、焦骸遍野、河渠尽赤，滚滚长江里漂浮着无数的冤魂。据不完全统计，被日军集体屠杀的有 19 万多人，零散屠杀的有 15 万多人，总计被害人数达 30 多万。侵华日军实施的长达 40 多天的惨绝人寰的大屠杀，是人类文明史上灭绝人性的法西斯暴行，也是世界现代文明史上最黑暗的一页。这一公然违反国际法的残暴行径，早有历史结论和法律定论。为牢记战争给中国人民和世界人民造成的深重灾难，表明中国人民反对侵略战争、捍卫人类尊严、维护世界和平的坚定立场，第十二届全国人民代表大会常务委员会第七次会议决定：每年 12 月 13 日国家举行公祭活动，悼念南京大屠杀死难者和所有在日军侵华战争期间惨遭日军杀戮的死难者。

# 中国共产党最早高举全民抗战旗帜

中国共产党最早组织开展了抗日游击战争。“九·一八”事变后，中共满洲省委立即做出《关于日本帝国主义武装占领满洲与目前党的紧急任务的决议》，中共中央也于1931年10月12日发出《关于满洲士兵工作的指示信》。这些决议和指示都提出组织东北人民群众建立游击队，开展游击战争，支援和联合各抗日组织和军队共同抗日。1938年，中共驻共产国际代表团以中共中央名义发出“一·二六指示信”，首次提出在东北组织全民族的抗日统一战线，中国共产党领导的各地游击队发展成为抗日游击战争的主要力量。东北抗日联军发展到11个军3万余人，并开辟了东南满、吉林、北满三大游击区，同日伪军进行大小几千次战斗，有力地打击了日本在中国东北的殖民统治，支援和鼓舞了全国抗日救亡运动。

在日本制造华北事变、民族危机空前严重的关头，中国共产党毅然放下遭受血腥屠杀、围追堵截的阶级仇恨，呼吁建立以国共合作为基础的抗日民族统一战线。1935年8月，中国共产党发表《八一宣言》，呼吁停止内战，集中一切国力为抗战而奋斗。东北人民群众建立游击队，开展游击共同抗日。12月，瓦窑堡会议确立了抗日民族统一战线的策略方针，调整了各项具体政策，得到全国各界的热烈响应。中国共产党领导的大规模抗日爱国运动——“一二·九”运动，掀起了全国抗日救亡的新高潮，唤起了中华民族的新觉醒。在抗日战争期间，中国共产党虽然不处于执政地位，但领导全国人民在国内建立了最广泛的抗日民族统一战线，并号召不同社会制度的国家组成反法西斯的国际统一战线，团结一致，共同斗争。中国共产党正确的方针政策以及所做出的不懈努力、既为中国抗日战争的最终胜利做出了卓越的贡献，也为世界反法西斯战争的胜利做出了重要贡献。

# 我与外交笔会的世纪缘

潘正秀
（前驻文莱使馆参赞）

20世纪90年代末我在国外工作期间，一位老领导来函，约我先生为外交笔会写一篇稿子。那是我第一次听到“外交笔会”这个名字。当时我先生是首任常驻文莱大使，正带领几名先遣人员到文莱首都斯里巴加湾建馆，工作相当繁忙，难以抽空搞业余写作。他知道他的老伴儿还有点文采，就让我捉刀代笔。

我作为职业外交官和建馆人员，与我先生同时到馆，在使馆研究室工作。“上级”分配给我的任务，我想这既是公务，也是“家”务，于是欣然接受。我根据笔会的要求写了一篇稿子，可以说是我的“处女作”。我把它命题为《热带雨林的天堂》。我用散文的形式叙述了文莱的王室礼仪、人文地貌、风土人情及趣闻轶事。让我没有想到的是，这篇稿件在当时似乎还有点吸引人们的眼球，因此颇受笔会负责人的青睐与鼓励，很快被收集到笔会编辑的系列丛书《中国外交官在亚洲》一册中，后来又被国内一些报纸、杂志转载。这算是我对外交笔会的第一块“敲门砖”，从此，我与笔会结下了不解之缘。回想起来，在一二十年前这只不过是一件小事，但它着实已跨过了一个世纪。因此，可以说我与外交笔会结缘于上个世纪，持续至本世纪。正是那篇“处女作”激起了我的写作热情，让我在笔会“粉墨登场”。回想我参加笔会的过程还是蛮有意思的。

结束在国外的任期回到国内，外交笔会的负责人来电话邀请我参加笔会，并出席笔会的一次会议。我想笔会主动邀请我参加，可能与我的那篇“处女作”有关，但我对是否参加笔会起初有些纠结。当时我听说外交笔会的会员多为写作功底颇佳的大使、参赞等资深外交官，有的还是部级领导。相比之下，我还算“小”字辈。对于写作我虽有一定兴趣，但很少涉及文学领域；加上我本人性格内向低调，不愿抛头露面，因此怕万一笔会要我承担什么重大题材的写作任务，如不胜任，岂不尴尬？于是我把我先生隆重推出，让他参加那次会议，打探打探怎么回事。他回来后对我说：“你不用紧张，笔会是由曾在外交战线上工作并且具有写作兴趣的离退休外交官组成的群众性的写作组织，比较宽松，你愿意写就写，不愿写也没关系。”我先生接着又发挥一番：“参加笔会可以多接触一些写作擅长者与爱好者。再说，我们不上班了，找点事儿干干，也算是防止退休综合征的一项积极措施。”

我一想有道理，于是我们夫妇约定一起加入了笔会。我在职期间基本上是搞国际形势与驻在国内外动态的调研工作，确切地说也是一种写作，只不过写作的任务与风格不同。笔会策划的书籍和推荐撰写的稿件，一般是外交题材的回忆录之类的文章居多。因此，我也承担了一些写作任务，首先对自己的外交生涯，特别是对经历过的一些重大事件与接触过的重要人物进行了一番梳理与回顾。此外，写作风格上要有别于从前，确切地说，写作面临如何重新学习、文风转变的问题。笔会内部藏龙卧虎，人才济济，向笔友学习，对自己开阔思路、磨砺笔锋大有收益。因此，我确实感到参加笔会使自己进入了一种新的文化氛围，受到了文学熏陶。这对我们几十年的外交生涯无疑是一种拓展和补充，对外交资源也是一种挖掘与整合。后来我越想越觉得参加笔会这一步走对了，起码促使自己经常要琢磨写点什么。这样我退休后很快变得忙活起来，生活过得有滋有味，多姿多彩。

后来经笔会领导分配、外交部党委批准，我与其他五位老同志参加了图书审读小组的工作。我有机会读到笔会一些同志的著作初稿，有的真可以说是珍品、佳作。我酷爱这项工作，这对我说来是审读，实际上是又多了一条学习渠道，促使自己努力去了解与摸索一些不太熟悉的领域。审稿任务说起来是组织上分派的一项任务，一干就是一二十年，审读一本书实际上是一份沉甸甸的担当，特别是政治上、政策上要动点脑筋，把好关。我参与审读了十多本书，几十万字，使我有了一份愉悦的成就感及丰硕的收获感，激励着我漫步前行，不虚度年华。

参加笔会这十几年中，除了个人专著外，我与先生合作，共撰写了数本回忆录，编著了《列国志》丛书中《文莱》一书。同时我们还整了个洋玩意，编著了一本《中国与东盟》电子书，供我国驻外使领馆对外宣传用。我们在国内外报章杂志及内部刊物上发表了一些文章，其中有的还在境外用繁体字出版发行了。平时我们夫妇还在香港《大公报》上断断续续发表些文章，受到亲朋好友的青睐和点赞。

我的个人专著《从江心洲走出的女外交官》通过回忆我自己的成长经历，描述了家乡的历史变迁，宣传了改革开放后家乡从一个十年九不收的贫瘠小岛成为生态科技岛的成功经验。此书在家乡一年一度的重大节日——葡萄节上举行了首发式。在众多社会名流面前，我签名赠送出了上百本书，颇受家乡父老的欢迎与赞誉。该书在我的亲友与家族中曾引起一阵轰动，我儿时的朋友都来登门要书，一起回顾我在家乡度过的短暂岁月（10 多年）。我一些长辈叫着我的乳名说：“大宝，你一定要为我们留几本书，给我们的儿孙看一看，让他们向你学习，好好读书”。我爽快地答应了他们。我为家乡著书与赠书算是对生我养我的土地、抚育我成长的至亲、栽培我的良师的一种感恩与回报。写成此作，比我撰写任何其他作品都快乐。与我进入文莱王宫觐见王后与王妃一样，这是我人生又一件大事。这可喜可乐，但不可忘记，毕竟人生迈出的每一步，都要艰苦付出的。

前几年我又连续出版了两本介绍印度的旅游丛书《孔雀之国——印度》《印度——中国公民出游宝典》。印度的语言是我投入最长的学习科目，印度是我任职时间最长的国家，撰写印度这两本书，算是对曾教授我这一世界文明古国语言文化的中外师长的真情回报。我在北京外国语学院（现改名为“北京外国语大学”）学习英语后，又转至北京大学专修印地语（印度北方地区用语）。从学术这个意义上，我对印度这个国家可以说是有付出也有收获。此外，我还参与了由我先生主编的《我们和你们》丛书中《我们和你们——中国和文莱的故事》一书的撰写工作。去年（2017 年）5 月，此书在我家乡的南京艺术学院礼堂举行了首发式。我的师长、亲戚、同窗好友数百人应邀出席了这个盛大的仪式。当地的报刊等媒体热情报道了这一活动。

在退休前，我从没幻想过我能写书、出书和参与如此多的撰写与编审工作。我真是从内心感谢外交笔会培养了我，使我退休后老有所为、老有所乐、老有所获。我退休后的生活多彩，富足与充实。我真切地感慨——夕阳无限好，何惧近黄昏！

外交笔会已走过 25 年的历程，这 25 年正好是从 20 世纪迈向 21 世纪。抚今追昔，外交笔会由当年 14 位创始人，发展到今天的 200 余位成员，先后由享誉外交界的外交部前副部长符浩、王殊及蔡方柏大使和马振岗大使担任会长。25 年来，外交笔会在会长及理事会的领导下，笔耕不辍；许多作者以老骥伏枥的壮心，热情饱满，高度负责地撰写文章。他们评述时政和形势热点，切中要害；追叙重大历史事件，真实梳理；写政要名人，形神兼具；描摹异国风情，感受独特；展示名胜大景，视野开阔。他们的作品记录了新中国的外交历程，抒发了为国为民的豪情。如今，外交笔会的辛勤耕耘者们已成为当前外交题材和国际问题写作队伍中一支活跃的生力军。

我衷心企盼外交笔会勇往直前，开启更加辉煌的新征程！

# 父亲的等待

谭　静
（前驻外使馆外交官）

1993年5月的一天傍晚，下班后我坐在使馆官邸起居室正在看电视新闻，忽然电话铃响起。我像往常一样拿起听筒，从远方传来的却是一阵哭泣："妈妈，你快回来吧。姥爷……今天下午……在医院去世了……"顷刻手中的听筒掉在地上，突然而至的噩耗，使我两眼发黑，手脚冰凉，丈夫扶住了我。经请示国内，次日清晨我即离开汉城（现称首尔）回京。

1992年9月，中韩建交后一个月，我便仓促地告别年迈的父亲（母亲已于前一年去世），随丈夫踏上出使韩国之路，并和父亲约好第二年6月回国休假时再相见。令我高兴的是，转年1月底春节前夕，国内特意安排我回京料理出国时未及办理的家务，并看望父亲。这样没等到6月，我就又回到了父亲身边。时已卧病的老父喜出望外，我陪着他过了一个团圆的春节。临走那天，我给父亲擦净了身子，修了脚，换上我给他买的新衣、新鞋。父亲紧握着我的手叮嘱说："还是6月，一定回来！"我咽下眼泪，带着笑容，嘱他保重，跟他钩着手指头，约好6月再见。我不断回头看着老人期待的目光，一步步走下楼梯。万万没想到，这竟是我和慈爱的父亲最后的诀别……

父亲喜欢清静，我和妹妹将他安葬在八达岭长城脚下的一个安静的墓园。时间过得很快，如今我也年过古稀，成了白发苍苍的老太婆。但每年父亲的祭日，我仍怀着一颗女儿之心，手捧鲜花，站在父亲墓前，向他倾诉我的思念。

父亲生前是工厂的一名普通职工，但他识文断字，特别通晓古文，写一手秀丽的小楷。因此无论在工厂时，还是退休后在街道，凡遇抄写文告之类的事情，大家都请他代劳，他也从不推辞。我从小受父亲的熏陶，喜欢读书，学习用功。父亲为人正直，乐于助人，他的一言一行无形中为我一生做人树立了榜样。小时候，父亲教我识字、读书；中学毕业时，他把我送进最高学府北京大学的校门；后来，他又看着我成为了一名外交官，并感到极大的欣慰。而对我来说，父亲就是我从小到大最难以割舍的亲人。

回顾几十年来，每到周末，我不顾一周工作的疲劳，必定到父母家看望他们二老，而父亲也必定提前就到公交车站去等我。每次我都能透过车窗看到父亲站在那里翘首张望，看到我后他就乐得合不上嘴。我急忙下车，像小孩子一样，跑到他面前，牵住他的手。他年纪大了以后，我就搀扶着他回家。记得有一次我随代表团去一个陌生的国家，他怎么也放心不下，千叮咛万嘱咐，盼我平安归来。出差回来当天，我就去二老家里看望，没想到父亲又到车站等我，看到我后紧拉着我的手不放，好像生怕失而复得的宝贝再失去一样。

写到这里，我自然想起多少次出国工作、远离父母的情景。由于工作的原因，隔几年我就要去驻外使馆工作，一去就是四五年。当我接到出国通知时，最犯愁的就是怎样告诉父母，因为我知道，这样的事最苦他们的心。当我最终不得不出口相告时，父亲总是开始一怔，然后沉思片刻，慢慢地说："服从国家安排，出去好好工作。"他声音已经哽咽，回过头去不再说什么了。每次我离京前最后一次去父母家，离开时父亲总是跟我计算着什么时候可以回来休假，什么时候最终回到国内，送了我一程又一程。

父亲的年纪一年年增加，身体慢慢衰老。一次我出国工作期间回国休假，到京后按惯例赶回家看望父母。公交车到站还没停稳，我又看到父亲在那里翘首张望。而这时他的手里多了一根拐杖，头发已全白，走路蹒跚，身体大不如前。再过一年，我从车窗已看不到翘首等待的老父，他已经连拄着拐杖也走不到车站了。就这样，他还是坚持下楼，在楼前等我到来。又过一年，他楼也下不了了，就靠到阳台上，向远远跑来的我使劲挥手。再后来，他连阳台也走不到了，只能坐在屋里等我回家。

1993 年春节过后，我又不得不离开老父，远走他国，约定 6 月回来休假时与他再见。据一直在身边照顾他的妹妹说，父亲去世当天上午还向同室的病友念叨："过几天就是6月了，大女儿该回来了，我要出院回家等她。"谁料到，当天下午，因心力衰竭，父亲终未等到我回家的那一天。

等待是一种亲情，是一种渴望，是一种期盼，也是一种焦虑。年幼时，父亲盼我长大，长大后又盼我成人，成人后又每每盼我回到他身边。他在车站等待我归来，在门口等待我回家，在屋里的沙发上焦急地盼着我进门，直到最后在医院的病床上还盼着与我重逢。

当我年近花甲，最后一次出国时，曾心中暗下决心，等我回国退休后，定将父亲接到我家，尽心侍奉他老人家颐养天年。万万没有想到的是，我回来见到的却是不能再伸开双臂迎接女儿的父亲，不能再睁开双眼看看女儿的父亲；我送他去的地方不是我温暖的家，而是永远不归的天堂。

作为一名外交官，忠孝无法两全。没能对父亲尽一个女儿的最后孝道，是我一生中最大的遗憾，也是我永远无法弥补的欠失。

（原载于《大公报》2007 年 9 月 26 日）

# 沙漠玫瑰

王四法
（前驻中非、喀麦隆大使）

1984 年，我奉命常驻阿尔及利亚使馆。从天天出国、天天回国的外事服务岗位，开始了名副其实的外交生涯。我作为外交官，为党和人民服务，深感自豪、骄傲。

刚到使馆不久，一位友人送我一块小小的奇石“沙漠玫瑰”。其实，我早就看见使馆内有数块大型的沙漠玫瑰石。现在，我有了属于自己的沙漠玫瑰石，感到十分兴奋和满足。沙漠玫瑰石来自撒哈拉沙漠的深处，其主要成分是碳酸钙与石英，是一种石膏类晶体，被誉为“石中之花”。

之后，我又在市场上看到过众多“盛开”的沙漠玫瑰，大大小小，千姿百态，栩栩如生，瑰丽神奇，令我不禁感叹大自然的奇妙。

撒哈拉沙漠地区常年缺水，多是不毛之地，谈不上长什么花草。沙漠里的年轻人便将这种沙漠玫瑰作为一种定情的礼物送给自己的爱人，成为忠贞不渝的爱情的象征。

早在 1963 年 3 月，我曾从报纸上读到阿尔及利亚《非洲革命》周刊社长雅克·弗吉斯和夫人贾米拉访华，受到毛主席的接见。这给我留下了深刻的印象，深感震撼。女作家冰心和女英雄贾米拉会见后写过一篇散文《盛开的革命花朵》，歌颂她“石破天惊的坚贞不屈的英雄气概”，盛赞“这朵开在阿尔及利亚土地上娇红欲滴的自由之花”。

当年，阿尔及利亚各族人民掀起争取民族独立的武装斗争时，年轻的姑娘贾米拉参加了这场斗争，后遭法国殖民军逮捕。她被判处死刑，但她坚贞不屈，对祖国心怀一片赤诚之情，后在国际社会强烈抗议下，重获自由。而弗吉斯就是贾米拉当时的辩护律师，并后与她结为连理。

在这场阿尔及利亚民族解放的斗争中，一位阿尔及利亚诗人则将民族女英雄贾米拉比作沙漠玫瑰，沙漠玫瑰的象征意义有了革命的新延伸。她就像我们现在的红歌中颂扬的“红梅”，被人格化，有了无限的生命力，有了超人的精神力。她在大漠深处，静静生长，远离繁华的人世，忍受常人难耐的寂寞；她深藏不露，从小到大，经历了风云变幻的洗礼；她默默无闻，从不张扬，经住了世人难忍的锤炼；她看似没有生命，却栩栩如生，永不凋谢，显现出一种超越人类的美，表明了她的坚贞，体现了她的忠诚。而我们远离祖国，远离亲人，生活在使馆这个“小天地”里，不显山不露水，忍耐着孤独，忍耐着寂寞，忘我工作，竭力奉献。沙漠玫瑰不正展示着我们外交人员的身影，反映出我们外交人员工作生活的真实写照吗？

周恩来总理曾说过，世界各国都挑选最忠诚、最可靠、最有才干的人员来当外交官。早在1951年8月，他向中央人民政府做外交工作的报告时，为外交干部规定了十六字方针：“站稳立场，掌握政策，钻研业务，严守纪律”。这十六字便成为所有外交人员金科玉律的座右铭和行为准则。

外交人员首先要忠于祖国、忠于党、忠于信仰、忠于事业。这就是我们需要的忠诚。脚踏实地，坚定不移，才能在外交工作中像沙漠玫瑰一样实现钙化，才能不得软骨病。

今天，外交人员的核心价值观与时俱进，得到升华，归纳为“忠诚、使命、奉献”。2011年，时任外长杨洁篪在外交部建党90周年纪念大会上说，“忠诚”是信念，是外交人员的首要政治品格；“使命”是责任，是维护国家和人民根本利益的神圣职责；“奉献”是境界，是外交人员的高尚追求。三者有机统一，是对外交人员核心价值观的高度概括。

外交人员必须讲奉献。外交工作必须以国家利益为最高出发点和最终落脚点。外交人员有“风光”，更有“忍受”。有的地区常年高温，有的地区常年缺氧，有的地区疾病肆虐，有的地区则战乱纷飞，面临着生死考验。我们外交人员在无私奉献面前，仍像沙漠玫瑰一样，默默无语，从不自卖自夸。

在我数十年的外交生涯中，我有幸在非洲四国常驻。如今，我已退休十余年，每当我手捧沙漠玫瑰，双眼凝视它时，心情依然激动万分，思绪万千，难以平静。工作往事，历历在目，难以忘怀。她是我事业有成的护身符，不辱使命的纪念牌。

# 我是快乐的礼宾官

吴德广
（前驻古晋总领事）

我很庆幸，在人生旅途上见证了共和国60多年的光辉历程。悠悠岁月，弹指一挥间，许多刻骨铭心的往事，永远挥之不去。

1965年我毕业于外交学院，调入外交部礼宾司。礼宾司成为我外交生涯的第一站。我一生三进三出礼宾司，在那里任职共20多年之久，两次在驻外使领馆任职也当礼宾官。礼宾风雨情总是难忘的，礼宾情外交缘的点滴，折射魅力新中国的步伐。

## 亲聆老前辈的教诲

记得到礼宾司报到那天，我显得土气十足。接待我的张处长很关心我的“形象工程”，让我向部行政司仓库管理处借冬、夏中山装各一套。这样，一夜之间，我就从一名清贫的学生变为衣冠楚楚的礼宾官了。虽然我穿的是崭新的礼服，但当时我不太在乎日常的礼貌、礼节，因而不时出点洋相。

有一次，我与同事去北京饭店出席一个大型招待会，招待会结束后，找不到我们的车子，我就独自回了东交民巷的宿舍。次日上班后，领导批评我，怎能不告而别。礼宾人员，不仅要善于找到自己的车位，还要帮其他同志找车子。这件小事，对我的思想震撼很大。礼宾人员不仅要管好自己，更重要在于为他人服务。当礼宾官日子长了，我越来越感到这种特殊的服务行业何等重要。它确是一种服务行业，为总体外交服务，为贯彻外交政策服务，为我国的经济建设服务。每个国家和民族都离不开它。

在礼宾司我深感荣幸，因为有机会见到周恩来总理。当时周总理常常佩戴一枚“为人民服务”的纪念章，我看在眼里，暖在心里。我聆听周总理“站稳立场、掌握政策、钻研业务、严守纪律”的教诲，牢记他对我们的要求。让我难忘的是他对礼宾工作人员十分关心，有一次还要求我们记住“礼宾革命”这四个字。

周总理非常重视礼宾工作，强调礼宾工作是一项政治性和政策性很强的工作，丝毫不能大意。任何差错有可能引起误会和不快，甚至影响国家关系。他亲自审阅礼宾接待计划，经常直接给礼宾司下达指示。在他亲自指导下，礼宾工作继承并发扬了我国优良的礼仪传统，并适当汲取了国际上的一些好的做法和惯例，不断改革，形成新中国礼宾的独特风格。

今天回忆起周总理的谆谆教诲和老前辈的期望，想起那些曾经感动自己的亲切话语，我感到幸福，为我拥有得天独厚的精神财富而高兴。

## 感受世界历史天平向我国倾斜

1969 年我被派到我国驻卡拉奇总领事馆工作。总领馆的迎送任务繁重。那时我国已与 40 多个国家建交，外宾访华和我国领导人、代表团出访以及外交信使出国大多途经卡拉奇。我作为礼宾官，起早摸黑，随总领事奔波于机场与总领馆之间接送客人。

我于 1975 年底调回礼宾司。1978 年 1 月我随邓小平副总理访问缅甸，那是自从粉碎“四人帮”以来，中国领导人第一次出访。首先访问周边国家，为的是开创外交新局面。同年 10 月我又随邓小平副总理访问日本，并出席“中日和平友好条约”互换批准书仪式，这是一次历史性的访问，举世无伦。条约的签订和批准生效后，中日之间尤其是高层官方往来大幅度增加，经济贸易关系迅速升温，文化交流频繁，两国关系空前友好。看到这一切，我十分高兴。我常常思索“礼宾是小事，外交是大事”的深刻内涵。

20世纪70年代末80年代初外宾访华纷至沓来。“有朋自远方来，不亦乐乎”。在礼宾司最令我牵情动魄并终身难以忘怀的是我在礼宾司接待处任副处长的日子。那时我和同事整天忙忙碌碌，要办的事情没完没了。外交无小事的信念，使我一丝不苟，浑身是劲。每年约有百次外宾访华，这意味着世界历史的天平在向中国倾斜，每想到此，我欢欣鼓舞。

接待外宾是一项涉及许多单位和人员的综合工程。每次接待任务我和同事都体验了礼宾官之苦，也享受了礼宾官之乐。

礼宾官之苦在于其工作时处于高度紧张的状态，几乎没有上下班之分，大量的准备工作必须在外宾抵达前完成。我记得那几年里，几乎没有一次外宾访华的名单和日程是一成不变的。重复的劳动，成为我的家常便饭。外宾访华的安全、医疗保健、宾馆、乘车、赠礼方案等，是礼宾官必须仔细考虑的。

外宾抵京后，我们就开始在钓鱼台宾馆紧张工作，有时还得提供一天24小时的服务。几天之后外宾离华，我和同事才拖着疲倦的身子回家。回家顾不上休息，又得迎接新任务，真是战不旋踵。

礼宾官之乐在于看到外宾访华的成果。他们的成功访问成为发展两国友好关系的里程碑，我为一座座友好的里程碑铺砖垫土感到很荣幸、很快乐；再说，能与外宾一起感受我国人民热情好客的精神，也是一件乐事。在紧张工作之中，我还有机会欣赏祖国的美丽河山，更是乐中之乐。

## 厉兵秣马迎接新的挑战

1983年我到驻日本使馆任一等秘书，当礼宾官。在那里我面对新的挑战，天天忙忙碌碌，如履薄冰。虽然任务重、头绪多、情况复杂和多变，但我总是莫名其妙地感受到一种激情，浑身是劲。外交官的责任心让我不露声色、夜以继日地工作。1983 年 11 月胡耀邦总书记和 1985 年 4 月彭真委员长访问日本，我都忙了好一阵子。在繁忙的礼宾事务中，周恩来总理提出的“准确、细致、主动、及时”八字方针常常勉励和伴随着我。

1987 年年底我任礼宾司处长，1989 年 12 月任礼宾司政工参赞。多年来，礼宾官们不断迎接新的挑战，他们以坚贞不渝的信念和无私的奉献精神完成了大量礼宾任务，为国家赢得了荣誉。

在庆祝建党 70 周年之际，礼宾司被评选为中央国家机关先进党支部。我对此感到很庆幸，是党和国家给了我们集体的荣誉，大大鼓舞了礼宾司人员迎接新的挑战的决心。

随着我国国际地位迅速提高，中国领导人出国访问越来越多。每次成功访问，礼宾官付出的辛劳是鲜为人知的。1992 年 3 月，我率先遣组赴日为江泽民总书记访问日本打前站，并随江总书记访日。1991 年至 1994 年，我先后多次为国家主席、国务院总理出国访问打前站。尽管有时任务急、困难多、情况复杂多变，但我坚持外事无小事，及时请示汇报，注意调查研究，热情、认真、细致地工作，圆满完成了任务。

作为礼宾官，我有幸数次随我国国家主席或其他领导人出国访问，亲见东道国热烈欢迎中国领导人的场面，目睹我国领导人在国际政治舞台上的风采。当今的中国领导人在国际上的巨大影响力举世瞩目。这是中国领导人的光荣，也是国家的光荣。

多年来，“五星红旗迎风飘扬，胜利歌声多么响亮；歌唱我们亲爱的祖国，从今走向繁荣富强”的歌声，一直激励着我，迎接新的挑战。

人生如同旅行。在这漫长又短暂的人生旅途中，礼宾情、外交缘，让我短暂的旅途变得难以忘怀，激起我对祖国感恩之情。

（本文原标题为《礼宾情　外交缘》，发表于 2009 年 9 月 22 日人民网国际频道。2017 年 11 月 10 日《北京潮讯》刊登时改名为《我是快乐的礼宾官》）

# 我心目中的人民大会堂

吴德广
（前驻古晋总领事）

我出身贫苦家庭，新中国成立后我才有机会读书，并在高中时光荣地加入了中国共产党。1965 年 7 月我毕业于外交学院，并调进外交部礼宾司任职。此后因工作关系，我与人民大会堂结下了不解之缘。

北京人民大会堂是中国人民政治生活的神圣殿堂。它是党和国家以及各人民团体举行政治活动的重要场所，也是中国党政领导人和人民群众举行政治、外交、文化活动的场所。人民大会堂南北长 336 米，东西宽 206 米，高 46.5 米，占地面积 15 万平方米，建筑面积 17.18 万平方米。它整体比故宫的全部建筑面积还大，是全世界最大的会堂式建筑，也是一座令人向往的神圣殿堂。

我在外交部礼宾司任职 20 多年，在峥嵘岁月里我经常进出人民大会堂，荣幸地亲近它，崇敬它。我去过人民大会堂很多厅，但我去宴会厅、福建厅最多。退休后我还去过宴会厅，在那里参加了外交部离退休干部重阳节聚会。至今，我仍然十分想念它，它永远铭刻在我的心中。

## 见证新中国辉煌外交历程

新中国成立至今，人民大会堂见证了新中国外交的光辉历程。我在其中亲历亲闻的故事很多。我对第一次随同事去宴会厅工作时的印象尤深。

从人民大会堂北门进入，经过北大厅，再顺着62级的汉白玉楼梯首先到了迎宾廊，迎宾廊是党政领导人在宴会前欢迎贵宾及宾主合影之处。迎宾廊中间的大背景置有人民大会堂内最大的一幅国画《江山如此多娇》，画心高5.65米，宽9米，由著名画家傅抱石和关山月以毛泽东主席《沁园春·雪》一词为题材创作而成画题为毛泽东所书。左右走廊通往二层宴会厅。宴会厅宏大、辉煌，让我叹为观止。整个大厅金碧辉煌，是举行盛大国宴的地方。

中国是礼仪之邦，自古有“仓廪实而知礼节”之说，可见古代圣贤常把“吃”和“礼节”紧密联系在一起。民以食为天，领袖们也是如此，但“吃喝”确实离不开政治。

据记载，1965年7月20日周总理和其他领导人在这里宴请刚刚归国的原中华民国 “代总统”李宗仁先生，末代皇帝溥仪也应邀出席。三方原本是水火不相容的代表，现在则心平气和地相聚宴会厅。宴会厅见证了历史上奇妙的一幕。

几乎每年中国国庆，国务院总理都在这里举行盛大国宴。国宴是一种最隆重、规格最高的正式宴会，是许多重要历史事件的载体。党和国家领导人为外宾访华举行的国宴，不仅在外交上发挥了重要作用，也为后世留下了很多佳话。国宴也是一种文化展示，它是集中国家饮食文化特色和礼仪文化特色于一体的国典形式之一，浓墨重彩也不为过。

我记得每一次周总理为外宾访华在宴会厅举行国宴时，常常先在北京厅会见客人，然后宾主及随行人员在《江山如此多娇》画前合影。有时我接受任务，在集体拍照时请在上海厅等候的中方领导人参加合影，然后宾主在迎宾曲声中迈进宴会厅。

我第一次去宴会厅的主要任务是分发我国领导人在国宴上的讲话稿。此后我的任务各有不同，诸如安排外宾欢迎仪式、国宴席次、会见、会谈等。

党和国家领导人在人民大会堂举行的外事活动繁多，一言难罄，但有几次活动至今在我的脑海中仍挥之不去。

1972 年 2 月，美国总统尼克松访华，这是震惊世界的大事，它表明中美关系从此揭开新的一页。周恩来总理在宴会厅设宴招待尼克松，宴会前他还亲自审阅了军乐团当晚演奏的乐曲。国宴上军乐团演奏了优美动听的《美丽的亚美利加》《牧场上的家》等乐曲，受到尼克松等美国客人的赞扬。

1984 年 12 月 19 日，中英两国政府在人民大会堂西大厅正式签署了《中英关于香港问题的联合声明》，圆满地解决了中国恢复对香港行使主权的问题。当时出席隆重签字仪式除签字人中国总理和英国首相外，中方有邓小平等领导人及宾客近 500 人出席。邓小平提出的“一国两制”的伟大构想，举世闻名，为成功解决香港问题奠定了基础。

2017 年 5 月 14 日晚，习近平主席在人民大会堂举行宴会，欢迎出席“一带一路”国际合作高峰论坛的外方代表团团长及嘉宾。这次国宴展示了中国与国际社会携手开辟合作共赢的新局面的美好前景，是中国特色大国外交的新征程中的重要一幕。

福建厅是我国党和国家领导人会见外宾的重要场所。在这里，礼宾司人员多次聆听周总理谈及会见外宾的礼仪文化。周总理要求礼宾人员办事要“严、准、细”，接待客人必须遵循“主随客便”的原则，强调主人接待客人时应有的礼节。周总理的亲切教导以及礼仪上亲历亲为的范例，让我受益终生。

## 不寻常的党中央领导人接见

我家珍藏有一幅不寻常的黑白相片，长 111 厘米，宽 21 厘米。那是 1991 年 6 月 28 日庆祝中国共产党成立 70 周年，党中央领导同志接见中直机关、中央国家机关优秀共产党员以及优秀党务工作者和先进基层党组织代表的合影。那时我以礼宾司先进党支部代表的身份出席，与数百位代表欢聚一堂，这是大家的光荣，也是我的荣幸。

过去我当礼宾官去人民大会堂习以为常，那天我的心情却格外高兴和激动。我与外交部同事走进人民的殿堂，共享受党中央领导人接见的幸福和快乐。今天当我再看到这张宝贵的照片时，美好的回忆仍浮想联翩。

20世纪80—90年代，在外事工作任务重、困难多、时限性强、质量要求高的情况下，礼宾司较好地完成了每年约一百起外宾和中国领导人的接待和出访任务及其他礼宾工作。党支部是先头部队，他们保持党的优良传统，怀着崇高的理想，发挥了先锋模范带头作用。他们团结一致，同心同德，带头在本职工作上建功立业，公而忘私，毫无怨言，连续作战，做出贡献。他们为党和国家赢得荣誉，得到党和人民的认同和赞扬。我认为这些是礼宾人员在今天大国外交中如何“不忘初心，继续前进”最好的回答。

（本文获全国老龄办宣传部和《紫光阁》杂志社举办“不忘初心　弘扬党的优良传统”征文评选活动三等奖）

# 亡妻的轮椅

徐贻聪
（前驻厄瓜多尔、古巴、阿根廷大使）

老伴徐丽丽走了快半年了，但我一直将她生前乘坐的最后一辆轮椅放在我的床前。经常看着它，有时还会在上面坐坐，似乎又看到她的面容，听到她坐在上面同我说笑的声音。

由于女性的特殊原因，加之多年糖尿病的累积，老伴年满 60 岁后曾经多次骨折，在国内外数度手术，行动逐渐不便。开始阶段，她还能坚强地拄着手杖行走，再后来不得不靠双拐帮助，但却坚持不让我为她购买轮椅，担心我为她受累。2002 年，我未经她的同意，“自主地”买了一辆轮椅回家，她虽然有些嗔怪，骂我“瞎花钱”，但还是接受了。加之有时让两个幼小的孙女“搭便车”去附近的公园散步，路上一同说笑，享受天伦之乐，她慢慢地感到轮椅的不可或缺。2009 年她第四次摔跤后，便无轮椅就寸步难行，行动只能依靠我的帮助。自那以后，她坦然地接受了我的推行，还不愿意其他人插手，逢人便说我是她的“专职司机”。

轮椅，是老伴出行的必备工具，也是我锻炼身体的良好器材。一年四季，只要不是雨雪天气，我们都会由轮椅作伴，去商店采买，去探亲访友，去公园漫步，抑或只在院中换空气、晒太阳，自感乐在其中。我曾多次对老伴说过，她至少可以帮我多活五年，因为推轮椅使我的血象有了明显的好转。

我们还多次带着轮椅，到一些地方去旅游，陶冶性情，领略祖国的大好河山。根据我的不完整回忆，2009 年到 2014 年，我们和轮椅一起，去过我的老家江苏淮安探望那时还健在的父母，还以旅游者的身份去过广西南宁和巴马、云南昆明、河南郑州和焦作、河北秦皇岛、山西大同、山东威海、青海西宁和海南藏族自治州、海南三亚、安徽安庆和黄山、广东珠海，以及香港、澳门、台湾，还游览了莫斯科和圣彼得堡。沿途，轮椅可出入的地方我们一同进出，有困难的地方我们则在外面看风景，非常自得其乐，感受良多。作为年届耄耋的老人，所到之处，我们看到的是人们和善的目光，感受到的是人们的自觉礼让，听到的是人们赞许的评说，有人甚至把我们誉为“靓丽的风景线”。在去台湾和俄罗斯旅游的途中，因为使用轮椅时不怕困难、始终情绪饱满、相互体贴、乐观对待人生的表现等缘由，我和老伴两度被团组评选为“模范家庭”，分别获得旅游团组自设的特等奖励。也可能出于同样的缘由，外交部老干局今年给我颁发了“家庭和睦奖”荣誉证书。

十余年间，老伴先后用坏了两辆轮椅，现在留在家里的是在2012年换买的第三辆。在第二辆轮椅上，曾经贴满有多家航空公司的托运标签，记载着我们一同旅行的回忆和深情。只因这些标签撕下后难以再次粘贴，未能按照老伴的意思将之挪移到新换的轮椅上。此外，家里还藏有一辆可以推行和随时落座的代步式步行轮椅，以供她锻炼行走时使用，但因她站立困难，使用不多。

老伴离去后，在处理她使用过的各类物品的过程中，孩子们几度要我把轮椅处理掉，但我没有理睬，坚持将之保留下来。因为在我看来，这是对老伴最好的纪念和回忆，也是让我坚强面对人生的最大鼓舞和激励。

轮椅，让我更鲜活地看到老伴为人的坚强和乐观，让我进一步地感受到老伴对亲人的体贴和深情，还让我更加切实地体会到社会的温暖和文明的底蕴。

我想，我应该将这辆轮椅长久地保留在身旁，因为那上面不仅仅寄托有我对她的深深哀思。

（原载于《大公报》2015年9月30日）

# 北戴河的外交历练

杨冠群
（前驻外使馆参赞）

乘快速列车，从北京出发，行程两个半小时就抵达了北戴河。几分钟内，十几节车厢的旅客都下了车。月台上人头攒动，时髦的夏装、五光十色的箱包，蔚为奇观。接站的人员拿着小旗，忙着招呼客人。旅客们扶老偕少，提拿着行李，准备出站。在一片热闹中，我蓦然想起第一次到北戴河的情景。

1951年，春寒料峭的3月，外交部交际处（礼宾司前身）的王科长带我来北戴河熟悉情况，筹组外交部驻北戴河临时联络组，准备接待当年前来歇夏的大批驻华使节。下了火车，我四下张望，到站的旅客总共还不到10人。出了站，我们赶上一班公共汽车，匆匆来到了海滨区区政府所在地，第一次见到了胸前飘着尺把长胡子的孙区长，又在临街小饭铺里饱尝了从渔船上刚卸下的鲜嫩的偏口鱼……一切恍如隔日，屈指一算，60余年已过去。

洋人几十年大兴土木，北戴河曾经是一个闻名遐迩、规模不小的避暑胜地。1949年新中国成立，古都北京焕发了青春。外国使节重新云集北京，风光绮丽的北戴河又回到人们的视线中。但经过战乱和变迁，解放初的北戴河却是一派荒芜凋零。

## 交通阻滞

从火车站到海滨，那时只有一条途经原日本陆军医院的沙子路。路的两侧是流水沟。有一次走在路上，车轮突然滑进水沟，险些翻车，吓得乘车人出了一头大汗。这公路，晴天还好走，每逢大雨，路面便冲出道道沟壑，挡住了去路，只好请护路工扬沙铺垫。

为备急需，外交部给我们拨了一辆美式吉普车。但由于汽油匮乏，吉普车没敢从北京直接开来，而是交给铁路托运。车后座上还放了一个大汽油桶，装了半桶汽油，这便是临时联络组一个夏天的全部用油。

电讯联络也大成问题。如今，海滨东经路上有座漂亮的邮电大楼，记不清当时的邮电局的准确坐落了，但也是在同一条路上。它还是当时海滨区数一数二的公共建筑物。邮电局照顾了我们一部手摇电话机，就靠这部老爷电话，我同外交部保持着联络。但每打一次电话都费了牛劲、喊破了嗓子，一句话也未能让北京听清。

那个年头哪有豪华巴士，接送外宾用的全是木炭车，车后各装有一个形似锅炉的炭气发生器。开车前，先在炉里装上一块块劈得整齐划一的木块。学徒工使劲地摇动鼓风机把木块烧着，然后锅顶冒出阵阵带着焦臭味的浓烟。司机一踩油门，也许发动机就响起来了。如果行车路中爆裂声大作，那就倒霉了，说明车要熄火。果真如此，学徒工又得下车折腾。如引擎一时发动不起来，女士们、先生们就只好受点委屈，在车上干坐一会。时间长了还要误火车，真急死人了。

## 设施落后

那时候，北戴河车站没有电灯。月台上仅有几盏形单影只的煤油灯，从黑框的玻璃罩里透出昏暗的亮光，仿佛把人带回到狄更斯时代的伦敦街头。为了防止使节们横穿铁路时被绊倒，才点起了汽油灯，由站长手持着，招呼大家慢走看路。

解放初，海滨区没有自来水设施，但别墅的洗澡间一拧水龙头就能哗哗地流水。水从何而来？原来每家每户都建有一个高过屋顶的蓄水池，有台阶可以上达。解放前，“下人们”把井水压在水桶里，再爬梯一挑挑地把水往上送，倒在蓄水池里。于是，一年一度来此度假的老爷和小姐们就有了“自来水”了。

如今的北戴河现代化的休养所大楼林立，大都是解放后修建的。但从大楼的夹缝里，北戴河的旧貌仍依稀可见。以铁皮屋顶、屋前阳台、矮墙、小花园为特征的西式乡间别墅散落各处，什么样的修缮和油漆也不能掩饰它们的残败。

1948年华北解放时，洋人都已撤走，好几百所别墅顿时成了无主产业，归秦皇岛海滨区房管所所有。只要有单位管得过来，房管所在一张海滨区的房屋详图上一标，那别墅便归你了。当时外交部名下的房子多集中于中海滩的保三、保四路一带。将几栋比较像样的别墅略加整修，便用以接待外宾。另一些零零落落的破旧房舍，使用权虽属于你，但无力顾及，也就闲置不管。如今北戴河寸土寸金，早知如此，那时多要几栋，岂不美哉！

解放前，每栋别墅的原业主都雇有当地居民为其全年看屋，兼作花工和杂工。这些高级“苦力”携家带口，住在院中“下房”，只盼每年夏季主人来临时多得些赏钱。解放后，主人们不翼而飞，他们也就成了“弃儿”。我们到北戴河时，他们都几无收入，全靠种植蔬果和打工糊口。院子里甚至种有罂粟，据告是药用。这些工人对于北京“官人”的到来都表示欢迎，因为至少他们今后都会有一份固定的工作了。

## 安全可虞

1950年夏，朝鲜战争爆发，敌特四处活动，国内等待“变天”的某些分子也蠢蠢欲动。北戴河毗邻通往东北的咽喉——山海关，属敏感地区。为了来此消暑的外国使馆人员的安全，解放军派出了一个排，驻守在中海滩。

北戴河有何安全问题？说起来，令人难以置信——当时北戴河还有海盗上岸“拜访”。为此，海滩崖边的制高点都挖了战壕，以备海上来敌时予以阻击。

白天，外交人员纷纷出来活动，海滩更是保卫重点。如解放军仅是站岗放哨，事情还相对简单。有些意想不到的事，有时更是难为人。那时，海滩上没有更衣棚，好在没什么游人，于是许多外交官及其夫人便光天化日之下大摇大摆更起衣来。保守一些的，顶多也仅是面朝大海，用大毛巾一挡。他们游完泳回到住所，都需冲洗，许多男女也常常不遮不掩，打开门户，泰然处之。战士们感到不好办：不看着吧，万一出事，自己就没有尽职；看着吧，又要注意非礼勿视。排长来问我如何是好，我也没了主意，只好半开玩笑地答道：“睁一眼，闭一眼吧！”

更令人担忧的是夜间送客去车站。从海滨到车站，有近一小时的路程，出了海滨便几乎见不到一盏灯火，人烟更是稀少。倘若有人打黑枪，防不胜防。而且我们常常是孤车行路，前后没有照应。为此，每次夜行，车上都配了警卫。持长枪的战士坐在车后，注视着后窗；持短枪的战士蹲在司机旁，凝视着前方。有一回，中途汽车熄火，战士们都冲下车来，端起枪，子弹上膛，四下警视，如临大敌。我也下了车来，只感觉旷野里漆黑一片，除我们孤零零的两盏车灯外，别无亮点。

这期间，我办了一件不太高明的事——组织外交人员从海路乘船（那时没有公路）去秦皇岛和山海关参观。归来后，我还得意洋洋，自以为主动开展了活动。电话里向北京汇报，不料韩科长着急了，责问我为何事先不请示。我无话以对。我的责任是在北戴河把外交人员接待好，谁又给了我权力，安排他们离开北戴河、去一个军事敏感区参观？

一切都因陋就简。如今的外交人员海水浴场，不仅更衣、冲澡的设备齐全，还配备了救生员和现场医生，沙滩外围的海水里又设置了防鲨网。那时，一无所有，幸好没有发生溺水、鲨噬等恶性事故，不然就手足无所措了。

## 招待不周

当时的临时联络组，由外交部交际处、北京国际俱乐部和卫生部派出的 12 人组成，负责外国使馆人员的接待，包括住宿、膳食、交通、医疗和娱乐。最近我在外交部休养所参加了一次舞会，不禁感慨万千。舞厅是专用的，四周放了皮椅，厅顶旋转着闪烁的彩灯，伴舞的是激光卡拉 OK 唱片，音乐、图像、字幕俱全。可是那个年头，我们也于周末举行舞会。

把大饭厅的桌子往边上一挪，留出的空地便是舞池。音乐呢？全靠洋人留下的手摇留声机和一些古典唱片。为了增加中国色彩，我还特地从煤矿疗养院借了几张广东音乐唱片。舞会不仅办了起来，而且还相当热闹。女士们、先生们挽臂搭肩，翩翩起舞。我们看在一旁，也十分高兴。

当时来北戴河度假的，大多为苏联和东欧国家的外交官及其家属。出于对“兄弟国家”的情谊，联络组的同志都是竭尽全力，让他们住好、吃好、玩好。责任在身，我更是注意到他们中间问寒问暖。有一次来了捷克斯洛伐克文化专员的夫人，吉普车把她和一条锦毛大狗从车站接到了招待所。我自己动手，把行李送到她的房间。行李安顿后，我没有立即离去，想看看她还有何事。这过分的热情却引起了误解。夫人从口袋里掏出了几张纸币，塞到我手里。我哑然失笑，但没有露出不快，甚至不需告诉她：中国人不收小费。次晨，我又接到她的小纸条，说马桶塞住了。我带了修理工赶紧前去，七手八脚帮着干起来，结果从马桶里掏出一大堆泡胀了的妇女用棉。后来，我们又有许多接触，慢慢地，她也了解了中国干部的作风。每次到她处，那条深谙人意的大狗总要来舔我的手。我们成了朋友。

语言也成了有趣的问题。我不懂俄语，外交部为联络组配备了俄文翻译，但为了工作方便，我拣了若干个俄语单词，其中同英语、法语相近的我学得还很快。有一个东欧的汉学家休养之余不误学习，他古汉语的水平颇高，但《人民日报》看不懂，只好请个老秀才来辅导。又有一次，苏联参赞费德林早上见到我，用半生不熟的汉语问候："你好得怎么样？"我笑答："我好得很好，谢谢。"

有一天，我突然接到一位西北欧国家大使的中文秘书送来的条子，说大使要来"拜访"。这位大使住在自己侨民的别墅里，不需我们接待，又为何来访？细加琢磨，准是交际处的领导告诉他，北戴河有个外交部的临时派出机构，因此大使阁下来到此地，就要来"礼节拜会"了。当时我仅是个 20 岁的小青年，一个实习科员，怎敢劳烦他前来？考虑再三，我还是采取主动，约了时间，上门去拜见了他，总算了却了一件不大不小的事。

大使、公使们的事情不总是好办。一个星期日晚上，我送一批外交官去火车站，准备让他们搭夜车返京。预定的开车时间是晚上 10 点半，可是在候车室暗黄色的灯光下，他们在硬板长凳上足足等了一个多小时还不见发车的动静。于是，东西方的大使、公使们在利益一致的情况下，联合起来向我发难，说发车晚了，影响他们次日的办公。这罪名可不小。我找了站长，站长悄悄对我说，没有办法，要等一趟紧急军列通过（抗美援朝战争正激烈）。无法对他们说实情，我只好硬着头皮，笑骂由之。

（原载于《纵横》2016 年第 9 期，《作家文摘》转载）

# 想　家

张庭延
（前驻韩国大使）

人的情感很奇怪，有时说不清楚。记得大约十年前，我在汉城（今称首尔）时，曾设宴招待过国学大师季羡林先生。他是我大学的老师，师生相见，欢谈不止，分外高兴。事后回忆，他当时说过一句话，就是他才离开北大燕园几天，就开始想家了，可大家都没有理会。没想到的是，季老在从汉城回北京的飞机上，就写了一篇《汉城忆燕园》的散文，声情并茂地透露了他在汉城时思念他在燕园多年的居室、书房、弟子甚至几只宠猫的心声，到我们看到这篇文章时才感到季老所说"想家"的真意。现在，可能是随着年龄增加的缘故，我通过自己的行动和身边的琐事，也不止一次地感受到"想家"的情感。

最近，我与老伴到山东威海去度假，山东大学威海分校安排得很好。我们住在新建的山大威海学术中心，打开窗子就可以看到一望无际的蔚蓝大海，这对我们长期居住在北京的人是一种难得的享受。去刘公岛、成山头、法华寺等处参观，安排得也十分轻松。余下的时间，我们可以自由地到海边去，因为游泳技术不佳，只能在浅处戏戏水，在柔软的沙滩上散散步，也别有情趣。但是没过几天，我们就开始想念北京，想念我们住的潘家园，想念我们住的楼和楼里的人。其实我们的家是空的，女儿、女婿、外孙女都不在北京，回去也只是我们老两口，买菜、做饭、看书。但是说不清楚为什么，我们还是想家，想快一点回到家里。当我们从机场迈进家门时，我们有一种难以名状的满足感、踏实感。

我发现，不仅我们，我们周边的人，有很多也与我们一样，或者比我们更甚。我们楼里住着不少像我们一样的退休老人，他们的子女不在身边，有的在国外工作，有的还加入了外国籍，只有老夫妇两口在北京生活。我们的一对朋友、年近70岁的老夫妇，在孩子的多次劝说下，今年初去了国外，投奔孩子，与子女团聚。据我所知，他们的子女出国较早，已十多年，先是学习，后在国外就业，有宽松的住房，优美的花园，还有自家车，生活条件十分优裕。我们的这对朋友去时说住半年，我们还劝他们多住一段时间，跨洋过海，去一趟不容易。可是出乎我们的意料，他们走了刚两个月就回来了，我们惊讶地问他们为什么，两个人笑着说“想家”。

还有一家与此相反，是住在我们楼里的儿子，把多年在农村的年老母亲请到北京来，一起住。儿子想，农村生活虽然提高了，但怎么也比不上城市的条件，他和爱人一有工夫，就买这弄那，想让终生操劳的母亲晚年享享福。没想到的是，母亲住了没有一个月，就提出要回乡下，儿子和儿媳不同意，勉强又住了一段，但最终还是留不住，母亲还是决定回乡下。临走那天，我们去看她，问她为什么不多待些日子，她无奈地说不习惯这里，“想家”了。

更有甚者，说出来让人发笑。我的一位老同学，也是老同事，今年七十大几，去年和老伴一起去欧洲旅游了一趟。老伴是搞音乐的，在欧洲的半个月，特别是在几个音乐故乡的国度旅游，兴致很高，玩得很开心。我们这位师兄，开始几天情绪也不错，然而过了一半就有点耐不住了，因为欧洲风光虽不同于亚洲，且各国各有特点，但总的看又都是欧洲风情，大同小异，饮食也不很习惯。到最后一天，参观巴黎卢浮宫，他干脆坐在门口没有进去。我们听他说到这里，问他为什么，他摇着头叹着气说出两个字：“想家”。我们真为他到了门口却没有进去参观而惋惜，可这又是事实。

什么是家？简单说，就是自己住的几间房子，但实际上又远不是那么简单。家是自己生活最习惯的地方，是自己感情投入最多的地方，是与左邻右舍和睦相处的地方，是自己离不开的地方。中国有句俗话“金窝银窝，不如老窝”，说到了根上。我又想起季老去年写的一篇散文《回家》，细腻地描写了他长期住院后回到家中按捺不住的欢愉心情，读来十分感人。“想家”是人在外时自然而然流露的一种情感，千万不可弃之，而应该好好珍惜她。

（2004 年 9 月 3 日写于北京）

# 编后语

外交部老干部笔会（简称“外交笔会”）是由一批离退休外交官组成的业余爱好写作者群体，主要成员为前驻外大使和高级外交官。自1993年成立，已经历25个春秋，会员从14人发展到200余人。外交笔会秉持“存史、资政、育人”的宗旨，组织广大会员辛勤笔耕，已出版和发表了近1亿字的书籍和文章，受到了社会的广泛赞誉。

为了纪念外交笔会成立25周年，我们编辑出版了这本《老外交官散文选》，汇集了84位作者的110篇文章，其中不少文章曾登载于全国重要的报刊和媒体。这些文章分别编入“名人风采”“外事春秋”“四海情谊”“异域情韵”和“人生感怀”等五个篇章。

“名人风采”介绍了老外交官与毛泽东和周恩来近距离接触的情景和感受，以及同国际风云人物真切感人的交往，生动展现了胡志明、西哈努克、卡斯特罗、格瓦拉、尼雷尔、曼德拉、戴高乐等领袖人物的奕奕风采，另有同钱其琛、龚澎、萨马兰奇、卡拉扬、韩素音、海伦等中外名人关系的精彩写真。

“外事春秋”真实记录了老外交官参与和目睹的重大外交事件和重要外事活动的情景，记述了毛泽东与金日成的谈话，邓小平在1973年4月复出的初次外事“亮相”，缔结中日和平友好条约的曲折进程，中德建交的错综过程，英国女王首次访华的盛况，以及中美“乒乓外交”的前前后后，尼泊尔王朝血案的细节等，都是非常宝贵的历史实录，还有一些是外交官们真切的亲身外事经历，多是鲜为人知的内部故事。

“四海情谊”记载了多国友人支援帮助我国和推动发展对华关系的感人故事，体现出他们对我国的深情厚谊，也是“我们的朋友遍天下”的真实见证。

“异邦情韵”一篇中，作者们生动介绍了五洲四海胜境奇景的旖旎风光和异国情趣，阐述了自己的感受与联想，令人不仅开阔视野，而且拓展胸襟。

“人生感怀”各篇作者通过追记自己的人生经历和感受，展现出外交人员深层次的情怀。他们也都有丰富的感情，也有自己的喜爱悲伤，但为了国家外交事业，有时不得不为“大家”而舍“小家”，为“公情”而牺牲“私情”，演奏出外交官苦与乐的崇高旋律。

受本书篇幅限制，每篇文章大都不超过3000字。许多文章入选前都经作者精心删节，更有不少出色的作品受字数限制不得不忍痛割舍，未能编入。各篇文章是按作者姓氏汉语拼音次序排列，特此说明。

岁月悠悠，往事历历。这本书就是外交笔会会员们常年辛勤笔耕的结晶，也是他们不计报酬的无私奉献。本书得以问世，首先要感谢外交部离退休干部局对外交笔会长期以来的关怀和支持，更要特别感谢世界知识出版社、华夏珍宝博物馆和有关同志对本书出版的鼎力支持和帮助。

外交部老干部笔会

2018年7月30日